Sylvia Renz

. . . und wollte die Wolken umarmen

Roman

Schulte & Gerth

Best.-Nr. 815 619
ISBN 3-89437-619-8
1. Auflage 1999
Umschlaggestaltung: Ursula Stephan
Titelfoto: BAVARIA-Bildagentur
Satz: Die Feder GmbH, Wetzlar
Druck und Verarbeitung: Ebner Ulm
Printed in Germany

Für Lilian

1. Teil

Flieg, Vogel Garuda!

Die Schöne

„Wen die Götter hassen, den strafen sie mit einer schönen Tochter", sagte meine Mutter oft, und dann wussten wir alle, dass sie dabei nicht etwa an mich dachte, sondern an Bagus[1], meine ältere Schwester. Seit dem großen Unglück durfte ihr Name nicht mehr genannt werden.

Wenn ich die Augen schließe, dann sehe ich sie noch heute vor mir: Das Haar hängt ihr wie ein schwarzer Schleier über den Rücken, ihre Augen gleichen Mandeln, die hinter dem Wimpernvorhang hervorblitzen. Ihr Mund verspricht Süße, und wenn sie geht, dann folgt sie einer heimlichen Melodie, sie schwebt wie ein Nebel in der Morgensonne, und ihr Schritt wird auch dann nicht schwer, wenn sie den frisch gefüllten Wasserkrug auf der Schulter balanciert.

Manchmal strich sie sich Ananas-Saft auf Gesicht und Hals, bevor sie durchs Dorf spazierte. Dann lächelte sie, wohl wissend, dass alle die Köpfe nach ihr drehen würden, als wären es auf Stöcke gespannte Lederstücke, die der Dalang[2] bei seinem Schattenspiel tanzen lässt. Alle sahen ihr nach, die Alten wie die Jungen, auch Kiri[3], der jüngere Bruder meines Vaters. Er hatte wandernde Augen – und außerdem eine Frau und zwei Söhne.

Mein Onkel galt als der stärkste Mann in unserem Stamm. Er führte das Schnitzmesser mit der linken Hand genauso geschickt wie mit der rechten und war ein wahrer Kletterkünstler. Wenn er sich an den Lianen zu den Baumkronen emporschwang, dann musste ich immer an den Vogel Garuda[4] denken, der in den Himmel aufstieg, weil er die Sonne küssen wollte. Außerdem war Kiri klug und gebildet und konnte den Stammbaum bis zu unserem Ahnherrn Gaja

---

[1] Bagus heißt „sehr schön"

[2] Puppenspieler

[3] Kiri heißt „links"

[4] mythischer Vogel, ähnlich wie ein Adler

Mada[1] aufsagen, der vor vielen Generationen das Königreich Majapahit[2] regiert hatte. Kiri konnte sogar lesen und schreiben. Und er hat das auch seinen Söhnen Ikan[3] und Ayam[4] beigebracht.

Meine Cousins sind jünger als ich – Ikan wurde vor vierzehn Regenzeiten geboren und Ayam vor zwölf. Wir haben oft miteinander gespielt, und wenn die beiden Jungen ihren Leseunterricht in der indonesischen Hochsprache bekamen, dann durfte ich dabeisitzen und zuhören. Deshalb verstehe ich jetzt auch die offizielle Landessprache und nicht nur unseren Stammesdialekt. Mein Vater fand das unnötig, aber Kiri widersprach ihm: „Wer die anderen versteht, ist immer im Vorteil." Also gab Vater nach und erlaubte mir, diese Sprache zu lernen.

Sie ist viel einfacher als die Sprache unserer Ahnen. Zum Beispiel verändern sich die Wortformen nicht, weder durch die Person, von der die Rede ist, noch durch eine andere Zeit. Wenn man ausdrücken will, dass etwas gestern geschah, dann schreibt man „gestern" zum Tatwort hinzu. Und das gilt auch für die Zukunft. Jedes Wort hat nur eine Form. Wie nützlich es war, dass ich Indonesisch verstand, sollte sich schon bald herausstellen. Jedenfalls habe ich meinem Onkel Kiri viel zu verdanken.

&

Alle bewunderten Kiri. Da mein Vater keine Söhne hatte, konnte man sich ausrechnen, wer nach seinem Tod auf dem Häuptlingsthron sitzen würde.

Deshalb wundern sich die Leute im Dorf noch heute darüber, dass Kiri ausgerechnet um Malam[5] warb: ihr Gesicht ist

---

[1] Gaja Mada hatte um 1345 fast ganz Indonesien unter seiner Oberherrschaft; Historiker sehen diese Periode als die „goldene Zeit Indonesiens"

[2] in Zentraljava

[3] „Fisch"

[4] „Hühnchen"

[5] „Nacht"

nämlich von Narben zerrissen wie ein Melonenfeld, in dem die Wildschweine gehaust haben. Wer sie zum ersten Mal sieht, muss schlucken. Viele im Dorf senken die Augen, wenn sie vorüberkommt, als hätten sie Angst, ihr ähnlich zu werden, wenn sie länger als einen Wimpernschlag in dieses zerklüftete Gesicht schauen. Das ist natürlich Unsinn. Ich sitze gern in ihrer Hütte, weil Tante Malam geschickt und freundlich ist; mich stören ihre Narben nicht. Eigentlich sollte sie diese roten Wülste wie ein Ehrenabzeichen tragen. Vater hat mir erzählt, woher sie stammen: Malam war als junges Mädchen in eine brennende Hütte gelaufen, um ein Baby herauszuholen. Das Kind wurde gerettet, doch Malam wäre beinahe an ihren schweren Verbrennungen gestorben. In den ersten Monaten nach dem Unfall verließ sie ihre Hütte nur nachts und hüllte sich in die Dunkelheit wie in einen barmherzigen Schleier.

Und dann wurde Malam ausgerechnet mit Kiri verheiratet, von dem alle Mädchen im Dorf träumten. Hinter vorgehaltener Hand erzählt man sich, dass Malams Vater nach ihrem Unfall ihre Mitgift verdoppelt hätte. Andere behaupten, Kiri hätte Malam wegen ihrer weichen, melodischen Stimme geheiratet: Wenn Malam singt, dann zaubert sie den Zuhörern Tränen in die Augen und der Himmel hebt sich ein Stück höher, den Sternen entgegen. Mein Vater aber sagt – und auf sein Urteil kann man sich verlassen –, Kiri hätte Malam geheiratet, weil sie ihn grenzenlos bewundert und ihm so ergeben ist, dass sie alles, aber auch alles für ihn tut.

Jeder, der sie kennt, kann das bestätigen. Wenn Kiri vom Wachdienst heimkehrt, dann kocht sie ihm eine frische Mahlzeit aus Reis und Bananen und als Nachtisch backt sie Sesamkuchen, auch wenn es mitten in der Nacht ist und alle anderen im Dorf schon längst schlafen. Sie klagt nicht über die schwere Feldarbeit, die normalerweise in unserem Dorf von den Männern erledigt wird. Kiri braucht nicht auf dem Reisfeld zu arbeiten; er ruht sich die ganze Woche von den zwei Tagen Wachdienst aus. Kiri ist ein guter Wächter, weil er so stark und so groß ist.

Unsere Grenzen werden streng bewacht, damit kein Fremder in unser Stammesgebiet eindringen kann. Das hat der oberste Häuptling der Badui befohlen, vor hundert Regenzeiten schon. „Bleibt in eurem Land und lasst keinen von außen herein. Haltet euch vor allem von den weißen Teufeln fern. Sie bringen euch trügerische Geschenke, und wenn ihr nicht Acht gebt, dann berauben sie euch und euer Land. Sie werden den Wald verbrennen, sie werden den Tiger töten und die wilden Wasserbüffel. Am Ende ist das Land ausgedörrt und hart und gibt euch seine Frucht nicht mehr."

Seither halten sich die Badui an diese Regel.

Allerdings gibt es an den Außenbezirken ein paar Dörfer und kleine Städte, in denen man die Regeln der Adat[1] nicht so ernst nimmt. Dort kann es schon mal vorkommen, dass ein Dorfbewohner den Fluss mit Seife verunreinigt oder einen Ochsenkarren benutzt, statt zu Fuß zu gehen, wie es bei uns Sitte ist. Vater hat mir erklärt, warum wir das alles nicht tun dürfen: wir zerstören sonst das wunderbare Werk der Götter und quälen die Tiere, die uns anvertraut sind. Nein, wir müssen so leben, wie es unsere Großväter vorgeschrieben haben. Wir dürfen auf keinen Fall von den alten Sitten abweichen, sonst werden die Götter zornig und hüllen unser Tal in dichten, schwülen Nebel, bis man die eigene Hütte nicht mehr findet und über die Hühner stolpert, die vor unseren Pfahlhütten herumscharren.

Deshalb wird unser Gebiet bewacht und der beste Wächter im Dorf ist Kiri. Malam behandelt ihn, als wäre er ein König. Sie hat ihm so viele Sarongs[2] genäht, dass er an jedem Tag der Woche einen anderen tragen kann. Ich habe ihr manchmal geholfen, wilde Beeren zu sammeln und Wurzeln auszugraben, aus denen sie die Farben presst. Ihre Hände

---

1 ungeschriebenes Gesetz der Dorfgemeinschaft, die das Zusammenleben regelt

2 die Nationaltracht auf Java – ein Stück Stoff, das um die Hüften geschlungen wird. Die Frauen tragen es auch als Schulter- oder Kopftuch

sind vom Farbsud rau und dunkel geworden, aber das macht ihr nichts aus, solange Kiri seine leuchtenden Sarongs tragen kann mit einem Batikmuster – so fein, dass sogar die Orchideen vor Bewunderung ihre Blätter fallen lassen.

Meine Mutter schüttelte den Kopf, wenn immer die Sprache auf Kiri kam. „Er macht die Götter neidisch", murmelte sie. „Das wird böse enden."

Bei uns Badui wird immer die Wahrheit gesprochen. Deshalb kann ich auch jedes Wort glauben, was meine Mutter sagt. Aber manchmal frage ich mich, ob sie wirklich in allem Recht hat. Als sie wieder einmal so düster von Kiri gesprochen hatte, wollte ich es genau wissen. Vater hatte gerade Besuch von den Dorfältesten und durfte nicht gestört werden. Ich schlüpfte also durch die Hintertür in seine Häuptlingshütte und wartete in einer Ecke, bis der letzte Dorfälteste gegangen war. Dann kniete ich mich vor Vater auf die Matte und wartete, bis er mir durch ein Handzeichen die Erlaubnis zum Sprechen gab.

„Vater, wie kann das geschehen, dass Götter auf ihre Geschöpfe eifersüchtig werden? Sie müssten sich doch freuen, wenn ein Mensch schön aussieht. Und wie können sie ihm einen Sarong missgönnen, der mit ihren Wurzeln und Beeren gefärbt wurde? Das verstehe ich nicht."

Vater wiegte den Kopf und dachte lange nach. Endlich sagte er: „Die Götter sind unbegreiflich. Sie sprechen nicht mit uns. Sie zeigen sich nicht. Wir können sie nur an ihren großen Taten erkennen und an dem, was sie gemacht haben und wie sie es geschaffen haben. Sie sind stark. Sie können uns zerschmettern, wenn sie wollen."

„Du meinst den rauchenden Berg, nicht wahr, der manchmal Feuer spuckt", sagte ich.

„Und den Sturm, der die Bäume entwurzelt. Den Monsunregen, der mit Urgewalt auf unsere Dächer trommelt und die fruchtbare Erde von den Äckern spült. Die Götter sind mächtig. Deshalb müssen wir ihnen gehorchen. Wir dürfen ihr Werk nicht zerstören. Und wir müssen ihre Gesetze halten."

„Aber woher wissen wir, wie die Götter denken, wenn sie nicht mit uns reden?"

„Wir kennen ihren Willen, weil er in unser Herz geschrieben ist. Wir lügen nicht, weil wir nicht belogen werden wollen. Wir nehmen nichts weg, was dem anderen gehört, weil wir selbst auch nicht wollen, dass unser Eigentum gestohlen wird."

„Aber Vater, ist das schon alles? Da muss doch noch mehr sein! Ich möchte wissen, wie sie aussehen, unsere Götter. Ich will sie kennen lernen."

Da seufzte er und sagte: „Jati[1], mein Kind, du stellst schwere Fragen. Dein Kopf ist so hart wie das Jati-Holz, aus dem wir unsere Masken schnitzen. Du bist mit meinen Antworten nie zufrieden. Also musst du die Wahrheit selbst herausfinden."

„Aber wie, Vater?"

„Geh hinaus zur Quelle und hör zu, wie sie murmelt. Oder steige in die Krone der Kokospalme. Hör zu, wie der Wind in den Blättern rauscht. Betrachte die Ohren der Hirschkuh, die schon beim leisen Knacken eines Zweiges flüchtet, wenn sie den Tiger gewittert hat. Dann wirst du die Götter verstehen."

Ich saß viele Tage lang an der Quelle, ich kletterte in die höchsten Äste und schaute über die Wipfel, ich lag stundenlang im Gebüsch und beobachtete die Tiere, die ihren Durst an der Tränke löschten, aber den Weg zu unseren Göttern fand ich nicht. Sie waren mir fremd; wie konnte ich sie da lieben?

&

Auch Bagus blieb eine Fremde, obwohl wir Schwestern waren und in derselben Hütte schliefen. Ich hörte ihren Atem, ich roch ihren Duft, ich spürte ihre ungeduldigen Finger, wenn sie die Kletten aus meinem Haar rupfte. Sie redete viel, aber

---

[1] Jati ist der Name einer sehr harten Teakholz-Sorte, aus der Masken geschnitzt werden

ihre Worte glitten über mich hinaus wie ein Pfeil, den man nach den Wolken schießt und der deshalb kaum die Baumwipfel streift. Bagus hatte zwei Gesichter. Wenn wir miteinander allein waren, kam sie mir vor wie der Nebel auf der Hochebene unter dem brennenden Berg – düster und geheimnisvoll, sodass ich nie vor einem Donnergrollen sicher war. Wenn ich ihr nicht zu Willen war, flammte ihr Zorn auf und sie strafte mich heftig und mit harten Händen.

Bei den anderen konnte sie lächeln und schmeicheln, bis sich die Runzeln auf Vaters Stirn geglättet hatten und Mutter vor Stolz auf ihre liebenswürdige Tochter errötete. Gewöhnlich setzte sie ihren Kopf durch. Sie bekam den neuen Sarong, den Mutter eigentlich für mich gefärbt hatte. Sie nahm sich die Schlafmatte, die der Vater bei der verwachsenen Kecil[1] für mich flechten ließ, und sagte: „Du kannst meine alte haben, die ist doch viel weicher." Und ich widersprach ihr nicht, denn ihre Schönheit verbot es mir, aber es hinterließ doch einen bitteren Nachgeschmack, wenn immer sie die reifen Bananen bekam und ich nur die Schalen zum Auslutschen. Sie ließ sich von mir die Kokosnüsse öffnen und trank die Milch aus bis zum letzten Tropfen. Mutter sah es und schwieg dazu. Und Vater? Er hatte Wichtigeres zu tun, als zwischen seinen Töchtern zu schlichten; er war der Häuptling, und hatte andere Sorgen – und keinen Sohn.

So war Bagus – schön und grausam zugleich und so weit weg von meinem Herzen wie der eine Himmelsrand vom anderen. Ich gehorchte ihr, weil sie meine ältere Schwester war und Macht über mich besaß, aber ich liebte sie nicht. Ich fürchtete sie, wie ich mich den Göttern unterwarf, und in meine Bewunderung mischten sich Angst und Zweifel.

---

[1] krumm

Die Untat

Eines Nachts, als alle anderen schliefen, verließ Bagus unsere Schlafhütte. Ich wachte auf, weil sie mir auf den Fuß getreten war; wie üblich hatte sie es nicht einmal bemerkt. Sie ging in Richtung Wald. Normalerweise hätte ich mich gleich wieder schlafen gelegt, aber plötzlich sah ich Kiri vorüber huschen. Zuerst dachte ich, er wäre zur Nachtwache eingeteilt.

Aber mein Onkel Kiri ging diesmal nicht zur Nachtwache, denn er trug kein Signalhorn. Er hatte eine Decke auf dem Arm. Das machte mich neugierig. Ich band mir einen Sarong um die Hüften, warf ein dunkles Tuch um die Schultern und schlich in einigem Abstand hinterher. Er machte große Schritte, und ich musste Acht geben, dass ich ihn nicht aus den Augen verlor. Kiri schlug den Weg zur Waldlichtung ein.

Die Lichtung ist so etwas wie ein Heiligtum. Hier setzt man sich still zwischen die hohen Halme und schaut in das Stück Himmel, das zwischen den Baumkronen hängt. Man denkt an die Götter und bringt in Gedanken oder in leisen Worten seine Bitten vor. Normalerweise geht man allein zur Lichtung, und wenn schon ein anderer dort ist, dann zieht man sich taktvoll zurück, bis der Gebetsplatz frei ist. Nun war ich gespannt, welcher von den beiden diesen Ort freiwillig räumen würde. Ich ging schneller.

Als ich zur Lichtung kam, hörte ich die Stimme meiner Schwester. Aber sie betete nicht. Sie zwitscherte wie ein Sittich in der Balz. Und Kiri knurrte zurück wie ein liebeskranker Waldmensch[1]. Die hohen Grashalme wogten und die beiden Stimmen verschmolzen. Auf einmal zitterte ich in der schwülen Nachtluft und wünschte, ich läge auf meiner Matte und hätte nur geträumt.

Als Bagus wieder in die Hütte kroch – lange nach mir –, roch sie streng, als hätte sie sich in einem Bündel Mimosen-

[1] Orang Utan

blüten gewälzt. Ich biss mir auf die Handknöchel, um nicht zu schreien: „Bagus, was hast du getan!“ Erst kurz vor Sonnenaufgang schlief ich ein.

Am nächsten Morgen krähte der Hahn, als wäre nichts geschehen. Die Sonne glitzerte auf den Tautropfen und das Wasser, das Bagus aus der Quelle geholt hatte, war rein und unschuldig. Ich schaute sie an und sie lächelte zerstreut und sah durch mich hindurch wie immer, als wäre ich ein Nebelfetzen, der letzte Ausläufer einer Morgenwolke am brennenden Berg. Heute konnte ich ihr Lächeln nicht genießen; es stach mir in die Augen wie ein Dorn.

„Was glotzt du so, Holzköpfchen?“, spottete sie, während sie ihren Sarong so verknotete, dass er das blau-rote Mal am Brustansatz überdeckte.

Den ganzen Tag über war mir, als trüge ich auf jeder Schulter einen vollen Wasserkrug. Gegen Abend kletterte ich auf meinen Lieblingsbaum und spähte hinüber zum brennenden Berg. Inzwischen mussten die Götter längst erfahren haben, was in der letzten Nacht vorgefallen war. Doch ich entdeckte kein Anzeichen ihres Zorns. Die Sonne verneigte sich vor dem Himmelsrand und ließ sich von ihm auf ihr Ruhebett ziehen, der Himmel färbte sich rotgolden, die Blätter rauschten ein Abendlied, aber sonst geschah nichts.

&

In der nächsten Nacht versuchte ich Bagus aufzuhalten, indem ich sie viele Dinge fragte. Sie gab mir Antwort, unwirsch, mit den Gedanken weit fort, aber sie wagte nicht, die Hütte zu verlassen, so lange ich noch wach war. Irgendwann fielen mir dann die Augen zu, und am nächsten Morgen weckte mich Bagus.

„Steh auf, die Mutter ruft dich.“

Sie brauchte Eier für das Frühstück und ich suchte in allen Nestern im Hühnerhaus, aber es fand sich nicht ein einziges Ei. Als ich Bagus fragte, ob sie die Eier schon eingesammelt hätte, gab sie keine Antwort, sondern bürstete weiter ihr

Haar und betrachtete sich dabei in einem kleinen Kupferspiegel.

Mutter wurde zornig. „Unsere Hühner legen jeden Tag so viele Eier, wie ich Finger an meinen Händen habe. Wo sind diese Eier? Gib sie her!"

„Mutter, heute waren keine Eier in den Nestern, wirklich nicht."

Sie hob die Hand, als wollte sie mich schlagen, doch in diesem Augenblick trat Vater dazwischen. „Unsere jüngere Tochter sagt immer die Wahrheit", sagte er. „Schlage sie nicht, frage die ältere."

Bagus fabrizierte den unschuldigsten Augenaufschlag, den ich je an ihr gesehen hatte, und beteuerte, nichts von irgendwelchen Eiern zu wissen. Außerdem wäre sie spät aufgestanden und nur eben rasch zur Quelle gelaufen. Sie hätte keine Zeit gehabt, nach den Eiern zu sehen.

Mutter zuckte die Achseln und warf mit bösen Blicken um sich. Sie traut jedermann nur Schlechtes zu, auch den Göttern.

Vater ging schweigend aus der Hütte. Ich fand ihn draußen, er hockte am Boden und untersuchte die Spuren. Meine sind klein und tief und leicht zu erkennen, weil ich den rechten Zeh immer ein wenig nach innen drehe. Aber da war noch eine andere Spur von einem schlanken Fuß, der die Erde beim Gehen kaum berührte, und daneben, sehr dicht daneben, die festen Eindrücke eines Männerfußes. Vater tupfte auf die Ränder, prüfte die Krümel auf ihre Festigkeit und schüttelte den Kopf.

„Komm her, Bagus!", rief er. Da sie nicht auftauchte, erhob er sich und fasste nach seinem Kris[1]. Ich kenne diese Geste an ihm; er berührt seinen Kris immer dann, wenn er beunruhigt oder in großer Sorge ist. Die beiden unterschiedlichen Fußspuren führten zum Hühnerhaus und wieder zurück auf den Weg und dann hinauf in den Wald.

---

[1] verzierter Dolch, der die Kleidung des javanischen Mannes vervollständigt

„Jati, du kannst mir helfen!“, rief der Vater und winkte mich heran. Normalerweise liebe ich Ausflüge mit Vater. Er spricht mit mir, als wäre ich erwachsen, dabei kann ich mich erst an sechzehn Regenzeiten erinnern und bin so klein, dass ich ihm kaum bis an die Schulter reiche. Aber an diesem Tag wäre ich lieber zu Hause geblieben und hätte mit Mutter das Frühstück zubereitet.

Vater hob gebieterisch die Hand. „Wo bleibst du denn?“ Es half nichts, in diesem Punkt war Vater wie ich – wenn wir uns etwas vorgenommen haben, dann lassen wir uns durch nichts und niemanden davon abbringen.

Am Waldrand hielt Vater an und wartete auf mich. „Du weißt, was diese Spuren bedeuten?“, wollte er wissen. Ich presste die Lippen zusammen; er hatte mich die Kunst des Spurenlesens gelehrt, und er war ein guter Lehrer. Wir folgten dem Pfad bis zur Lichtung. Dort war eine kleine Schneise in die hohen Halme gedrückt, als wäre vor kurzer Zeit jemand hindurchgegangen. Mitten in der Grasinsel fanden wir einen plattgetretenen Fleck, wie ihn Menschen hinterlassen, die im Gras sitzen oder liegen. Eierschalen und Reste einer Ananas verzierten das „Nest“.

„Hilf mir“, murmelte Vater und bückte sich nach den Eierschalen. „Nimm das mit, ich muss mit Kiri sprechen.“

Wir gingen zu Kiris Hütte. Vater begrüßte seinen jüngeren Bruder und setzte sich mitten in der Hütte auf die Matte. Ich blieb hinten im Dunkeln stehen.

„Hast du heute gut gefrühstückt?“, fragte Vater.

Kiri lächelte. „Malam hat mir Sesamkuchen gebacken.“

Vater sah sich in der Hütte um. „Ach ja? Seltsam, dass der Duft schon völlig verflogen ist . . . Nun ja. Übrigens habe ich auf der Waldlichtung das hier gefunden.“ Er drehte sich zu mir und nahm mir die Eierschalen aus der Hand.

„Was . . . was ist das?“

„Eierschalen.“

„Das sehe ich. Aber was haben diese Eierschalen mit mir zu tun?“

„Wie gesagt, wir fanden sie auf der Lichtung."

Kiri warf mir einen finsteren Blick zu, den Vater bemerkte. Er redete weiter.

„Diese Eier stammen aus unseren Nestern. Ich erkenne sie an der Färbung. Meine Frau mischt immer ein bestimmtes Kraut unters Futter."

Kiri zuckte die Achseln. „Was gehen mich eure Eier an?"

„Genau das möchte ich von dir erfahren", sagte Vater ruhig. „Wenn du hungrig bist, dann komm zu mir und ich werde dir geben, was du brauchst. Es ist keine Art, sich einfach zu nehmen, was man haben will."

Kiri schob das Kinn vor und Vater sah ihm gerade in die Augen und sagte: „Und das gilt auch für meine Tochter."

Mein Onkel sprang auf. „Das ist eine gemeine Verleumdung. Ich habe nicht mit Bagus –", er biss sich auf die Lippen. „Ich war heute Morgen überhaupt nicht im Wald."

„Dann erkläre mir, wer deine Fußspuren in den Waldboden gedrückt hat."

„Du hast dich geirrt."

Vater warf einen Blick auf Kiris Füße und zog die Augenbrauen hoch. In diesem Augenblick huschte Malam in die Hütte. Sie hatte den Kopf gesenkt und das Gesicht war halb von ihrem Haar verdeckt, und doch sahen wir alle, dass ihre rechte Wange dick geschwollen und das Auge blutunterlaufen war. Sie trug eine Decke auf dem Arm, die sie gerade frisch gewaschen hatte.

„Warum hast du deine Frau geschlagen?", fragte mein Vater, und jetzt wurde seine Stimme hart.

„Was ich mit meiner Frau tue, das ist allein meine Sache!", begehrte Kiri auf.

„Ich bin der Häuptling, und ich will, dass es meinem Volk gut geht. Malam ist eine gute Frau, ich glaube nicht, dass sie Schläge verdient hat." Wieder fuhr Vaters Hand zu seinem Kris, als müsste er sich von ihm Kraft holen. Dann drehte er sich zu Malam. „Malam, warum hast du die Decke *jetzt* gewaschen?"

Morgens dient das Flusswasser der Erfrischung. Wir spritzen uns das klare Wasser ins Gesicht und benetzen die Hände. Das soll uns daran erinnern, dass wir an diesem Tag rein bleiben wollen, damit die Götter mit uns zufrieden sind. Die Wäsche wird erst am späten Nachmittag gewaschen, wenn die Tiere von ihrer Mittagsruhe aufgewacht sind. Dann ist es nicht so heiß und der Fluss kann den Schmutz wegtragen, bevor am Abend die Tiere zum Trinken kommen. Normalerweise hält sich jeder Dorfbewohner an diese Regel.

Malam schluchzte leise und starrte auf ihre nackten Zehen, die unter dem Sarong hervorschauten. Vater streckte die Hand aus und nahm Malam behutsam am Kinn, hob ihr Gesicht, bis sie ihm in die Augen sah.

„Was war auf dieser Decke, dass du sie am frühen Morgen waschen musstest?“, beharrte er. Malam schluchzte lauter, und Kiri knirschte mit den Zähnen.

„Wir müssen den Dorfrat einberufen“, sagte Vater ernst. „In einer Stunde. Ruft alle zusammen.“

Das Urteil

Die Männer saßen im Schneidersitz auf ihren Matten unter dem Eukalyptusbaum, die Frauen bildeten in einiger Entfernung einen Außenkreis, die Kinder auf dem Schoß oder neben sich. So eine Gerichtsverhandlung war eine ernste Sache. Sogar das schwarze Ferkel hörte auf, im Karottenbeet herumzuschnüffeln, und legte sich still hinter eine Hütte.

Als Vater in den Kreis trat, standen alle Dorfbewohner auf und neigten kurz den Kopf. Er nickte und sie nahmen wieder ihre Plätze ein.

„Ich klage meinen Bruder Kiri und meine Tochter Bagus an", sagte Vater und blickte starr geradeaus. Er klammerte sich an seinen Kris. „Sie haben die Gesetze unseres Stammes gebrochen."

Der Dorfälteste stand auf. „Um welche Regeln handelt es sich?", fragte er.

Und mein Vater sagte: „Lüge, Diebstahl, Frevel gegen den Gebetsplatz und Ehebruch."

Ein Raunen ging durch die Reihe, als Kiri in den Kreis schritt. Er trug den Kopf hoch und warf trotzige Blicke in die Runde.

„Möchtest du etwas dazu sagen, Kiri?", fragte Vater.

„Jawohl." Mein Onkel holte tief Luft und streckte die Arme. Er war einen Kopf größer als der Größte im Dorf. „Ihr Männer vom Stamm der Badui!", begann er. „Ihr wisst alle, wie schön die Tochter unseres Häuptlings ist. Sie gefällt mir. Ich will sie zur Frau nehmen."

„Aber du hast schon eine Frau", sagte der Älteste. „Du darfst deiner Frau die Treue nicht brechen."

„Treue, ich höre immer nur Treue!", höhnte Kiri. „Seid nicht solche Heuchler, ihr alten Böcke. Kein Tag vergeht, an dem ihr Bagus nicht mit den Augen verschlingt. In Gedanken hat sich jeder von euch schon mit ihr im Gras gewälzt, gebt es zu!"

Die Männer zogen die Köpfe ein, von den Frauen hörte

man lautes Murren. Eine Nachbarin stand auf und spuckte Bagus ins Gesicht. Meine Schwester wischte mit einer wütenden Geste den Speichel ab und warf die Lippen auf.

„Du hast Bagus um ihre Frauenehre gebracht", fuhr mein Vater fort.

„Sie wollte es ja nicht anders", sagte Kiri. „Außerdem möchte ich sie zu mir nehmen. Warum soll ich nicht zwei Frauen haben? Sie können sich gegenseitig helfen. Malam ist eine gute Hausfrau und Mutter, und Bagus . . .", seine Stimme erstarb, weil mein Vater ihm den Kris aus der Scheide gerissen hatte.

„Wir sind Badui, und die Götter haben uns geboten, die Ehe rein zu halten!", rief Vater. „Du hast auf diesen deinen Kris geschworen, deiner Frau treu zu bleiben!"

Kiri zuckte die Achseln. „So ist das Leben. Als ich Malam zur Frau nahm, war Bagus noch ein Kind. Wie sollte ich vorher wissen, dass ich mich einmal in deine Tochter verlieben würde? Es ist einfach so gekommen. Ich kann nicht anders."

„Das Gesetz verbietet uns, solchen Wünschen nachzugeben!"

„Das Gesetz! Dann ändern wir es eben", sagte Kiri.

Alle erstarrten, sogar die Hühner, die eben noch im Gras herumgepickt hatten. Der Wind fuhr in die Zweige des Eukalyptusbaumes und schüttelte sie. Mutter warf einen ängstlichen Blick hinüber zum Feuerberg, über dessen Gipfel heute eine Rauchwolke stand, drohend und unbewegt.

„Diese Regeln sind alt. Wem nützen sie? Es ist anderswo erlaubt, dass ein Mann mehrere Frauen hat. Zum Beispiel die Moslems –"

„Schweig!", donnerte mein Vater. „Wir haben nichts mit den Völkern zu schaffen, die außerhalb unserer Grenzen leben. Wir sind Badui und halten uns an die Regeln unserer Väter. Du hast das Recht verwirkt, zu unserem Volk zu gehören. Wir stoßen dich aus!" Vater bückte sich und stieß Kiris Dolch heftig zwischen die Steinbrocken in den Boden. „Jetzt hast du keine Ehre mehr."

Er wandte sich an Bagus. „Meine Tochter, du hast uns Schande bereitet. Von diesem Tag an wird dein Name nie mehr genannt werden. Du bist für uns tot. Geh mir aus den Augen!"

&

Kiri protestierte: „Ich bin der stärkste Mann im Dorf. Wer wird Häuptling sein, wenn mein Bruder nicht mehr lebt? Ihr könnt uns doch nicht einfach wegschicken. Ich will Malam nicht verlieren und meine Söhne –"

„Du hast keine Söhne mehr. Das Dorf wird für Malam und die Kinder sorgen, denn sie ist jetzt eine Witwe." Vater wandte sich um und stapfte in die Häuptlingshütte und schob die Grasmatte vor.

Langsam erhoben sich die Männer und gingen auseinander, die Frauen nahmen die Kinder an die Hand und zogen sie schleunigst fort, als müssten sie sie vor dem Anblick der beiden Verbannten schützen. Kurze Zeit später war der Dorfplatz beinahe leer. Nur Kiri und Bagus standen noch da und starrten aneinander vorbei. Ich wollte wegschleichen, aber meine Beine ließen mich im Stich.

Ein solches Unglück hatte es seit vielen Regenzeiten nicht gegeben. Ich konnte mich nicht daran erinnern, dass jemals ein Badui aus dem Stamm ausgestoßen wurde.

Bagus hob den Kopf und fragte mit einer zerdrückten Stimme: „Wo gehen wir jetzt hin?"

Kiri straffte sich. „Sechs Wegstunden von hier liegt eine kleine Stadt. Dort wohnen auch Badui, aber sie leben nicht so streng wie in unserem Dorf."

„Warst du – schon mal dort?"

„Natürlich nicht, aber Jusef hat mir davon erzählt."

„Jusef?"

„Er bewacht die Grenze von der anderen Seite und gibt Acht, dass kein Fremder in unser Gebiet kommt. Es gibt nur eine Brücke über den wilden Fluss, und die bewacht er. Ich habe oft mit ihm gesprochen."

„Gehört Jusef auch zu unserem Volk?"

„Seine Frau ist Badui. Sie wurde ausgestoßen, weil sie ihn geheiratet hat. Er stammt aus einer moslemischen Familie. Aber er ist ein guter Mann."

Sie nickte. Dann bückte sich Kiri nach seinem Dolch. Ich kannte seinen Kris, weil ich damals beim Schmieden zugesehen hatte. Ich hielt mich gern in den Hütten der Handwerker auf, wenn auch Mutter meinte, es würde sich für ein Mädchen nicht gehören, dort herumzulungern – Vater hatte es erlaubt, weil er meine Neugier kannte.

Dieser Kris hatte eine wellige Klinge, die an die große Schlange Naga erinnern sollte – Naga, immer in Bewegung, stets darum bemüht, die Menschen in Versuchung zu führen. Bei Kiri hatte dieses Merkzeichen nicht geholfen ...

Die Schneide war aus verschiedenen Eisenstäben zusammengeschmiedet; einer davon stammte von einem Stein, der vom Himmel gefallen war. Mein Ururgroßvater hatte ihn am brennenden Berg gefunden und als seinen größten Schatz gehütet. Zur Hochzeit sollte Kiri einen ganz besonderen Kris bekommen, deshalb gab ihm Vater den Himmelsstein. Der Schmied hatte das Eisenerz herausgeschmolzen und zu Stäben gegossen. Dann zeichnete er ein Muster auf die eine Eisenstange. Das Sternen-Eisen wurde danebengeschmiedet, dann übergoss der Schmied die Klinge mit Essig. Die Säure verätzte den Stab, der aus dem Meteoriten gekommen war, dadurch kam das Muster auf dem anderen Stab deutlich zum Vorschein. Vater erklärte mir, dass das verätzte Eisen keine Säure vertrug.

„Was von den Sternen kommt, darf nicht der Säure ausgesetzt werden", sagte er. „Die Liebe stammt von den Göttern. Deshalb darf kein Groll, kein Neid und kein Hass zwischen Mann und Frau geduldet werden."

Das also war Kiris Hochzeitsdolch gewesen, und nun riss er ihn aus dem Boden und betrachtete ihn. Ein Stück der Klinge war herausgebrochen. Er wog den Adlerkopf, der als Griff diente, in der Hand.

„Wirf ihn weg", forderte Bagus. „Er wird dich sonst immer an Malam erinnern."

Er schleuderte den Kris fort, und er rollte bis zur Hütte, hinter der ich stand. Als Kiri weggegangen war, berührte ich den Kris mit dem Fuß, doch mir war, als wäre der Stahl glühend heiß. Sicher war es ein schlechtes Omen, dass der verdorbene Kris vor mir lag. Ob ich das Unheil bannen konnte, wenn ich ihn im Sand verscharrte? Oder sollte ich ihn lieber an mich nehmen, damit ich das Böse besser unter Kontrolle hatte und jede Veränderung sofort wahrnehmen konnte?

Blitzschnell bückte ich mich und steckte den Kris unter meinen Sarong.

&

Als ich eine Stunde später wieder in unsere Schlafhütte kam, war Bagus fort und mit ihr all meine farbigen Sarongs. Sie hatte sogar meinen einzigen Sampur[1] mitgenommen, den ich zur Feier meines ersten Blutmondes bekommen hatte. Es ist ein großes Fest in unserem Dorf, wenn ein Mädchen die erste Monatsblutung bekommen hat. Die Frauen und Mädchen aus der Nachbarschaft bringen Geschenke – ein Stück Stoff, einen hübschen Stein vom Feuerberg, Holzschnitzereien oder Körbe. Mein Sampur war aus hellgrüner Seide mit dunkelgrünen Farnmustern und stammte von der Mutter meines Vaters. Ich war stolz auf dieses Festgewand, denn Vater hatte mir noch nie zuvor etwas geschenkt. Nun war der Sampur fort und mir blieben nur zwei alte braune Tücher, die ich gewöhnlich trug, wenn ich den Hühnerstall ausmisten musste.

Ich konnte noch nicht fassen, dass Bagus gegangen war. Und doch war ich seltsam erleichtert. Mir schien, als wäre die dunkle Wolke endlich abgezogen, die ihren Schatten über mein Leben geworfen hatte.

---

[1] Festgewand der Frau: 4–5 m feiner Baumwoll- oder Seidenstoff mit Batikmustern verziert

Neue Freiheit

Nicht jeder hatte das Unglück so gut verkraftet wie ich. Vater kam drei Tage nicht aus seiner Hütte und verweigerte jede Nahrung. Dann setzte er sich eine ganze Nacht lang zum Meditieren auf die Lichtung. Mit schwarz umrandeten Augen wankte er schließlich wieder ins Dorf und trank zwei Wasserkrüge leer. Er packte etwas Proviant ein und machte sich auf die lange Wanderung zum brennenden Berg.

Mutter war seit Bagus' Abreise noch mürrischer als zuvor und nörgelte an allem herum, was ich machte. Zum Glück war es ihr mehr oder weniger gleichgültig, was ich den ganzen Tag über trieb, wenn ich nur meine Morgenpflichten ordentlich erledigte. Nach dem Wasserholen hatte ich das Frühstück zu bereiten, ich fütterte die Hühner und säuberte ihren Stall, räumte die Hütte auf und fegte den Vorplatz. Danach konnte ich tun, was ich wollte.

Meistens besuchte ich Kecil, die als junges Mädchen von der Kokospalme gefallen war und seither einen krummen Rücken hatte. Kecil konnte Körbe und Matten flechten, und ich saß an jedem Tag einige Stunden in ihrer Hütte und übte, bis ich es beinahe genauso gut konnte wie sie. Es machte Spaß, wie der Korb unter meinen Händen wuchs.

„Du hast dir ja ein neues Muster ausgedacht, sehr schön", lobte Kecil. „Kannst du mir zeigen, wie du das gemacht hast?" Da wurde mir warm.

Manchmal schaute ich auch dem Töpfer zu, und wenn er gut gelaunt war, ließ er mich an der Drehscheibe sitzen und eine Schale formen, die ich dann mit nach Hause nehmen durfte. Aber ich musste die Schalen und Töpfe gut verstecken, denn Mutter durfte nichts davon erfahren; sie hätte es als Schande betrachtet, dass sich die Tochter des Häuptlings bis zum Ellenbogen mit Lehm verschmierte und einfache Handwerksarbeiten machte.

Wenn die Dorfbewohner ihren Nachmittagsschlaf hielten,

dann kletterte ich in den Bäumen herum. Kiri hatte mir vor langer Zeit einmal gezeigt, wie man Lianen zusammenbindet und daran hinaufsteigt. Am liebsten saß ich auf dem Wipfel des höchsten Baumes am Waldrand. Hier oben fühlte ich mich wie ein Häuptling. Ich konnte die Wolken sehen, den Gipfel des brennenden Berges, der manchmal nur eine schmale Rauchsäule aufsteigen ließ, manchmal aber auch gewaltige Mengen von Staub und Ruß in die Luft schleuderte. Dann spürte man sein Grollen und Beben, und das verwaiste Tigerkätzchen, das Kiri aus dem Wald mitgebracht hatte, maunzte kläglich und suchte Zuflucht zwischen den Bäumen.

Wie ein grüner Teppich streckten sich die Baumwipfel bis zum Himmelsrand im Westen, und der Wind fuhr hinein und hob und senkte die Äste, als atmeten die Bäume. Ich hatte keine Ahnung, wo die Grenze unseres Stammesgebietes lag. Wir Mädchen durften nicht in den Wald hinauslaufen, nur die Männer und älteren Jungen kannten den Pfad, der zum wilden Fluss führte.

Einmal werde ich bis zur Brücke gehen! schwor ich mir. *Ich will sehen, was hinter dem Fluss ist und wie die Menschen dort leben.*

Die Verlassene

Drei Tage nach dem Unglück schlenderte ich hinüber zu Malams Hütte. Ich räusperte mich höflich, bevor ich die Türmatte zur Seite schob.

Malam blickte auf. „Was willst du?“, fragte sie kurz.

Ich zögerte. Eigentlich hatte ich sie bitten wollen, mir einen neuen Sarong zu machen, denn der, den ich trug, war schon schmutzig und musste dringend gewaschen werden. Aber nun verließ mich der Mut.

Ich hockte mich auf die Fersen. „Es – es tut mir Leid“, brach es aus mir heraus. „Ich schäme mich für meine Schwester. Ich bitte dich um Verzeihung.“

Sie zog die Nase hoch, dann sagte sie überraschend sanft: „Du kannst nichts dafür. Du hast ja selbst unter ihren Launen zu leiden gehabt.“

„Woher – woher weißt du das?“

Sie streckte die Hand aus und strich mir übers Haar. „Ich bin vielleicht hässlich, aber nicht blind, kleine Jati“, sagte sie. Ich schloss die Augen.

„Es muss sehr schlimm für dich sein“, murmelte ich.

„Nicht schlimmer als vorher“, gestand sie, und da begann ich zu ahnen, wie wenig Glück ihr der starke, große Kiri gebracht hatte.

Sie schob mir eine Schüssel Reis und Gemüse zu. „Hast du heute überhaupt schon etwas gegessen?“

Zuerst wollte ich ablehnen. Schließlich war ich die Häuptlingstochter – wie konnte ich von einer armen Witwe Essen annehmen, die ihren Mann durch ein Mitglied meiner Familie verloren hatte? Doch Malam ließ nicht locker. „Deine Mutter trauert. Ich habe heute noch kein Feuer in eurer Hütte gesehen.“

„Du trauerst auch – und hast doch gekocht?“

„Ich kann meine Söhne nicht hungern lassen. Komm, zier dich nicht. Nach dem Essen kannst du mir helfen.“

Der Reis war körnig – eine Kunst, die nur Malam beherrschte; bei allen anderen wurde er pappig und klebte am Topf. Malam hatte eine würzige Soße mit Bohnen, Karotten und Zwiebeln dazu gekocht. Ich aß mich satt und wischte meine Schüssel aus.

Danach sortierten wir Wurzeln für einen dunkelroten Farbsud. Malam reichte mir ein Stück Stoff. „Hier, für dich. Du wirst den Sarong selbst batiken, wähle deine Lieblingsfarbe."

„Blau", sagte ich. Sie nickte und holte ein Brett und einen kupfernen Tiegel, in den sie das Wachs von wilden Bienen gebröckelt hatte. Sie erhitzte den Tiegel über dem Kochfeuer. Mit einem Tuschestift zeichnete ich einen Adler auf den Stoff.

„Warum zeichnest du den Garuda?", fragte Malam.

„Er kann sich über die Baumwipfel erheben und fliegen ohne Grenzen – bis zum Himmelsrand, wenn er will. Niemand kann ihn einfangen, niemand kann ihm befehlen. Ich wäre gerne ein Garuda", sagte ich.

Sie betrachtete mich lange. „Hast du keine Angst, beim Fliegen abzustürzen?"

„Nein, denn wenn ich ein Adler wäre, dann hätte ich mächtige Schwingen. Sie würden mich überall hin tragen und ich könnte sehen, was dahinter kommt, auf der anderen Seite des brennenden Berges und hinter dem Himmelsrand."

Malam schüttelte den Kopf. „Das wäre mir viel zu weit. Ich wäre schon zufrieden, wenn ich wüsste, wie es den beiden geht ..."

Seltsam. Sie macht sich Sorgen um zwei Menschen, die ihr Kummer und Schmerz bereitet haben. Ich goss das heiße Wachs über die Zeichnung. *Sie könnte froh sein, diesen anspruchsvollen Kiri endlich los zu sein. Ohne ihn hat sie es leichter. Aber nein, sie vermisst ihn.*

„Malam, möchtest du dich nicht an Kiri rächen? Und an meiner gierigen Schwester?"

„Was würde das ändern? Macht mein Zorn das Ganze

ungeschehen? Kann der Wunsch nach Rache meine Wunde heilen?"

Plötzlich begriff ich, dass Malam so dachte, weil sie Kiri immer noch liebte. *Wie ungerecht! Warum versteckt sich Malams schöne Seele hinter einem Gesicht, das man nicht länger als einen Atemzug betrachten kann, ohne Beklemmungen zu kriegen? Und warum birgt Bagus in ihrem vollkommenen Körper ein Herz aus Eisen? Und warum soll ich den Göttern danken für das, was sie da angerichtet haben?*

Ich tauchte den Stoff in den Farbtopf und rührte mit einem Bambusstock hin und her. Indigo, die Farbe des Himmels, der Weite. *Ihr Götter macht so vieles verkehrt. Wie kann ich euch noch glauben, wenn ihr solche Fehler macht? Ihr verlangt von uns schwachen Menschen, dass wir euch verehren. Aber ich kann keinen Gott achten, der so unüberlegt handelt, dass er eine Seele mit einem Körper mischt, die nicht zusammenpassen . . . Ich muss Vater danach fragen, wenn er wieder zurück ist!* Malam half mir, den Stoff auseinander zu ziehen, damit er besser trocknen konnte. Am Nachmittag trug ich eine neue Wachsschicht auf, damit alle Teile, die hellblau bleiben sollten, vor der dunkleren Farbe geschützt waren. Und ich kam zu dem Schluss: wenn unsere Götter nicht fähig waren, dieses Unglück zu verhindern, dann waren sie nicht wirklich stark und mächtig.

Was aber, wenn sie wohl stark genug gewesen wären einzugreifen, aber aus Gleichgültigkeit nicht reagiert hatten? Das wäre noch schlimmer. Wenn also die Götter nicht durch und durch gut waren – vollkommen, fehlerlos –, mit welchem Recht forderten sie dann von uns, dass wir sie anbeten und ihnen gehorchen sollten? Sie waren kein bisschen besser als wir.

Am gleichen Abend kehrte Vater von seiner Wanderung zurück. Die Linien um seinen Mund hatten sich vertieft, graue Fäden zogen sich durch seine Locken und die Augen schauten nach innen, als könnten sie hier eine Antwort finden.

Mutter zeigte keine Freude über seine Heimkehr. Sie fachte nicht einmal das Herdfeuer an. Also holte ich Holz und kochte Reis mit Zwiebeln nach Malams Rezept.

„Freust du dich, dass der Reis körnig geblieben ist?", fragte ich Vater, um etwas zu sagen.

Er nickte und verzog das Gesicht zu einer Grimasse, die wohl ein Lächeln sein sollte. Aber seine Augen blieben dunkel. Am liebsten hätte ich ihn geschüttelt und gerufen: „Ihr seid nicht ganz und gar kinderlos. Ihr habt ja noch mich! Ich werde euch doppelt lieben, damit ihr Bagus nicht mehr vermisst!"

Aber ich brachte die Worte nicht heraus. Vielleicht hatte ich Angst davor, dass Mutter sagen würde: „Du bist ja nur ein Kind", und Vater würde murmeln: „Bagus kann man nicht ersetzen."

Jetzt war ich es, die morgens mit dem Krug zur Quelle lief, doch nach mir drehte keiner den Kopf. Ich war eben nicht Bagus. Der alte, zerbeulte Spiegel, den sie mir einmal geschenkt hatte, verriet es überdeutlich: Nase zu kurz, Lippen zu schmal, Augenbrauen zu dicht. Wahrscheinlich würde ich ohnehin keinen Mann finden. Die jungen Männer in unserem Dorf waren alle verheiratet, und die aus dem Nachbardorf galten als ungehobelt und dumm; außerdem war Mutter der Ansicht, dass es für mich als Häuptlingstochter nicht in Frage kam, einen Mann aus einem fremden Stamm zu heiraten. Also würde ich wohl für immer bei meinen Eltern leben und brauchte mir über mein Aussehen nicht den Kopf zu zerbrechen.

Ich hätte so gern mit Vater über all das gesprochen, doch er hörte nicht zu, wenn ich etwas sagte. Er war in seiner eigenen Welt, hatte sich eingekapselt wie eine Seidenraupenlarve im Kokon.

&

Nach dem Essen ging ich hinunter zum Fluss. Die ersten Sterne funkelten über den Wipfeln, die Sittiche in den Zweigen piepsten nur noch leise. Ich knüpfte meinen Sarong los und tauchte ins Wasser, wusch mir den Staub des Tages ab und hoffte, damit auch die Zweifel wegzuwaschen. Aber sie klebten fester an mir als eine Klette im Haar.

Wahrscheinlich würde ich sie nie wieder loswerden.

Der Ausflug

Ein Monat war vergangen, als mich Malam in ihre Hütte winkte. Sie setzte ein geheimnisvolles Gesicht auf. „Ich habe Nachrichten – du weißt schon, von wem“, flüsterte sie. „Sie leben in einer kleinen Stadt im Gebiet der äußeren Badui. Es geht ihnen gut.“

„Woher weißt du das?“

„Ayam[1] ist bis zur Brücke gelaufen und hat mit Jusef gesprochen.“

Ayam war ihr Sohn, mein Cousin, vor zwölf Regenzeiten geboren, ein großer, hühnerbeiniger Junge, etwas schüchtern, aber hell im Kopf.

„Wenn mein Bruder zum Wachdienst eingeteilt ist, dann wird Ayam mitgehen und seinen Vater besuchen“, verriet Malam.

„Und das erlaubst du?“

Malam zuckte die Achseln. „Ich verbiete es nicht. Er vermisst seinen Vater, und das ist nur natürlich.“

„Aber die Götter . . .“

Meine Tante legte mir die Hände auf die Schultern und sah mir in die Augen. „Wenn die Götter so grausam sind, dass sie Familien auseinander reißen, nur weil einer falsch gehandelt hat, wenn sie so streng sind, dass sie unbarmherzig strafen und verstoßen, und wenn sie wollen, dass man dem Gesetzesbrecher bis zum Lebensende grollt und seinen Namen nicht mehr nennen darf, dann sind das böse Götter. Mit denen will ich nichts zu tun haben. Aber –“, sie senkte die Stimme zum Flüstern, „wer sagt uns denn, dass die Götter diese Strafe wirklich fordern? Vielleicht sind unsere Regeln und Gesetze nur von Häuptlingen erfunden worden.“

Ein eiskalter Schauer fuhr mir über den Rücken. Sie sprach aus, was ich heimlich dachte. Auf einmal packte mich wieder

---

[1] „Hühnchen“

die Neugier nach der Welt jenseits des wilden Flusses. Es konnte doch nicht alles verkehrt sein, was die Menschen da draußen taten. Vielleicht waren wir Badui gar nicht der Mittelpunkt der Welt? Vielleicht hatte mein Vater Unrecht und mit ihm auch die Überlieferung der Alten? Ich hätte gern mit ihm darüber gesprochen, aber er hatte sich so in seine Traurigkeit vergraben, dass er keine Augen für mich hatte. Vielleicht würde er es gar nicht merken, wenn ich für ein paar Tage verschwand.

Ich bat ein Mädchen aus dem Dorf, meine Morgenpflichten zu übernehmen, bis ich wieder zurückkam. Sie sollte meinen Eltern erklären, dass ich mit Ayam zur Brücke gehen wollte, um einen Blick in die Welt da draußen zu werfen.

„Es hat keinen Sinn, die Eltern um Erlaubnis zu bitten", erklärte ich ihr. „Sie würden es mir verbieten und dann kann ich nicht fortgehen."

„Du könntest sagen, dass du eine Freundin im Nachbardorf besuchst", schlug das Mädchen vor. Aber das kam für mich nicht in Frage.

„Nein. Es ist schon schlimm genug, dass ich etwas tue, was meinen Eltern nicht gefällt. Lügen werde ich deshalb nicht."

Malam packte mir ein Bündel mit ein paar Bananen, Eiern und ein Schälchen mit Mais zusammen. Sie gab mir auch einen Ledersack, den man mit Wasser füllen und umhängen konnte.

„Damit du die Hände freihast, wenn ihr klettern müsst", sagte sie. Ayam hatte sich einen langen Kris an den Gürtel gehängt. Damit wollte er das Gestrüpp weghacken, das immer wieder über den Pfad wucherte. Meine Hände waren feucht, als ich Malam umarmte.

Malams Bruder sagte nichts, als er mich neben Ayam sah. Er zog nur fragend die Augenbrauen hoch, dann zuckte er die Achseln und ging los. Wir trotteten hinter ihm her. Vor der Wegbiegung sah ich noch einmal zurück aufs Dorf. Das Ferkel scharrte im Sand, ein paar Hühner pickten vor den Hütten herum, die Sittiche plauderten ohne Atempause. So schön, so friedlich ... und so langweilig ...

Meine Fußriemen wurden locker, als wir den dritten Bach durchquert hatten. Aber ich wagte nicht, sie loszubinden und barfuß weiterzugehen, denn der Pfad wimmelte von Ameisen und Käfern. Ayam ging neben mir und sah mich ab und zu von der Seite an. Wenn sich unsere Blicke kreuzten, dann vertiefte sich das Braun seiner Wangen. Seine Haut war dunkler als meine; mit seiner schmalen, gebogenen Nase erinnerte er ein wenig an einen Adler. Er hatte die wachen Augen seines Vaters, ihm entging nichts. Einmal riss er mich zurück, als eine Baumschlange vom Ast herabfiel. Sie hätte meinen Hals umwickeln können, dann wäre ich erstickt, und keiner hätte etwas dagegen unternehmen können. Im Gehen aßen wir unsere Vorräte und tranken die Lederflasche leer.

„Das Flusswasser ist gut, dort kannst du den Beutel wieder füllen", sagte Ayam.

Es wurde dämmerig, als wir ein Rauschen hörten. Ayams Onkel drehte sich um. „Da vorne ist der wilde Fluss. Folgt ihm flussabwärts, dann kommt ihr an die Brücke. Ich treffe euch morgen nach dem Mittagsregen an dieser Stelle hier wieder." Er deutete auf einen verdorrten Ast und hob grüßend die Hand, ehe der Wald ihn verschluckte.

„Komm weiter, solange wir noch etwas sehen", drängte Ayam. Wir liefen und stolperten weiter bis zum Ufer. Hier wurde das Rauschen zum Gebrüll. Das Wasser stürzte vom Hang herab und strudelte durch sein enges Bett, riss an Steinen und Felsblöcken, schleuderte Äste und Zweige herum zu einem wilden Tanz. Immer wieder spritzte die Gischt hoch auf, sodass uns die Tropfen ins Gesicht sprühten.

„Wer da reinfällt, ist verloren", schrie Ayam gegen das Tosen an. Ich wollte mich aufs Gras sinken lassen und schauen und staunen, doch mein Cousin ließ es nicht zu. „Wir müssen noch über die Brücke, bevor es ganz dunkel ist", rief er mir ins Ohr. Er zog mich am Arm zu einer Hängebrücke, die auf der einen Seite ein Geländer aus Lianen hatte.

„Schau, wie ich es mache", sagte er. „Immer einen Fuß

nach dem anderen. Und nicht runterschauen, sonst wird dir schwindelig. Halt dich gut fest, das Holz ist nass."

Die ersten Schritte waren ganz leicht. Aber in der Mitte des Flusses begann die Hängebrücke zu schwanken und zu schaukeln. Ich klammerte mich mit beiden Händen an die Liane und schloss die Augen.

„Jati! Komm weiter! Im Dunkeln ist es zu gefährlich!", schrie Ayam vom anderen Ufer herüber. Er hatte es gut.

„Ich hab' Angst. Ich kann nicht", sagte ich leise, doch er musste begriffen haben, dass ich mich nicht mehr weitertraute, denn er schrie mir zu: „Halt dich fest und warte! Ich bin gleich wieder zurück!"

Ich kauerte mich nieder, die Hände fest um die Lianen gekrallt. Inzwischen war auch der letzte helle Schimmer am Himmel verblasst. Das Wasser rauschte drohend, der Wind fuhr in die Hängebrücke und zerrte an meinem Sarong. Mir klapperten die Zähne vor Furcht und vor Kälte.

Jetzt war ich ganz und gar allein, allein mit meiner Angst. Wenn ich die Augen schloss, meinte ich grimmige Fratzen zu sehen. Kamen die Götter, um mich zu bestrafen? Aber weshalb? War meine Neugier ein Verbrechen, das ich mit dem Tod büßen musste?

Ihr Götter, hört ihr mich?, flüsterte ich. *Ich möchte gut sein, aber das ist schwer, wenn man nicht so hübsch ist wie die eigene Schwester und wenn Vater und Mutter diese Schwester vermissen und deshalb traurig und ärgerlich sind. Ich möchte gut sein und alles tun, was recht ist, aber das Dorf ist so eng und so still, und in mir ist ein großer Hunger. Könnt ihr mich verstehen?*

Es kam keine Antwort, aber mir war plötzlich, als wäre das Toben des Flusses ein wenig leiser geworden. Vielleicht musste ich doch nicht sterben.

&

Dann hörte ich Stimmen. Eine Fackel leuchtete auf. „Jati!" rief Ayam. „Jusef ist hier. Du kannst ihm vertrauen. Mach genau das, was er sagt."

Jusef war ein Fremder und noch dazu ein Moslem. „*Trau keinem Fremden!*“, hatte Mutter mir eingeprägt. „*Sie sind alle Teufel und wollen uns vernichten.*“

Wenn aber Jusef meinen Tod wünschte, warum war er dann mit einer Fackel hergekommen? Wollte er sich an meiner Angst weiden?

„Mädchen, du klug“, klang eine volle, klare Stimme über den Fluss. „Musst du nur setzen ein Füßchen vor anderes. Und mit beiden Händen fest an Geländer. Hand über Hand, Fuß über Fuß. Verstehen altes Jusef?“

So hatte ich mir die Stimme des Teufels nicht vorgestellt. Wahrscheinlich war er doch keiner. Ich gehorchte und setzte einen Fuß vor. Der schmale Steg schwankte heftig. Die Fackel kam näher.

„Denkst du an Tanzen“, schmeichelte Jusef. „Schönes Mädchen tanzt über Baumstamm, wackelt rechts, wackelt links, aber hält fest. Hast du keine Angst, gehst du immer weiter.“

Aber dazu musste ich eine Hand von der Liane lösen und nach vorne greifen. Würde ich mich mit der anderen festhalten können? Wieder bauschte der Wind meinen Sarong.

Jusef war unermüdlich. „Ayam sagt, du Mädchen klettern auf Baum. Sehr gut klettern. Immer höher, immer höher, auch wenn Liane herumschwingt. Brücke ist wie hohes Baum. Probierst du mal.“

Und Ayam rief: „Jati, du schaffst es. Du hast schon mehr als die Hälfte hinter dir. Hol tief Luft und zwing dich zum nächsten Schritt. Immer im Takt. Eins und zwei. Links und rechts.“

Und genauso machte ich es, Fuß über Fuß, Hand über Hand. Das letzte Stück ging steil nach oben. Jusef und Ayam streckten mir die Hände entgegen und zogen mich an den Armen hinauf. Mein Cousin hüpfte vor Begeisterung auf und ab und glich mehr denn je einem Hühnchen, und Jusef betrachtete mich aufmerksam.

Er trug einen Turban auf dem Kopf, sein Schnurrbart hing

bis zum Kinn, und sein Gesicht war von unzähligen Falten durchgraben, als hätte er viel gelacht oder zu oft in die Sonne geschaut. Ich begrüßte ihn, wie es sich für eine Häuptlingstochter gehört: neigte den Kopf und berührte mit den gefalteten Händen meine Nasenspitze. Er lachte und verbeugte sich mit vor der Brust gekreuzten Armen.

Wir gingen zur Hütte, und erst als mich die Wärme und Freundlichkeit eines Herdfeuers küsste, wurden mir die Knie weich. Ich sank zu Boden. Eine Frau beugte sich über mich.

„Ich bin Susu[1]," lächelte sie. „Du bist ja völlig erschöpft. Komm hier herüber auf die Schlafmatte. Ruh dich aus." Sie führte mich am Arm in eine stille Ecke und stellte mir eine Schale Reissuppe neben die Matte. Die Augen fielen mir zu.

---

[1] „Milch"

Die Fremden

Vom Klang vieler Stimmen wurde ich wach. Männer drängten sich in die Hütte und setzten sich im Kreis auf die große Wohnmatte. Ich richtete mich auf und lugte hinter dem Vorhang hervor. Sie redeten in einer fremden Sprache auf Jusef ein, der hin und wieder nickte oder den Kopf schüttelte. Susu hatte gerade Hirsebrei und Bohnen gekocht und verteilte sie auf Schalen und Teller. Einer der Männer ging hinaus und kam mit einem Sack wieder. Er holte einige Fische heraus und reichte sie Jusef, der sie an Susu weitergab. Auch einen Beutel mit weißem Pulver gab er Jusef. Der befeuchtete seine Fingerkuppe und tupfte in das weiße Pulver, leckte daran. Sein Gesicht verzog sich zu tausend Falten. „Garam!", lachte er. „Salz!" Er brachte den Beutel zu Susu, die ebenfalls am Pulver schleckte und lachte. Dann füllte sie einen Teller mit Hirse und Gemüse und kam in meine Ecke.

„Das sind Fremde, die den Badui helfen wollen", erklärte sie. „Sie haben gute Medizin und sie können euch zeigen, wie man feste Hütten baut, die nicht bei jedem Regenguss das Wasser durchlassen. Sie wohnen in der Stadt, in der auch deine Schwester lebt. Ayam wird heute Nacht mit ihnen fahren. Sie bringen ihn dann morgen vor dem Mittagsregen wieder zurück."

„Susu, was heißt ‚fahren'?", wollte ich wissen.

„Komm, ich zeig es dir."

Sie führte mich vor die Hütte und hob die Fackel. Dort stand ein schwarzer Kasten auf vier Rädern. Hinten war noch ein Rad, und eines auch im Innenraum. Ich klopfte an die Wand des Kastens. Es klang hohl und metallisch.

„Eisen", nickte ich. „Ganz dünn gewalzt."

Susu öffnete die Tür. Innen standen mehrere Stühle, aber nicht im Kreis wie bei einer Ratsversammlung der Häuptlinge, sondern hintereinander und in Richtung auf eine Glasscheibe, durch die man hindurchsehen konnte.

„Die Fremden klettern hinein und setzen sich auf diese Sitze. Einer sitzt unter dem Rad und drückt mit den Füßen auf diese Hebel da unten. Dann beginnt der Kasten zu jaulen und zu brüllen und läuft davon."

„Das kann ich nicht glauben. Diese eiserne Hütte ist doch nicht lebendig. Wie kann sie laufen?"

„Es ist eine Maschine darin. Man muss sie mit einer stinkenden Brühe füttern und dann wird das Zeug durch einen Funken in Brand gesteckt. Die Maschine fürchtet sich vor dem Feuer und rennt davon, aber sie kann ihm nie entkommen, verstehst du? . . . Der Kasten heißt ‚Mobil'. In der Stadt gibt es viele davon, und manche sind so groß, dass dreimal so viele Leute hineinpassen wie ich Finger und Zehen habe. Man nennt sie ‚Bis'."[1]

&

In diesem Augenblick tauchte ein unglaublicher Mensch aus der Nacht auf. Er war so groß, dass er das Hüttendach mit der Hand erreichen konnte, und seine Haut war hell wie die Schalen unserer kranken Henne. Er hatte viele braune Punkte im Gesicht, seine Wangen und sein Kinn waren von einem hellbraunen Bart überwuchert. Auch sein Haar war hellbraun und glatt und kurz geschnitten.

Er trug keinen Sarong, sondern an jedem Bein einen Schlauch, und die Schläuche waren in der Mitte zusammengenäht und mit einem Gürtel festgehalten. Oben herum war er nackt und hatte ein Tuch um den Nacken geworfen.

Er sah uns und stockte mitten im Schritt. „Oh", rief er, „selamat sore[2]!" Er neigte den Kopf und berührte seine Nasenspitze mit den gefalteten Händen.

Er muss der Sohn eines Häuptlings sein, sonst würde er sich nicht so würdevoll verneigen, dachte ich.

Als er sich wieder aufgerichtet hatte, sah ich seine Augen.

---

[1] „Bus"

[2] Guten Abend

Sie waren blau wie der Himmel nach dem Mittagsregen und es war ein Licht darin, das mir das Herz wärmte.

„Selamat sore", erwiderte ich ernst. Susu kicherte und verzog sich zur Hütte, winkte mir heftig, aber ich konnte mich noch nicht vom Anblick dieses Fremden losreißen. Er kam drei Schritte auf mich zu und lächelte.

„David saya"[1], sagte er, und deutete mit dem Finger auf sich.

David . . . ein seltsamer Name.

„Jati saya", antwortete ich und zeigte mit dem Finger auf mich, dann auf eine Maske aus Jati-Holz, die Jusef an die Hütte gehängt hatte, um böse Geister fern zu halten. Das Holz ist rotbraun und sehr fest. „Ich bin hart wie das Jati-Holz, aber ich trage keine Maske", erklärte ich. „Ich bin ehrlich. Du kannst in meinem Gesicht lesen."

Er betrachtete mich aufmerksam und überlegte. Dann hob er die Hände und Schultern und lächelte hilflos.

Also spricht er unsere Sprache nicht. Er kennt nur ein paar Worte. Irgendetwas in meinem Innern trieb mich dazu, weiter mit diesem Fremden zu reden. Ich deutete auf die Maske und auf mein Gesicht und schüttelte den Kopf. Dann klopfte ich mit dem Finger an einen niedrigen Ast und dann an meine Stirn. Der Fremde lachte und zeigte blitzende Zähne. Er hatte mich verstanden!

Jusef erschien in der Hüttentür. „Kommt, ist Essen fertig. Haben Hunger, Fremder?" Er hob drei Finger der rechten Hand an den Mund. Der Fremde nickte. „Mädchen auch hereinkommen", mahnte Jusef. „Nacht ist nicht gut für Jati."

&

Als wir die Hütte betraten, stockte das Gespräch. Alle Blicke flogen zwischen dem Fremden und mir hin und her. Ayam presste die Lippen zusammen und schaute angestrengt auf seinen Teller. Ich ging schnell zur Schlafmatte hinter den Vorhang

---

[1] Ich bin . . .

und kniete mich neben die Schalen, die Susu zurechtgestellt hatte. Sie hatte die Fische der Fremden gebraten und in kleine Stücke zerteilt und auch mir davon gegeben. Ich rollte den Reis mit ein paar Bohnen zu einer Kugel und schob sie mir in den Mund. Aber die Fremden aßen noch nicht. Sie senkten die Köpfe, schlossen die Augen, als wollten sie beten. Der große Mann mit der hellen Haut sagte etwas in seiner Sprache. Seine Gesichtszüge entspannten sich, als sähe er einen wunderbaren Garten, und er sprach die Worte mit Wärme. Da durchfuhr es mich, dass zumindest dieser eine Fremde kein Teufel sein konnte, weil er seinen Göttern mit so viel Liebe dankte.

Immer wieder flogen meine Augen zu ihm hinüber, ich sah zu, wie er den Reis ungeschickt in den Händen herumrollte, bis ihm die roten Bohnen auf seine Beinkleider fielen. Schließlich wühlte er in einem Beutel herum und zog eine kleine Schaufel heraus, die er „Löffel" nannte. Die anderen lachten und er lachte mit.

Dieser Mann hat ein starkes Herz, denn er lässt sich nicht so schnell beleidigen, dachte ich.

Er folgte dem Gespräch mit lebhaften Augen, wenn er auch nichts sagte. Dann war die Mahlzeit vorüber, Susu räumte die Schalen und Teller ab und ich half ihr dabei, weil ich so dem großen Fremden etwas näher kommen konnte.

„Banyak", sagte er, als ich seine Schale wegnahm, „danke."

Ich spürte, wie mir die Röte in die Wangen schoss. Noch nie hatte sich ein Mann bei mir bedankt, schon gar nicht für einen Dienst, der selbstverständlich ist. Ich sah ihm in die Augen und dachte, ich würde gerne in diese klaren, blauen Quellen hineinspringen – sollte ich dabei auch untergehen.

Es wurde still in der Hütte, die Gespräche erstarben, und alle beobachteten mich, bis Ayam ungeduldig an meinem Ärmel zupfte und mir seine leere Schale reichte. „Du benimmst dich unmöglich!", zischte er mir ins Ohr. Aber ich glaube, er war nur eifersüchtig.

&

Die Männer standen auf und redeten durcheinander. Der große Fremde, dessen Namen ich nicht zu denken wagte, weil ich sonst ein Stück meines Herzens an ihn gebunden hätte, verbeugte sich vor Jusef, vor Susu und vor mir, dann winkte er den anderen. Ayam ging mit ihnen. Sie kletterten in die Eisenschachtel, der Große drehte einen kleinen Haken und die Maschine röhrte auf. Ich wich zurück bis an die Hüttenwand, während sich das Mobil bewegte wie ein Ochse, den man festgebunden hat. Die Räder begannen sich zu drehen und trugen den Kasten blitzschnell davon – viel rascher, als ein Tiger springen kann, wenn er eine Hirschkuh verfolgt. Allmählich wurde das Gebrüll leiser und das Mobil kleiner, bis die roten Lampen vom Wald verschluckt wurden.

Susu legte mir die Hand auf den Arm. „Glaubst du es jetzt?"

Ich nickte.

„Sie fahren weiter auf dem Pfad, bis sie auf eine breite jalan[1] kommen. Das ist ein Weg für diese Mobile, verstehst du? Wenn der Mond dort drüben steht, sind sie schon in der Stadt angekommen. Ayam wird seinen Vater besuchen und morgen früh bringt ihn jemand wieder her."

Obwohl meine Füße schwer waren, als wäre ich stundenlang nur in den Bäumen herumgeklettert, konnte ich in dieser Nacht nicht schlafen. Immer wieder sah ich zwei klare blaue Augen vor mir und spürte ein Lächeln auf der Haut wie eine Liebkosung.

&

Es war noch dunkel, als ich aufstand und zum Fluss hinunterging. Immer noch brüllte das Wasser und warf Holzstücke und Steine herum. Plötzlich konnte ich begreifen, warum der Fluss so zornig war: Die Götter hatten ihn für alle Zeit an sein Bett gefesselt, sodass er sich nicht daraus befreien konnte. Und wenn er all seine Wasser in die Luft schleuderte – sie

[1] Straße

fielen doch wieder auf ihn zurück. Auch wenn er das Ufer überflutete wie unsere kleinen Bäche nach dem Winterregen, so war ihm die Richtung vorgezeichnet. Er konnte nicht wählen. Er musste tun, was ihm die Götter vorgeschrieben hatten.

Und plötzlich fühlte ich Mitleid mit dem Fluss und eine große Trauer überkam mich, denn ich ahnte, dass wir Badui gefangen sind wie der Fluss, der unser Gebiet begrenzt und uns vor allem schützt, was fremd ist und neu. Vor dem Bösen aber kann er uns nicht schützen, denn das tragen wir in unseren Herzen, auch wenn keiner es sieht, weil es durch eine Maske zugedeckt ist – schön wie Bagus und hart wie das Jati-Holz.

Die Sonne berührte die Baumwipfel und schickte einen hellen Strahl herunter. Ich sah hinauf zum Berghang, von dem das Wasser in breiten Kaskaden herabstürzte. Auf einmal leuchtete ein prachtvoller Bogen auf in Farben, wie sie nicht einmal Malam anrühren konnte: violett und blau, rot . . . ein Gruß von den Göttern.

Aber welche Götter mochten das sein? Dieselben, die befohlen hatten, dass Kiri und Bagus auf ewig aus unserem Dorf verstoßen wurden und jetzt als tot galten? Oder waren es die Götter des Fremden, die sein Herz besaßen und das Licht in seinen Augen angezündet hatten?

Susu rief mich und ich eilte zu ihr und half ihr, die Hütte ausfegen. Ich holte ein Bündel Bananen herunter und zwei Kokosnüsse und schleppte viel Wasser vom Fluss herauf, denn sie wollte die Schlafmatten waschen, auf denen die Fremden gesessen hatten.

„Sicher ist sicher", murmelte sie. „Wenn sie auch keine Teufel sind . . ."

Wir sangen ein altes Badui-Lied, als wir gemeinsam die Matten mit Wasser übergossen und mit einem glatten Stein sauberrieben. Susu nahm keine Seife: „Ich will die Götter nicht unnötig verärgern."

Als die Matten gereinigt waren, legten wir sie auf einen

sonnigen Grasfleck. Wir waren gerade damit fertig geworden, als ein lautes Knattern näher kam.

„Das ist ein sepeda[1] mit Maschine, man nennt es Motorrad", klärte mich Susu auf.

Bis dahin hatte ich noch nie ein Sepeda gesehen und schon gar keins mit Maschine. Dieses eiserne Fahrzeug mit den beiden dicken Rädern machte ungeheuren Lärm, noch lauter als das Mobil vom Vorabend. Onkel Kiri saß vorne und lenkte, Ayam klammerte sich an seinen Rücken und grinste stolz. Der Motor spuckte ein paar Mal dunkle Rauchwolken aus, dann schwieg er.

„Selamat Siang[2], kleine Jati", grüßte Kiri.

„Selamat Siang, Kiri", antwortete ich, bevor ich noch darüber nachdenken konnte, wie ich mich ihm gegenüber verhalten sollte. Unser Dorfgesetz schrieb vor, dass ich mich von ihm abwenden müsste und auf kein Gespräch eingehen durfte. Plötzlich erschien mir das grausam und unmenschlich. Ob er meinen inneren Zwiespalt ahnte? Er lächelte gut gelaunt.

„Wie du siehst, geht es uns gut. Wir haben ein kleines Haus am Rand der Stadt. Komm uns einmal besuchen. Deine Schwester wird sich freuen."

Wirklich? Das kann ich mir kaum vorstellen, dachte ich, laut sagte ich aber „Vielen Dank. Wenn meine Eltern es erlauben . . ."

Sein Lächeln wurde breit. „Das werden sie nie. Aber du bist ja bald erwachsen und kannst machen, was du willst."

„Wir Badui können niemals tun, was wir wollen", gab ich zurück, so hoheitsvoll wie möglich.

Kiri widersprach: „O doch, nämlich dann, wenn wir genau das tun wollen, was die Regel sagt. Nicht mehr und nicht weniger. Dann fühlen wir uns wohl und sind zufrieden. Bist du zufrieden, kleine Jati?"

---

[1] Fahrrad
[2] Guten Tag

Nein. Ich bin nicht zufrieden mit dem Leben, das man mir aufzwingt. Aber ich glaube auch nicht, dass ich ohne Regeln glücklich wäre. Aber das verriet ich ihm nicht. Ich hob die Achseln und wandte mich an Ayam.

„Es wird Zeit, wir müssen gehen. Der Onkel wartet schon hinter der Brücke."

Mein Cousin scharrte mit den Zehen in der Walderde und zog die Unterlippe ein. Er betrachtete seine Füße, als sähe er sie zum ersten Mal. Dann hob er den Kopf und sagte: „Ich bleibe bei meinem Vater. Ich möchte in die Schule gehen und Vieles lernen. Grüß Mutter von mir. Sie soll nicht böse sein. Ich besuche sie bald – wenn ich darf."

Ich nickte und er kletterte wieder auf den Hintersitz des seltsamen Fahrzeugs, als hätte er Angst, ich könnte ihn umstimmen oder mit Gewalt wieder ins Dorf zerren.

„Selamat Jalan[1], Ayam", sagte ich leise.

„Selamat Tingal[2], Jati", gab er zurück. Kiri tippte kurz an die Schirmmütze, die er sich über seine Haarmähne gestülpt hatte und kletterte auf seinen Sitz. Mit viel Getöse und einer Rauchwolke fuhren sie davon.

&

Ich war traurig, als ich wieder in Jusefs Hütte trat. So viel Neues hatte ich erlebt, hatte einen Blick in eine Welt getan, die mir wohl für immer versperrt bleiben würde, denn ich musste zurück ins Dorf, zurück in mein kleines Leben, zu meinen Pflichten und Träumen. Susu steckte mir ein paar Süßkartoffeln in den Rucksack und füllte den Wasserbeutel, dann brachte sie mich an die Hängebrücke.

„Weiter kann ich dich nicht begleiten. Du weißt ja, dass ich das Gebiet der Badui nie mehr betreten darf. Leb wohl, Jati, komm bald wieder. Ich mag dich."

Das hatte noch keiner zu mir gesagt und es wurde mir ganz

---

[1] Abschiedsgruß für Personen, die weggehen
[2] Abschiedsgruß für Personen, die zurückbleiben

warm. Ich fiel ihr um den Hals, es kümmerte mich nicht, dass sie als „ausgestoßen" galt und geächtet werden musste. Sie drückte mich an sich, wie es meine Mutter nie getan hatte. Dann nahm sie mich bei den Schultern und sah mir fest in die Augen.

„Jati, geh deinen Weg. Du wirst ihn finden, wenn du immer ehrlich bist. Glaube nicht alles, was man dir erzählt. Prüf es nach. Mach dir deine eigenen Gedanken. Aber bleib ehrlich zu dir selbst."

&

Von drüben winkte Malams Bruder. Ich riss mich los und trat auf die Hängebrücke zu. Sie sah im hellen Sonnenschein genauso Furcht erregend aus wie im Dämmerlicht. Aber da half kein Jammern, kein Zögern, ich musste hinüber. Also biss ich die Zähne zusammen und machte den ersten Schritt. Stellte mir vor, ich hinge an meinem Lieblingsbaum und müsste Hand über Hand und Fuß über Fuß hinaufklettern. Ich dachte an den Garuda und den Himmelsrand. Und plötzlich vergaß ich das tosende Wildwasser unter mir und setzte meine Füße im Takt eines Liedes, das ich selbst ausgedacht hatte. Und schon war da das andere Ufer, Malams Onkel reichte mir die Hand und zog mich hinauf. Ein Blick zurück – Susu winkte, auch Jusef hob grüßend die Hand.

Malams Onkel musterte mich finster. „Sie sind Fremde. Was hast du mit ihnen zu schaffen?", knurrte er.

Ich zuckte die Achseln. „Sie sind Menschen. Und sie waren freundlich zu mir. Die Götter haben auch sie erschaffen. Wie kann ich sie da verachten?"

Darauf wusste er keine Antwort und trottete schweigend neben mir her. Ich wollte auch nicht reden. Ich wollte mit meinen Erinnerungen spielen wie mit Bachkieseln, die ich an meinem Sarong rieb, bis sie glänzten und sich kühl und glatt in meine Hand schmiegten. Und immer wieder tauchte das Gesicht des Fremden auf und ich meinte, sein Lächeln zu sehen und seinen Atem auf meiner Hand zu spüren, als ich ihm die Ess-Schale wegnahm. War es ein Verbrechen, dass ich an ihn dachte? Zürnten mir die Götter, weil ich von einem Fremden träumte? Aber was war dabei? Ich würde ihn ohnehin nie wieder sehen.

Der Unfall

Das Dorf war schon zur Ruhe gegangen, als wir ankamen. Die Hühner piepsten leise auf ihren Stangen, das Ferkel hatte sich unter einer Pfahlhütte im Stroh zusammengeringelt und schnarchte genießerisch. Die Dorfstraße war leer, alle saßen in ihren Hütten bei einer letzten Tasse Tee oder schliefen bereits. Bei Tante Malam zwinkerte Lichtschein durch die Ritzen. Ich verneigte mich zum Abschied vor ihrem Bruder, was eigentlich unnötig gewesen wäre, weil er im Rang unter mir stand, aber schließlich hatte er mich auf dem Heimweg beschützt. Als er fort war, hustete ich leise. Sie schob die Matte beiseite, die den Eingang verschlossen hatte.

„Jati! Du bist wieder da! Komm herein, erzähl mir, was du erlebt hast!"

„Ich habe viel erlebt, sehr viel! Da waren fremde Männer in Jusefs Hütte. Sie fahren mit eisernen Kästen herum, die viel schneller sind als Ochsenkarren. Jusef ist freundlich, auch seine Frau Susu. Sie haben uns zu essen gegeben und ich durfte . . ."

Sie fiel mir ins Wort. „Und wie geht es – *den beiden*?"

Kiri und Bagus, die Namenlosen. Eigentlich lächerlich, dass wir ihre Namen denken, aber nicht aussprechen durften. Dabei waren sie nicht tot, sondern sehr lebendig. Ich sagte mutig: „Kiri und Bagus geht es gut, sie wohnen am Stadtrand in einer Hütte und . . . ähm, Kiri fährt ein Sepeda mit Motor."

Malam zog die Augenbrauen hoch, weil sie – genau wie ich vorher – keine Ahnung hatte, was ein Sepeda war. „Und wo steckt Ayam?"

Vor dieser Frage hatte ich mich gefürchtet. „Er – ähm – er wollte eine Weile bei seinem Vater bleiben. Er lässt dich grüßen . . ."

Malam senkte den Kopf, sodass ihre Haare über das Gesicht fielen. Eine Träne glitzerte und lief an ihrer Nasenwurzel herab, tropfte vom Kinn ab. „Jetzt habe ich auch noch meinen Jungen verloren", murmelte sie und drehte mir den Rücken zu. Ihre Schultern zuckten.

„Es tut mir Leid, aber ich konnte ihn nicht zwingen . . .", versuchte ich eine Erklärung.

„Lass mich allein", sagte sie. Ihre Stimme klang wie kalte Asche, dunkel und hoffnungslos.

&

In der Schlafhütte meiner Eltern war alles dunkel. Auf mein leises Räuspern antwortete niemand. Ob sie schon schliefen? Es war zu dunkel, um irgendetwas zu erkennen, und ich wollte die Öllampe nicht noch einmal anzünden, wollte die Eltern nicht wecken, nicht stören.

Dann fiel mir Susus Rat ein und ich sagte in Gedanken zu mir: *Jati, sei ehrlich. In Wirklichkeit hast du Angst und denkst, morgen früh wäre immer noch Zeit genug für den großen Donner.* Und so war es ja auch. Leise schlich ich in meine Schlafhütte und kroch unter die Decke. Bevor ich einschlief sah ich noch die blauen Augen vor mir. Wenigstens das konnte mir keiner fortnehmen.

&

Am nächsten Morgen erwachte ich noch vor unserem Hahn. Ich band mir den Sarong, nahm den Krug und lief zur Quelle. Das Gras war nass vom Tau und erfrischte mich. Dann sah ich nach den Hühnern. Sie gackerten beleidigt, als ich sie von ihren Nestern scheuchte, um die Eier einzusammeln. Vielleicht konnte ich Vaters und Mutters Zorn dämpfen, wenn das Frühstück bei ihrem Erwachen schon bereitstand. Ich lief in die Wohnhütte und zündete das Kochfeuer an, setzte Reis auf, holte ein paar reife Bananen vom Regal, ein Schälchen mit Cashewnüssen, stellte Ess-Schalen und Bananenblätter auf die Essmatte in der Mitte des Raumes. Auch eine Schüssel mit Wasser stellte ich bereit, damit sich Vater nach dem Essen die Hände waschen konnte.

Doch von den Eltern war immer noch nichts zu sehen oder

zu hören. Ich rannte zum Waldrand und kletterte auf einen bestimmten Baum, der zu dieser Zeit violette Orchideen trug. Vielleicht konnte ich Mutter ein Lächeln entlocken, wenn ich die Essmatte mit ihren Lieblingsblumen schmückte. Eine besonders große Dolde hing über den Nestrand und ich musste lange tasten, bis ich den Stängel fand und abbrechen konnte. Auf einmal ein Stich, ein Schmerz in den Hand, der mir die Luft raubte. Ich sah farbige Kreise, die sich schnell, immer schneller drehten. Meine Hände verloren alles Gefühl, ich merkte, wie sich auch die Beinzange lockerte, mit der ich den Stamm umklammerte.

„Hilfe!", konnte ich noch schreien, dann wurde es dunkel in meinen Augen und ich fiel.

Jetzt bestrafen mich die Götter für meine Zweifel und den Ungehorsam. Sie zwicken und zwacken mich mit glühenden Zangen. Sie reißen mich an den Haaren, sie legen glühende Steine auf meine Lippen, sie rufen den Garuda, damit er mir die Finger abhackt. Warum, ihr Götter, straft ihr so hart? Ich wollte doch nur ein Stück von der schönen Welt entdecken, die ihr geschaffen habt. War das ein Verbrechen?

Der brennende Berg brüllt und schleudert Steine nach mir. Heiße Asche regnet auf mich nieder und der Atem des Berges entflammt die Bäume. Sie biegen sich im Sturm, brechen und splittern, fallen auf mich nieder, begraben mich . . . Mutter, Vater, verzeiht mir.

Aber was tut ihr denn mit mir? Ihr legt mich auf eine bekränzte Trage, ihr schichtet Holz auf, ihr entzündet die Lunte. Wollt ihr mich verbrennen? Ich lebe doch noch! Ich kann sehen und hören! Oder bin ich schon tot? Müsst ihr mit meinem Leichenfeuer die Geister vertreiben?

Die Flammen prasseln und versengen mir die Haare auf den Armen. Sie lecken an meinen Füßen und setzen mein Haar in Brand. Gleich werden sie meinen letzten Schrei ersticken, aber ich kann jetzt schon nicht mehr schreien, ich kann nicht mehr, denn das Feuer reißt mir den Atem vom Mund . . .

Auf einmal werde ich von starken Armen gepackt und aus

dem Feuer gerissen. Mein Retter ist groß, seine Augen sind blau, seine Haare hellbraun. Er ist zu mir gekommen.

&

Als ich die Augen aufschlug, saß Mutter an meiner Schlafmatte und legte mir kühle, feuchte Blätter auf die Stirn.

„Wie – was . . .?“

„Sch . . .“, machte sie. „Ganz ruhig, mein Vögelchen.“ So hatte sie mich nicht mehr genannt, seit ich ein kleines Mädchen war. Sie lächelte traurig. „Wir hätten dich fast verloren. Aber die Götter waren gut und ließen dich am Leben.“

„Die Götter?“, wisperte ich.

„Du warst mit Ayam zum wilden Fluss gewandert, erinnerst du dich? Malam hat es mir gesagt. Am Morgen nach deiner Rückkehr hast du das Frühstück vorbereitet. Und dann bist du auf einen Baum geklettert und wolltest Orchideen pflücken. Für mich, nicht wahr?“

Ich nickte und suchte mit den Augen in der Hütte herum. Mutter seufzte. „Die Blumen sind längst verwelkt. Du bist von einer Spinne gebissen worden. Vielleicht war es auch ein Hundertfüßer, wer weiß. Wir fanden dich unter dem Baum, und deine Hand war blau-rot und dick angeschwollen.“

Ich hob die Hand. Sie war mit weißen Baumwollbinden umwickelt und tat weh.

In der Hüttentür wurde es dunkel. Vater hustete leise. „Darf ich eintreten?“ Normalerweise betrat er die Schlafhütte seiner Töchter nie. So ist es Sitte bei unserem Stamm. Aber heute war ich froh, dass er zu mir kam. Er kniete an meiner Matte nieder. Ich hatte ihn noch nie knien sehen, außer zum Gebet.

„Jati“, sagte er feierlich. „Ein Wunder ist geschehen. Du warst beinahe tot, als wir dich ins Dorf getragen hatten. Wir wussten uns keinen Rat mehr. Deine Mutter lief hinüber zu Malam, die sich bei Krankheiten gut auskennt. Malam saugte viel Gift aus deiner Wunde und machte nasse Umschläge, aber die Schwellung wollte nicht weichen. Du hast laut geschrien, immer wieder einen Namen – Da-vid." Er seufzte und schloss die Augen, als könnte er kaum verwinden, dass seine Tochter den Namen eines Fremden gerufen hatte. Nach einer Weile sprach er weiter.

„Wir holten Asam[1], den Zauberdoktor aus dem Nachbardorf. Er meinte, der Fremde namens David hätte einen Bann über dich ausgesprochen. Wir müssten ihn zwingen, den Zauber wieder zurückzunehmen, sonst würdest du sterben. Er könnte uns nicht weiterhelfen. Aber dafür war er im Stande, unsere besten Legehühner mitzunehmen und den Korb mit den schönen Mustern, den du im vorigen Mond geflochten hast."

Ich erinnerte mich schwach an diesen Korb. Er war mir so gut gelungen wie noch kein zweiter.

Vater erzählte weiter: „Ich sprach mit Malams Bruder. Er berichtete von Jusefs Hütte an der Brücke, die über den wilden Fluss führt. Dort könnten wir vielleicht den Fremden finden, der dich verhext hatte. Er meinte, dass Jusef noch andere Fremde kennt, die angeblich gute Medizin machen. Ich bin dann zum wilden Fluss gelaufen, so schnell ich konnte. Wie gut, dass ich früher der schnellste Läufer im Dorf war." Er strich sich die Schnurrbartenden. „Ich bin immer noch schnell. Auf meine lauten Rufe kam Jusef an die Brücke, aber er darf sie nicht überqueren. Also bin ich . . . musste ich hinüber." Er ließ den Kopf sinken und ich begann zu ahnen, was für einen Kampf ihn das gekostet haben musste.

„In Jusefs Hütte saßen zwei Fremde, die in einem eisernen Kasten gekommen waren. Sie nennen das Ding ‚Mobil'. Die Fremden kannten diesen David und sagten, er wäre ein berühmter Doktor und er hätte noch niemanden verzaubert, aber schon viele Menschen gesund gemacht. Jusefs Frau Susu zum Beispiel hatte an einem schlimmen Fieber gelitten, aber der Fremde konnte sie heilen. Als die Männer von deinem Unfall erfuhren, sprangen sie sofort auf und kletterten in ihr Mobil. Sie haben das Ding losrennen lassen. Es stieß

---

1 „sauer"

wütende Rauchwolken aus, als hätte es in seinem Bauch ein gewaltiges Feuer, und es brüllte laut und verschwand sehr schnell um die nächste Biegung.

Jusefs Frau Susu gab mir zu essen und zu trinken und sagte, ich solle mich erst einmal ausruhen für den Rückweg. Die Männer kamen auch bald wieder aus der Stadt zurück und brachten einen großen Fremden mit, der eine helle Haut und blaue Augen hat.“

Ich hob den Kopf. „David.“

Vater sah mich strafend an, aber dann wurde sein Blick weich. „Ja“, sagte er. „So heißt er. Er sprach mit Jusef und der übersetzte mir, dass der fremde Doktor Medizin mitgebracht hätte, aber er wüsste nicht, ob er damit dein Leben retten könnte. Er wollte dich unbedingt selber sehen und behandeln. Jusef erklärte ihm, dass das unmöglich ginge. Da meinte er: ‚Dann ist Jati verloren.‘ Er kannte deinen Namen!“ Wieder ein vorwurfsvoller Blick.

Eigentlich hätte ich mich jetzt schämen müssen und trotzdem wurde es mir seltsam leicht im Bauch, und es kam mir vor, als wäre es in meiner Schlafhütte heller geworden.

Vater erzählte weiter: „Als der Fremde erfuhr, wie viele Stunden man laufen muss, bis man unser Dorf erreicht hat, schlug er die Hände vors Gesicht und klagte. Jusef übersetzte für mich. Der Fremde sagte: ‚Das dauert viel zu lange, bis dahin ist Jati schon tot.‘ Stell dir vor – dieser Fremde war deinetwegen traurig und wollte dir unbedingt helfen. Wir waren ratlos.“

Vater nestelte an seinem Sarong herum, dann holte er tief Luft und sagte: „Jusef besitzt ein Sepeda[1], das wollte er dem Fremden ausborgen. Zuerst erschien es mir falsch, dass so ein Ding in das Gebiet der inneren Badui kommt, aber dein Leben hing davon ab. Außerdem macht dieses Fahrzeug keinen Lärm und ich konnte auch nicht sehen, dass es das Werk unserer Götter beschädigt oder zerstört. Die Räder hinterlas-

[1] Fahrrad

sen zwar Spuren im Weg, aber das tun unsere Füße auch. Ich denke, die Götter werden uns verzeihen."

Mutter trat heran und gab mir etwas Wasser zu trinken und legte ein neues, kühles Bananenblatt auf meine Stirn. Sie war so zart und sanft, dass ich meinte, immer noch zu träumen.

Vater hockte sich auf die Fersen, weil er das lange Knien nicht vertrug und erzählte weiter: „Der Fremde kam auf seinem zweirädrigen Eisengestell viel schneller voran als ich. Deshalb blieb er stehen und wartete auf mich. Ich musste mich hinter ihn setzen und an seinem Rücken festhalten."

Vater nagte an seiner Schnurrbartspitze und ich staunte: Mein Vater hatte einen Fremden berührt, ja sich sogar an ihn angeklammert!

„War es – war es schlimm für dich?", flüsterte ich.

Er verstand sofort, was ich meinte. „Zuerst war es mir sehr unangenehm. Aber dann merkte ich, dass er dasselbe Fleisch hatte wie wir, nur eben mit heller Haut. Er roch angenehm und frisch, auch als er ins Schwitzen kam, weil er das Sepeda so schnell antreiben musste. Als wir eine kurze Rast machten, bot er mir an, vorne zu sitzen, wie es mir als Häuptling eigentlich zugestanden hätte. Aber ich konnte das Ding nicht gerade laufen lassen. Wir wackelten schrecklich hin und her. Da ließ ich ihn wieder nach vorne. Erst kurz vor dem Dorf stieg er ab. Ich setzte mich auf seinen Sitz und er führte mich, als wäre er mein Diener . . ." Er schwieg eine Weile, dann wechselte er aus dem Hocksitz in den Schneidersitz und redete weiter: „Ja. Als wäre er mein Diener. Die Wächter wollten ihn nicht ins Dorf lassen, aber ich befahl ihnen, zurückzuweichen und ihn in Ruhe zu lassen, weil er ein wunderbarer Doktor wäre, von unseren Göttern zur Hilfe geschickt. Und, Jati – das ist wahr!" Seine Augen leuchteten.

„Mutter führte den Fremden sofort in deine Hütte. Er beugte sich über dich und lauschte, aber du hattest keinen Atem mehr. Da kniete er vor deiner Schlafmatte nieder und blies dir seinen Atem in die Nase. Dann machte er eine kleine Pause und spritzte dir mit einer Nadel Medizin in den Arm. Er blies immer wieder, bis Farbe in deine Wangen stieg und das Leben zurückkehrte. Ich habe es selbst gesehen, es war ein großer Zauber. Leider verstehen wir die Sprache nicht, die dieser Fremde spricht, aber er kann sich verständlich machen. Er hat deine Hand untersucht und mit weißen Bändern umwickelt."

Ich warf einen Blick auf meine Hand. Sie sah fremd aus, als gehörte sie mir nicht, aber sie tat immer noch weh.

„Tag und Nacht saß er an deiner Matte und legte kühle Blätter auf deine Beine, deine Arme und deine Stirn. Mutter musste Ananas und Bananen zerreiben, bis es ein feiner Brei geworden war, den flößte er dir mit einer kleinen Schaufel ein. Er wollte auch kräftige Hühnerbrühe haben und schüttete Galam[1] hinein."

„Wie lange . . . ist das her?", flüsterte ich.

Vater sagte: „Du warst fünf Tage heiß und musstest immer neu gekühlt werden. Seit heute Morgen hast du ruhiger geatmet. Deshalb haben wir dem Fremden eine Hütte gebaut. Dort schläft er jetzt."

Mutter fügte hinzu: „Er hat in diesen Tagen und Nächten kaum geruht. Er muss sehr müde sein."

Ich war es auch. Die Augenlider wurden mir schwer und ich ließ mich in den Schlummer sinken. Mir war, als läge ich in einer Lianenschlinge, die Äste wiegten mich im leisen Wind. Es war alles gut.

---

[1] Salz

Der Arzt

Ich erwachte von einem scharfen Schmerz. David hielt mein Handgelenk, hatte das weiße Band abgewickelt und betrachtete die Wunde.

„Hm . . . hm“, brummelte er und sah sehr unzufrieden aus. Als er merkte, dass ich die Augen geöffnet hatte, verzog er das Gesicht zu einem halben Lächeln.

„Hallo, Jati“, sagte er.

Wenn das der Gruß der Fremden war, dann wollte ich ihn lernen.

„Hallo, David“, sagte ich und setzte mich auf. Er legte die Hand auf meine Stirn und nickte und sagte etwas, was ich nicht verstand.

Er machte eine Geste, als hätte er sich gerade die Finger verbrannt. Dann blies er heftig auf die Finger, als wollte er sie abkühlen. Jetzt begriff ich, was er meinte: Ich war nicht mehr so heiß.

„Fieber weg“, erklärte er. Ich wiederholte es zögernd und er lächelte wieder. Dann runzelte er die Stirn und zeigte auf meine Hand. Der rechte Zeigefinger war blau-rot geschwollen, die Stichwunde war gelb vor Eiter. Er stand auf und suchte in der Hütte herum, bis er eine Tonschale gefunden hatte. Aus dem Krug goss er etwas Wasser hinein und schüttete ein schwarzes Pulver aus einem Beutel hinein.

„Holzkohle“, sagte er und ich sprach es ihm nach, ohne zu verstehen. Er zeigte auf ein Stück Holz, holte aus seiner Tasche einen kleinen Stift, auf den er drückte, bis er eine winzige Flamme ausspuckte und näherte das Feuer dem Holz. Wieder begriff ich: wenn das Holz verbrennt, bleibt schwarzes Pulver, ähnlich wie Asche im Herdfeuer. Nun legte er meinen Finger in die Schale mit dem schwarzen Brei und strich auch die Hand damit ein. Meine Mutter kam und brachte Suppe, doch ich hatte keinen Appetit. Da nahm David die Schüssel und kniete sich neben mich.

„Du musst essen!“, sagte er eindringlich und hielt mir die Schüssel an die Lippen.

Ich schüttelte den Kopf. Seit Bagus fort war, hatte ich mich nicht mehr zu etwas zwingen lassen. Damals hatte ich mir geschworen, nie wieder einen Herrscher über mir zu dulden. Nicht einmal den Göttern wollte ich gehorchen, wenn mir ihre Regeln schlecht erschienen.

Doch David gab nicht auf. Er schnupperte an der Suppe, machte „Hmmm!“, leckte sich die Lippen. Und ich blieb stur.

Da sprühten seine Augen plötzlich Feuer. „Du *musst* essen!“

Warum lag ihm so viel daran? Was kümmerte ihn ein kleines Badui-Mädchen? Auf einmal fiel mir ein, was Mutter erzählt hatte: viele Tage und Nächte hatte der fremde Doktor an meinem Bett gewacht. Er hatte mir das Leben gerettet. Ich schuldete ihm viel, auch Gehorsam. Sicher meinte er es gut mit mir. Also überwand ich mich und ließ mir die Suppe einflößen. Und irgendwann begann sie zu schmecken.

Die Nacht schluckte den Tag, ich schlief und erwachte und meist war David bei mir und erneuerte den Umschlag. Manchmal brachte ihm die Mutter einen Kessel mit heißem Wasser, dann steckte er meine Hand hinein und kühlte sie wieder mit eiskaltem Quellwasser. Nach drei Tagen war der Zeigefinger abgeschwollen und sah schon beinahe wieder normal aus. Nur an einer Stelle blieb ein schwarzer Fleck zurück von der Holzkohle, die in meine neue Haut eingewachsen war. Er würde mich immer an den Biss der Unglücksspinne erinnern, der mir beinahe den Tod gebracht hatte. Aber vielleicht hatte sie mir ja in Wirklichkeit das Glück gebracht?

&

Am nächsten Tag kam David nicht. Auch Mutter ließ sich nicht in der Hütte blicken. Im Dorf blieb es still. Ich hörte keinen Hahn krähen, nicht einmal das Ferkel grunzte. Waren alle heimlich ausgewandert und hatten mich allein zurückgelassen?

Nach dem Mittagsregen bekam ich großen Durst, aber

mein Wasserkrug war leer. Ich kroch von meiner Matte und suchte in meiner Vorratsecke. Dort hatte ich in einem Tonkrug noch einige getrocknete Bananen lagern. Ich kaute sie langsam, damit sie meinen Durst nicht noch vergrößerten und träumte von einer Ananas. Oder einer dicken Orange. Stellte mir vor, wie ich hineinbeißen würde, bis der Saft übers Kinn spritzte. Unter solchen Gedanken musste wohl jedem die Spucke im Mund zusammenlaufen – ich schluckte gierig.

Erst am Abend hustete jemand vor der Hütte.

„Hallo, Jati!" David stand unten vor der Leiter. Am liebsten wäre ich ihm um den Hals gefallen, so froh war ich, einen Menschen zu sehen. Ich winkte ihn herauf auf die hölzerne Plattform, auf dem meine Schlafhütte steht. Aber er schüttelte den Kopf und bedeutete mir durch Gesten, drinnen zu bleiben. Er stellte mir Wasser und einen großen Korb mit Orangen und Bananen vor die Tür und erzählte mit Händen und Füßen von dem rätselhaften Fieber, das beinahe alle Dorfbewohner befallen hatte.

Drei Tage vergingen, in denen morgens und abends ein Topf mit Reis oder Hirse vor meiner Hüttentür stand. Auch der Wasserkrug wurde immer wieder neu gefüllt, aber das Wasser schmeckte seltsam und war lauwarm. Jedes Mal winkte David und unterhielt sich eine Weile mit Gesten, aber er hielt Abstand.

Am vierten Abend hörte ich zwei Frauen halblaut miteinander reden. Ihre Stimmen entfernten sich in Richtung Quelle. Ich roch viele Holzkohlenfeuer, ich hörte den Todesschrei eines Huhnes, das nun wohl die Wanderung in den Suppentopf antreten würde, nachdem sich der Besitzer höflich bei den Göttern für diesen Eingriff in die Ordnung der Natur entschuldigt hatte.

Dann kroch die Nachtkühle in meine Hütte und plötzlich fühlte ich mich ausgeschlossen und einsam. „Mutter! Vater!", rief ich, so laut ich konnte. „Wo seid ihr denn alle?"

&

Zuerst bleib alles still. Dann hörte ich nebenan eine Mattentür rascheln und die vier Sprossen der Holzleiter knarren. Eine Öllampe näherte sich und warf Gespensterschatten an meine Hüttenwand. Vater hustete, um sich anzukündigen, dann erschien sein Kopf in der Tür.

„Vater! Endlich!" rief ich und wollte mich in seine Arme werfen. Doch er wehrte mich ab.

„Warte. Bleib, wo du bist. Wir alle waren sehr krank. Der fremde Doktor sagt, dass der böse Zauber von einem zum anderen weitergegeben wird, wenn wir uns berühren. Wir müssen noch einen Tag warten, bis die Gefahr endgültig gebannt ist."

„Was war das für eine Krankheit?", wollte ich wissen.

„Wir haben so etwas noch nie erlebt. Wir mussten alles von uns geben, was in unseren Bäuchen war. Es spritzte oben und unten heraus und wir wurden so schwach, dass wir nicht mehr laufen konnten. Der Mund wurde heiß und trocken, ich konnte kaum noch die Zunge bewegen. Seither müssen wir alles Wasser erst über dem Feuer sprudeln lassen. Wir bekommen auch Medizin und müssen viel Hirse essen und Hühnerbrühe trinken. Den meisten im Dorf geht es heute schon besser."

„Aber wie konnte das geschehen?"

„Zuerst dachte ich an einen bösen Zauber, der unser Dorf befallen hat. Du kennst Asam, den Medizinmann vom Nachbardorf. Als er erfuhr, dass der Fremde hier im Dorf ist, kam er zu mir und befahl, den Fremden sofort wegzujagen. Ich weigerte mich, weil es mir unhöflich erschien, einen Doktor wegzuschicken, der meiner Tochter das Leben zurückgeschenkt hat. Ich will warten, bis du wieder ganz gesund bist, und dann werden wir David belohnen, wie es sich für Badui geziemt." Er sagte das mit Stolz und Würde.

„Asam hat sich bestimmt geärgert, dass du ihm nicht gehorcht hast."

„Nicht nur geärgert. Er schäumte vor Wut und drohte mir den Zorn der Götter an."

„Manchmal wundert es mich, dass unsere Götter einen niederträchtigen Menschen wie Asam als Boten benutzen . . .“, murmelte ich.

Vater zuckte die Achseln. „Vielleicht hatten sie zu wenig Auswahl. Wer hat schon Lust, tagelang still auf einem Fleck zu sitzen und zu meditieren, bis es den Göttern endlich gefällt, eine Antwort zu geben? Und dann wird er ständig zu Kranken gerufen und muss die verpestete Luft in ihren Hütten einatmen. Ich möchte nicht mit ihm tauschen.“

„Du glaubst also, dass Asam einen Fluch über unser Dorf ausgesprochen hat?“ fragte ich. Das war ja richtig spannend. Endlich passierte mal etwas!

„Nicht nur das, er hat sogar persönlich nachgeholfen. Der Fremde war der Ansicht, dass wir vom Wassertrinken krank geworden wären. Er selbst trinkt das Wasser nicht so, wie er es schöpft; er gießt es erst in einen Topf und lässt es über dem Feuer sprudeln. Dir hat er nur gekochtes Wasser gebracht, deshalb hast du die Seuche nicht bekommen. Aber die meisten von uns lagen mit großen Schmerzen auf ihren Matten und fühlten sich elend.“

„Was kann das für ein Zauber sein, der unsere Quelle giftig gemacht hat?“

„Ein seltsamer Zauber . . .!“, schnaubte er. „Gestern hat der Fremde die Quelle untersucht. Jemand hat das Ferkel an einen großen Stein gebunden und in unserer Quelle versenkt.“

„Du glaubst, dass es Asam war, nicht wahr? Aber kannst du es auch beweisen?“

Vater presste die Lippen aufeinander. „Sobald ich wieder richtig auf den Beinen bin, werde ich die Spuren untersuchen. Ich kenne Asams Füße.“

Doch in der Nacht kam der Monsunregen und verwandelte alle Wege in Bäche und am nächsten Morgen waren alle Spuren gelöscht.

Genesung

Zwei Tage später durfte ich zum ersten Mal richtig aufstehen. Im Dorf war es wieder lebendig geworden, fast alle hatten sich von ihrem Fieber erholt, nur die ganz Alten lagen noch auf der Matte. David ließ ihnen zweimal täglich Hühnerbrühe einflößen. Inzwischen gab es kein erwachsenes Huhn mehr im Dorf, nur die frisch geschlüpften Küken hatten überlebt und der alte Hahn, den sowieso keiner verspeisen würde, weil man an einem Bissen die ganze Nacht über hätte kauen müssen. Seit er gemerkt hatte, dass man ihm am Leben ließ, war er noch stolzer als zuvor und gebärdete sich als unumschränkter Herrscher des Dorfes und pickte seine Reiskörner, als täte er aller Welt einen Gefallen damit.

So mussten wir eine Zeit lang auf Eier verzichten, aber das war nicht schlimm, weil David einen Boten zu Jusef geschickt hatte, der gesalzenen Fisch mitbrachte. Solche Leckerbissen gab es bei uns nur selten und mein Vater erzählte, dass er selbst die Teilung der Fische vornehmen musste, sonst hätten sich einige benachteiligt gefühlt. Jeder bekam zwei kleine Happen davon. David erklärte uns allen mit Gesten, dass jeder von uns unbedingt genügend Salz im Körper haben müsste. Dieses weiße Pulver ist bei uns selten und kostbar und wurde bisher nur bei großen Festen verwendet. Nun werden wir öfter etwas Salzfisch bei Jusef holen.

&

Dann kam der Tag, an dem ich zum ersten Mal die Hütte verlassen durfte. David stützte mich, als ich die Sprossen herunterkletterte. Meine Beine fühlten sich noch sehr wackelig an. Er merkte das und legte mir den Arm um die Taille. Noch nie zuvor hatte mich ein fremder Mann berührt; es schoss mir wie Feuer durch die Glieder, aber es war kein verzehrendes, wildes Feuer, sondern eine gute Flamme. Ich lehnte meinen Kopf an seine Schulter und er lachte.

„Komm, Jati", sagte er und führte mich am verwaisten Hühnerstall vorüber auf den Weg, als wäre ich ein kleines Kind, das gerade erst laufen lernte. Die Knie gaben immer wieder nach, aber David hielt mich fest. Wir gingen zusammen quer durchs Dorf bis zur Quelle, und diesmal drehten sich tatsächlich alle Köpfe nach mir um wie früher nach Bagus.

An der Quelle ließ ich mich ins Gras sinken und hörte dem Plätschern zu. Ich beugte mich vor, um einen Schluck Wasser zu nehmen, doch David ließ es nicht zu.

Stattdessen reichte er mir seinen Lederbeutel und sagte in seiner Sprache: „Trink lieber das!"

Ich begriff, dass die Quelle noch nicht sauber war und nahm einen kleinen Schluck aus seinem Beutel. Dann reichte ich ihn zurück und sagte: „Trink lieber das!"

Er lachte und sagte auf Indonesisch: „Du lernst schnell."

&

Als wir zurück kamen, hatten sich inzwischen alle Dorfbewohner auf dem Ratsplatz vor der Häuptlingshütte versammelt. Auf der Matte vor Vater hockte Asam und hatte eine steile Falte über der Nasenwurzel. Die Ältesten betrachteten ihn kritisch, als hätte er jedem von uns mindestens ein Huhn gestohlen, und wenn man es genau bedenkt, dann war es auch so, denn durch seine Schuld hatten wir unsere Hühner schlachten und unsere Hirsevorräte bis auf das Saatgut plündern müssen.

„Ich habe erfahren, dass euer Dorf von einem schlimmen Zauber befallen wurde", sagte Asam düster.

Vater nickte. „Das stimmt. Zum Glück war der fremde Doktor noch bei uns. Er hat uns eine Medizin gegeben, die uns geheilt hat. Wir fühlen uns jetzt wieder stark und gesund."

„Zauberei!", bellte Asam.

Vater zuckte die Achseln. „Er hat uns geheilt."

„Diese Medizin möchte ich auch gern kennen lernen", sagte Asam. „Woraus wird sie gemacht?"

„Du darfst das Geheimnis selbst erkunden", sagte Vater und klatschte in die Hände. Mutter brachte ihm einen Wasserkrug, der mit einem Korken verschlossen war.

„Zuerst musst du etwas Wasser aus unserer Quelle trinken. Sonst wirkt die Medizin nicht."

Asam stutzte. „Warum sollte ich euch euer Wasser wegtrinken?"

Mein Vater stand auf. „Du weißt, dass bei uns die Gastfreundschaft sehr geschätzt wird. Also trink, du musst vom langen Herweg durstig sein."

„Durstig bin ich", stimmte Asam zu, „aber ich habe meinen eigenen Wasserbeutel mitgenommen." Er hob den Ledersack von der Schulter und setzte ihn an. Mein Vater packte blitzschnell zu und riss ihm den Beutel weg, sodass er auf die Matte flog und auslief.

„Weißt du nicht, dass es unhöflich ist, wenn du meine Gastfreundschaft verschmähst?", donnerte Vater. Er kann sehr streng und unnachgiebig aussehen, obwohl er innerlich weich ist wie eine reife Avocado. Vater zeigte auf den Krug. „Hier hast du Wasser, trink."

Der Zauberdoktor nahm den Krug entgegen, als hätte man ihm pure Galle vorgesetzt. Widerstrebend zog er den Stopfen heraus und schnupperte, fuhr zurück: „Das stinkt ja ekelhaft."

„Wirklich?", sagte mein Vater und bemühte sich um eine ernste Miene, während seine Mundwinkel zuckten. „Wie kann unser Wasser stinken, wenn es doch aus der Quelle stammt, die du selbst den Göttern geweiht hast?"

Asam stellte den Krug ab und meinte: „Ich glaube, ich bin doch nicht durstig."

Aber Vater ließ nicht locker. „Du brauchst ja nur einen kleinen Schluck davon zu trinken. Sonst halten dich die Götter am Ende für undankbar."

„Sie – äh – sie werden mich verstehen. Denn dieses Wasser riecht – unappetitlich."

„Merkwürdig . . .", murmelte mein Vater. „Dabei trinken wir schon aus der Quelle, seit wir in diesem Dorf leben, meine

Eltern, meine Großeltern haben daraus getrunken. Ich verstehe nicht, was du an unserem Wasser auszusetzen hast."

Asam wand sich. „Du hast Recht, die Quelle gehört den Göttern und ist von daher gut. Aber es könnte ja sein, dass die Quelle durch . . . irgendetwas . . . irgendwie verunreinigt worden ist. So etwas kommt vor, jawohl, das habe ich schon öfter gehört."

„Kein Badui würde Schmutz in eine Quelle werfen", sagte mein Vater und seine Stimme war auf einmal scharf wie eine Dolchschneide. „Das wäre ein furchtbarer Frevel, den die Götter hart bestrafen."

Große Schweißtropfen bildeten sich auf Asams Stirn und rannen ihm übers Gesicht. Sein Blick flog von einem zum anderen, als suchte er nach einem Fluchtweg. Doch Vater hatte in seinen Augen gelesen und winkte die beiden Dorfwächter herbei. Sie nahmen Asam an beiden Armen und verdrehten sie nach hinten. Dann zwangen sie ihn auf die Knie. Malams Bruder schleppte an einem Strick einen Sack herbei, von dem ein furchtbarer Gestank aufstieg.

„Da du auf unser edles Quellwasser verzichtet hast, wollen wir dir wenigstens eine Wegzehrung für den Heimweg geben. Wir können dich ja nicht mit leeren Händen wegschicken. Wir schenken dir unser Ferkel, das uns viele Wochen lang durch seinen Dienst erfreut hat, weil es unseren Schmutz und unsere Abfälle unter den Hütten weggeräumt hat. Das kannst du bestimmt gut gebrauchen."

Die Dorfältesten verzogen keine Miene, nur die kleineren Kinder räusperten sich oder husteten in den Ärmel; trotzdem sah man an allen Augen, dass da wohl keiner im Dorf war, der diese Gerichtsverhandlung nicht genoss – außer Asam.

Seine olivbraune Gesichtshaut hatte sich verdunkelt. „A-aber das Ferkel lebt nicht mehr."

Asam zog die Augenbrauen hoch. „Woher weißt du das?"

„Ich – ich rieche es . . .", stotterte Asam.

„Du riechst also, wenn etwas verfault ist? . . . Meine Nase ist nicht schlechter als deine. Und sie sagt mir, dass du noch viel schlimmer stinkst, Zauberdoktor. Was du getan hast, beißt uns in der Nase und es macht die Götter zornig. Du wirst jetzt diesen Kadaver auf deinem Rücken in dein Dorf tragen. Bei jedem Schritt wirst du spüren, wie schlecht du an uns gehandelt hast."

„Ich weiß nicht, wovon du redest. Was habe ich mit eurem ertrunkenen Ferkel zu tun?", zeterte Asam.

„Ah, du weißt also, woran unser Ferkel verendet ist? Ahnst du vielleicht auch, wer es ertränkt hat? Nein? . . . Wolltest du es vielleicht in unserer Quelle *waschen*?"

Wieder prusteten Kinder in ihre Ärmel.

Vater erhob sich vom Thron: „Asam hat uns eins gelehrt: ein schmutziges Tier kann nur dann in einer Quelle rein werden, wenn es noch lebt. Ein totes Tier aber wird nicht rein, im Gegenteil, es verbreitet Schmutz. Es vergiftet die Quelle." Er wandte sich an Asam. „Dieses Ferkel wird dein Lohn sein, dein Abschiedsgeschenk von unserem Dorf, denn wir wollen dich hier nie wieder sehen!"

„Hab Erbarmen!", winselte Asam. „Ich kann mich doch nicht mit einem toten Tier verunreinigen!"

„Lebendig war mir das Ferkel auch lieber", knurrte Vater. „Wer wird jetzt unsere Dorfstraße sauber halten?"

„Gnade! Tu mir das nicht an!", jammerte der Zauberdoktor. Er hob flehend die Hände und schrie: „So überlege doch! Das Gift wird in meine Haut eindringen. Es wird mir den Tod bringen!",

„Du hast Recht. Wer Böses tut, der bringt sich selbst den Tod. Aber wir wollen gnädig mit dir verfahren. Du wirst jetzt vor unseren Augen das tote Ferkel verbrennen. Und danach bekommst du einen Kehrbesen und einen Korb. Du wirst die Arbeit übernehmen, die bisher unser Ferkel getan hat, nämlich den Unrat zwischen den Hütten wegräumen. Du wirst unter die Hütten kriechen und alle Abfälle in den Korb sammeln. Und die wirst du dann eigenhändig verbrennen."

Asam warf einen gehetzten Blick über die Schulter, sobald sich der Griff der Wächter gelockert hatte. Mit einem Satz war er aus dem Kreis der Ältesten gesprungen und rannte auf den Waldrand zu. Die Wächter jagten hinterher, aber Vater rief sie zurück.

„Lasst ihn laufen. Ich bin froh, wenn ich ihn nicht mehr sehen muss", sagte er. „Und jetzt zündet endlich das Feuer an, damit dieser Kadaver verschwindet. Zerbrecht alle Wasserkrüge, mit denen ihr das unreine Wasser aus der Quelle geschöpft habt. Verbrennt eure Schlafmatten und alles, was durch eure Krankheit verschmutzt worden ist."

David sah zu, wie ein großer Reisighaufen gesammelt und angezündet wurde. Aus allen Hütten brachten sie Sarongs, Matten und Körbe und warfen sie auf das Feuer. Dann ließ Vater in großen Krügen Flusswasser herbeischaffen. Die Häuser am Hang waren nicht auf Pfählen gebaut; sie hatten Fußböden aus festgetretenem Lehm. Vater ließ Wasser darüberschütten und eine neue Schicht Lehm auftragen. Dann wurde noch mehr Wasser geholt und die Holzböden der Pfahlhütten geschrubbt und gebürstet. Unter den Hütten hatte sich mit der Zeit einiges an Abfall angesammelt. Nun ließ Vater die kleineren Kinder unter die Plattformen kriechen und alles wegräumen. Die Frauen hatten in großen Körben Kieselsteine und Sand vom Fluss geholt, damit wurde der Boden unter den Hütten bestreut.

Das alles dauerte bis zum Abend. Als das Dorf vollständig gesäubert war, gingen wir zur Badestelle hinunter, die Frauen flussaufwärts, die Männer flussabwärts. Dort tauchten wir uns unter und wuschen uns allen Staub und Schmutz ab, banden uns neue, frisch gewaschene Sarongs um. Die alten wurden in einem Korb gesammelt und auf das Reinigungsfeuer geworfen.

Es war ein gutes Gefühl, von oben bis unten sauber zu sein. Als würde man ein neues Leben beginnen . . .

Das Fest

Am nächsten Tag hatte Vater wieder alle zum Ratsplatz gerufen. David musste sich neben den Häuptlingsthron stellen und ich wurde auf die andere Seite befohlen. Vater trug seinen schönsten Sarong und einen Kopfputz aus bunten Federn. Er sagte feierlich:

„Ich habe euch hierher befohlen, weil ich dem Fremden danken will. Er hat unser Dorf von einem schrecklichen Fluch befreit. Er hat uns geheilt. Und er hat dafür keinen Lohn gefordert."

Die Ältesten murmelten. So etwas hatte noch keiner erlebt. Vater sprach weiter: „Wie ihr alle wisst, war meine Tochter tot, doch der Doktor hat ihr das Leben zurückgeschenkt. Jetzt gehört sie ihm."

Wieder raunten die Ältesten und die übrigen Dorfbewohner fielen ein und klatschten zustimmend in die Hände. David zog die rechte Augenbraue hoch und sah mich fragend an, aber ich wusste nicht, wie ich ihm das alles begreiflich machen sollte.

Dann nahm Vater ein Bündel von seinem Thron und reichte es David. Es war ein Sarong aus feiner Baumwolle, in verschiedenen Blautönen gebatikt und er passte im Muster genau zu dem Sarong, den ich mir zuletzt bei Malam gemacht hatte. Sie zwinkerte mir zu. David hielt den Stoff in der Hand und wusste nicht, was er damit anfangen sollte. Ich zeigte ihm, wie er ihn umbinden musste. Allerdings schauten seine weißen langen Beinkleider darunter hervor. Verschiedene Dorfbewohner grinsten und ein kleiner Junge lachte laut auf. Vater warf ihm einen strafenden Blick zu, worauf ihn seine Mutter am Ohr zog. Der Kleine ließ den Kopf sinken und wühlte mit den Zehen im Boden herum.

Der Dorfälteste trat vor und hielt einen Kris in der Hand. Er verneigte sich respektvoll vor David und legte ihm den Kris in die Hände. David zog ihn aus der Scheide. Ich hielt die Luft an. Es war Vaters Dolch, den er von seinem Vater geerbt hatte, der schönste im ganzen Dorf. Die Klinge war glatt gezogen und aus verschiedenen Stäben zusammengeschmiedet und so scharf, dass man nur einen Schlag brauchte, um ein Rohr damit zu zerstückeln. Er hatte einen Leopardenkopf als Knauf.

Eigentlich hätte David jetzt die Schwurformel sprechen müssen: „Ich will meine Frau gut behandeln und ihr treu sein, solange ich lebe. Wenn ich meinen Eid breche, dann zerbricht meine Ehre und dann soll auch die Klinge meines Kris zerbrechen."

Weil David unsere Sprache nicht konnte, sagte ich an seiner Stelle die Formel auf und legte dabei meine Hand auf den Kris.

In der kurzen Schweigezeit dankte ich den Göttern im Stillen, dass sie mir einen so schönen, guten Mann gegeben hatten und versprach, dass ich ihn nie zum Zorn treiben wollte, sondern die Sorgenfalten auf seiner Stirn glätten würde. Ich wollte ihm eine gute Frau sein, obwohl mir nicht ganz klar war, was die Fremden darunter verstanden.

Meine Mutter trat heran und hielt eine Girlande aus roten Orchideen in der Hand. Sie legte sie David um den Hals, dann nahm sie mein Gesicht in beide Hände, küsste mich auf die Stirn und schob meinen Kopf unter die Girlande, zum Zeichen, dass wir beide nun für immer zusammengehörten.

&

Aber David war von dieser Vorstellung nicht begeistert. Er runzelte die Stirn und stieß schnelle Worte aus, die er mit heftigen Gesten unterstrich. Ich wusste nicht, was er meinte, bis er die Girlande so weit hob, dass er meinen Kopf freigab. Ob ich ihm nicht gefiel? Das wäre bitter. Denn ich hatte mich durch meinen Schwur für alle Zeit dazu verpflichtet, ihn zu lieben, ihn allein.

Vater zwirbelte seinen Schnurrbart und sah mich nachdenklich an. Mutter hatte entsetzt die Hand vor den Mund geschlagen. Ich konnte mir denken, was jetzt in ihr vorging. Wahrscheinlich dachte sie: „*So ein Unglück. Sie ist ihm nicht hübsch genug. Wenn doch Bagus noch da wäre, Bagus, die Schöne, die Vollkommene. Das wäre ein passender Lohn für einen solchen Doktor!*“

Doch Bagus war eben *nicht* da und das hatte sie sich selbst zuzuschreiben. Vater hatte *mich* mit dem großen Fremden verheiratet, daran gab es nichts zu rütteln. Und wenn ich ihm jetzt noch nicht gefiel, dann würde ich mich eben so verändern, bis er mit mir zufrieden wäre. Jedenfalls hatte er mir seinen Atem geliehen und mich ins Leben zurückgeholt. Also konnte ich ihm doch nicht ganz zuwider sein. Ich sah ihn bittend an und da wurde er wieder ruhig und lächelte.

Nach der Zeremonie wurde gefeiert. Wir beide saßen auf den Ehrenplätzen neben Vater und die Nachbarsfrauen brachten Körbe mit Mangos und Papayas, mit Ananas und Bananen. Ein Topf mit Reis und Zwiebelgemüse ging herum, Bohnen mit Karotten – auch ohne Hühnchen war es ein fröhliches Fest. David versuchte eine Weile mit untergeschlagenen Beinen zu sitzen, aber ich merkte, dass er sich dabei nicht gut fühlte, und holte einen Holzklotz, auf dem wir sonst immer das Brennholz hacken. Nun saß er etwas erhöht wie ein Häuptling und ich war sehr stolz auf ihn.

&

Als wir uns sattgegessen hatten, holte David einen schwarzen Kasten aus seinem Gepäck. Er trat vor Vater hin und hielt sich den Kasten ans Auge. Ein Blitz sprang heraus, aber kein Donner folgte, nur ein leises Klicken. Vater biss sich erschrocken auf die Lippen, aber David lächelte so freundlich, dass man ihm keinen bösen Zauber zutrauen mochte. Gleich darauf begann der kleine Kasten zu surren und spuckte ein Blatt aus. Zuerst war es grau, aber dann erschienen wie von Zauberhand gemalt verschiedene Farben. David reichte es Vater zu.

„Aber das bin ja ich!“, rief Vater. „Und dort sitzt Jati. Und Mutter ist auch zu sehen. Wie hast du das gemacht?“

David zuckte die Achseln und hielt den Kasten wieder vor sein Auge. Diesmal zielte er damit auf einen Teil des Ältestenrates. Wieder hüpfte der Blitz, aber die Dorfältesten hielten tapfer still. Als das Blatt herauskam, drängten sie sich um David wie kleine Kinder, die es nicht erwarten können.

David ließ es so oft blitzen, bis alle Dorfbewohner auf Blätter gebannt waren. Er nannte die Blätter „Foto". Mich stellte er vor eine Dattelpalme, steckte mir eine Orchideenblüte ins Haar und zielte lange und gründlich. Ich dachte daran, dass er mir vielleicht hinter seinem schwarzen Kasten zulächelte, und das machte mich froh.

Auf einmal dauerte es mir viel zu lange, bis das Bild auf der kleinen Karte sichtbar wurde. David erkannte meine Ungeduld und kommandierte dem Kasten Foto in seiner Sprache: „Schneller, schneller, beeil dich." Ich sprach es ihm nach, weil ich ahnte, was er damit meinte. Aber der Kasten gehorchte uns nicht, wir mussten ebenso lange warten wie alle andern. Dann endlich hatte David das Foto in der Hand und betrachtete es aufmerksam. Sein Blick veränderte sich, wurde weich, als er mir das Bild reichte.

Dieses Mädchen mit den großen Augen und der Blume im Haar – das soll ich sein? Unmöglich. Aber warum trägt das Mädchen dann meinen Sarong, warum hat sie genauso widerspenstige Haare . . . Ich hielt die Karte noch näher an meine Augen und sah mich zum ersten Mal wirklich. In dem zerbeulten Spiegel meiner Schwester hatte mir ein anderes Gesicht entgegengeblickt – schief, verschwommen. Auf einmal merkte ich, dass ich gar nicht so hässlich war, wie ich immer gedacht hatte. Mir schossen Tränen in die Augen.

David nahm mich beim Kinn und tupfte sie behutsam mit einem weichen, weißen Seidentuch weg: „Jati bagus", flüsterte er, „wunderschöne Jati."

&

Für Mutter hatte David eine Kette aus Rosenquarzperlen mitgebracht und legte sie ihr selbst um. Sie schlug die Augen nieder und berührte die Perlen mit der Hand. Jeder konnte sehen, dass ihr die Kette gut gefiel. Dann nahm David aus einem kleinen Kästchen eine schwarze Doppelröhre. Er hielt sie Vater vor die Augen und zeigte ihm, wie er an den kleinen Rädern drehen musste. Vater sprang auf und hielt die Doppelröhre in meine Richtung.

„Jati! Du bist ganz nah. Dein Gesicht wird immer größer! Ich kann dich zu mir herbefehlen, ohne dass du dich bewegen musst“, rief er. Er setzte die Röhre ab, betrachtete sie, versuchte es mit der anderen Seite, schüttelte den Kopf. „Nein. Da werden die Menschen zu klein. Ich mag sie lieber groß und in meiner Nähe.“

Er spielte den ganzen Abend mit seiner Doppelröhre herum. Ich hätte gern auch einmal hindurchgeschaut. Wenn man damit alles aus der Ferne in die Nähe holen konnte, dann sah man damit vieles, was man jetzt nicht erkannte. Vielleicht konnte man damit auch hinter den Himmelsrand schauen? Eines Tages wollte ich David danach fragen, aber an diesem meinem Hochzeitsabend war ich zu müde.

Die Augen fielen mir zu und ich erinnerte mich nur noch dunkel daran, dass mich die Mutter in meine Schlafhütte führte. Dort lag eine neue, eine breite Schlafmatte und eine weiche Baumwolldecke. Ich schmiegte mich hinein und war sofort eingeschlafen.

David

Am nächsten Morgen wunderte ich mich über die vielen Orchideenblüten in meiner Hütte. Es roch wie im Wald. In den Ecken stapelten sich neue Töpfe und Körbe, ein Bündel mit Sarongs lag daneben. Da fiel mir alles wieder ein, die Zeremonie, das Foto und das, was mir David leise zugeflüstert hatte: „Jati bagus." Doch warum war er nicht in meine Hütte gekommen, wenn ich ihm doch gefiel?

Ich fuhr mir mit der Bürste eilig durchs Haar, band einen neuen Sarong um und eilte nach draußen. Die Sonne hatte den Tau von den Grashalmen geküsst und wärmte die Steine am Weg. Davids Hütte lag etwas außerhalb des Dorfes, und ich pflückte unterwegs eine Ananas aus unserem Garten, an der wir uns erfrischen konnten. Die Tür stand offen, und David war nicht mehr in seiner Hütte. Ich folgte seinen Spuren zur Quelle. Er kniete vor dem Loch und schöpfte etwas Wasser, das er in eine durchsichtige Röhre goss. Dann hob er die Röhre zum Himmel und schaute hindurch. Ob er mit diesem Ritus seine Götter verehrte? Ich trat neben ihn und räusperte mich.

„Hallo, Jati!", lächelte er. „Hast du gut geschlafen?" Er unterstrich mit Gesten, was er meinte.

Ich nickte und wiederholte die fremden Worte: „Hallo, David, hast du gut geschlafen?", und dann brachte ich ihm bei, wie man sich auf Indonesisch begrüßt.

Dann fragte ich, ob er auch zum Gott dieser Quelle betete. Er schüttelte den Kopf und zeigte zum Himmel hinauf, machte das Zeichen für groß; noch größer. Also verehrte er Götter, die sehr mächtig sein mussten. Ich wollte wissen, was er mit der Röhre vorhatte. Er winkte mir und wir spazierten zu seiner Hütte. Auf einer Platte, die er auf vier Holzklötze gelegt hatte, stand ein seltsames Rohr auf einem Gestell. David goss einen Tropfen Wasser auf eine viereckige Glasscherbe und schob sie unter das Rohr. Dann knipste er an einem kleinen Schalter und schaute ins Rohr. Er drehte an einem Rad und schob mir das Gerät zu. Ich schaute hindurch und sah als Erstes ein Licht. Wie hatte er in diesem Rohr ein Feuer angemacht? Und wo blieb der Rauch? David zeigte mir die kleine Kugel, in der das Licht wohnt. Er konnte es durch den Knipser anzünden oder auslöschen, ohne die Kugel zu öffnen. Als nächstes fiel mir auf, dass das Wasser auf der Glasscherbe lebendig war. Wie es in diesem Tropfen durcheinander wimmelte! Lauter kleine Tiere! Ungeziefer! In unserem Quellwasser!

Dann tupfte David einen Tropfen Wasser aus dem Kochkessel auf die Glasplatte. Diesmal war kein Leben zu sehen.

Jetzt begriff ich, warum wir das Wasser aus unserer Quelle abkochen sollten, damit es uns nicht krank machte! Ich war sehr stolz auf meinen klugen Mann! Trotzdem hätte ich gern gewusst, warum er hier draußen am Dorfrand geblieben war, in einer kleinen, dunklen Nothütte. Warum wohnte er nicht mit mir im großen Pfahlhaus? Doch wie konnte ich mich verständlich machen? Ich kannte noch zu wenige Worte seiner Sprache und er sprach nicht viel Indonesisch.

Ich trat einen Schritt auf ihn zu und legte seine Hand auf meinen Kopf. Er sah mich fragend an und zog die Hand zurück. Dann ließ ich mich langsam auf ihn zusinken. Er fing mich auf und ich schmiegte mich an ihn und spürte, wie sein Herz einen heftigen Wirbel klopfte. Aber dann schob er mich behutsam zurück, freundlich, aber bestimmt.

Versteh einer die Fremden! Vielleicht war das sein Hochzeitsritus? Vielleicht durfte er seine Braut noch nicht umarmen? Vielleicht fehlte noch etwas? Ich beschloss, mit Malam darüber zu sprechen.

&

Malam hörte aufmerksam zu. „Du musst unbedingt die Sprache des Fremden lernen“, sagte sie. „Sonst wirst du nie begreifen, was in ihm vorgeht. Wenn du ihm eine gute Frau sein willst, dann musst du klug werden, klüger als wir alle.“

„Aber wenn ich ihm jeden Wunsch von den Augen ablese und ihm diene, dann . . ."

Meine Tante schüttelte den Kopf. „Nein. Eine Sklavin kann das Herz eines Mannes nicht besitzen."

„Also gut. Ich werde lernen, bis mir der Kopf platzt!", kündete ich an und eilte zurück zu seiner Hütte. Er schrieb gerade mit einem Stift lustige Zeichen in ein Buch. Als er mich sah, lächelte er und zeigte auf verschiedene Gegenstände in der Hütte, sagte in seiner Sprache, wie sie heißen. Dann sagte ich ihm die Worte in unserer Badui-Sprache. Wir übten jedes Wort ein paar Mal. Danach schob David das Buch herüber und erklärte mir die Zeichen. Buchstaben nennt er sie.

Wir lernten miteinander, bis der Mittagsregen auf das Hüttendach trommelte und jede Unterhaltung übertönte. Zeit fürs Mittagessen. Ich zündete das Herdfeuer an und kochte Reis und Bohnen. David gab mir etwas Salz aus seinem Vorrat und ich sammelte vor der Hüttentür einige Würzkräuter. Als Nachspeise aßen wir jeder eine ganze Mango.

Am Nachmittag kam Mutter zur Hütte und zeigte sich hochzufrieden, dass wir so vertraut beieinander saßen. Nach dem ersten Austausch von höflichen Phrasen nahm sie mich beiseite und wollte wissen, warum auf meiner Schlafmatte keine Blutflecken zu sehen wären. Peinlich! Meiner Schwester Bagus wäre sicher eine gute Ausrede eingefallen, aber ich erinnerte mich an das, was mir mein Vater eingeschärft hatte: Ein Badui lügt nicht. Also sagte ich ihr die Wahrheit.

„Ich habe keine Ahnung, warum der Fremde in seiner eigenen Hütte schläft, aber ich gehorche ihm. Vielleicht gibt es in seinem Land andere Heiratsbräuche als bei uns."

Mutter seufzte und legte mir die Hand auf die Schulter. „Ich weiß nicht, ob dein Vater eine gute Entscheidung gefällt hat, als er dich diesem Fremden gegeben hat."

„Oh, ich bin glücklich. David ist wunderbar. Ich habe noch nie einen Menschen kennen gelernt, der so klug ist und so gütig."

„Trotzdem . . . Er ist ganz anders als wir. Hoffentlich wird er dich gut behandeln. Ich mache mir Sorgen um dich."

Mir wurde ganz warm ums Herz. Vor dem Biss der Giftspinne hatte sich Mutter nur selten mit mir abgegeben. Mädchen, die nicht so hübsch sind wie Bagus, müssen sich schon etwas einfallen lassen, damit sie beachtet werden . . .

Alltag im Dorf

Inzwischen waren drei Wochen vergangen. An jedem Morgen holte mich David in meiner Hütte ab. Wir wanderten miteinander zur Quelle und ich nannte ihm die Namen der Blumen und Sträucher, an denen wir vorüberkamen. Er benannte sie in seiner Sprache und ich staunte, wie viel er über die Pflanzen wusste. Aus den Blättern oder Wurzeln oder Blüten vieler Blumen kann man Medizin herstellen, deshalb hatte er immer einen kleinen Beutel bei sich, in den er dann ein paar Blätter oder Knollen hineinsteckte. Dann schöpfte er mit seinem Röhrchen etwas Wasser aus der Quelle und stöpselte es zu, damit er es später in seiner Hütte unter dem Mikroskop untersuchen konnte. Anfangs wollte er den vollen Wasserkrug tragen, aber in unserem Dorf ist das Frauenarbeit, und ich konnte ihm mit Gesten und Worten klarmachen, dass man mich für faul gehalten hätte, wenn ich den Wasserkrug nicht selber trug.

Nach dem Wasserholen fegte ich Davids Hütte und hängte seine Schlafmatte zum Lüften über ein Gestell. Das ist auch so eine Sitte der Fremden. David will, dass seine Kleider und seine Decken immer in die Sonne gehängt werden. Er meint, dass die Sonne viele dieser kleinen Tiere abtötet, die die Menschen krank machen. Anfangs konnte ich mir nicht vorstellen, dass nicht nur im Wasser, sondern auch auf meinem Sarong kleine Tierchen leben. Dann zeigte er es mir unter dem Mikroskop und seither glaube ich alles, was er sagt, und hänge auch meine Matte täglich in die Sonne. Jetzt riecht sie immer frisch und ist schön trocken. Ich wollte es auch Mutter erklären, aber sie lässt sich nicht gern von mir etwas sagen, obwohl ich jetzt im Dorf als verheiratete Frau gelte, die die gleichen Rechte hat wie alle anderen Frauen.

An manchen Tagen bittet mich David, seinen Hüttenboden mit Wasser zu übergießen. Dann kniet er sich auf die Planken und schrubbt sie mit einer Bürste. Anfangs dachte ich, das wäre auch so ein Ritus, um die Götter zu beschwichtigen. Aber jetzt weiß ich, dass er damit die Ameisen vertreiben will, die in unseren Hütten herumspazieren und sich von den Krümeln und klebrigen Obstresten nähren, die auf dem Boden liegen.

Wenn die Hütte sauber ist, bereiten wir zusammen das Frühstück. Auch das gilt bei uns als Frauenarbeit, aber er besteht darauf, mir zu helfen, und da es keiner sieht, der mich deshalb tadeln könnte, lasse ich es zu, ja, ich freue mich darüber. Ich zeige David, wie man bei uns die Ananas schält und zerkleinert, wie man Mangos und Avocados vom Kern befreit und dann die Früchte auf Bananenblättern serviert. Und er zeigt mir, wie man aus Eiern, Mehl und Wasser einen Teig macht, der dann in einer Pfanne zu flachen Fladen ausgebacken wird. Nach dem Frühstück untersucht er seine Wasserproben und ich darf ihm dabei helfen. Er notiert etwas in sein kleines Buch, dann packt er seine Untersuchungsgeräte in den kleinen Korb, den ich eigens für ihn geflochten habe.

„Komm, Jati!" sagt er dann und ich freue mich jedes Mal, dass er mich mitnimmt auf seine „Visite" – wie er das nennt, wenn er die Kranken im Dorf besucht. Danach hält er auf dem Dorfplatz „Sprechstunde". Vater hat ihm einen Stuhl schreinern lassen und darüber einen Baldachin aus Bananenblättern gemacht, der vor Sonne und Regen schützen soll. Auf einem Bambusgestell steht ein Waschbecken aus Ton, daneben habe ich eine kleine Feuerstelle, damit ich Wasser abkochen kann. Darin müssen auch die Messer und Scheren und Pinzetten abgekocht werden, damit die kleinen Tiere – David nennt sie „Bakterien" – getötet werden.

Manchmal kommt ein alter Mann herangeschlurft, dessen Auge rot entzündet ist. David träufelt ihm eine Medizin ins Auge und zeigt ihm, wie er das Auge mit abgekochtem, kühlen Wasser badet. Zu diesem Zweck hat ihm der Töpfer kleine Schalen gemacht, die sich genau der Form der Augenhöhle anpassen.

Dann wieder hüpft ein Junge heran, der sich eine Zecke eingefangen hat. Früher haben wir nie darauf geachtet – wenn sich diese Biester vollgesaugt haben, lassen sie sich ohnehin wieder fallen. Aber jetzt wissen wir, dass manche Zecken Gift ins Blut spritzen. Die Mütter kommen mit ihren Babys und verraten mir hinter vorgehaltener Hand ihre „Frauenprobleme“, die ich David dann in einer stillen Minute weitersagen soll. Dann holt er Malam und erklärt ihr genau, wie sie die Frauen untersuchen muss und woran sie Krankheiten erkennen kann.

Darüber vergeht der Vormittag. Zum Mittagessen sind wir bei den Eltern eingeladen. Mutter hat in der letzten Zeit das Kochen neu entdeckt. Früher hat sie nie so einen Aufwand getrieben, aber seit David da ist, überschlägt sie sich beinahe. Er lächelt sie oft an und versucht, mit ihr zu reden. Das geht ganz gut, mit Händen und Füßen und viel Fantasie.

Vater hört lieber zu und denkt sich seinen Teil, aber ich merke, dass er vieles von dem übernimmt, was David uns beibringen will. Nach dem Essen gehen wir hinüber in Davids Hütte, manchmal müssen wir rennen, weil uns der Mittagsregen überrascht. David liest in seinen Büchern, ich übe Buchstaben und schreibe die neuen Worte auf, die ich am Vormittag gelernt habe. Wenn der Regenguss vorüber ist, arbeiten wir eine Weile im Garten, den David hinter der Hütte angelegt hat. Dort züchtet er einige Pflanzen, aus denen er Medizin herstellt. Er hat auch Sojabohnen eingepflanzt und Erdnüsse, und ich staune immer wieder, wie behutsam er die kleinen Keimlinge umsetzt an einen Platz, wo sie vor dem Mittagsregen und der prallen Sonne geschützt sind. Manchmal steigt in mir sogar eine leise Eifersucht hoch, wenn er die Halme so zärtlich streichelt, als wären es lebendige Wesen.

Oh, er ist nicht unfreundlich zu mir! Er scherzt mit mir und lacht, wenn ich etwas Komisches sage, aber er lächelt mich auch nicht anders an als die Kinder oder die alte Sula, der er den linken Fuß abschneiden musste, weil sie von einem

Hundertfüßer gestochen wurde und anschließend durch Hühnermist gewatet war.

Niemals sieht er mich so an, wie Kiri Bagus betrachtet hatte, und nie berührt er etwas anderes als meine Hand, und das auch nur, um mich zu stützen. Mir fährt es jedes Mal wie geschmolzenes Eisen durch die Adern, wenn ich seine Haut spüre, doch er bleibt gleichmütig, als trüge er in sich eine kühle Quelle, die sich niemals erwärmt.

&

Wenn ich manchmal auf meinen Lieblingsbaum steige und hoch über den Wipfeln schaukle, dann gesellt sich zu meinem vertrauten Fernweh ein leises Ziehen, ein Schmerz, den ich nicht in Worte kleiden kann. Mir ist klar geworden, dass ich auch dann nicht glücklich wäre, wenn ich wie der Vogel Garuda über die Wolken hinaufsteigen und wegfliegen könnte bis zum Himmelsrand. Irgendetwas fehlt mir . . .

Schwere Geburt

Nun lebt David seit fünf Monaten bei uns. Er kann sich halbwegs in Indonesisch verständigen und spricht auch einige Brocken unserer Badui-Sprache, im Notfall muss ich dolmetschen, denn inzwischen habe ich seine Muttersprache so gut erlernt, dass ich beinahe immer weiß, was er meint. Ich assistiere ihm bei seiner Sprechstunde, kann schon Blut abnehmen und kleine Schnitte zunähen und letzte Woche durfte ich bei der Geburt eines Kindes mithelfen.

Bisher hatten sich die Frauen davor gescheut, den „fremden Doktor" in ihre Nähe zu lassen, und er hielt sich auch zurück, aber dieses Mal konnte nicht einmal Malam helfen. Es war die Frau des Töpfers, deren Hüften so schmal waren, dass sie ihre Sarongs halbieren konnte. Das Baby steckte fest, und die Schreie der Mutter gellten viele Stunden lang durchs Dorf. Als sie nicht mehr schreien konnte, kam der Töpfer zu David und bat ihn um Hilfe. Er erlaubte auch eine Notoperation, die David „Kaiserschnitt" nannte.

Ich kochte die Instrumente ab, während David der Frau eine Medizin in den Arm spritzte, die sie einschlafen ließ. Alles lag bereit: saubere Tücher und viele Baumwolltupfer, mit denen Malam und ich die Blutung stillen sollten, Nadel und Faden für die Naht, ein Babykorb, den wir mit einem warmen Stein vorgewärmt hatten. Sämtliche Kinder des Dorfes hatten sich draußen vor der Hütte versammelt und mein Vater hielt Wache, damit keiner hereinkonnte. Nur der Töpfer hockte zitternd in der Ecke und hatte den Kopf zwischen die Knie geklemmt.

David nahm den scharfen kleinen Kris zur Hand, den er „Skalpell" nennt, und schloss die Augen. Er ließ sich auf die Knie sinken und rief: „Herr im Himmel, hilf mir! So etwas habe ich noch nie gemacht! Gib mir Kraft, damit ich diese Frau und ihr Kind retten kann!"

Malam und ich, wir wagten uns nicht zu rühren. Drei

Atemzüge lang blieb David still, dann öffnete er langsam die Augen und sah mich an, freundlich und fest. Ich holte das Fläschchen mit der orangefarbenen Medizin, er nickte und deutete mit dem Finger eine Linie an. Dann der rasche Schnitt, etwas Blut spritzte, wir drückten mit den Tupfern auf die Gefäße und hatten so viel zu wischen und zu tupfen, dass wir kaum wahrnahmen, wie David das Nest aufschnitt und ein schlaffes, blassblaues Etwas herauszog.

„Hier, nimm!“, rief er mir zu.

Es war ein kleiner Junge und er hatte die Nabelschnur um den Hals und rührte sich nicht. Ich schrie den Töpfer an: „Warmes Wasser, schnell!“ Er schwankte beim Aufstehen. „Beeil dich! Sonst kann dein Sohn nicht leben!“, rief ich.

David stürmte an meine Seite und wickelte mit geschickten Fingern die Nabelschnur vom Hals, klemmte sie ab und schnitt sie durch. Dann hob er das Kind an seine Lippen und blies ihm sachte in die Nase.

„Mach damit weiter. Immer weiter. Fünfmal atmen, dann eine kleine Pause. Nicht zu fest pusten, und höchstens die Hälfte deiner Luft“, ordnete er an.

Zuerst schüttelte mich der Ekel, denn das Gesicht des Kleinen war bläulich verfärbt und die Lippen waren mit Blut beschmiert. Und doch hatte sich David nicht gescheut, ihm seinen Atem zu schenken. Ich überwand mich und pustete in die kleine Nase. Dreimal, fünfmal . . . Pause, wiederholen . . . endlich ein Röcheln, die Augenlider flatterten, die verkrampften Finger streckten sich.

Der Töpfer hatte inzwischen warmes Wasser in ein Becken gegossen. Vorsichtig tauchte ich das Kind hinein, massierte mit der freien Hand die Arme und Beine. Dann kam Malam herüber und trennte mit einem geschärften Stein den Rest der Nabelschnur ab, verknotete sie und legte einen weißen Baumwolllappen drüber. Ich rubbelte das Kind trocken und wickelte es in einen sauberen Sarong. Als ich es in den gewärmten Korb legen wollte, begann es leise zu weinen.

David, der immer noch an der Mutter herumnähte, hob

den Kopf und sagte: „Der Kleine fürchtet sich. Behalt ihn noch eine Weile auf dem Arm. Sprich mit dem Jungen. Streichle ihn."

Und ich staunte wieder einmal über seine Weisheit. Woher wusste er, was dieses Kind fühlte? Er stammte aus einem fremden Volk mit fremden Gebräuchen; er kannte den Töpfer und seine Frau nur flüchtig. Und doch hatte er ihr Kind mit seinen Lippen berührt und es ins Leben zurückgeküsst. Warum tat er das? Und warum hatte er seinen Gott gebeten, ihm zu helfen? Was kümmerte es den Gott dieses Fremden, ob ein Badui-Kind geboren wurde oder nicht?

&

Die Frau des Töpfers war nach der Geburt sehr schwach. „Sie hat viel Blut verloren", sagte David. „Gibt es bei euch im Wald Brennnesseln?" Er beschrieb mir die Pflanze.

„Natürlich haben wir Feuerkraut", sagte ich. „Soll ich welches holen?"

„So viel du kannst!"

Die Kinder halfen mir, Nesseln zu pflücken. Wir quetschten sie in einer steinernen Obstpresse und fingen den Saft auf. Malam flößte der Kranken mit einem kleinen Löffel den Saft ein. Zwischendurch wollte das Baby gestillt werden. Die Frau des Töpfers hatte keine Milch für ihr Baby.

„Hm, was machen wir jetzt . . .", brummelte David. „Es gibt auch keine andere Frau im Dorf, die gerade ein Baby stillt. Keine Kuh, keine Ziege in der Nähe. Da hilft nur noch Soja-Milch."

Er nahm eine Hand voll Sojabohnen und warf sie in den Kochtopf. „Besser wäre es, wenn man sie über Nacht eingeweicht hätte", überlegte er, „aber so viel Zeit haben wir nicht." Lange, lange kochten die Bohnen, dann goss er das Wasser ab. „Das ist ganz wichtig!", schärfte er mir ein, „das Kochwasser von Bohnen ist giftig und macht Bauchschmerzen."

Die Bohnen wurden nun zwischen zwei sauberen Steinen fein zerrieben und dann im Mörser zu einem Brei gestoßen.

Der wurde mit abgekochtem Wasser vermischt und gründlich geschüttelt, durch ein feines, ausgekochtes Mulltuch gegossen, angewärmt.

David probierte die Milch und streute eine Prise Salz hinein, gab etwas Honig dazu. „Jetzt müsste es gehen."

Er holte eine Glasflasche mit einem Verschluss, der wie eine künstliche Brustwarze aussah. „Das ist ein Sauger", erklärte er, während er die Sojamilch hineinfüllte.

Das Baby trank gierig und wurde ungeduldig, weil der Sauger immer wieder verstopfte. Malam vergrößerte das Loch mit einer Nadel und erklärte dem Töpfer, wie er seinen Sohn halten müsse.

In den nächsten zwei Wochen kam ich kaum zum Schlafen: Nesseln pflücken, bis die Hände von Blasen übersät waren, Sojabohnen kochen und zerreiben, das Fläschchen füllen und wärmen, frisches Wasser holen, das Kind waschen und trockenlegen . . . hörte das denn niemals auf? Der Töpfer ließ sich überreden, selbst zur Quelle zu pilgern und Wasser zu schleppen, er fütterte sogar sein Kind, obwohl das „Frauenarbeiten" sind und ein Badui, der etwas auf sich hält, sich damit nicht die Hände schmutzig macht. David hat ihm aber erklärt, dass sein Kind und seine Frau sterben werden, wenn er nicht um ihr Leben kämpft.

Dann endlich bekamen die Wangen der armen Frau wieder etwas Farbe. David bestand darauf, dass sie ihr Baby an die Brust legte, und nach zwei Tagen schoss ihr die Milch ein und das war gerade rechtzeitig, denn unsere Sojabohnen waren verbraucht und die nächste Ernte war erst in zwei Monaten zu erwarten.

Ich stolperte hinter David her in seine Hütte und ließ mich auf seine Schlafmatte fallen. Spürte noch, wie eine weiche Decke auf mich niedersank, dann wusste ich nichts mehr.

Liebeszauber

Der Mittagsregen weckte mich. Neben dem Kopfende stand eine Schale mit frischen Papayastücken und ein ganzer Berg von Pfannkuchen. Wie lange hatte ich schon nicht mehr richtig gegessen, nur in Eile etwas in den Mund gestopft? Der Saft lief mir übers Kinn und der Berg Pfannkuchen wurde schnell kleiner. Ich sah mich in der Hütte um. David war fortgegangen, wahrscheinlich hatte er nach der Kranken gesehen. Ob er überhaupt geschlafen hatte? Aber wo? Vielleicht auf dem Haufen Baumwollstoff in der Ecke? Die einzige Decke hatte er mir gegeben. Ich schmiegte mein Gesicht hinein. Warum war er so gut zu mir? Über diesen Fragen fielen mir wieder die Augen zu.

Gegen Abend wurde ich von vielen Stimmen wach. Vater saß mit David und den Dorfältesten vor der Hütte; sie palaverten höflich, bedankten sich bei dem fremden Doktor dafür, dass er die Frau und das Baby des Töpfers gerettet hatte und wollten wissen, welchen Lohn er dafür erwartete.

David lachte ein bisschen und meinte: „Ich würde gerne etwas haben, das wir auf Deutsch Urlaub nennen."

Vater rief zur Tür herein: „Jati? Bist du wach?"

Ich sagte leise: „Ja, Vater."

„Was ist Urlaub? Kennst du das?"

Ich setzte mich auf der Matte auf und überlegte. David nannte den Dschungel „Urwald". Meinte er irgendwelche Blätter? Die konnte sich doch jeder pflücken, der sie brauchte. Das wäre kein Lohn für einen Doktor.

David erklärte: „Ich möchte etwas herumreisen und das Badui-Land kennen lernen. Ganz besonders interessiert mich der Vulkan."

Er sprach von unserem heiligen Berg, der in letzter Zeit wieder Rauchwolken ausstieß und fauchte wie ein Leopard, wenn er sich einen Stachel in die Pfote getreten hat. Die Ältesten brummten leise vor sich hin.

Schließlich sagte Vater: „Kein Fremder darf zum Heiligen Berg gehen, aber du bist mir lieb geworden wie ein Sohn. Deshalb werde ich dich adoptieren. Dann giltst du als Badui. Keiner kann dann noch etwas dagegen haben, wenn ich dir unser Land zeige."

David hatte nur die Hälfte verstanden, deshalb schlüpfte ich aus der Hütte und übersetzte ihm das – und fügte noch hinzu: „Aber ich möchte auch mitgehen!"

„Wenn es dir nur nicht zu anstrengend ist! Du bist noch ziemlich übermüdet."

Noch nie hatte jemand danach gefragt, ob ich müde wäre oder nicht . . . „Bitte lass mich mitkommen!"

„Also gut", willigte er ein.

&

Als sich die Ältesten in ihre Hütten zurückgezogen hatten, stand David auf und sagte: „Komm, Jati, ich bringe dich hinüber."

„Darf ich nicht hier bleiben? Ich hole meine Schlafmatte und meine eigene Decke", sagte ich eifrig, aber er blieb fest.

„Nein, das wäre nicht gut."

„Aber warum denn nicht? Du bist doch mein Mann, du hast mich doch . . ."

Er sah mich seltsam an und biss sich auf die Lippen. Dann seufzte er und sagte leise: „Jati, das kannst du jetzt noch nicht verstehen. Vertrau mir einfach, ja?"

Eine kalte Hand presste mir die Kehle zu. „Ich bin nicht so hübsch . . . liegt es daran?"

Er schüttelte den Kopf. „Jati, es hat gar nichts mit dir zu tun. Du bist ein schönes Mädchen. Ich habe dich gern, das musst du mir glauben."

„Aber warum . . .?"

Er strich mir eine Haarsträhne aus dem Gesicht. „Du bist noch so jung, du hast dein ganzes Leben noch vor dir. Und du gehörst hierher, in dieses Dorf."

„Du auch, David. Hast du nicht verstanden, was mein

Vater vorhat? Er wird dich adoptieren. Du wirst nach seinem Tod Häuptling. Und wenn die anderen erst erfahren, wie klug du bist, dann kannst du der Oberhäuptling über alle Badui-Stämme werden! Sie werden dir viele Geschenke bringen. Und du kannst neue Gesetze machen, die besser sind als die alten. Du kannst viele Menschen gesund machen und sie werden auch gesund bleiben, wenn sie dir gehorchen."

„Jati, du verstehst das nicht. Ich gehöre zu einem anderen Volk. Ich lebe in einer großen Stadt, in der die Mobile und die Sepedas herumflitzen. Überall stehen Häuser aus Stein, so hoch, als würde man fünf, nein sechs Hütten übereinander türmen. Wenn ich auf einen Knopf drücke, dann wird es hell in der Hütte. Und ich muss kein Wasser von der Quelle holen, es kommt aus der Wand."

„Das ist eine wunderbare Welt", seufzte ich. „Bist du in deiner Stadt auch ein Häuptling?"

„Nein, in meiner Stadt bin ich ein Mensch unter vielen anderen."

„Aber sie kennen dich alle und sie hören auf deinen Rat."

„Nein, nur wenige kennen mich. Und davon hören auch wieder nur wenige auf mich."

„Dann ist das ein schlechtes Volk und eine schlechte Stadt", entschied ich. „Hier hast du es viel besser. Unser Volk gehorcht dir. Wir achten dich, weil wir wissen, dass du weise bist. Vielleicht werden wir eines Tages auch deine Götter kennen lernen. Mir scheint, es sind gute Götter, besser als unsere jedenfalls, denn sie helfen dir, wenn du Hilfe brauchst."

David kratzte sich am Kinn, dann lächelte er. „Ja, mein Gott ist wirklich gut. Er hört mir zu und er antwortet mir. Weißt du was, Jati? Er kennt dich auch. Und er hat dich lieb."

„Mich???"

„Ja. Er kümmert sich um jeden Menschen."

„Aber warum?"

„Weil er sie alle geschaffen hat. Er fühlt sich verantwortlich."

Das war ein neues Wort, und obwohl sich David bemühte, mir die Bedeutung zu erklären, konnte ich es nicht verstehen.

„Genug für heute", sagte David schließlich. „Wir sollten schlafen gehen. Gute Nacht, mein liebes Mädchen."

Er reichte mir die Hand, um mir vom Boden aufzuhelfen, er stützte mich, damit ich auf den Sprossen nicht stolperte, und als er mich losließ, geschah es zögernd, als müsste er sich von mir losreißen, wie man einen duftenden Harzklumpen von der Rinde löst. Und in diesem Augenblick schwor ich mir, seine Seele zu erobern – nicht mit verführerischen Blicken und lockend aufgeworfenen Lippen, wie Bagus es getan hätte, als wäre er eine Lederpuppe beim Schattenspiel, die sie nach Belieben tanzen ließ. Eines Tages, das nahm ich mir vor, würde er mich beinahe so sehr lieben wie seinen Gott, mit dem er jeden Tag sprach und den er innig verehrte. Er würde sein Herz an mich hängen und mich nie mehr loslassen wollen.

&

In unserem Dorf gab es verschiedene Riten, wenn man einen Liebeszauber durchführen wollte. Manche waren eklig, da mussten Schnecken oder Würmer gegessen werden. Andere verlangten ein Opfer, das mit dem Blut des Liebenden vermischt werden musste, und so lange die Wunde frisch und offen blieb, bestand auch die Chance, dass der Liebeszauber wirkte.

Ich traute unseren Göttern nicht mehr viel zu; mir schienen sie nicht besonders interessiert an meinem Schicksal. Trotzdem begrub ich meinen größten Opal neben der Quelle und richtete mein Gebet an die Liebesgöttin. Zur Sicherheit markierte ich die Stelle. Wenn die Göttin mich nicht erhörte, dann würde ich mir den Stein wieder zurückholen. Aber ich wollte sie nicht übergehen – man konnte ja nie wissen . . .

Dann wandte ich mich an Davids Gott. In dieser Nacht schlich ich aus der Schlafhütte hinüber in Davids Garten. Hier kniete David oft und redete mit seinem Gott. Der Mond warf einen Lichtkreis und da hinein kniete ich mich und schloss die Augen, wie David es tat. Ich versuchte mir diesen Gott vorzustellen, der angeblich den Himmel und die Erde erschaffen hatte und der jeden Menschen kannte, auch mich.

„Lieber Himmelsgott", betete ich, „ich weiß nichts von dir, aber wenn es dich gibt und wenn dir etwas an mir liegt, dann hilf mir. Meine Eltern haben mich mit David verheiratet. Jetzt gehöre ich zu ihm, ob es ihm gefällt oder nicht. Ich wünsche mir so sehr, dass er mich ein kleines bisschen lieb gewinnt. David sagt, du bist ein starker Gott, du kannst alles. Da müsste es für dich doch ganz leicht sein, Davids Herz an meins zu binden, damit ich nicht hinter einer Wolke herjagen muss und mein Leben lang einen Schmerz fühle, der mich zu David hinzieht. Ich bitte dich sehr darum . . . Wenn ich mal etwas für dich tun kann, dann lass es mich wissen. Ich möchte gerne auf dich hören und das tun, was du willst, zumindest ab und zu. Vielen Dank fürs Zuhören."

Hoffentlich war das so richtig gebetet; David meinte, man müsste keine feste Form beachten, wenn man zum Himmelsgott spricht. „Du kannst ihm sagen, wie es dir ums Herz ist. Er versteht dich."

Na, das werden wir ja sehen . . .

Die Wanderung

Am nächsten Morgen weckte mich David, als die ersten Sonnenstrahlen über den Baumwipfeln erschienen. Er hatte sich lange Beinkleider angezogen und trug einen Strohhut und einen Rucksack.

Vater stand schon vor der Hütte und reichte mir einen Ledersack mit Wasser. „Jati, nimm dir ein warmes Tuch mit", mahnte er, „auf der Hochebene ist es neblig und manchmal kühl."

David rollte noch eine Decke zusammen und packte sie in eine durchsichtige Haut. „Da bleibt sie trocken", erklärte er.

Dann marschierten wir los – Vater säuberte den Pfad mit seinem langen Hauschwert von Lianen und wuchernden Pflanzen, dann kam ich und am Schluss ging David. Ich wäre viel lieber neben ihm gelaufen, aber der Pfad war zu schmal.

Wir kamen an einen Bach und balancierten über einen glitschigen Baumstamm zur anderen Seite. Das Wasser unter uns war nicht tief, aber reißend. Ein Windstoß riss David den Hut vom Kopf und wirbelte ihn fort.

Als wir endlich am anderen Ufer angekommen waren, holte David ein Tuch aus dem Rucksack und wand es sich als Turban um den Kopf.

Vater nickte. „Es ist gut, dass du deine Haut schützt, sie ist zu hell", sagte er.

Wir hatten kaum Zeit zum Sprechen, denn auf jedem Schritt lauerte eine neue Gefahr: in dieser Gegend gab es viele Hundertfüßer und giftige Spinnen. Auch Schlangen krochen im Gras herum.

&

Inzwischen hatte die Sonne ihren höchsten Stand erreicht und verkroch sich hinter den Mittagswolken. Wir suchten nach einer Bananenstaude, die uns vor dem Regenguss schützen konnte. Trotzdem wurden wir nass bis auf die Haut. Aber in der warmen Luft wurde uns nicht kalt. Wir gingen immer weiter, im Takt, den Vaters Machete schlug – rechts, links, rechts, links, Pause. Vater zählte seine Schritte und schnitzte jeweils nach sechzig Schritten eine Markierung in einen hohen Baum.

„Wir finden sonst den Rückweg nicht", erklärte er. „Der Pfad wächst sofort wieder zu. Schon morgen ist er nicht mehr zu erkennen, wenn wir ihn nicht kennzeichnen."

Wir aßen unterwegs eine Hand voll getrocknete Papayas und Ananas und ein Stück Brotfladen. Nach langer Zeit, als meine Beine langsam schwer wurden, ließ mich Vater auf einen hohen Baum klettern. Er wollte eine Lichtung finden, auf der wir übernachten könnten. Ich sah einen freien Platz, doch mussten wir dazu vom Pfad abweichen.

Dort schlugen wir unser Lager auf, das heißt, Vater schnitt Zweige ab und steckte sie in den Boden. Ich flocht lange Halme dazwischen und legte ein paar Lagen Bananenblätter darauf. David trat das Gras darunter nieder und verscheuchte die kleinen Tiere. Dann legte er eine glänzende Haut auf den Boden. Sie sah aus wie stehendes Wasser und fühlte sich warm und trocken an. Das Schutzdach war gerade groß genug für uns drei. Vater und David lagen außen und nahmen mich in die Mitte.

Die Dunkelheit warf sich über uns wie ein schwarzer Sack, aber ich hatte keine Angst. Ein Wildschwein grunzte und schnüffelte in der Nähe herum, eine Maus raschelte in den Blättern und fiepte, als sich der Schatten einer Eule über sie senkte und sie von scharfen Krallen gepackt und in die Luft gehoben wurde. Im Nacken spürte ich Vaters Atem und vor mir lag David, so nah, das wir uns beinahe berührten, und doch unendlich weit entfernt.

Bevor ich einschlief, erinnerte ich Davids Gott noch einmal an meine Bitte. Ich sagte in Gedanken: „Himmelsgott, ich hoffe, du hast mich nicht vergessen. Jetzt ist schon ein ganzer Tag vorübergegangen und nichts ist passiert, gar nichts. Vielleicht denkst du morgen daran?"

Der brennende Berg

Der Tau tropfte mir aufs Kinn und weckte mich. Ich lag eng an Davids Rücken geschmiegt und fühlte mich dort so wohl, dass ich keine Bewegung wagte, um ihn nicht zu wecken. Nach einer Weile räusperte er sich und rückte behutsam von mir weg. Erst wollte ich mich schlafend stellen, aber dann fiel mir ein, dass man als Badui immer ehrlich ist und das gilt umso mehr, wenn man eine Bitte an den Himmelsgott gerichtet hat.

Vater war schon aufgestanden und suchte nach Wasser. Er fand eine kleine Quelle und kostete davon, dann füllte er unsere Ledersäcke neu. Zum Frühstück gab es Bohnen und Reis, die Vater aus seiner Tasche holte. Dazu pflückten wir uns noch ein paar Mangos und eine Ananas. Die Schalen vergruben wir, damit sie den Boden nicht verunreinigten.

„Lassen wir die Hütte stehen?“, wollte David wissen.

Vater nickte. „Für den Rückweg oder für andere Wanderer, die hier vorüberkommen.“

Der Weg stieg an und der Wald wurde lichter. Unser Pfad mündete in einen breiten Weg, der über eine weite Hochebene führte.

„Hier sind schon viele Badui gewandert“, erklärte Vater. „Der Weg ist sicher. Wir dürfen ihn jetzt auf keinen Fall verlassen. So mancher Badui ist schon im Sumpf umgekommen, weil er meinte, er könnte drei Schritte neben dem Weg herlaufen oder eine Abkürzung wählen.“

Ein dumpfes Gelächter schallte aus dem Wald. David zuckte zusammen und fuhr herum.

„Das sind Paviane“, sagte Vater. „Sie verspotten den Wanderer, der sich auf dem breiten Weg allzu sicher fühlt.“

„Aber auf diesem Weg kann doch nichts mehr schief gehen“, meinte David.

„Du wirst schon sehen“, orakelte Vater, und kaum hatte er es ausgesprochen, senkte sich eine schwefelgelbe Wolke auf uns herab. Wir sahen keine drei Schritte weit. Vater nahm ein Seil aus seiner Tasche und band es an unsere Gürtel. „Ganz ruhig bleiben, immer dem Weg folgen“, mahnte er.

Wir stiegen bergan und nach langer Zeit blieb die Wolke hinter uns zurück. Ganz kurz blitzte die Sonne auf, dann gerieten wir in ein Nebelfeld. Der Weg war nun kaum noch zu erkennen, aber Vater suchte markierte Steine und führte uns immer weiter nach oben.

Endlich wurde die Sicht klar. Der Heilige Berg hatte seinen verrauchten Kopf an uns herangeschoben. Ab und zu ging ein Stoß durch den Erdboden, als wäre der brennende Berg ein Urtier, das wir durch unsere Schritte aus tiefem Schlaf geweckt hatten. Steine kollerten zu Tal, an einigen Stellen pfiffen heiße Winde aus dem Boden heraus, hin und wieder stieg auch Dampf empor und scharfe Wasserstrahlen schossen zwischen den Felsen hervor.

Und dann waren nur noch nackte Felsblöcke da, die sich mit Geröllfeldern abwechselten. David trat eine Steinlawine los und verlor das Gleichgewicht. Sofort warf sich Vater hinter einen Felsen und packte meine Hand, damit ich nicht von David herabgerissen wurde. Das Seil schnitt in meinen Gürtel und zerrte an mir, zog mich nach unten. Ich fühlte mich, als würde ich in Stücke gehackt, und konnte kaum noch atmen.

Endlich hatte David Halt gefunden und konnte sich abstützen. Er kletterte langsam zurück auf den Weg, Fingerbreit um Fingerbreit, immer wieder rutschte das Geröll unter ihm weg. Dann hatte er es geschafft. Wir setzten uns keuchend nebeneinander und tranken erst einmal etwas Wasser.

„Du blutest!“, rief ich.

David zuckte die Achseln und grinste. „Nur ein paar Fingernägel abgebrochen, aber die wachsen wieder nach. Wollen wir weiter hinauf?“

Doch als er aufstand, gab sein Fuß nach. Vater zog ihm den Schuh aus. Der Knöchel war dick angeschwollen.

„Nein“, sagte Vater. „Wir kehren um. Der brennende Berg duldet nicht, dass wir ihm näher kommen.“

„Glaubst du das wirklich?“

„Ja. Er hat uns bestraft. Er ist zornig. Wir müssen froh sein, wenn wir heil wieder zurückkommen.“

David wiegte den Kopf hin und her.

Ich fragte: „Du bist anderer Meinung?“

„Ich glaube nicht, dass Vulkane selbst darüber bestimmen können, ob sie jemanden in ihrer Nähe dulden oder nicht. Dieser Berg hat eine Verbindung zum Feuer, das im Innern der Erde brennt. Deshalb raucht er so. Er ist nichts anderes als ein großer Ofen, der manchmal zu viel Brennstoff bekommt.“

„Und die Götter, die darin wohnen?“, fragte Vater streng.

David schwieg eine Weile. Dann sagte er leise: „Was sind das für Götter, die nicht dulden, dass man ihnen nahe kommt? Warum freuen sie sich nicht über unseren Besuch, warum wollen sie uns bestrafen?“

Ich übersetzte für Vater. Eine steile Falte grub sich in seine Stirn. „Hast du bessere Götter als wir?“, wollte er wissen.

David setzte sich auf einen großen Stein, um den Fuß zu entlasten. „Mein Gott freut sich, wenn Menschen nach ihm suchen. Und wenn sie ihn vergessen haben, dann macht er sich auf den Weg und läuft ihnen nach.“

Vater machte große Augen.

„Mein Gott hat seinen Sohn auf die Erde geschickt, damit er dort als Mensch unter Menschen lebt. Er hat sogar sein Leben geopfert, um die Menschen zu retten“, sagte David mit großer Sicherheit in der Stimme.

„Aber warum? Warum denn nur?“, wollte Vater wissen.

„Weil mein Gott seine Geschöpfe lieb hat. Er will, dass sie leben. Und er möchte, dass sie glücklich sind.“

Der Berg grollte und stieß eine dunkle Rauchwolke aus. Vater zog die Schultern hoch, als ob ihm kalt wäre. „Wir gehen zurück“, entschied er. „Wenn der Berg so unruhig ist, dann wirft er manchmal sogar mit Steinen.“

„Als der Sohn meines Gottes auf der Erde lebte, hat er kranke Menschen gesund gemacht. Er hat keine Wunden geschlagen, er hat Wunden geheilt“, sagte David.

Vater warf ihm einen kurzen Blick zu. „Darüber kannst du mir heute Abend noch mehr erzählen. Jetzt müssen wir uns beeilen."

&

Der Pfad war kaum zu erkennen; in den wenigen Stunden hatte ihn das Gestrüpp überwuchert. Einmal wussten wir nicht mehr weiter, weil Vater seine Markierung nicht mehr fand.

„Schon viele Badui sind umgekommen, weil sie den richtigen Weg nicht mehr gefunden haben", erzählte Vater. „Sie steckten irgendwo im Dschungel fest und kamen nicht weiter."

„Ja, das kommt daher, dass man immer im Kreis läuft, wenn man sich verirrt hat", erklärte David. Er holte ein flaches, schwarzes Kästchen aus dem Rucksack und klappte den Deckel auf. „Schaut mal her, das ist ein Kompass. Diese Nadel hier zeigt immer nach Norden. Ich kann mich im Kreis drehen, wie ich will, sie ändert ihre Richtung nicht. Daran kann ich mich orientieren."

Vater betrachtete das schwarze Ding und drehte sich damit im Kreis. Dann wollte er wissen: „Wie kommt es, dass dieser Zeiger immer nach Norden weist? Wer sagt es ihm?"

David lächelte. „Wer sagt der Sonne, dass sie am östlichen Himmelsrand aufgehen muss? Wer lässt sie über den Himmel wandern und am Abend im Westen untergehen?"

„Das sind die Götter", murmelte Vater.

„Der Gott, der Himmel und Erde erschaffen hat", ergänzte David. „Und er hat auch in das Herz des Menschen eine Sehnsucht hineingelegt, die ihn zu sich hinzieht. Er kann sich noch so schnell im Kreis drehen, sobald er ein wenig zur Ruhe kommt, weist ihn eine innere Stimme zu Gott hin."

&

Ich habe damals nicht alles verstanden, was David sagte, aber ich begriff, dass er dem Schmerz einen Namen gegeben hatte, der in mir bohrte: Sehnsucht. Sehnsucht nach einem, der mich liebte, so wie ich war.

Der Rückweg

Kurz vor der Dämmerung erreichten wir unser Schutzdach. Es hatte durch den starken Regen etwas gelitten, deshalb pflückte ich große Blätter und deckte sie darüber. Wieder breitete David seine glänzende Decke aus und wir waren froh, dass sie die Nässe nicht durchließ. Vater hustete, sodass wir ihn diesmal in die Mitte nahmen, damit er ordentlich warm wurde.

Bevor ich einschlief, hörte ich noch, wie Vater bat: „David, erzähl mir von deinen Göttern", und die Antwort bekam: „Ich habe nur den einen und seinen Sohn, der uns seinen Geist schickt."

Dann fielen mir die Augen zu.

Am nächsten Morgen erwachten wir früh vom Hunger, denn die getrockneten Früchte hatten nur für den Hinweg gereicht. Vater behauptete, man müsste den Rückweg vom brennenden Berg mit leerem Magen bewältigen; so wollten es unsere Götter.

„Fordert dein Gott auch, dass die Menschen Hunger leiden?", erkundigte ich mich bei David.

Er holte ein kleines Buch aus seinem Rucksack und blätterte darin. „Als der Sohn meines Gottes auf der Erde lebte, da kamen eines Tages viele Menschen zusammen und hörten ihm zu. Er sprach lange zu ihnen. Danach hatten sie Hunger. Es waren auch kleine Kinder dabei und Mütter, die ihre Babys im Arm trugen. Aber das nächste Gasthaus war weit entfernt; dort am Berg gab es keinen Garten und kein Feld, auch kein Vorratshaus."

Ich nickte, zum Zeichen, dass ich alles verstanden hatte.

„Da kam ein kleiner Junge mit einem Korb, der hatte darin fünf Brote und zwei Fische. Die wollte er dem Sohn Gottes schenken."

„Aber wenn er der Sohn Gottes war, gehörte ihm doch sowieso die ganze Welt", wandte ich ein.

David überlegte, dann nickte er. „Ja. Das stimmt. Trotzdem lebte der Sohn Gottes so, als wäre er nur ein einfacher Mensch. Er wollte keinen Vorteil haben, verstehst du? Er wurde als Baby in eine arme Familie hineingeboren, nicht als reicher König in einem Palast. Deshalb ließ er sich auch von einem Kind das Essen schenken."

„Er hat einem kleinen Jungen das Essen *weggegessen*? Ein Gott?"

„Nein, Jati. Er nahm die Brote und die Fische und dankte seinem Vater, dem Himmelsgott, für diese Nahrung. Dann teilte er die Brote und die Fische an die anderen Leute aus, und stell dir vor, sie wurden alle satt! Es blieben sogar noch so viele Brote übrig, dass man damit zwölf Körbe füllen konnte."

„Dein Gott gefällt mir", murmelte ich. „Erzähl mir noch mehr von ihm."

Und David erzählte, wie der Göttersohn Jesus als einfacher Mensch durch die Dörfer und Städte ging und überall Freude und Glück verbreitete, wie er mit kleinen Kindern spielte und Leprakranke heilte. Ich konnte das Mädchen Maria gut verstehen, das lieber da saß und dem Lehrer zuhörte, als sich von der älteren Schwester an der Feuerstelle herumhetzen zu lassen: „Hol Wasser! Leg neues Holz auf! Zerstoss den Mais im Mörser! Pass auf, der Reis kocht über!"

So hatte Bagus mit mir gesprochen, doch Bagus war fort, und mit ihr die Kommandos und das Gefühl, dumm und wertlos zu sein. Jetzt gehörte ich zu David und das Bild, das er mir von seinem Gott malte, zog mich stärker an als der Duft des späten Jasminstrauches.

&

Vater verstand nur wenig von dem, was David erzählte, obwohl der sich bemühte, unsere Sprache zu benutzen, aber zwischendurch fiel er immer wieder in seine eigene Sprache zurück, die ich inzwischen ein bisschen kannte. Ab und zu übersetzte ich ein paar Gedanken für Vater. Er schwieg dazu und ging gleichmäßig vor uns her, schlug bei jedem Schritt mit dem Kris nach rechts und links, damit uns die scharfen Halme nicht die Beine zerschnitten.

Dann kamen wir zum Bach. Jemand hatte den Stamm weggenommen, über den wir auf dem Hinweg zum anderen Ufer balanciert waren. Vater schickte mich auf die Bäume, gab mir seinen Kris zwischen die Zähne, damit ich Lianen schneiden konnte. Wir verflochten sie zu einem festen Seil. Das band Vater an einen Baum und mit dem anderen Ende an einen großen Stein und warf ihn hinter einen Felsen ans andere Ufer. Dort keilte er sich fest. David stieg als erster in den Bach. Der wurde in der Mitte tief, so dass David kurz unter Wasser geriet und nur durch kräftige Armschläge wieder aus dem Strudel herauskam. Ohne die Lianenleine wäre David fortgeschwemmt worden. Aber so kam er sicher ans andere Ufer und befestigte die Leine an einem Baum.

Vater trat vorsichtig ins Bachbett und sicherte sich mit beiden Händen am Lianenstrick. In der Mitte wurde er vom Wasserwirbel gepackt und schluckte eine Menge Wasser. Ich hielt die Luft an und betete im Stillen zu allen Göttern, die mir einfielen. Aber dann tauchte Vater wieder auf und zog sich Hand über Hand zum Ufer.

Nun war ich an der Reihe. Mit jedem Schritt, den ich der Mitte näher kam, verstärkte sich der Sog an meinen Beinen. Das Wasser wurde tief und laut. Noch drei Schritte, dann hatte mich der Strudel erwischt und riss an meinen Armen und Beinen, drückte mich nach unten. Ich krallte mich mit einer Hand an den Strick und wollte mein Gesicht über Wasser halten und für kurze Zeit gelang es mir auch, aber dann schwappte eine Welle in mein Gesicht und nahm mir den Atem. Ich konnte mich nicht wieder hochziehen. Eiskalt umklammerte mich der gläserne Riese und zerrte mich in die Tiefe. Um mich herum sprudelten Blasen, mein Herzschlag dröhnte im Ohr und meine Lungen drohten zu platzen.

Dann spürte ich harte Schläge an der Schulter, am Kopf, und es wurde dunkel.

Später, als ich in eine Decke gewickelt am Feuer saß, das Vater eilig angezündet hatte, erzählte er mir, wie sich David sofort in das tobende Wasser gestürzt hatte. Der Strick, an dem er sich festgebunden hatte, reichte aber nicht bis zur Mitte. Deshalb schnitt er die Liane durch und kämpfte sich ohne Hilfe weiter bis zu mir durch. Aber ich hatte schon losgelassen, weil mich ein Ast am Kopf getroffen hatte, der in der Strömung herumwirbelte. David tauchte nach unten und konnte mich an den Haaren fassen und zog mich aus dem Strudel heraus.

„Er hat sein Leben gewagt, um dich zu retten", sagte Vater.

Ich wollte mich bei David bedanken, aber der kniete noch am Ufer und würgte, als wollte er sich mit all dem Wasser auch die Seele aus dem Leib husten. Als er ans Feuer wankte, blass bis in die Lippen, die Haarsträhnen wirr im Gesicht, die Hände zittrig vor Schwäche und Kälte, da begriff ich ein kleines Stück von dem, was mir David über den Göttersohn Jesus erzählt hatte. Und ich begann zu ahnen, was David dazu getrieben hatte, mein Leben zu retten – zum zweiten Mal.

Wir brachen auf, nachdem wir uns halbwegs getrocknet hatten. Bevor wir losgingen, nahm Vater die Schnur mit seinem Häuptlingsamulett vom Hals und legte sie David um.

„Dich haben die Götter zu uns geschickt", sagte er feierlich. „Du bist jetzt mein Sohn. Du wirst unser Volk führen. Sie werden glücklich sein, einen so edlen Medizinmann zum Häuptling zu haben. Vielleicht werden sich unter deiner Leitung alle Badui-Stämme vereinen und dich zu ihrem König krönen."

Ich übersetzte diese Worte, so gut ich es vermochte, aber David schien weder geschmeichelt noch erfreut zu sein. Er schüttelte den Kopf und gab Vater die Schnur wieder zurück: „Ich glaube, das muss von anderen entschieden werden."

Und schon bald sollte sich zeigen, wie Recht er damit hatte.

Das Feuer

Schon von weitem rochen wir den Rauch. Vater mahnte uns zur Eile. Je näher wir dem Dorf kamen, umso dichter wurde der Qualm. Ich kletterte auf einen Baum, damit wir uns orientieren konnten. Ein Schwarm Sittiche umkreiste meinen Kopf. Sie zeterten vor Aufregung. Ich sah eine Wolkensäule aufragen, genau dort, wo vorher unser Dorf gewesen war. Ein Feuersturm jagte durch den Wald, gerade auf uns zu. Es knatterte und zischte, Bäume stürzten und rissen andere mit sich in die Tiefe.

Ich ließ mich eilig vom Stamm rutschen. „Schnell, weg hier! Wir müssen zurück zum Bach. Das Feuer kommt in einer breiten Front auf uns zugewalzt!“

Ein Wildschwein brach durchs Unterholz und floh auf dem Pfad weiter. Eidechsen, Leguane, Schlangen und anderes Kleintier folgte. Wir mussten Acht geben, dass wir auf unserer Flucht nicht auf sie traten. Das Feuer gönnte uns keine Rast, es schob eine Hitzewand vor sich her und brüllte uns in die Ohren. David vergaß seinen schmerzenden Knöchel und humpelte so rasch, dass er mit uns Schritt hielt.

Endlich erreichten wir das Bachufer – keinen Augenblick zu früh, denn schon züngelten kleine Flämmchen am Pfad entlang und versengten die Blätter. Wir wateten ein paar Schritte ins Wasser hinein und suchten eine Stelle, wo sich das Bachbrett verbreiterte und Felsblöcke eingestreut waren. Hinter diesen großen Steinen fanden wir Schutz, denn hier gab es nichts Brennbares, und der Rauch schwappte über uns weg.

&

Es dauerte lange, bis das Feuer verhungert war. Zurück blieb kalter Rauch und schwarze Stämme, die ihre Finger wie bei einem Hilferuf zum Himmel reckten. Ein kleines Makaki-Äffchen suchte jammernd nach seiner Mutter. Im Bach trieben Kitze der roten Hirschkuh vorüber; ihr Fell war angesengt, sie hatten sich in Panik ins Wasser gestürzt und waren im Strudel ertrunken. Vater sprang auf und lief ein Stück stromabwärts, wo sich der Bach verengt.

Ich winkte David. „Wir müssen Vater helfen. Er schafft es nicht, das Fleisch zu retten", erklärte ich David.

„Du meinst diese Tierkadaver?"

„Ich glaube nicht, dass die Rehkitze schon lange tot sind. Und wir brauchen das Fleisch. Was sollen wir denn sonst essen? Unsere Gärten sind verbrannt, die Ananasstauden, die Mangobäume, die Maisfelder."

Er nickte und half, die nassen Fellbündel zwischen den Felsen zu lagern. Vater säbelte mit seinem Kris ein paar Keulen ab und verstaute sie in Davids Rucksack. Dann sammelte er große Steine und bedeckte die Kadaver. „Sonst holt sich der Leopard seine Beute."

Inzwischen hatte sich der Rauch verzogen. Wir suchten den Pfad, der zu unserem Dorf führte – oder dem, was davon übrig geblieben war. Davids Knöchel war inzwischen dick geschwollen. Ich legte eine Bandage an, Vater schnitzte ihm eine Krücke aus einem Ast, den der Bach ans Ufer gespuckt hatte. Damit konnte er ganz gut humpeln. Aber wir hatten es auf dem Heimweg nicht mehr eilig.

&

Es war still. Die verbrannten Zweige knackten unter unseren Füßen. Das grüne Dickicht war verschwunden. Der Pfad war nicht mehr zu erkennen, aber David holte seinen Kompass aus der Tasche und zeigte die Richtung. Wir trotteten vor uns hin.

Und dann waren wir auf der großen Lichtung angekommen. In der Mitte des Dorfplatzes stand Davids Behandlungsstuhl und das Waschbecken. Der Sonnenschutz war natürlich verbrannt, auch sämtliche Hütten. Zurück blieb ein Haufen Asche. Keine Spur von Menschen. Wo waren sie alle hingelaufen? Hatte sie das Feuer überrascht und weggerafft?

Davids Hütte war ebenso vollständig zerstört wie alles

andere. Wir liefen hinüber zur Quelle. Dort fanden wir die alte Sula, halb ohnmächtig vor Furcht. Ihr Haar war versengt, auch ihr Sarong trug Brandflecken, aber sonst war sie gesund. Sie hatte ihre Beine in die Quelle gesteckt und sich ganz flach auf den Boden gelegt, so war die Feuerwalze über sie hinweggerollt. Vater suchte ein paar Zweige, die noch nicht ganz verbrannt waren, und entfachte ein kleines Feuer.

Sula schrie auf, aber David beruhigte sie: „Du musst etwas essen. Wir haben eine Hirschkeule für dich mitgebracht."

Während ich die Keulen briet, erzählte Sula. „Das Feuer kam nach dem Mittagsregen. Es kam von dort –" sie zeigte in die Richtung des Sonnenaufgangs –, „und es lief dorthin. Die Männer haben die Kinder auf den Rücken genommen und sind in den Wald geflohen. Die Frauen sind in die Hütten gelaufen und wollten ihren Schmuck holen und alles, was wertvoll ist. Aber einige haben zu lange gezögert . . . sie kamen nicht mehr aus den Hütten." Sula schloss die Augen und wedelte mit der Hand, als könnte sie dadurch die inneren Bilder vertreiben.

Vater räusperte sich. „Weißt du, welche Frauen es vielleicht . . . nicht mehr geschafft haben?"

Die Greisin schwieg, bis Vater sie am Arm nahm und schüttelte. „Ich muss es wissen. Was ist mit meiner Frau? Konnte sie entkommen?"

Sula öffnete die Augen. „Schau in deiner Hütte nach."

Vater stürmte davon, ich lief ihm nach. Er wühlte in dem Aschenhaufen, der einmal seine Schlafhütte gewesen war. Dann stieß er auf einen Goldklumpen, der mit einem Jadestein verschmolzen war. Mutters Amulett, ihr Hochzeitsgeschenk. Sie hatte es nie abgelegt, auch zum Schlafen nicht. Da wusste er zu viel. Er ließ sich auf die Asche sinken, nahm den Kopf zwischen die Knie und wiegte sich hin und her. Sein Schmerz fand keine Töne, keine Worte.

Erst als die Sterne am Himmel aufblinkten, fasste er sich und kam zur Quelle zurück.

„Wir bleiben heute Nacht hier. Morgen früh suchen wir die

anderen", sagte er, aber seine Stimme war erloschen wie das Feuer, das unser Dorf und meine Mutter gefressen hatte.

&

Ich konnte in dieser Nacht nicht schlafen. Hatten die Götter unser Dorf bestraft, weil wir David bei uns duldeten und als Freund betrachteten? Oder waren wir vor dem Feuer bewahrt geblieben, weil Davids Gott seinen Freund retten wollte – und damit auch unser Leben?

David stöhnte leise. Ich stand auf und holte die Tonschale, die das Feuer unbeschadet überstanden hatte, schöpfte Wasser aus der Quelle.

„Ich will deinen Knöchel behandeln", flüsterte ich. Er nickte und wickelte die Bandagen ab. Wir kühlten die Schwellung und als die Schmerzen etwas nachgelassen hatten, massierte ich den Fuß. Es war das erste Mal, dass David sich von mir berühren ließ, und ich legte meine ganze Sehnsucht und Liebe in meine Hände.

„Das tut gut", seufzte er. Viel lieber hätte ich seine Füße mit Küssen bedeckt und seinen Schmerz auf mich genommen. Aber ich spürte, dass das nicht ging. So einfach war sein Herz nicht zu erobern. Ich musste Geduld haben. Die Zeit war auf meiner Seite. Vielleicht war dieses neue Unglück ein Wink des Himmelsgottes?

Ich versuchte, die Gedanken an meine Mutter wegzuschieben, aber es gelang mir nicht. Ich weinte lange um sie und um das, was hätte sein können, wenn sie mich wirklich geliebt hätte. Oder hatte sie und konnte es nur nicht zeigen? Das würde ich nun niemals erfahren. Ich weinte aus Trauer, weil sie mir fehlte, und ich weinte vor Zorn, weil sie einen so unwürdigen Tod gestorben war – von gnadenlosen Flammen gefressen, weil sie sich nicht von dem hatte lösen können, was ihr wertvoll gewesen war.

Erst als die Sonne über den schwarzgrauen Ästen hochstieg, wischte ich die Tränen fort und beschloss, meine Erinnerungen loszulassen und aufzubrechen in ein neues Leben.

Ich schaute hinauf zu den Wolken, die über die verbrannten Bäume zogen, gleichmütig, als kümmerte sie das Schicksal der Menschen nicht, die da unten litten und weinten. Wenn Davids Gott genauso wäre wie unsere Götter, dann wollte ich lieber nichts mit ihm zu tun haben. Aber vielleicht war er anders und genau so, wie David ihn schilderte?

„Davids Gott", betete ich in Gedanken, „ich will versuchen, dich zu finden. Wohnst du da oben über den Wolken? Kannst du mich hören und sehen? Dann zeig dich. Eines Tages möchte ich dich sehen."

Gastfreundschaft

Wir aßen zum Frühstück die restlichen Hirschkeulen und machten uns dann auf den Weg. Vater stützte die einfüßige Sula, ich nahm David um die Taille, dann trotteten wir los in Richtung Nachbardorf. Das Feuer hatte eine breite Schneise in den Wald geschlagen. Dahinter waren die Bäume unversehrt. Wir fanden Bananenstauden und Kokospalmen – allerdings waren die Früchte abgeerntet. Einen kleinen Bach mussten wir überqueren, der die Grenze zum Nachbardorf bildete. David setzte sich mit Sula am Ufer nieder und wartete erst einmal ab.

In diesem Dorf wohnte der Medizinmann Asam. Wahrscheinlich war er nicht gut auf uns zu sprechen, aber es half nichts, Vater musste erfahren, wo unsere übrigen Stammesmitglieder waren. Der Wächter wollte uns zuerst nicht ins Dorf einlassen, aber dann erkannte er Vaters Häuptlingsamulett und machte Platz, wenn er auch ein hämisches Grinsen nicht unterdrücken konnte.

Wir gingen auf den Ratsplatz und suchten nach der Häuptlingshütte. Man ließ uns lange in der Mittagshitze warten. Vater murmelte: „Das ist aus der berühmten Gastfreundschaft der Badui geworden . . . Mein Großvater hätte so etwas nie geduldet.“ Dann endlich wurde die Eingangsmatte beiseite geschoben und eine Hand winkte uns herein.

Drinnen saß Asam auf einem geschnitzten Thron und ließ sich von zwei jungen Mädchen Luft zufächeln. Die Fächer waren aus den Federn des Paradiesvogels gebunden, der bei unserem Stamm als heilig gilt und nicht getötet werden darf. Ich fragte mich, wie Asam so viele Paradiesvögel dazu überredet hatte, ihm ihre Schwanzfedern zu überlassen. Vater musste etwas Ähnliches gedacht haben, denn er runzelte finster die Brauen. Aber dann erinnerte er sich daran, dass er als Bittsteller kam. Ein Häuptling ohne Thron, ohne Dorf und ohne Volk kann sich nur wenig Stolz leisten.

Er neigte höflich den Kopf und sagte: „Ich grüße dich, Asam, und hoffe, dass das Feuer dein Dorf und deine Felder verschont hat."

„Jawohl. Die Götter waren uns gnädig", sagte Asam huldvoll.

„Du weißt, dass unser Dorf völlig zerstört wurde. Nun suche ich nach meinem Volk. Hast du einige unserer Leute gesehen?"

„Sie haben bei meinem Volk Zuflucht gesucht", sagte Asam. „Wir haben sie in unserem Stamm aufgenommen. Allerdings sind unsere Hütten jetzt überfüllt. Für dich und deine Tochter ist kein Platz bei uns."

Vater zog seine Unterlippe ein und überlegte. Dann sagte er: „Ich würde gerne mit meinen Leuten sprechen und von ihnen erfahren, ob sie hier bleiben möchten oder ob wir unser Dorf wieder aufbauen."

Asam stand auf, doch er war immer noch einen halben Kopf kleiner als Vater. „Ich habe bereits mit deinen Leuten gesprochen. Sie wollen hier bleiben."

„Ich möchte selbst mit ihnen sprechen", beharrte Vater.

Asam schüttelte den Kopf. „Das geht nicht. Du ziehst den Zorn der Götter auf uns herab. Verschwinde. Verlass mein Dorf."

Zwei stämmige Leibwächter traten in die Hütte. Vater spürte ihre Anwesenheit, ohne den Kopf zu drehen, und nickte. „Ich habe verstanden." Er wandte sich zum Gehen, und ich folgte ihm.

Als wir an einer Hütte vorüberkamen, hörten wir leise Klagetöne, gesungen von einer Stimme, die mir bekannt vorkam.

„Malam", rief Vater. Die Melodie brach ab, als wäre sie gewaltsam erstickt worden. Von drinnen Keuchen, dann ein harter Schlag, Stöhnen. Vater war mit einem Sprung am Hütteneingang.

„Was geht hier vor? Wo ist Malam, meine Schwägerin? Ich will sie sehen!", rief er.

Ein baumlanger Mann erschien im Eingang, verschränkte

die Arme. „Du hast hier nichts zu befehlen, Alter“, grunzte er. „Mach, dass du wegkommst. Malam gehört jetzt mir.“

„Malam ist eine freie Frau vom Volk der Badui!“ brauste Vater auf. „Du hast kein Recht, so etwas zu sagen!“

Der lange Kerl ließ die Arme sinken und machte einen Schritt nach vorn. „Ich sage, was ich will. Asam hat mir die Frau mit dem hässlichen Gesicht in die Hütte geschickt, damit sie für mich arbeitet. Und arbeiten kann sie, wenn sie auch sonst nicht viel taugt. Und jetzt verschwinde, bevor ich mich vergesse.“

Aber Vater wollte nicht hinnehmen, dass man eine Frau aus seinem Dorf wie eine Sklavin behandelte.„Komm heraus, Malam!“ rief er. „Dein Häuptling ruft dich. Und auch ihr andern alle. Hört ihr mich? Wir gehen zurück in unser Dorf. Wir bauen es wieder auf, auch ohne die Hilfe der anderen!“

Nun wurde es in den Hütten laut. Überall erhob sich lautes Schimpfen und Zetern; die „Gastgeber“ wollten die willkommenen Arbeitskräfte nicht ohne Gegenwehr ziehen lassen. Das Handgemenge setzte sich auf der Dorfstraße fort. Während Malams Peiniger damit beschäftigt war, meinen Vater mit Fußtritten und Boxhieben zu traktieren, kroch sie aus der Hütte. Ihr Sarong war zerrissen, ihr Gesicht von Schlägen verschwollen. Sie schluchzte.

Ich half ihr auf die Beine und flüsterte ihr zu: „David und Sula sind am Bach. Lauf zu ihnen, sie werden dir helfen.“

„Ich kann nicht fortgehen, sie halten Ikan in einer anderen Hütte gefangen.“

„Wie haben sie denn das geschafft?“, wunderte ich mich. Mein Cousin Ikan war flink wie ein Makaki. Es war bisher noch keinem gelungen, ihn gegen seinen Willen festzuhalten.

„Sie haben ihn gefesselt“, flüsterte Malam.

„Lauf trotzdem, wir befreien ihn später“, sagte ich. „In welcher Hütte steckt er?“

„Hinter dem Dorf am Waldrand.“

Der Dorfwächter beteiligte sich an dem allgemeinen Handgemenge und bemerkte Malam nicht, die zwischen den

Bäumen im Wald verschwand. Ich schlich in die andere Richtung, bis ich einen hohen Baum fand, der eine gute Aussicht versprach. Gerade liefen zwei Männer von der Gefängnishütte fort, um ihre Leute zu verstärken. Ich ließ mich vom Baum rutschen und kroch durchs Unterholz bis zur Hütte.

„Ikan!" flüsterte ich. „Bist du da drinnen?"

„Hmmm-mm", kam es erstickt. Sie hatten ihn wohl auch noch geknebelt. Blitzschnell war ich in der Hütte. Ikan war an Händen und Füßen gebunden und an eine Stange gefesselt. Ich zog ihm den Stofffetzen aus dem Mund und holte den halbzerbrochenen Dolch hervor, den ich seit dem ersten Unglück heimlich bei mir trug, und schnitzelte an den Stricken herum.

„Du hast Vaters Kris!", murmelte der Junge.

Ich nickte. „Willst du ihn haben?"

Seine Augen glänzten und sagten „Ja!" während er höflich den Kopf schüttelte. Er wollte wohl nicht gierig erscheinen.

„Hier hast du ihn!", sagte ich. „Aber jetzt schnell!"

Er schüttelte die Fesseln ab und rieb sich die Knöchel, dann huschten wir aus der Hütte und schlugen einen weiten Bogen, bevor wir den Bach überquerten. Endlich stießen wir auf David und Sula. Malam war noch nicht angekommen.

„Ikan, du bleibst hier", sagte ich, „und zeigst ihnen, wie sie sich am besten verstecken können."

Auf Ikan war Verlass, er galt als tapfer und geschickt – ein richtiger Mann, obwohl er wenig älter war als fünfzehn Regenzeiten.

&

Wieder schlich ich zum Dorf und spähte durch die Bäume: Lautes Geschrei am Ratsplatz, hier und dort wanden sich Knäuel von Armen und Beinen auf dem Boden. Asam stand in der Mitte und brüllte Befehle, die keiner befolgte, auch seine eigenen Leute nicht. Er machte ein unglückliches Gesicht ... Schließlich ließen die Kämpfer voneinander ab.

Asam schrie, und seine Stimme überschlug sich dabei: „Ich habe es gut mit euch gemeint. Ich wollte euch helfen. Aber ihr seid undankbar. Ihr wollt nur etwas zu essen, aber nicht arbeiten. Solche Leute können wir hier nicht gebrauchen. Schert euch fort!"

Die „Gäste" beantworteten seine Rede mit einem lauten Gebrüll und wollten in die Hütten zurücklaufen, um ihre wenigen Habseligkeiten zu holen.

Doch Asam ließ es nicht zu. „Was ihr mitgebracht habt, das bleibt hier als Bezahlung für das, was ihr gegessen habt."

„Das ist Unrecht! Du beraubst uns!"

Er überging alle Proteste und sagte kalt: „Ich gehe jetzt in meine Häuptlingshütte. Ihr habt Zeit zu verschwinden. Wer noch da ist, wenn ich wieder herauskomme, der bleibt für immer in meinem Dorf und wird für mich arbeiten."

Unser Volk hatte die Drohung ernst genommen. Sie rannten oder stolperten in den Wald, stützten sich gegenseitig. Wie ein Schatten war Malam neben mir aufgetaucht.

„Wo ist dein Vater?", flüsterte sie.

„Ich kann ihn nirgendwo sehen", gab ich zurück.

„Ich glaube, er liegt dort drüben. Sie haben ihn niedergeschlagen. Wir müssen ihn holen!"

Wir rannten hinüber. Vater lag halb auf der Seite, Blut floss ihm aus der Nase und er hatte die Augen geschlossen. Ab und zu hob sich seine Brust zu einem schweren Atemzug. Malam legte sich seine Arme über den Rücken, ich nahm die Beine, so mühten wir uns eine Weile ab und kamen nur langsam voran. Wir hatten den Ratsplatz noch nicht ganz überquert, als Asam in der Tür erschien und kommandierte:

„Das Mädchen und die hässliche Frau und der halb tote Häuptling bleiben hier! Das ist ein Befehl."

Auf einmal packte mich ein großer Zorn. Ich legte Vaters Beine nieder und ging auf Asam zu.

„Du wagst es, gegen unsere heiligen Bräuche zu verstoßen? Du brichst das Gesetz der Gastfreundschaft und drohst einem Häuptling, der weiser und berühmter ist, als du jemals sein wirst!“, stieß ich hervor. „Du willst ein Bote der Götter sein und benimmst dich wie ein kleiner Junge, der dem anderen sein Spielzeug nicht gönnt!“

„Was weißt du schon von den Göttern!“, höhnte Asam, aber er konnte meinem Blick nicht standhalten.

„Ich glaube, dass ihre Gesetze gut sind, denn sie schützen die Ehre und das Eigentum der Menschen. Sie verbieten, dass wir uns gegenseitig verletzen.“

„Und warum hält sich dein Volk nicht an die Gesetze? Warum duldet ihr einen Fremden in eurem Dorf? Warum hat dein Vater seine Tochter mit einem Teufel verheiratet, der gar keine richtigen Augen hat, sondern blaue Kiesel, die in seinem Kopf herumkugeln?“ Er spuckte verächtlich aus.

Darauf wusste ich keine Antwort. Ich wusste nur, dass David ein guter Mensch war, besser als alle, die ich bis dahin kennen gelernt hatte – aber wie sollte ich das diesem Kerl erklären? *Musste* ich David überhaupt verteidigen?

Asam trumpfte auf. „Die Götter dulden keine Fremden in unserem Land. Deshalb haben sie dein Dorf mit Feuer vernichtet.“

„Ach . . . die Götter waren das?“

Er nickte heftig. Aus den Augenwinkeln sah ich, wie zwei unserer Männer zu Vater liefen, ihn aufhoben und zum Waldrand trugen. Ich trat einen Schritt auf ihn zu und plusterte mich auf, um ihm die Sicht zu versperren. Und dann sagte ich so würdevoll, wie ich nur konnte: „Asam, ich glaube, dass *du* das Feuer in unserem Dorf gelegt hast. Du wolltest dich rächen.“

Asam wurde abwechselnd rot und blass und ballte die Fäuste. Sein Adamsapfel hüpfte aufgeregt hin und her, aber er brachte keinen Ton heraus.

Ich wurde mutiger. „Kann es sein, Medizinmann, dass du gar nicht mit den Göttern sprichst? Vielleicht bist du gar nicht von ihnen auserwählt. Werden sie einen Mann als Werkzeug aussuchen, der ein Herz hat aus Stein? Der nur an sich selber denkt? Der feige und hinterlistig ist?“

Asam hob die Faust und wollte mich schlagen. Auf einmal donnerte ihm ein lautes „Halt!" entgegen. Ich duckte mich und fuhr herum. Am Waldrand stand Kiri wie einer, der von den Toten erstanden ist. Er hielt eine Donnerbüchse in der Hand und zielte genau auf Asam. Der wich rückwärts in seine Hütte zurück, bis von ihm nichts mehr zu sehen war.

Mit langen Sätzen sprang ich auf Kiri zu. Er lächelte und strich mir mit der Hand übers Haar.

„Du bist gerade zur rechten Zeit gekommen", keuchte ich.

„Jusef hat nach mir geschickt", erklärte Kiri. „Als ich von dem Feuer erfuhr, bin ich sofort losgelaufen. Ich habe mir Sorgen gemacht. Wie geht es Malam? Und Ikan?"

Also war er doch nicht ganz und gar verworfen. Er hatte gefrevelt, er hatte wichtige Gesetze übertreten, hatte die Strafe auf sich genommen und war fortgegangen, doch ein Teil seines Herzens war immer noch bei uns geblieben.

&

Der kleine Trupp am Bachufer warf scheue Blicke auf Kiri. Sie wussten nicht, wie sie sich verhalten sollten. Einerseits verbot unsere Regel jedes Gespräch mit dem Ausgestoßenen, andererseits fühlten sich viele zu ihm hingezogen. Da mein Vater immer noch bewusstlos war und den Verstoß gegen das Gesetz nicht wahrnahm, unterhielten wir uns mit Kiri, als wäre nichts gewesen.

Als Kiri erfuhr, dass Malam von dem baumlangen Kerl geschlagen worden war, als er ihre Striemen und blauen Flecke sah, da presste er den Mund zu einem harten Strich zusammen. „Das werden sie mir bezahlen!", knirschte er. „Und meinen Ikan zu fesseln und zu quälen! Wartet, bis ich wiederkomme! Ich bringe meine Freunde mit, dann schlagen wir diesen Asam und seine Leute kurz und klein!"

Zuerst fand ich diese Idee wunderbar, aber nach und nach schlichen sich Zweifel ein.

David kam herübergehumpelt und sagte: „Kiri, wir brauchen dringend Hilfe. Kannst du meine Freunde holen? Sie sollen Lebensmittel und Baumaterial mitbringen, außerdem einige Medikamente." Kiri musterte ihn hochmütig, aber David ließ sich nicht beirren. „Meine Freunde helfen euch, das Dorf wieder aufzubauen. Ich würde sie gerne selber holen, aber . . ." – er zeigte auf seinen geschwollenen Fuß und zuckte die Achseln – „bei mir dauert das zu lang."

„Aber deine Freunde dürfen das Badui-Gebiet nicht betreten", murrte Kiri.

„Genauso wenig wie du", rutschte es mir heraus.

Kiri runzelte die Stirn und überlegte, dann grinste er.

Und ich sagte: „Retter sind immer willkommen!"

„Da hat die Häuptlingstochter weise gesprochen", sagte einer von den Männern.

&

Aus Zweigen und Lianen wurde eine Trage gebastelt, wir legten Vater vorsichtig darauf und wanderten zurück in unseren verbrannten Wald. Der Mittagsregen hatte das erste schüchterne Grün aus dem Boden gelockt und David staunte.

„Das ist wie ein Wunder", murmelte er.

„So wie Kiri, der im richtigen Augenblick kam, um mich zu retten?"

„So ungefähr . . ."

Es wurde dunkel, als wir auf unserem Dorfplatz ankamen. Keiner von uns hatte Feuerstein bei sich, aber Kiri kramte in seinem Rucksack und holte eine kleine Schachtel mit winzigen Hölzern heraus. Sie hatten einen roten Kopf und wenn man sie an einer rauen Fläche rieb, dann brannte das Hölzchen. Wir zündeten ein Lagerfeuer an. Zwei Männer liefen zum anderen Bach, um das restliche Fleisch zu holen. Einer der Ältesten schlug vor, zu Asams Dorf hinüberzuschleichen und einige Papayas und Ananas aus deren Gärten zu „besorgen", aber ich ließ es nicht zu.

„Diese Früchte gehören uns nicht. Sucht ein paar wilde Bäume und pflückt, was im Wald wächst. Wir Badui stehlen nicht!"

Die alten Männer nickten und beschlossen, am nächsten Morgen einen neuen Häuptling zu wählen, falls Vater die Nacht nicht überleben sollte. Der Mond erhob sich über die Bäume und Kiri verabschiedete sich.

„Ich bin bald wieder da“, versprach er. „Ich bringe Hilfe.“

„Vater, darf ich mit dir gehen?“, bettelte Ikan.

Kiri zögerte, aber als er Malams Schultern zucken sah, schüttelte er den Kopf. „Nein, Junge. Du musst bei deiner Mutter bleiben. Sie braucht dich. Beschütze sie gut!“

„Ich habe auch deinen Kris!“, rief Ikan und zeigte den halb zerbrochenen Dolch.

Kiri biss sich auf die Lippen und seufzte. „Ich werde dir einen neuen mitbringen. Der alte taugt nichts.“

„Doch, Vater, mit deinem Kris hat mich Jati von den Stricken losgeschnitten.“

Kiri nahm den Kris und gab ihn mir. „Das ist ein Pfand als Dank. Wenn du einmal in Not bist, wird er dir helfen.“

Er verneigte sich vor mir, als wäre ich ein Häuptling. Dann verschluckte ihn die Nacht.

&

Die anderen setzten sich im Kreis um das Feuer, während David meinen Vater untersuchte. „Komm, schnell, Jati, er hat die Augen geöffnet!“

Ich nahm Vaters Kopf in den Schoss und strich ihm über die Wangen. Sie waren eingefallen und runzelig, als wäre er an diesem Tag um hundert Regenzeiten älter geworden.

„Ich sterbe“, röchelte er. „Ich spüre, wie das Leben aus mir herausläuft.“

„Aber nein, Vater! Morgen kommt eine gute Medizin, die wird dich schnell wieder auf die Beine bringen“, wollte ich ihn beruhigen.

Er drückte meine Hand. „Es ist etwas in mir zerbrochen. Ich – ich habe keine Kraft mehr. Ich spüre das Ende. Aber ich kann nicht gehen, wenn ich nicht weiß, dass du . . .“ – er richtete sich ein Stück auf und rang nach Luft.

David beugte sich über ihn. „Ruhig, nur ruhig!“, mahnte er.

Vater schüttelte den Kopf. „David, du musst mir – versprechen . . . sorge – für – Jati!“

Inzwischen verstand David unsere Sprache gut genug. Das musste er begriffen haben. Ich schaute ihm in die Augen, die im fahlen Mondlicht so unirdisch glänzten. Er betrachtete mich, öffnete den Mund, wollte er zustimmen oder widersprechen? Dann beugte er sich vor, nahm meine Hand, hob sie hoch und nickte feierlich.

„Ja“, sagte er. „Ich werde für Jati sorgen. Ich verspreche es.“

Mein Herz klopfte einen wilden Tanz und es kribbelte in meinem Bauch, als hätte ich versehentlich eine Hand voll Termiten verschluckt.

Vater richtete sich noch höher auf und rief mit einer Stimme, die man ihm bei seiner Schwäche nicht zugetraut hätte: „Ihr habt es alle gehört – David wird für Jati sorgen!“

Dann fiel sein Kopf in meinen Schoss zurück wie ein Stein, der vom brennenden Berg herabgeschleudert wird. Er zog pfeifend die Luft ein und öffnete den Mund, als wollte er noch etwas sagen, doch es kam kein Laut mehr, auch kein Ausatmen.

Ich konnte sehen, wie seine Augen brachen und schrie auf: „Vater, geh nicht! Du darfst nicht sterben!“

Warum haben sie mich allein gelassen, zuerst Mutter und jetzt auch noch Vater? Warum habt ihr das zugelassen, ihr Götter? Hat euch mein Vater nicht immer treu gedient? Euch gehorcht, auch wenn es ihm das Herz brach? Und wie habt ihr es ihm gedankt? Ja, ich weiß, dass ihr das Feuer nicht entzündet habt. Aber ihr habt es auch nicht ausgelöscht. Wo blieb der Mittagsregen? Ihr hättet unser Dorf retten können! Meine Mutter könnte noch leben und auch mein Vater!

So schrie es in mir und in meine Trauer mischte sich Wut.

David legte mir den Arm um die Schulter und half mir auf die Beine. Er führte mich zur Quelle und benetzte ein Tuch, wischte mir das Gesicht damit ab. *Jetzt habe ich nur noch dich, du Fremder. Sonst ist mir nichts geblieben. Wirst du mich zurückstoßen? Wirst du mich auch verlassen?*

Als hätte David meine Gedanken gelesen, legte er die Arme um mich und drückte meinen Kopf an seine Brust. Und ich klammerte mich mit aller Kraft an ihn, denn er war der einzige Fels im Bachbett, der mich vor dem Ertrinken bewahren konnte.

Wahrscheinlich hing ich die ganze Nacht an Davids Hals und weinte, bis ich keine Träne mehr hatte. Und er strich mir die ganze Nacht hindurch übers Haar und wiegte mich in den Armen, als wäre ich ein kleines Kind, das getröstet und beruhigt werden muss.

Wiederaufbau

Am nächsten Morgen hielten die Dorfältesten Rat. Sie palaverten lange hin und her. Einige waren der Meinung, man sollte David zum Häuptling wählen, denn schließlich wäre er mit der Häuptlingstochter verheiratet und ein weiser Mann, der uns bisher nur Gutes getan hatte. Andere aber hatten Bedenken, weil David kein Badui war. Die Hetzreden des heuchlerischen Zauberpriesters hatten ihre Spuren hinterlassen.

Schließlich wählten sie den Töpfer zum Übergangshäuptling. Er war kein mutiger Mann und weder stark noch sehr geschickt, aber er hatte einen gesunden Verstand und galt als unbestechlich. Er sollte unser Volk führen, bis Ikan erwachsen genug war, um die Häuptlingswürde zu übernehmen. Ayam, mein zweiter Cousin, schied aus, weil er aus dem Gebiet der inneren Badui fortgegangen war und eine Schule besuchte. Und Kiri war vom Dorfrat ausgestoßen und hatte damit für alle Zeit das Recht auf den Häuptlingsthron verwirkt. Hätte mich Vater nicht an David verschenkt, dann hätte ich einen der verschrumpelten Männer aus dem Ältestenrat heiraten müssen, deren erste Frauen längst gestorben waren. So wäre die Dynastie erhalten geblieben.

Aber um welchen Preis! Mein Leben lang an dieses enge, langweilige Dorf gefesselt sein, hinter jeder Palme, jedem Mangobaum Asams Feindschaft wittern, den brennenden Berg über mir und im Herzen die unerfüllte Sehnsucht nach Wolken und Weite. Obwohl mir die Augen den ganzen Tag lang voller Tränen standen, bewunderte ich den Weitblick meines Vaters. Ohne es zu ahnen, hatte er mir die Tür zur Freiheit aufgestoßen.

&

Gegen Mittag hörten wir Stimmen im Wald, Hufschlag und lautes Quietschen. Kiri brachte einen ganzen Trupp von Helfern mit und einen Kutschwagen, der mit Brettern, Pfählen und Schaufeln beladen war. Die alten Männer runzelten die Stirn und murrten gegen den Missbrauch der Zugtiere, aber als sie sahen, wie nützlich das Baumaterial war, gaben sie Ruhe.

Davids Fuß war beinahe abgeheilt, sodass er beim Bau helfen konnte. Mit großen Schritten maß er die Länge und Breite der Plattform ab, markierte die Eckpunkte, streute mit Asche Linien für den Umriss. Seine Freunde gruben entlang der Linien Löcher in den Boden und rammten die Pfähle hinein. Kiri reichte die Bretter zu, ein anderer schlug Eisennägel hinein. Rasch waren die Wände aufgerichtet, ein paar Querstreben hielten sie oben gerade, wurden mit festen Seilen umwunden. Inzwischen waren die Kinder unter Ikans Führung in den Wald ausgeschwärmt und suchten in den unversehrten Dschungelteilen nach Bananenblättern zum Dachdecken.

Nach dem Mittagsregen kam Susu ins Dorf geradelt. Sie trug einen Korb auf dem Rücken, der hoch mit Bananenstauden voll gepackt war. Auch Salzfisch, Nudeln und Reis brachte sie mit und einen riesigen Kochkessel.

„Ich brauche ihn nicht mehr; er steht ohnehin die ganze Zeit im Ziegenstall“, behauptete sie.

Wir kochten aus allen Zutaten einen Eintopf, den wir zum Abkühlen auf Bananenblätter strichen. Die Kinder erzählten, dass das Feuer erst auf unserer ehemaligen Gebetslichtung eingesetzt hatte. Dahinter gab es noch Obstgärten und einige Felder, die man abernten konnte.

Nach dem Essen setzten sich die Männer zur Beratung in den Kreis, während wir Frauen und die Kinder wieder in den Wald spazierten und Zweige und Blätter holten. Am Abend standen die ersten fünf Hütten und der Ältestenrat beschloss, dass sich alle Dorfbewohner zunächst einmal auf diese Hütten aufteilen sollten, damit jeder ein Dach über dem Kopf hatte. Das war eine weise Entscheidung, denn in der Nacht begann es zu regnen und am nächsten Morgen glich unser Dorfplatz einer Schlammgrube.

Bei Davids Freunden konnten wir alles bestellen, was zum Überleben nötig war – Säge und Hammer, Nadel und Faden, Scheren und Kochkessel. Der Töpfer wünschte sich eine neue Töpferscheibe. Noch ehe seine Hütte stand, hatte er schon einige Schalen und Wasserkrüge geformt und an der Sonne getrocknet, doch er war unzufrieden mit seiner Arbeit, weil sie ihm nicht gleichmäßig geraten war.

Wieder kam der Kutschwagen angefahren. Diesmal runzelte keiner die Stirn über die „Schmach", die man den armen Ochsen antat, indem man sie vor einen Wagen spannte. David versicherte uns, die Ochsen würden gut gefüttert und hätten Freude daran, ihre Muskeln einzusetzen und zu arbeiten, und die Tiere widersprachen ihm nicht . . .

&

Tagsüber, wenn die Sonne schien, lenkte mich die Arbeit ab, aber in den Nächten warf sich die Trauer auf mich und drückte mich auf die Schlafmatte, dass ich kaum atmen konnte. Ich ließ die Tränen laufen und sang leise Klagelieder. Manchmal hörte mich David, dann kam er zu mir und streichelte meine Hand oder mein Haar, und einmal sah ich auch, wie er neben mir kniete und hörte ihn zu seinem Gott beten und das tröstete mich auf eine seltsame, ganz neue Weise. Der Schmerz sickerte in meine Seele ein wie die Hochwasser nach einer Überschwemmung in den Boden hineinziehen, bis man an der Oberfläche nur noch einige Lachen sieht.

&

Nach einer Woche konnten wir unsere Gärten neu anlegen, weil der Boden gut durchfeuchtet und durch die Asche gedüngt war. Überall sprosste das neue Grün aus der Erde. Die verbrannten Bäume dienten als Stütze für Kletterpflanzen; einige schlanke Stämme benutzten wir als Bohnenstangen und setzten die Bohnen daneben. Der Wald war jetzt licht geworden und still. Die lärmenden Sittiche hatten sich woanders hin verzogen, vorerst fanden sich auch keine Schlangen oder Spinnen ein. Das Feuer hatte unser Gebiet von allem Unrat gereinigt.

Alle im Dorf hatten genug damit zu tun, Felder und Äcker anzulegen und den nötigen Hausrat zu besorgen. Kecil, die verwachsene Mattenweberin, kam kaum zur Ruhe und das Feuer in der Schmiede erlosch auch in der Mittagspause nicht. Die Fremden kamen noch einmal und gruben einen Brunnen mitten im Dorf, bauten ein Dach, damit kein Schmutz hineinfallen konnte. Jetzt mussten wir nicht mehr so weit laufen, wenn wir Wasser brauchten. Ab und zu sah man auch mal einen Mann mit einem Krug auf der Schulter durchs Dorf gehen. Warum auch nicht?

Jeder neue Tag war ein Geschenk des Lebens und ich war glücklich, mit David in einer Hütte zu leben, obwohl er darauf bestand, dass wir getrennte Schlafmatten hatten und sich nachts in die äußerste Hüttenecke verzog. Ich war mit unserem Leben zufrieden, wenn auch mein Lieblingsbaum dem Feuer zum Opfer gefallen war und ich lange nicht mehr nach oben geklettert war, um den Wolken nachzuschauen. Eigentlich fehlte mir fast nichts zu meinem Glück und von mir aus hätte es immer so weitergehen können.

Doch dann kam Asam.

Der Dank

Der Töpfer berief den Ältestenrat ein und diesmal durften weder Frauen noch Kinder zuhören. Ikan als zukünftiger Häuptling hätte eigentlich Zutritt haben müssen, aber Asam duldete es nicht. Mein Cousin setzte seinen Kopf trotzdem durch; er turnte auf die hintere Plattform der Häuptlingshütte. Von dort aus konnte man gut hören und durch die Ritzen in den Bretterwänden auch einigermaßen sehen.

Als die Männer eine Beratungspause einlegten, lief er schnell zu mir und berichtete: „Sie wollen David und dich aus dem Dorf jagen. Asam behauptet, es hätte überall Missernten gegeben, weil wir hier den fremden Doktor dulden. Wenn ihr nicht weggeht, dann werden die anderen Stämme gegen uns Krieg führen und uns töten. Der Töpfer will gleich das ganze Dorf zusammenrufen, dann wird das Urteil verkündet. Also handle schnell, wenn du nicht für tot erklärt werden willst!"

Ich rannte zu David und erklärte ihm, dass wir sofort weglaufen müssten, sonst dürften wir nie wieder zurückkehren.

Aber er war gegen eine Flucht. „Ich habe nichts Böses getan. Ich habe sogar geholfen, euer Dorf aufzubauen. Vor Asam fürchte ich mich nicht und die Bürger dieses Dorfes wissen, dass ich euch allen nur Gutes wünsche."

Kurze Zeit später holten uns zwei Wächter ab. Sie führten uns wie Schwerverbrecher in den Kreis der Dorfbewohner. Der Töpfer hob den Blick nicht vom Boden, als er mit stockender Stimme das Urteil verkündete. „Der fremde Zauberdoktor und seine Frau müssen das Dorf verlassen. Sie dürfen nichts mitnehmen und nie mehr zurückkommen. Ihre Namen dürfen nicht mehr genannt werden und sie . . ."

„Einen Augenblick!", sagte David. „Welches Vergehen legt man uns zur Last? Habe ich gegen die Gesetze der Götter verstoßen, als ich deine Frau und dein Kind rettete? Oder als ich Sulas Fuß operierte, sodass sie nicht sterben musste? Oder war es ein Fehler, euch beim Hüttenbau zu helfen? Habe ich eure Regeln gebrochen, als ich euch durch meine Freunde Decken und Matten bringen ließ und alles, was ihr zum Leben nötig hattet? Ich habe das alles mit meinem eigenen Geld bezahlt. Habe ich mich etwa damit schuldig gemacht?"

Die Ältesten betrachteten ihre nackten Zehen und schwiegen. Asam hatte die Wangen aufgeblasen, aber weil ihm nichts einfiel, ließ er die Luft wieder heraus.

„Und was hat Jati verbrochen? Sie hat schon jedem von euch eine Zecke entfernt, eine Wunde verbunden. Sie hat euch Müttern gezeigt, wie man die Babys sauber hält, damit sie nicht krank werden. Wollt ihr sie deshalb aus ihrer Heimat vertreiben?"

Asam warf mir einen Blick zu, der wie ein Messer schnitt. Da wusste ich, dass sein Hass nie verlöschen würde. Solange ich lebte, würde er mich verfolgen.

Ich legte David die Hand auf den Arm und sagte leise: „Komm, wir gehen. Hier kannst du nichts mehr tun. Andere werden deine Hilfe schätzen."

Er schwieg eine Weile, dann nickte er. „Du hast Recht. Aber was wird aus dir?"

Diese Frage fuhr mir ins Herz und machte meine Knie weich. Hatte er vergessen, was er meinem Vater versprochen hatte? *Himmelsgott, hilf!*, schrie ich innerlich.

„Also gut, du kommst mit mir. Wir werden schon eine Lösung finden", seufzte er. Und zum Töpfer sagte er: „Häuptling, ich beuge mich dem Urteil und verlasse das Dorf. Aber ich bestehe darauf, dass ich mein Eigentum mitnehme. Ihr wollt euch sicher nicht mit den Dingen verunreinigen, die ein Fremder gebracht hat . . ."

Verlegene Gesichter. Alle Töpfe, Decken, alles Werkzeug war durch David ins Dorf gekommen. Wenn er das alles wieder mitnehmen würde, wären die Dorfbewohner arme Leute und könnten nicht einmal in ihren Gärten arbeiten. Die Ältesten zogen sich zur Beratung zurück.

Schließlich verkündete der Töpfer: „Das Urteil wird aufgehoben. Der Fremde darf bleiben, wenn er unbedingt möchte.

Wenn er aber fortgehen will, dann geben wir ihm für seine Sachen unsere Schätze als Tausch. Jeder von uns hat noch irgendwo einige Edelsteine oder etwas Gold vergraben. Der Fremde darf sie mitnehmen, wenn er uns dafür das Werkzeug lässt."

David hatte viele Wochen lang bei uns gelebt, von jedem geehrt und geschätzt. Auf einmal war er „der Fremde". Ich staunte wieder einmal über die Macht, die boshafte Menschen wie Asam über die Seelen der anderen haben. Er hatte ihr Denken vergiftet und sie gegen David eingenommen.

Wie aber war der plötzliche Umschwung zu erklären? Zuerst sollte David mit leeren Händen abziehen und jetzt würde er Edelsteine und Gold bekommen? Plötzlich durchschaute ich Asams Spiel.

„Ikan, komm her. Ich muss dir etwas Wichtiges sagen!" Der Junge hörte aufmerksam, was ich ihm ins Ohr flüsterte, dann nickte er und huschte zum Töpfer. Der war zwar ein gutgläubiger Mann, aber doch nicht vollkommen dumm und ging auf meinen Vorschlag ein.

&

Der Häuptling beauftragte die Frauen, ihre Schätze auszugraben und sie in seine Hütte zu bringen.

David sagte: „Ich möchte euch nicht um eure Schätze bringen. Aber ich bin dem Händler selbst noch Geld schuldig. Deshalb nehme ich eure Geschenke gerne an."

Asam gingen die Augen über, als er die Onyx- und Jadesteine sah, die Quarze und Karneole, die zierlichen Goldketten und walnussgroßen Goldstücke, die sich auf der Matte vor dem Häuptling türmten. Er leckte sich gierig die Lippen. Die alten Männer im Rat sahen es und warfen sich viel sagende Blicke zu. Dann wurden die Schätze in Blätter eingewickelt und in einen Rucksack gepackt.

Ich lief in unsere Hütte und holte meinen zweiten Sarong und Schuhe zum Wechseln. Die Schlafmatte, die Töpfe und Schalen sollte Malam haben. Wenn Ikan erwachsen war, konnte er meine Hütte bewohnen. Dann rannte ich zum Waldrand. Dort hatte Vater neben einem großen Felsenstein den Familienschatz vergraben. Ich packte die Goldstücke und Juwelen in einen Beutel, füllte obendrauf rote Bohnen – man weiß ja nie – und brachte ihn zu Malam.

„Bitte gib es Ikan. Er wird es gleich bei dir abholen . . .“

Malam umarmte mich. „Du wirst mir fehlen, Jati“, sagte sie. „Ich wünsche dir viel Glück! Du wirst es brauchen . . .“ Sie wandte sich ab und schüffelte ein wenig.

„Ich werde dich auch vermissen. Wenn ich später einmal einen Sarong färbe, dann werde ich an dich denken.“

„Vielleicht wirst du nie mehr einen Sarong färben“, flüsterte Malam. „Du gehst in eine Welt hinaus, in der alles anders ist . . .“

„Kiri hat mir seinen Kris gegeben. Möchtest du ihn zurückhaben?“, fragte ich, während ich den Dolch aus meinem Sarong zog. Sie wog ihn in der Hand und betrachtete ihn von allen Seiten.

Dann sagte sie: „Nimm ihn mit. Bei dir ist er gut aufgehoben. Vielleicht wird er dir eines Tages nützlich sein.“

Und das war eine Vorhersage, die sich schon bald erfüllen sollte.

Abschied

Die Frau des Töpfers trug das Baby auf der Hüfte, das David damals aus ihr herausgeschnitten hatte. Sie verneigte sich vor David, als wäre er ein Häuptling.

„Unsere Männer sind dumm“, sagte sie. „Sie hören auf den Zauberpriester und nicht auf ihr Herz. Vergib ihnen.“

David lächelte und zauste dem kleinen Jungen das Haar. „Ist schon gut . . . Pass gut auf deinen Sohn auf. Er wird dir noch viel Freude bereiten.“ Der Kleine packte Davids Finger, steckte ihn in den Mund und kaute darauf herum. „Au! Er beißt schon richtig fest!“, lachte David.

Dann kam Ikan und wollte sich verabschieden. „Eigentlich wärst du würdig, unser neuer Häuptling zu sein“, sagte er, „es ist schade, dass du fortgehst. Ich werde dich nie vergessen. Und ich werde dafür sorgen, dass dein Name in unserem Dorf hoch geehrt wird.“

Das waren schon andere Töne als die halbherzige Entschuldigung des Töpfers. Ikan wusste, was er von Asam zu halten hatte und ließ sich weder von seinen Drohreden noch von Schmeicheleien beeindrucken.

David reichte ihm das Fernglas, das Vater auf der Wanderung zum brennenden Berg mitgenommen und ihm kurz vor seinem Tod zurückgegeben hatte. „Du wirst später einmal Häuptling sein. Da musst du genau hinschauen. Vielleicht hilft dir dieses Gerät.“

Ikan wurde unter seiner braunen Haut rot vor Freude und küsste Davids Hände.

Schließlich näherte sich der Rat der Ältesten. Mit einer großen Geste überreichte der Töpfer den Rucksack mit den Schätzen. David verneigte sich mit gekreuzten Armen, bevor er danach griff. Asams Augen glitzerten und er kaute nervös auf seiner Unterlippe.

Ich warf noch einen letzten Blick auf mein Heimatdorf. Schon jetzt hatte sich viel verändert. Es würde nie mehr so sein, wie es einmal war. Bagus und Kiri waren fort, meine Eltern tot, Ayam und einige andere fehlten auch. Und über allem schwebte wie ein unsichtbarer Kris der Einfluss des habgierigen Zauberpriesters. Entschlossen kehrte ich alledem den Rücken – und damit auch der flüsternden Quelle, der Gebetslichtung und den launischen Göttern.

&

Der Wald nahm uns auf. Malams Bruder wollte uns bis zur Brücke begleiten und ich war dankbar, dass er uns führte. Inzwischen war unser schmaler Pfad verbreitert worden, damit der Kutschwagen hindurchfahren konnte; tiefe Radspuren zerrissen die Erde, aber ich bedauerte es nicht, denn der Wagen hatte uns mit allem versorgt, was wir so nötig brauchten. Sonst hätten wir hungern und frieren müssen. Vielleicht wären einige Kinder und Alte sogar gestorben.

Wir konnten zu dritt nebeneinander gehen, unterhielten uns über dies und das und hörten schon den wilden Fluss rauschen, als plötzlich drei vermummte Gestalten den Weg versperrten. Sie schwangen Speere und Schwerter und drohten, uns die Köpfe abzuschlagen, wenn wir nicht sofort unsere Taschen hergäben.

David verstand ihren Dialekt nicht, wahrscheinlich hielt er das Ganze für einen Scherz. Er lief auf die Männer zu und lachte. Das brachte sie aus dem Konzept. Sie ließen ihre Schwerter sinken und schauten auf ihren Anführer. Der war mit drei Sätzen hinter mir und hielt mir ein Messer an die Kehle.

„Fremder, gib mir den Rucksack!“, schrie er mit sich überschlagender Stimme. Die Klinge ritzte meine Haut. Davids Lachen erlosch. Seine Augen wurden schmal und er presste die Lippen zusammen. Ich hielt den Atem an: Wie viel war ich ihm wert? Würde er die Juwelen und Goldstücke opfern, um mein Leben zu retten? Das hieße aber, dass er seine Schulden beim Händler nicht bezahlen konnte. David hatte all sein Geld geopfert, damit wir unser Dorf wieder aufbauen konnten. Er hatte nichts zurückbehalten, nicht einmal das, was er eigentlich für seine Rückreise gebraucht hätte. Ohne die Edelsteine und Goldstücke aus unserem Dorf konnte er nicht mehr in seine Heimat zurückkehren.

Langsam ließ er den Rucksack von den Schultern gleiten. Ohne ihm noch einen Blick zu gönnen, warf er ihn auf den Boden, dem Anführer vor die Füße.

„Gut . . .“, knirschte der. „Und jetzt verschwinde.“

„Nicht ohne Jati!“, sagte David fest. „Asam, lass sie gehen!“

Der Zauberpriester zuckte zusammen, als er seinen Namen hörte. Wieder ritzte die Klinge meine Haut, ein rotes Rinnsal sickerte in meinen Sarong.

David trat einen Schritt zurück und sagte ruhig: „Mann, wovor fürchtest du dich? Du hast die Juwelen, was willst du mehr? Lass das Mädchen los!“

Asam schaute sich um. Seine Leibwächter hielten Malams Bruder an den Armen fest. Der wand sich und trat um sich, aber nicht mit Überzeugung. Vielleicht war er in das üble Spiel eingeweiht. Vielleicht war er aber auch nur zu faul oder zu feige, um uns zu helfen.

„Werft diesen Kerl in den Fluss!“, kommandierte Asam seinen Leibwächtern, die sich halbherzig anschickten, den Befehl auszuführen. Endlich merkte Malams Bruder, dass mit diesen Leuten nicht zu spaßen war. Er strampelte sich frei und lief auf dem Pfad zurück, so schnell ihn seine Füße trugen.

Asam nickte und wirkte zufrieden, dann wandte er sich an David. „Fremder Teufel, geh über die Brücke. Wenn du drüben bist, lasse ich Jati los. Nicht eher.“

„Das könnte dir so passen!“ David steckte zwei Finger in den Mund und stieß einen gellenden Pfiff aus. „Gleich wird Jusef mit seiner Donnerbüchse kommen“, verkündete er. „Er schießt gut. Er kann den Flügel einer Mücke treffen. Du kannst dir schon einmal aussuchen, wo du die Kugel hinhaben willst. Ins Knie? Oder in den Ellenbogen?“

Nun ließ Asam die Hand mit dem Messer sinken. Ich hielt ganz still, um ihn nicht zu reizen. Er bückte sich nach dem

Rucksack, dann gab er mir einen Stoß in den Rücken, sodass ich nach vorne stolperte. Hätte David mich nicht aufgefangen, dann wäre ich hingefallen. Als ich mich umdrehte, sah ich nur noch Asams Sarongzipfel zwischen den Bäumen verschwinden.

„Ich bin froh, dass er weg ist", seufzte ich.

„Das kann ich mir vorstellen", nickte David. „Hast du große Angst gehabt? Zeig mal deinen Hals . . . Zum Glück ist es nur ein kleiner Kratzer." Er wühlte in seiner Hosentasche und holte ein Pflaster heraus, klebte es vorsichtig auf die Wunde. Während der ganzen Zeit schimpfte er in seiner Sprache vor sich hin. Ob er sich ärgerte, dass er den Rucksack verloren hatte?

„Rucksack? Nein. Ich bin wütend über diesen unverschämten Kerl. Was bildet er sich eigentlich ein? Wer wird ihm endlich einmal Grenzen setzen?"

Inzwischen war Jusef an die Brücke gekommen und winkte. „Was ist los, David? Wenn du sagst, komm, dann ich komme!"

„Es ist nicht mehr nötig, Danke!", rief David.

Wir hangelten uns über die Brücke. Dieses Mal hatte ich keine Angst, weil ich wusste, dass mich die Brücke trug, über das wilde, schäumende Wasser hinweg. Ich brauchte mich nur festzuhalten. Und solange ich nicht loslassen *wollte*, konnte mir nichts passieren.

Ich erzählte Jusef, was geschehen war, und er zwirbelte seinen Schnurrbart und schmunzelte.

David fragte gereizt: „Wie kannst du darüber lachen? Ich fand das gar nicht komisch!"

„Wirst du sehen", sagte Jusef und führte uns in seine Hütte. Da saß mein Cousin Ikan und grinste über das ganze Gesicht.

„Du bist schon da", sagte ich. „Das hast du gut gemacht."

„Ich konnte aus dem Dorf entwischen, ohne dass mich einer sah. Und dann bin ich fast den ganzen Weg gerannt", sagte er. „Ich wollte noch vor dem Überfall die Brücke erreichen, damit ihr die Sachen unbeschädigt bekommt."

„Welche Sachen?", fragte David.

„Jatis Familienschatz. Und deine Edelsteine und Goldstücke." Er stellte einen Beutel vor Davids Füße. „Hier ist alles drin, was dir die Frauen unseres Dorfes bezahlt haben. Es fehlt nichts."

David machte große Augen und schüttelte den Kopf. „Aber was war dann im Rucksack, den uns Asam abgenommen hat?"

Ikan grinste noch breiter. „Steine und Erdbrocken. Asam wird sich wundern. Hoffentlich packt er den Rucksack erst aus, wenn er wieder in seinem Dorf ist. Könnt ihr euch vorstellen, wie er herumheulen wird? Das würde ich zu gern hören!"

David schaute von einem zum anderen und kratzte sich hinter dem Ohr. „Aber woher wusstet ihr . . . Ich verstehe das nicht."

„Jati hatte so eine Ahnung. Sie hat Asam beobachtet und den Häuptling gewarnt. Da haben wir uns diese List ausgedacht." Er pickte sich eine Dattel aus der Messingschale und kaute zufrieden.

„Wahrscheinlich wird Asam behaupten, der ‚fremde Teufel' hätte die Edelsteine in Erde verzaubert", sagte ich.

„Und wenn schon – David hat, was ihm gehört", meinte Ikan.

David beugte sich vor und legte Ikan die Hand auf den Arm. „Das werde ich dir nie vergessen." Er wühlte in seiner Hose und brachte einen kleinen, roten Kris zum Vorschein, der ein weißes Kreuz trug. Ich hatte diesen Kris schon einmal gesehen; man konnte verschiedene Klingen herausklappen und sogar eine winzig kleine Zange, mit der David die Zecken herausdrehte.

Ikans Augen wurden groß wie Reisschalen, als er den Kris betrachtete.

David sagte: „Hier, der ist für dich. Gib acht, dass ihn dir keiner stiehlt."

„Wenn ich einmal Häuptling bin", verkündete Ikan, „dann werde ich dir auch einen Kris schenken, denn du bist mein

Freund." Er stand auf. „Ich muss zurück. Es ist schon spät geworden."

„Selamat Jalan[1], Ikan. Grüße alle von mir", sagte ich.

„Alle außer Asam", grinste Ikan. „Selamat Tingal[2], Jati! Ich hoffe, wir sehen uns wieder."

Da war ich mir nicht so sicher. Man hatte mich zwar nicht offiziell aus dem Dorf verbannt. Wahrscheinlich würde mich keiner fortjagen, wenn ich zu Besuch käme. Andererseits – was hielt mich dort? Meine Eltern waren tot, die Kindheit hatte ich endgültig hinter mir gelassen wie man einen Sarong losknüpft, dessen Farben durch Sonne und Regen verblasst sind. Aber das wollte ich Ikan nicht sagen. Der Abschied war schwer genug.

---

[1] Abschiedsgruß für Personen, die weggehen

[2] Abschiedsgruß für Personen, die zurückbleiben

Bei Jusef

Am nächsten Morgen erwachte ich von einem lauten Getöse vor der Hütte. Zwei Männerstimmen, dann David. Ich konnte sie nicht verstehen, sie unterhielten sich in einer Sprache, die mir fremd war. Nach einer Weile kam Susu herein und bereitete das Frühstück vor. Ich ging zur Quelle und warf mir Wasser ins Gesicht, knotete den Sarong neu, bürstete das Haar. Als ich zurückkehrte, standen auf der Essmatte schon die Schalen bereit, in der Mitte ein Korb mit Ananas und Papayas. Außerdem hatte Susu auf jeden Platz ein Bananenblatt hingelegt mit einem Brotfladen.

Ich aß mit Susu hinter einem Vorhang, der die Hütte abteilte. Ihr Mann ist Moslem und wenn Fremde da sind, dann besteht er darauf, dass alles nach seinem Brauch abläuft. Sonst ist er nicht so verkniffen. Zum Abräumen durften wir Frauen wieder zu den Männern hinein und ich wunderte mich wieder einmal darüber, wie gütig der Gott der Moslems doch war – man stelle sich vor, er hätte den Frauen das Recht verwehrt, ihre Männer zu bedienen und zu arbeiten, während sie gemütlich da sitzen und eine Pfeife kreisen lassen und heißen, süßen Tee schlürfen . . .

David zwinkerte mir zu; ob er auch an den Abend dachte, an dem wir uns zum ersten Mal gesehen hatten? Wieder dankte er mir, als ich seine Schale entgegennahm, und wieder schaute ich ihm in die Augen und wünschte, ich könnte mich in diese blauen Brunnen fallen lassen und darin untergehen.

Jusef räusperte sich und sagte zu den Männern: „Die beiden sind jung verheiratet."

Da wurde David rot und ich ging schnell hinaus.

Etwas später kam David nach und sagte: „Jati, wir müssen über deine Zukunft sprechen." Wahrscheinlich muss ich ihn ziemlich verblüfft angeschaut haben. Er wurde verlegen. „Komm, wir gehen ein paar Schritte." Wir gingen zum wilden Fluss und setzten uns am Ufer auf einen Stein.

„In zwei Wochen muss ich wieder zurück in meine Heimat", sagte David.

„Nach Dotschla", nickte ich.

„Deutschland", verbesserte er.

„Deutschland", wiederholte ich. „Wo werden wir wohnen?"

„Ähm – ich wohne in einer großen Stadt namens Frankfurt, aber . . ." Er wich meinem Blick aus.

„Ich habe noch nie eine große Stadt gesehen. Gibt es dort auch Bäume und Flüsse?"

„Natürlich gibt es Bäume. Nicht so viele wie hier im Dschungel. Ein Fluss ist auch da, aber . . ."

„Ich freue mich schon auf Frankfurt," sagte ich schnell, weil ich mich vor dem fürchtete, was ich in seinen Augen las.

„Jati, ich glaube, du bist hier in deiner Heimat besser aufgehoben."

„Wie kannst du so etwas sagen?"

„Hier in deinem Land bist du zu Hause. In meinem Land wärst du immer eine Fremde."

Ein dicker Klumpen stieg mir in die Kehle und auf einmal sah ich alles wie durch einen Nebel. „Denken die Menschen in Frankfurt genauso wie alte Badui? Mögen sie keine Fremden?"

„Doch. Nein. Wie soll ich dir das erklären?" David seufzte.

Die Traurigkeit fiel auf mich herab wie eine Baumwolldecke, die sich mit Wasser vollgesogen hat. Mir wurde kalt. „Du hast meinem Vater versprochen, dass du für mich sorgst", flüsterte ich, nur um etwas zu sagen.

„Das habe ich nicht vergessen, keine Angst. Ich werde einen Platz für dich suchen, wo es dir gut geht."

Ohne dich wird es mir nirgendwo gut gehen, dachte ich.

„Jati, sei vernünftig. Ich lebe in einer ganz anderen Welt. Es wäre in Deutschland sehr schwer für dich. Du hättest keine Freunde, keine Verwandten. Die Art, wie wir sprechen, wie wir uns kleiden, was wir essen – all das wäre für dich ungewohnt. Und erst das Klima."

„Was ist Klima?"

„Das Wetter. Weißt du nicht, was Wetter ist? Sonne, Regen?"

„Das sind Geschenke der Götter."

„Nein, ich meine etwas anderes. Es ist manchmal kalt in Frankfurt. Es regnet tagelang und hört nicht mehr auf. Im Winter fällt Schnee. Die Leute müssen warme Kleider tragen, damit sie nicht frieren. Würde dir das gefallen?"

Aber ja! Wenn ich bei dir bleiben dürfte, schrie es in mir. Aber David konnte mein Herz nicht hören. „Sei nicht so störrisch, Jati. Du kannst nicht mitkommen. Du hast keine Papiere, keinen Pass, kein Visum, verstehst du?"

„Nein. Das verstehe ich nicht."

Wieder seufzte er und nahm meine Hand in seine. „In meiner Welt braucht man das alles. Jedes Kind, das geboren wird, bekommt ein Papier. Auf dem steht sein Name und der Name seiner Eltern und der Tag seiner Geburt. Ein solches Papier nehmen die Eltern an sich. Das andere Papier bleibt bei den Beamten, die es geschrieben haben."

Ich nickte.

„Und später, wenn das Kind älter geworden ist, dann bekommt es eine Karte. Auf der steht sein Name und der Tag seiner Geburt und auch ein Foto wird auf die Karte geklebt. Dann weiß jeder, wer dieser Mensch ist."

Ich musste lachen. „Aber wozu braucht man ein Papier? Ich weiß doch auch so, wer ich bin. Und ich weiß, wer Ayam und Ikan sind, und jeder andere im Dorf weiß das auch."

„Sicher. Aber du kennst die Leute im Nachbardorf schon nicht mehr so gut. Wenn du erst in die Stadt kommst, dann wirst du viele Menschen sehen, deren Namen du nicht weißt."

„Ich kann sie ja danach fragen."

„Und woher weißt du, ob sie die Wahrheit sprechen?"

Wieder lachte ich. „Warum sollten sie mir einen falschen Namen nennen? Was hätten sie davon? Sie sind doch sie selbst geblieben, auch wenn der Name nicht zu ihnen passt."

David drückte meine Hand. „Jati, die Menschen sind nicht

überall so ehrlich wie die Badui. Sie lügen, wenn es ihnen nützt."

„Auch in Deutschland?"

„Ja. Auch in Deutschland. Deshalb bist du nie ganz sicher, ob dir die anderen auch die Wahrheit sagen. Und deshalb wird in meinem Land alles nachgeprüft. Dazu braucht man diese Papiere."

Ich entzog ihm meine Hand mit einem Ruck. „Du willst damit sagen, dass die Leute lügen, ohne dafür bestraft zu werden?"

„Nicht jeder wird dabei erwischt."

„Und euer Gott? Bestraft er die Leute nicht, wenn sie etwas Falsches tun?"

„Nicht sofort, Jati. Er lässt ihnen etwas Zeit, damit sie ihren Fehler einsehen und sich ändern können."

„Manche ändern sich nie", murmelte ich und dachte an Asam.

David zuckte die Achseln. „Du siehst also, dass ich dich gar nicht mitnehmen *kann*, denn du hast keine Papiere. Man wird dir nicht glauben, wer du bist und wie alt du bist."

„Das ist komisch. Meine Schwester Bagus könnte es bezeugen oder mein Onkel Kiri. Sie wissen auch, wann ich geboren wurde, denn sie waren dabei."

„Aber die Beamten in meinem Land werden ihnen nicht glauben. Sie glauben nur, was sie sehen."

„Dann glauben sie auch nicht an Götter?"

David zog die Unterlippe ein und sagte: „Die meisten nicht."

„Dann kann dein Land nicht viel taugen!" Ich *wollte* ihm wehtun, um den inneren Schmerz zu betäuben, der mir den Hals zudrückte.

David sagte ruhig: „In jedem Land gibt es gute und schlechte Menschen. Auch unter den Badui findet man Ungläubige und Heuchler."

Plötzlich hatte ich keine Kraft mehr, ruhig neben ihm zu sitzen. Ich sprang auf und drehte mein Gesicht in den Wind, der vom wilden Fluss heranstürmte. Das Schluchzen stieg mir auf und ließ sich nicht mehr unterdrücken.

„Jati, bitte weine nicht", bat David und legte mir die Hand auf den Arm. Aber ich konnte seine Berührung nicht ertragen.

„Geh weg! Lass mich allein", keuchte ich.

&

Also hatten meine Götter versagt. So halb hatte ich das schon vorher befürchtet. Ärgerlich war nur, dass ich meinen schönsten Opal als Opfer für die Liebesgöttin vergraben hatte.

Auch Davids Gott hatte mich enttäuscht. Vielleicht gab es ihn gar nicht. Vielleicht waren die Götter überhaupt eine Erfindung der Menschen, die sich wohler fühlten, wenn jemand über ihnen stand und auf sie Acht gab. Warum aber hatten sie dann Götter erfunden, die launisch und selbstsüchtig waren? Auf die man sich nicht verlassen konnte? Wenn ich einen Gott erfinden sollte, dann wüsste ich schon, welche Eigenschaften er haben müsste: Mein Gott weiß alles. Er kann alles. Er kennt all seine Geschöpfe, ob Mensch oder Tier, sogar die Bäume und die Blumen. Er möchte, dass es allen gut geht. Und wenn ihn seine Geschöpfe um etwas bitten, was vernünftig ist und ihnen nützt, dann gibt er es ihnen. Er will, dass alle am Leben bleiben. Er hat Geduld, wenn wir Menschen Fehler machen. Er verzeiht uns, wenn wir unser Unrecht einsehen. Er verlangt von uns nichts, was wir nicht schaffen können. Und er liebt alle Menschen gleich und macht keine Unterschiede zwischen Badui und Fremden oder zwischen Männern und Frauen. So einen Gott wünsche ich mir.

Ob es ihn gibt – irgendwo? Wer kann mir den Weg zu ihm zeigen? Ich sah hinauf zu den Wolken und flüsterte: „Wenn du da oben bist, dann hilf mir."

&

Als ich zur Hütte zurückkam, stand Kiris Motorrad vor der Tür. Eine kalte Hand presste mir die Kehle zusammen.

David bog um die Ecke und lächelte. „Jati! Ich habe eine Bleibe für dich gefunden! Deine Schwester hat genügend Platz. Du bekommst sogar ein eigenes Zimmer."

Wie gütig.

„Dein Onkel Kiri wird dafür sorgen, dass du eine gute Schule besuchen kannst. Ich habe ihm Goldstücke gegeben, damit er dir die Schuluniform und die Bücher besorgt. Dann kannst du einen richtigen Beruf lernen. Krankenschwester oder Arzthelferin, wie wäre das?"

Er hat sich von mir freigekauft.

„Ich bin so froh, dass du gut untergebracht bist. Besser hättest du es gar nicht treffen können."

Er kennt Bagus nicht . . .

„Aber warum sagst du denn nichts? Freust du dich gar kein bisschen?"

Der Klumpen in meiner Kehle wollte nicht weichen.

Kiri trat aus dem Haus. „Wo hast du dein Gepäck?"

Ich ging wortlos hinein und suchte meine Sachen zusammen. David trat hinter mich und räusperte sich. „Hier ist noch deine Tüte . . . Ikan hatte sie in meinen Beutel gesteckt."

Er reichte sie mir zu. Jetzt war ich wenigstens nicht ganz mittellos. Manches Mädchen hätte mich um diese Schätze beneidet.

„Bitte, Jati", flüsterte David. „Sei mir nicht böse. Ich möchte doch, dass es dir gut geht."

Ich zwang mich, den Kopf so weit zu heben, dass ich ihm in die Augen sehen konnte. Da war keine Lüge zu sehen, kein Versteckspiel, kein Schleier. Er glaubte wirklich, was er sagte. Ich warf mich in seine Arme, zum letzten Mal, drückte den Kopf an seine Brust und schluchzte. Meine Knie gaben nach, und ich hing an seinem Hals, als wäre ich dort festgeschmiedet, und konnte ihn nicht lassen.

Irgendwann löste er meine Hände und schob mich fort, sanft und grausam.

&

Kiri half mir auf den hinteren Sitz und zeigte mir, wie ich mich an ihm festhalten musste. Er trat auf einen Fußhebel, bis die Maschine aufbrüllte. Mit aller Kraft klammerte ich mich an Kiris breiten Rücken. Ich brachte es nicht über mich, noch einmal zurückzuschauen.

Ein neues Zuhause

Die Fahrt nahm kein Ende. Zuerst hielt ich die Augen fest geschlossen, weil es mir Angst machte, dass die Bäume so knapp an mir vorüberrasten. Das Messer in meiner Seele bohrte und wühlte und ich hatte Mühe, das Schluchzen zu unterdrücken. Doch nach und nach wurde ich ruhiger und schaute hinauf auf den schmalen Streifen Blau, der zwischen den Baumkronen hindurchschimmerte. Diesen Blick konnte mir keiner nehmen. Der Himmel war überall gleich.

Der Pfad mündete in einen breiteren Weg, der beinahe eben war. Nun musste ich nicht mehr befürchten, vom Sitz geschleudert zu werden, wenn Kiri durch eine Mulde ratterte. Der Wald veränderte sich, wurde licht, bis wir am Waldrand angekommen waren.

Kiri hielt kurz an und zeigte in die Ferne. „Dort hinten liegt die Stadt, in der ich wohne." Aus dem Dunst ragte ein Turm wie ein einsamer Baum, dem man die Äste abgehackt hat. In der Ebene, die sich vor uns ausbreitete, lagen Äcker und Obstgärten, in denen hier und dort windschiefe Hütten eingestreut waren. Hühner gackerten aufgeregt, als wir an ihnen vorüberfuhren, eine Ziege meckerte hinter uns her. Wir überquerten einen Fluss; diesmal ließ mich Kiri absteigen und warten, während er sein Motorrad langsam hinüber schob.

„Dieser Brücke ist nicht zu trauen", murmelte er. Sie knarrte verdächtig, aber sie hielt doch. Hinter der Brücke hatte der Weg eine feste Decke, wie aus Stein.

„Die Straße ist gut ausgebaut", sagte Kiri. „Da können auch Mobile fahren." Wir kletterten wieder auf das Motorrad und diesmal brauste er los, dass ich mit einer Hand meine Haare festhalten musste, weil sie sonst vielleicht nicht hinter mir her gekommen wären.

Immer mehr Hütten standen am Straßenrand. Dann kamen große Hütten, die Kiri „Häuser" nannte. Manche hatten mehrere Stockwerke. Ich fragte mich, wie die Leute in die oberen Räume gelangten. Vielleicht hatten sie ein Netz von Lianen angebracht oder Leitern angelegt? Auf einmal waren wir nicht mehr allein auf der Straße. Vor uns, hinter uns, neben uns rasten Mobile und Motorräder herum, ich sah auch Sepedas und Räder, hinter die ein Karren montiert war, Kutschen mit Pferden oder Ochsen davor. Überall hupte, kreischte, pfiff und donnerte es. Am liebsten hätte ich mir die Ohren zugehalten, aber ich musste mich an Kiri anklammern.

Dann sah ich den weißen hohen Stamm wieder, der aussah wie ein riesiger Baum ohne Äste. Aus der Nähe erkannte ich, dass es ein Bauwerk war, wahrscheinlich aus Stein. Oben lief ein schmaler Balkon rundherum, auf dem man stehen konnte. Zuerst fand ich den Gedanken schrecklich, in einem solchen Bauwerk zu wohnen, aber dann fiel mir ein, dass man von oben den Himmel von einem Rand zum anderen beobachten könnte.

Ich zupfte meinen Onkel am Hemd. „Kiri, ich würde gerne mal auf diesen Turm steigen."

Er drehte den Kopf halb zu mir und lachte. „Das ist ein Gebetsturm der Moslems, ein Minarett. Ich glaube nicht, dass du dort raufklettern darfst." Als hätte er meine Enttäuschung gespürt, fügte er hinzu: „Das ist natürlich was anderes als die Bäume in unserem Wald! Von dort hat man einen fabelhaften Ausblick, wie der Vogel Garuda!"

Er hat mich verstanden! Er hat sofort gemerkt, was ich wollte! Er weiß, was ich denke. Vielleicht würde es doch nicht so schlimm werden.

&

Bagus hatte sich verändert. Fast ein Jahr hatte ich sie nicht mehr gesehen. Sie trug ihr Haar hoch gesteckt und hatte lange Beinkleider an und oben herum einen lockeren Kittel. Sie umarmte mich ohne Wärme und lief mir voran über eine Leiter, deren Sprossen zugemauert waren. Sie nannte das Ding „Treppe". Ihr Haus hatte zwei Stockwerke und ganz oben unter dem Dach einen kleinen Raum, der über eine

Holzleiter zu erreichen war. Da sollte ich wohnen. Das Dach war nicht mit Bananenblättern gedeckt, sondern mit einer gewellten und dünn ausgerollten Eisenplatte. Es war heiß in diesem Raum; die kleine Luke, die nach draußen führte, brachte wenig Frischluft herein. Der Boden war staubig; zwischen den Holzbrettern klafften fingerbreite Lücken. In der Ecke raschelte es.

„Das wird eine Maus sein oder eine Spinne", beruhigte mich Bagus. „Keine Angst. Hier gibt es keine giftigen Tiere – außer vielleicht Hundertfüßern, und die sieht man rechtzeitig. Meistens."

Sie klapperte auf ihren Holzschuhen wieder nach unten und zeigte mir die anderen Räume. Ein großer Raum diente als „Esszimmer", da stand eine Platte auf vier Füßen und außen herum waren Throne angeordnet. In einem Regal sah ich Schalen und Krüge und kleine Gefäße aus Glas.
Ich nahm eins davon in die Hand, weil es so schön geformt war, aber Bagus riss es mir weg und stellte es zurück.

„Die zerbrechen, wenn sie runterfallen", warnte sie.

Daneben war das Schlafzimmer, in dem Bagus mit Kiri wohnte. Sie schliefen nicht auf geflochtenen Matten, sondern hatten ihre Decken auf ein Gestell gelegt. „Das ist ein Bett", klärte mich meine Schwester auf.

Ayam schlief nebenan auf einer Matte. An der Wand waren Eisennägel eingeschlagen. Dort hingen einige Sarongs. Ich fragte mich, wo Kiri all seine kostbaren Sarongs aufbewahrte, denn jetzt trug er nur noch Beinkleider wie David und die anderen fremden Männer.

Bagus öffnete eine weitere Tür. Dahinter sah ich viele Regalbretter, die mit Stoffballen und Sarongs voll gestopft waren. In einer Ecke entdeckte ich mein Festkleid, das mir Bagus damals weggenommen hatte.

Ich winkte ihm heimlich zu. *Warte noch ein Weilchen . . .*

Bagus zupfte mich ungeduldig am Arm. „Du hast die Küche noch nicht gesehen!" Sie führte mich die Treppe hinunter in einen hellen Raum. In der Mitte stand ein eiserner

Kasten, der Wärme ausstrahlte. Bagus öffnete ein Türchen und zeigte mir das Feuer. In einer Kiste daneben lagen schwarze Steine. „Das sind Kohlen. Mit denen heizt man den Herd. Und dann kocht man." Sie deutete auf einige Eisentöpfe, die auf einem hohen Bord standen.

„Und wo ist die Quelle?", wollte ich wissen, weil ich nirgendwo einen Wasserkrug entdecken konnte.

„Du Dummerchen, wir haben unseren Brunnen im Haus! Schau her!" Sie ging zu einem Steinbecken unter dem Fenster und drehte an einem seltsamen Metallstern. Aus einem Rohr spritzte Wasser. „Na, wie gefällt dir das? Nie mehr Wasser holen! Keine schwere Krüge tragen!", sagte sie mit Triumph in der Stimme.

Aber sie sah nicht glücklich aus. Ob sie manchmal der Zeit nachtrauerte, in der sie das Gesicht mit Ananas-Saft eingerieben hatte und über den staubigen Weg tänzelte, den Krug auf der Schulter – und alle Köpfe drehten sich wie von unsichtbaren Fäden gezogen?

„Also gut. Jetzt kennst du alles", sagte sie. „Es wird Zeit für das Abendessen. Du kannst schon mal Wasser aufsetzen für den Reis. Aber zuerst musst du Kohlen nachschütten."

Ich nahm einige schwarze Steine aus der Kiste und wollte mit der anderen Hand die Tür im eisernen Feuerkasten öffnen. Der Griff war glühend heiß. Vor Schreck ließ ich die Steine fallen und pustete auf meine rote Handfläche.

„Du bist so dumm und ungeschickt!", schrie Bagus. „Pass doch auf!"

Mir schwirrte der Kopf, als hätte ich einen Bienenschwarm aufgestört. Ich hätte gern die Hand unter das Wasserrohr gehalten, wie es mich David gelehrt hatte. Aber Bagus ließ es nicht zu. Sie holte eine Ölkanne und goss mir einen reichlichen Schluck auf die Hand. Dann stäubte sie Mehl darüber. Die Handfläche brannte stärker als das Feuer im Ofen. Zum Glück lief Bagus aus dem Kochraum. Ich rannte sofort zum Wasserrohr, spülte den glitschigen Brei ab und kühlte meine Hand, wusch mir auch gleich den Ruß von der anderen.

Es wurde spät, bis das Abendessen gekocht war. Bagus schimpfte mit mir, als hätte sie einen brennenden Berg in sich und müsste Lava und Rauch ausstoßen und mit Steinen nach harmlosen Wanderern werfen.

Selbst Kiri schüttelte den Kopf. „Was ist los mit dir? Freust du dich nicht, dass Jati hier ist?"

Bagus befahl mir, die Essschalen und Becher auszuwaschen und den Boden zu fegen. In meiner Handfläche hatte sich eine große Blase gebildet, die sich am harten Besengriff aufscheuerte. Ich hatte Sorge, dass Staub und Schmutz in diese Wunde gelangen könnte, und bat Bagus um einen sauberen Lappen. Aber sie wollte mir keinen geben. Ich suchte überall herum, doch ich fand kein Stück Baumwolle, auch kein Blatt, das ich stattdessen benutzen konnte. Die Handfläche klopfte und färbte sich rot.

Bevor ich zum Schlafen in das Dachzimmer kletterte, wies Bagus auf eine kleine Holzhütte im Hof.

„Wenn du musst, kannst du das hier machen." Ich öffnete die Tür; Gestank schlug mir entgegen wie eine Todeswolke, Fliegen belagerten in großen Schwärmen das Loch im Boden. Das war ja ekelhaft! Die Stadtmenschen lebten wie die Ferkel! Wehmütig dachte ich an unser sauberes Dorf zurück. Jeder Badui lernte schon als Kleinkind, dass man alle Stoffe, die der Körper ausstieß, sorgfältig im Wald vergraben musste und danach die Stelle markierte, damit keiner drauftrat. David hatte uns noch weiter darüber aufgeklärt, wie man sich vor Krankheiten schützen konnte, indem man Wasser und Seife nutzte. Nein, ich würde diese stinkende Hütte auf keinen Fall betreten. Allerdings war nirgendwo ein Gebüsch zu sehen und schon gar kein Wäldchen. Also musste ich mir im Hof ein Loch graben, doch wo war die Schaufel? Ich fand ein Holzscheit, mit dem ich den Boden auflockern konnte, aber als ich mich gerade niedersetzen wollte, kam Bagus aus dem Haus gerannt und zeterte und zerrte mich an den Haaren in die stinkende Hütte. Es half alles nichts; ich musste mich dort erleichtern, so sehr mir auch grauste. Danach rannte ich zum

Wasserbecken und schrubbte mich ab und fühlte mich immer noch schmutzig.

Kaum war ich in die kleine Kammer hinaufgeklettert, als ich unten leises Räuspern hörte.

„Kann ich schnell mal zu dir raufkommen?", flüsterte Ayam.

„Ja, natürlich."

Er hockte sich im Schneidersitz vor mir auf den Boden und zupfte sich am Ohr, als könnte er sich damit Mut machen. „Es tut mir Leid, dass du hier oben wohnen musst. Vielleicht könntest du mein Zimmer haben", schlug er vor.

„Es wird schon gehen", sagte ich halbherzig.

„In der nächsten Woche habe ich Ferien. Da will ich ins Dorf, meine Mutter besuchen. Und Ikan."

„Hör mal, du könntest mir einen großen Gefallen tun. Fünf Schritte neben der Quelle unter einer Lilienstaude habe ich einen Opal vergraben. Du musst den Stein abheben und dann etwas mit dem Kris in die Tiefe bohren. Dann findest du ihn. Pack ihn in einen alten Lumpen, damit es nicht auffällt."

Ayam nickte. „Das mach ich gern für dich. Man weiß nie, ob man sowas nicht mal wieder brauchen kann."

„Man weiß nie . . . Wie kommst du überhaupt ins Dorf?"

„Vater bringt mich mit dem Motorrad zu Jusef und von dort aus kann ich mit dem Sepeda weiterfahren."

„Kannst du denn mit so einem Ding fahren?"

„Gar nicht schwer. Nach den Ferien zeige ich dir, wie es geht. Aber dein Sarong wird sich in den Speichen verfangen. Vielleicht leiht dir Bagus eine Hose."

„Aber das ist doch die Kleidung der Fremden!"

„Ach, Jati, hier gelten andere Regeln. Du wirst sehen, Hosen sind viel bequemer als ein Sarong, vor allem, wenn du auf einen Baum klettern willst." Er grinste und ich konnte nicht anders, als zurückzulächeln, weil ich daran dachte, wie oft wir bis ganz nach oben geklettert waren. Dann hatten wir über die Wipfel hinweggeschaut, die sich vor unsichtbaren

Göttern verneigten. Wir hatten uns Geschichten erzählt und hatten uns vorgestellt, die Wolken wären riesige Elefanten oder Tiger oder übergroße Wasserbüffel.

Das alles war vorüber und plötzlich fühlte ich mich uralt.

„Ich glaube nicht, dass ich noch einmal auf Bäume klettern werde“, sagte ich leise.

Doch ich sollte mich irren.

Bagus

Die nächsten Tage waren anstrengender als unser Marsch zum brennenden Berg. Bagus hetzte mich hin und her, als wäre ich ihre Sklavin. In der Stadt lebte sie viel bequemer als in unserem alten Dorf; das Haus ließ sich gut ausfegen, weil die Böden aus glatten Holzdielen bestanden. Sie musste auch nicht auf dem Feld oder im Garten arbeiten, denn rund ums Haus gab es kein Stück Land. Das Essen kaufte sie in einer großen, flachen Halle. Dort waren Berge von Obst und Gemüse aufgetürmt. Viele Nahrungsmittel waren auch in Schachteln verpackt und schon fast fertig vorbereitet. Man musste nicht mehr viel daran verändern. Dafür schmeckte auch alles gleich.

Eigentlich hatte Bagus ein angenehmes Leben. Kiri ging schon früh aus dem Haus; er aß morgens nur eine Hand voll Nüsse und einige Bananen. Bevor er das Haus verließ, weckte er Ayam. Der machte sich allein zur Schule fertig. Meine Schwester lehnte es nämlich ab, für einen „fremden Jungen" zu arbeiten. Dabei war Ayam unser Cousin.

Irgendwann, wenn die Sonne schon hoch stand, verließ Bagus ihr Schlafzimmer und rief nach mir. In der Zwischenzeit hatte ich ein paar Happen gegessen und auf dem Tisch im Esszimmer – endlich wusste ich die richtigen Namen all dieser fremdartigen Möbel! – das Frühstück für die Königin bereitgestellt. Sie erlaubte mir dann hoheitsvoll, mit ihr zu essen, aber das machte mir keine Freude, weil sie mich mit Adleraugen beobachtete und an allem, was ich tat, herumnörgelte.

„Sitz gerade, Jati. Und halte das Messer nicht wie einen Besenstiel. Nicht mit den Fingern in die Dose fassen! Dafür gibt es Löffel!" So ging es die ganze Zeit. Mir verkrampfte sich jedes Mal der Magen, wenn ich nur daran dachte, wieder mit ihr allein am Tisch sitzen zu müssen.

Wenn Kiri und Ayam mit uns aßen, nahm sie sich zusammen und spielte die große Wohltäterin. Doch kaum waren die

Männer aus dem Haus, zeigte sie ihre wahre Natur. Die Unzufriedenheit hatte scharfe Linien in ihr Gesicht gezeichnet; ihre Haare wirkten stumpf und glanzlos und sie roch aus dem Mund, als hätte sie sich den Mund mit fauligem Wasser gespült. Ich trauerte um Bagus, weil ich spürte, dass etwas in ihr gestorben war.

Sie trug nur noch die Kleidung der Fremden. Ihre und meine Sarongs lagen zusammengeknäult auf den Regalbrettern, wie auch mein einziges Festkleid, aber ich ahnte, dass sie mir meine Sachen niemals freiwillig zurückgeben würde.

Eines Tages wollte sie unbedingt alleine zum Markt gehen. Sobald sie fort war, holte ich einen Hocker und trug ihn zu den Regalen. Ich holte meine schönsten Sarongs hervor und meinen Sampur[1], der aus hell-grüner Seide gewebt war und ein dunkel-grünes Farnmuster trug. Die Stoffe umwickelte ich mit einem alten braunen Tuch und trug das Bündel in meine Kammer.
Doch wo sollte ich meinen Schatz verstecken? Bagus hatte sich noch nie den Kopf über Mein und Dein zerbrochen. Sicher würde sie mich schelten, wenn sie entdeckte, dass ich mir meine Sachen zurückgeholt hatte.

Dann entdeckte ich eine Planke im Boden, die nicht richtig festgenagelt war. Sie ließ sich leicht heben. Darunter war gerade genügend Platz für mein Kleiderbündel. Ich stopfte auch den Beutel mit den „Bohnen" in mein Versteck und schob die Planke wieder an ihren Platz, drückte den Nagel in das alte Loch. Zum ersten Mal seit meiner Ankunft fühlte ich mich etwas leichter.

&

Am schlimmsten waren die Nächte. Der Wind pfiff durch die Ritzen herein und heulte in den Dachsparren wie ein hungriger Leopard. Wenn es regnete, konnte ich vor Angst über-

[1] Festgewand aus 4–5 m Stoff

haupt nicht einschlafen, denn die Tropfen trommelten auf das Blechdach, als wollten sie mich erschlagen. Die Decke, die mir Bagus überlassen hatte, war dünn und zerlöchert und sie roch muffig. Aber ich durfte sie nicht waschen, denn das Wasser musste bezahlt werden. Deshalb konnte ich auch niemals baden, sondern musste mich in einem kleinen Holzzuber abwaschen. Meine Kopfhaut begann zu jucken und zu brennen und die Wunde in meiner Handfläche eiterte und wollte nicht zuheilen.

Eines Abends schmerzte sie so sehr, dass ich eine Schale fallen ließ. Kiri sah mich zucken und nahm meine Hand.

„Lass mal sehen, was hast du da?" Er pfiff durch die Zähne. „Das sieht gar nicht gut aus. Wir werden gleich nach dem Essen zu David hinüber gehen."

Mir verschlug es den Atem. David war hier? Ich dachte, er wäre längst in seine Heimat zurückgereist. Nun konnte ich die Tränen nicht mehr zurückhalten und lief schluchzend aus dem Raum. Kiri folgte mir in den dunklen Flur und legte mir die Hand auf die Schulter.

„Jati, beruhige dich. Es wird alles gut. Mach dir keine Sorgen um deine Hand."

Ach, die Hand! Als ob mich so eine kleine Wunde zum Weinen gebracht hätte!

Wir gingen sofort hinüber. David wohnte drei Querstraßen weiter in einem kleinen Haus. Als wir näher kamen, hörten wir Gesang. Wir blieben eine Weile vor dem Fenster stehen. Die Melodie weckte Sehnsucht in mir nach Weite und nach Wolken. Sie griff meine Trauer auf und hob sie hoch wie einen schweren Krug. Ich hätte immer so stehen und lauschen können.

Schließlich wurde Kiri ungeduldig und klopfte an die Tür. Eine Frau stand im Lichtschein, der nach draußen fiel. Sie hatte gelbes Haar und eine Haut wie ein toter Fisch, so hell. Aber sie lächelte.

„Was kann ich für euch tun?"

Kiri fragte nach David und sie öffnete die Tür noch weiter

und bat uns herein. Drinnen saßen ein paar Männer und Frauen auf dem Boden wie bei einer Ratsversammlung. Sie hatten schwarze Bücher vor sich liegen, die aufgeschlagen waren. So ein ähnliches Buch hatte ich bei David gesehen – es war das Buch, das von seinem Gott erzählte.

Die Frau rief in den Flur: „David, komm schnell, eine Patientin!“ Damit war wohl ich gemeint.

Ich schloss die Augen, als David den Raum betrat, weil ich mich davor fürchtete, dass er mich betrachten würde wie eine Fremde. Doch seine Stimme hüllte mich ein wie eine warme Decke.

„Hallo, Jati! Wie geht es dir?“

Als ich die Augen aufschlug, stand er so dicht vor mir, dass mich seine Nähe beinahe umwarf. Er nahm meine Hand. Ich zuckte zusammen, da drehte er sie um und betrachtete die vereiterte Wunde.

„Komm mit, das müssen wir behandeln“, sagte er auf Indonesisch und zu mir gewandt und leise in seiner Muttersprache: „Wie konnte das passieren?“

Wir gingen hinüber in seinen Raum. Ich durfte mich auf sein Bett setzen, während er in seiner Tasche herumkramte und einige Schachteln und Dosen herausholte. Während er die Hand versorgte, sollte ich ihm von meinem neuen Zuhause erzählen. Zuerst wollte ich Bagus nicht schlecht machen, aber dann sprudelte doch alles aus mir heraus. Erst als die Hand fertig verbunden war, schwieg ich.

David hatte eine steile Falte über der Nasenwurzel. „Das – das habe ich nicht gewollt“, sagte er. „Ich suche einen anderen Platz für dich. Vielleicht kannst du hier bleiben, bei meinen Freunden. Sie werden dich gut behandeln – auf keinen Fall wie eine Sklavin.“ Er presste den Mund zu einem schmalen Strich zusammen und als seine Zähne die Unterlippe freigaben, sah ich eine feine Blutspur.

Also bin ich ihm doch nicht völlig gleichgültig!, jubelte eine leise Stimme in mir. Am liebsten hätte ich ihn angefleht: „Lass mich bei dir bleiben!“ Aber wenn er Nein gesagt hätte, wäre ich innerlich zerbrochen. So konnte ich wenigstens noch hoffen . . .

&

Wir blieben noch eine Weile bei den freundlichen Leuten, dann gähnte Kiri schamlos laut und verkündete, er würde jetzt schlafen gehen, weil er am nächsten Morgen früh aufstehen müsste.

An der Tür legte David seine Hand auf meine und sagte auf Deutsch: „Ich verspreche dir, dass ich mich gleich morgen um eine andere Bleibe für dich kümmere."

„Bleibe? Bleibst du hier?"

Er seufzte. „Nein, Jati, ich muss in drei Tagen abreisen. Aber wir sehen uns vorher nochmal."

Mein Herz setzte aus. Was nützten mir die freundlichen Leute, wenn David fort war? So weit weg, dass ich ihn nie, nie mehr sehen konnte?

Auf dem Heimweg klopfte mir Kiri auf die Schulter. „Ich weiß, wie schwer es für dich ist, Jati", murmelte er. Er meinte es gut. Aber er hatte keine Ahnung.

Der Handel

David klopfte schon früh am nächsten Morgen an unsere Tür. Kiri öffnete und die beiden redeten eine Weile miteinander. So schnell ich konnte, bürstete ich mir übers Haar und knüpfte einen frischen Sarong um, dann eilte ich die knarrigen Sprossen hinab.

„Jati, stell dir vor, ich habe etwas für dich gefunden! Meine Freunde sind einverstanden, du kannst bei ihnen wohnen, sobald ich abgereist bin", sagte er. „Freust du dich?"

Ich befahl meinen Mundwinkeln, sich zu bewegen, aber sie verweigerten den Gehorsam.

„Sie sieht nicht gerade begeistert aus", grinste Kiri von der Tür her. „Also, ich muss los. Ich bringe Ayam ins Dorf, er will seine Mutter besuchen." Bevor Ayam seinem Vater folgte, zwinkerte er noch einmal und da wusste ich, dass er an den Opal denken würde. Die Liebesgöttin hatte mich enttäuscht; warum sollte sie dann meinen Opal haben? Er war wertvoller als alle Edelsteine, die es sonst im Dorf gab.

Bagus erschien an der Tür, die Haare strubbelig, Schlaf in den Augen. „Wer ist das?", grunzte sie unwillig. Wieder einmal fragte ich mich, wo Bagus ihre sanfte Stimme gelassen hatte, die früher so weich wie Regenwasser auf warmer Haut abgeperlt war – vor allem, wenn sie jemanden beeindrucken wollte.

„Das ist David, der fremde Doktor, der damals mein Leben gerettet hat", sagte ich feierlich.

„Oh!" Sie raffte den Stoffstreifen um ihre Schultern und hob das Kinn. „Dieser Fremde ist daran Schuld, dass unser Dorf abgebrannt ist!"

„Aber nein! Asam hat den Brand gelegt, weil er sich an Vater rächen wollte. David hat uns in den vielen Monaten nur Gutes getan. Er zeigte uns, wie man Krankheiten behandelt. Ohne ihn wäre das halbe Dorf gestorben, als Asam das tote Ferkel in die Quelle geworfen hatte. Und der Töpfer hätte seine Frau und sein Kind verloren, wenn David nicht bei der Geburt geholfen hätte."

Meine Schwester verzog den Mund. „Also gut. Was will er hier?"

David erklärte: „Euer Vater hat mir aufgetragen, gut für Jati zu sorgen. Ich habe ein Zimmer für sie gefunden, hier in der Nähe."

„Jati bleibt hier! Sie ist meine Schwester!"

Ich sagte rasch: „Vater hat mich mit David verheiratet. Ich gehorche ihm."

„Wenn du seine Frau geworden bist, warum lebst du dann nicht bei ihm?"

„Er – er sagt, in seinem Volk gibt es andere Sitten. Im Augenblick – kann ich – noch nicht . . ."

Bagus zog die Augenbrauen hoch. „Also seid ihr nicht nach seinem Ritus verheiratet, sondern nur nach Badui-Sitte?"

„J-ja."

„Und hat dieser *Fremde*" – sie sagte es verächtlich – „mit dir auf einer Matte gelegen?"

Die Röte stieg mir in die Stirn. „Was geht dich das an?"

„Hat er oder hat er nicht?"

David sah von Bagus zu mir und schüttelte den Kopf. „Heute Abend besuche ich dich und dann muss ich mich leider von dir verabschieden. Morgen fahre ich nach Jakarta."

Ich sah ihm eine Weile nach, als er die Straße hinunterging, und als ich wieder ins Haus trat, war mir, als hätten sich dunkle Wolken über mir zusammengeballt.

&

Bagus ließ mich alle Böden schrubben, bis die Hände vom kalten Wasser taub geworden waren. Danach wollte sie Wäsche waschen, aber ich konnte sie ablenken, sonst hätte sie ihre – meine Sarongs vermisst. Als sie zum Markt spazierte, wieder einmal ohne mich, holte ich mein Bündel aus dem Versteck und lief zu Davids Wohnung. Die hellhäutige Frau öffnete und ich drückte ihr das Paket in die Hand.

„Bitte bewahre es für mich auf", bat ich. „Es gehört mir, aber meine Schwester wird versuchen, mir alles wegzunehmen." Sie nickte und wollte mir gleich mein neues Zimmer zeigen.

„Das geht leider nicht, Bagus wird bald wieder zurückkommen und wenn ich dann nicht da wäre . . ."

„Wie du willst. Ich freue mich, dass du morgen zu uns kommst", sagte sie und lächelte.

Warum haben mir die Götter Bagus als Schwester zugeteilt und nicht so eine nette Frau?, fragte ich mich. Sie kannte mich noch gar nicht und trotzdem verstand sie mich besser als jede Freundin. Na gut, ich muss zugeben, dass ich nie eine richtige Freundin hatte. Ich hatte schon immer lieber mit meinen Cousins gespielt oder in den Hütten der Handwerker gehockt.

Ich rannte zurück und kam völlig außer Atem ins Haus, aber es war schon zu spät. Bagus hatte mich bereits vermisst.

„Wo warst du?", herrschte sie mich an.

„Ich musste etwas erledigen. Es war wichtig."

„Du hast deine Arbeit nicht geschafft. Zur Strafe bekommst du kein Mittagessen. Und jetzt mach, dass du fertig wirst!"

Ich biss die Zähne zusammen und dachte: *Noch einen Tag werde ich es wohl aushalten.* Ich schrubbte und wusch und die ganze Zeit lang war dieser Vers in meinem Kopf: *Noch einen Tag, noch einen langen Tag.*

Am Mittag schickte mich Bagus hinauf in die Dachkammer. „Zieh deinen schönsten Sarong an!", befahl sie. „Und bürste dein Haar." Sie drückte mir sogar einen Spiegel in die Hand. „Mach dich so hübsch wie möglich."

Das war mir verdächtig. Warum sollte ich mich schön machen? Erwartete Bagus etwa hohen Besuch? Mein schönster Sarong war schon im anderen Haus und ich hatte keine Lust, mich umzuziehen. Der Magen knurrte laut wie ein junger Leopard, die Schlafmatte lockte, denn wenn man traurig ist, dann fühlt man sich schlapp und müde . . .

Ich musste eingeschlafen sein, denn Bagus musste mich an den Schultern rütteln, dass ich wach wurde.

„Schnell, beeil dich! Wie siehst du denn aus! Dein Gesicht ist verschwollen und erst die Haare!“ Sie packte die Bürste und fuhr mir damit kreuz und quer über den Kopf.

„Au! Lass mich. Das mach ich lieber selbst!“

Während sie mir mit harten Augen zusah, schimpfte sie leise vor sich hin, aber ich hörte nicht mehr darauf. Ich zwang meine Gedanken in die Richtung: *Noch einen Tag, noch einen halben Tag lang. Noch einmal David sehen. Und Bagus hoffentlich nie mehr.*

Aber würde sie ihre Sklavin gehen lassen?

„Komm jetzt!“, befahl sie und in ihrer Stimme war Eisen. Ich kletterte hinter ihr die Sprossen hinunter.

&

Im unteren Raum standen zwei Männer. Sie waren nach der Art der Fremden gekleidet und trugen schwarze Scheiben vor den Augen. Als ich hereinkam, nahmen sie die schwarzen Scheiben ab, aber ihre Augen blieben düster. Sie betrachteten mich, wie man eine Ziege auf dem Markt beschaut.

Sie wechselten einen kurzen Blick, dann kam der eine der Männer zu mir und griff mir ins Haar. Ich wollte ihm auf die Hand schlagen, aber Bagus packte mich am Handgelenk und zischte: „Still. Nicht bewegen!“

Der Mann lief im Kreis um mich herum. Als er hinter mir stand, hob er meinen Sarong an und schnalzte mit der Zunge. Er murmelte dem Anderen auf Indonesisch etwas zu, das so ähnlich klang wie „da haben wir einen guten Fang gemacht“, worauf der andere grinste, aber da war keine Sonne in dem Lächeln. Es erinnerte mich an Asam.

„Sie kann arbeiten“, plapperte Bagus drauf los. „Sie ist fleißig und sauber. Außerdem kann sie lesen und versteht Indonesisch. Sie kennt sich in der Pflege und Behandlung von Wunden aus, weil sie eine Zeit lang mit einem ausländischen Arzt zusammen war.“

Wieder tauschten die Männer einen Blick. „Das in Ordnung", sagte der eine im Badui-Dialekt. „Wir nehmen Mädchen so wie ist. Braucht sie kein Gepäck. Wie ist Name?"

Ich sah von einem zum anderen und begriff nichts, obwohl die Männer sich bemüht hatten, unseren Badui-Dialekt zu sprechen. Bagus antwortete für mich: „Sie heißt Jati."

Sie schüttelten den Kopf. „Das nix gut Name. Mahmud wird suchen anderes Name."

In mir stieg der Zorn hoch. Mein Vater hatte den Namen Jati ausgewählt, weil er mich liebte und wollte, dass ich innen so fest blieb wie Jati-Holz. Niemals würde ich meinen Namen wechseln, auch nicht, wenn zehn Mahmuds das wollten! Was hatte ich überhaupt mit ihm zu schaffen?

„Wer ist Mahmud?", fragte ich.

„Mahmud unser Chef", erklärte der andere der beiden Männer und grinste wieder. „Reiches Mann, haben viele Häuser und Felder, suchen junges Frau wie du."

„Ich bin schon verheiratet", sagte ich kalt.

Die Männer sahen erschrocken zu Bagus hinüber.

„Nein, das stimmt nicht!", rief sie und ihre Stimme überschlug sich dabei. „Sie ist noch Jungfrau."

„Woher wissen?"

„Ich bin ihre Schwester, ich weiß das!", trumpfte Bagus auf.

„Du Jungfrau?", wandte sich der mit dem ekelhaften Grinsen zu mir.

Ich schwieg. In mir tobte ein Kampf. „Badui lügen nicht!" hatte Vater gesagt. „Nie, unter keinen Umständen. Die Götter wollen es so." Doch war ich mir nicht mehr sicher, ob es unsere Götter überhaupt gab.

Sag Nein!, drängte es in mir. *Dann gehen die Männer wieder fort.* Aber da war noch eine andere Stimme. Die sagte: *Sprich die Wahrheit, denn du möchtest auch nicht von anderen angelogen werden.*

Aber wenn die anderen Böses mit mir vorhaben, muss ich mich doch wehren!, schrie die eine Stimme.

Unrecht kann man nicht durch Unrecht besiegen, warnte die andere.

„Jati?", forderte Bagus.

Ich biss mir auf die Lippen. Das würde ich ihr nie verzeihen!

„Du Jungfrau?", wollte jetzt auch der andere Mann wissen.

Ich nickte. „Ja. Ich habe mit keinem Mann auf der Matte gelegen. David hat mich immer wie eine Schwester behandelt." *Leider . . .*

„Dann ist ja alles gut", lächelte Bagus und streckte die Hand aus. Einer der Männer blätterte ihr ein paar Scheine hin. Sie grabschte danach und steckte sie in ihre Hosentasche. Dann drehte sie sich zu mir und sagte mit ihrer Honigstimme: „Jati, mein Liebes, stell dir vor, was für ein Glück du hast: Du darfst mit diesen beiden Männern gehen. Sie bringen dich zu Mahmud, einem reichen Mann. Er wird dich in kostbare Batikstoffe hüllen, in Seide, er wird dir goldene Ketten und Ringe schenken, er wird –"

„Ich will nicht!"

„Sei nicht störrisch! Mahmud wird dich gut behandeln. Du bekommst gutes Essen. Du kannst den ganzen Tag auf einer Ottomane liegen und lesen."

Ich hatte keine Ahnung, was eine „Ottomane" war, und lesen hätte ich auch hier gekonnt, wenn Bagus mir etwas mehr freie Zeit gelassen hätte. Das sagte ich ihr auch.

„Aber Jati, du weißt nicht, was du ausschlägst! Mahmud führt einen richtigen Harem."

„Was ist das?"

„Er hat viele Frauen. Sie leben alle miteinander in einem großen, schönen Haus. Die Frauen teilen sich die Arbeit, sie wechseln sich ab, verstehst du? Und wenn du ihm gefällst, dann macht er dich zu deiner Hauptfrau. Dann brauchst du nicht mehr zu arbeiten. Du kannst den anderen Frauen befehlen, was du willst, und sie müssen dir gehorchen."

So stellte sich Bagus wahrscheinlich das Paradies vor.

„Wenn du ein Leben im Harem gut findest, dann geh du

doch an meiner Stelle. Du bist ohnehin schöner als ich", schlug ich vor.

Einen kurzen Augenblick schien es mir, als würde Bagus ernsthaft mit dem Gedanken spielen. Dann schüttelte sie den Kopf und mimte die Empörte. „Wo denkst du hin! Ich bin doch mit Kiri zusammen."

„Ach ja, Kiri . . . Vielleicht freut er sich über das Geld. Ich gebe es ihm heute Abend, wenn er kommt!"

Eine Ader an ihrer Schläfe begann zu pochen. Ich kannte dieses Zeichen. Eigentlich hätte ich spätestens jetzt den Mund halten müssen, aber ich wollte mich nicht bremsen: „Ja, machen wir's doch so. Ich bleibe hier und koche und wasche für ihn und Ayam und . . ."

Mit zwei Schritten war sie neben mir und schlug mir ins Gesicht. „Was erlaubst du dir! Kiri gehört mir! Du darfst nicht mal dran denken –" Wieder hob sie die Hand, aber einer der Männer war dazwischen gesprungen und hielt ihren Arm.

„Ruhig, Frau, ruhig!", sagte er.

„Du hast mich falsch verstanden", sagte ich. „Ich habe kein Interesse an Kiri. Er ist mein Onkel. Er könnte nie mein Mann sein, denn er ist der Bruder meines Vaters."

„Aber er ist *mein* Mann!", schrie Bagus.

Ich zuckte die Achseln. „Er ist Malams Mann. Immer noch. Und du weißt genau, dass er im Herzen zweigeteilt ist. Ein Stück von ihm ist im Dorf geblieben, bei Malam und Ikan."

Wieder wollte sie mich schlagen.

„Genug geschwatzt", sagte der Mann, der immer so abscheulich grinste. „Frau haben Geld, wir nehmen Mädchen. Selamat Jalan." Er packte mich am Arm, aber ich entzog mich seinem Griff und wich aus. Der andere Mann kam von hinten und packte mich am Sarong. Zum Glück war der Stoff schon mürbe und gab nach und ich konnte auf die Treppe entwischen.

Während ich hinaufhastete, überlegte ich: es gab keine zweite Tür nach draußen. Ich schwor mir, dass ich nie wieder ein Haus bewohnen wollte, das nur eine Tür besaß. Im Vorüberrennen schleuderte ich Körbe und Hocker hinter mich, damit die Verfolger etwas aufgehalten würden. Meine Hände und Füße flogen, als ich die Leiter hinaufkletterte, und ich war kaum oben, als die beiden Männer auch schon unten auftauchten. Mit aller Kraft riss ich die Leiter zu mir hoch. Die Männer schimpften. Ich rannte hinüber zur Luke, aber sie war zu schmal, ich passte nicht durch, sonst hätte ich über das Dach entkommen können.

Aber da war die lose Planke. Vielleicht konnte sie mich retten. Ich hob sie hoch und kroch in den Hohlraum, zog das Brett wieder an seinen Platz. Machte mich so flach wie möglich und versuchte, mein Herzklopfen nicht zu beachten.

Von unten Getöse. Wahrscheinlich schleppten sie gerade eine andere Leiter heran. Mit Ächzen und Stöhnen polterten sie die Sprossen herauf. *Nicht atmen jetzt. Augen zu und still, still!*

Die Männer trampelten über die Dielen und suchten den Raum ab. Allerdings gab es nicht viel zu gucken; ein Bündel Kleider und eine Schlafmatte und die offene Luke nach draußen.

„Sie ist weg!“, knurrte einer der Männer. „Das ist Hexerei.“

„Sie muss aber da oben sein!“, kreischte Bagus im Badui-Dialekt. Ich hörte ihre leichten Schritte, jetzt war sie genau über mir. Da öffnete ich die Augen und das war ein Fehler. Staub rieselte herab, genau in meine Augen und ich musste niesen.

Bagus riss an meinen Haaren, als die Planke entfernt war. „Komm da raus! Sofort!“

Gegenwehr hätte mir nur Schmerzen eingebracht, also stand ich langsam auf. Der Grinsemann sagte: „Das nettes Spiel. Mahmud lieben Spiel mit Wildkatze.“

Der andere fand es weniger lustig. Er zog eine Schnur aus der Tasche und umwickelte damit meine Handgelenke. Etwas voreilig, denn wie sollte ich ohne Hände die steile Leiter runterklettern? Sie überlegten hin und her, schließlich ging einer der Männer als Erster und stützte mich mit seinem Körper; der andere hielt mich von oben fest. Es war sehr umständlich und endete damit, dass wir alle drei die Leiter hinunterkollerten, wobei ich das Fallen gewöhnt war und mich abrollen konnte, aber die Männer stießen sich heftig an und jammerten beim Aufstehen.

„Eigentlich sollten wir das Geld zurückfordern", brummte der Eine auf Indonesisch.

„Aber warum? Das Mädchen ist den doppelten Preis wert", grinste der Andere. „Außerdem habe ich dieser Ziege falsches Geld gegeben." Jetzt grinsten beide.

„Sie haben dich betrogen, Bagus!", rief ich. „Das Geld ist nichts wert."

In unserem Dorf gab es überhaupt kein Geld. Wir haben mit Gegenständen bezahlt, wenn wir etwas haben wollten, was ein Anderer besaß. Deshalb wusste Bagus auch nicht genau, wie echtes Geld aussah. Sie kannte nur die Münzen, die Kiri von der Arbeit nach Hause brachte. Aber sie glaubte mir nicht.

Die Männer warfen mir böse Blicke zu und zerrten mich nach draußen. Dann holte der eine einen Klebestreifen aus der Tasche und wickelte ihn mehrmals um meinen Kopf, sodass ich den Mund nicht mehr öffnen konnte. Sie stießen mich zu einem schwarzen Mobil. Dort öffneten sie die hintere Tür und schoben mich hinein. Der Grinsemann schraubte eine Flasche auf und goss einen Schluck auf ein weißes Tuch. Ich kannte diesen Geruch; David hatte diese Flüssigkeit verwendet, wenn er Patienten in einen Schlaf versenken wollte. Deshalb atmete ich vorher tief ein und konnte die Luft anhalten, als mir das Tuch unter die Nase gedrückt wurde. Mir wurde übel und ich ließ mich sofort zurücksinken, damit sie denken sollten, ich sei schon eingeschlafen. Die Männer warteten noch eine Weile, rüttelten mich, stachen mich mit einer Nadel ins Kinn, doch ich hatte unter den gesenkten Lidern die Nadel gesehen und konnte stillhalten.

„Die ist hinüber", sagte der Grinsemann und warf eine

Decke über mich. Die Decke war staubig und reizte zum Husten.

Dann hörte ich die Türen klappen, die Maschine brüllte los. Ich hoffte, dass die Männer jetzt nach vorne schauten und wackelte vorsichtig mit den Schultern, bis die Decke etwas verrutschte und mein Gesicht freigab. Endlich wieder frei atmen! Ich spürte am Geräusch der Räder, dass wir bald aus der Stadt herauskamen, denn nun war die Straße uneben. Der Schatten, den die Bäume warfen, linderte die Hitze ein wenig. Dann grollte der Donner, der Mittagsregen setzte ein und trommelte auf das Blech des Mobils.

Der Grinsemann sagte: „Das hat keinen Sinn, wir kommen nicht weiter. Die Straße ist schon überflutet."

Und der andere meinte: „Da drüben ist ein Gasthaus. Dort warten wir, bis der Regen aufgehört hat."

Sie befahlen der Maschine zu schweigen, das Mobil hielt an. Ich hörte, wie die Männer die hintere Tür öffneten. Sie hoben die Decke und beugten sich über mich. Ihr stinkender Atem streifte meine Wange. „Alles in Ordnung", behauptete der Grinsemann.

„Sollten wir ihr vielleicht noch die Füße fesseln?" schlug der andere Mann vor.

„Wozu? Ich habe ihr eine volle Dosis verpasst." Die Tür klappte und die Stimmen entfernten sich.

Die Flucht

Noch nie hatte ich den Mittagsregen so freudig begrüßt wie an diesem Tag! Ich schob meine Hände zur Seite. Dort steckte unter dem Sarong Kiris Dolch mit der abgebrochenen Schneide. Mit einigen Verrenkungen ließ sich die Schneide mit ihrer scharfen Kante aus der Schutzhülle drücken. Und jetzt musste ich nur noch kräftig scheuern. Mein Sarong bekam dabei tiefe Schnitte, aber was machte das – hier ging es um mein Leben! Ich nahm zwar nicht an, dass mich dieser Mahmud umgebracht hätte, aber in einem Harem gefangen zu sein – das stellte ich mir noch schlimmer vor.

Endlich hatte ich die Hände frei. Ich schob mich vorsichtig nach oben und schaute hinaus. Von den Männern war nichts zu sehen; die Wolken hingen schwarz und tief über den Baumkronen und ließen Sturzbäche herunterprasseln. Nur weiter so. Ich hätte sie umarmen können! Als Nächstes musste ich das klebende Band loswerden. Es rupfte schrecklich an meinen Haaren und riss mir die Haut über der Oberlippe auf. Dann probierte ich die Tür – sie war abgeschlossen. Ich versuchte alle Knöpfe und Hebel, bis ich endlich den richtigen fand, und schlüpfte aus dem Mobil.

Aber wohin? Sollte ich die durchgeschnittenen Schnüre im Wagen lassen oder mitnehmen? Dann kam mir eine bessere Idee. In der Ecke lag ein Bündel aus schmutzigen Lumpen. Ich schob sie unter die Decke, sodass man bei einem flüchtigen Blick denken konnte, ich läge noch darunter. Dann lief ich zum nächsten Gebüsch am Straßenrand und verbarg mich. Keinen Augenblick zu früh, denn einer der Männer trat aus dem Gasthaus in den strömenden Regen und rannte zum Auto. Er reckte den Hals, bis er hinten hineinschauen konnte, und rief: „Alles in Ordnung, wie ich gesagt hab!“, kehrte um und verschwand wieder im Haus.

Sobald die Männer festgestellt hatten, dass ich entkommen war, würden sie mich suchen. Wahrscheinlich würden sie annehmen, dass ich zurückgelaufen wäre. Also musste ich in die entgegengesetzte Richtung fliehen. Im weichen Lehm waren meine Fußabdrücke deutlich zu erkennen, wenn auch jetzt noch das Regenwasser darüber strömte. Ich durfte keine Spur hinterlassen.

Auf der anderen Straßenseite begann der Dschungel. Er sah ähnlich aus wie unser Wald zu Hause: hohe Bäume, mit Lianen durchsetzt. Ich überquerte die Straße und hoffte, dass niemand aus dem Fenster schaute. Der Wald war so dicht, dass ich nur ein paar Schritte weit eindringen konnte. Ich kletterte auf einen Eukalyptusbaum und schwang mich hinüber zum nächsten. Meine Hände waren noch steif, aber nachdem ich sie etwas gerieben hatte, kehrte das Blut zurück und ich konnte mich wieder auf meinen festen Griff verlassen.

Manche Waldgebiete sind so verwachsen, dass man sich den Pfad mit einem großen Kris freischlagen muss. Oder man benutzt, so wie ich jetzt, den oberen Weg. David hat mir einmal erzählt, dass es auf der indonesischen Insel Sulawesi einen Volksstamm gibt, der immer auf den Bäumen lebt. Sie haben auch ihre Hütten da oben. Ich glaube, das würde mir gefallen.

Der Regen störte ein bisschen beim Klettern, weil nasse Bäume glitschig sind, aber trotzdem wünschte ich mir, dass er noch ewig dauern sollte. Ich wünschte es so stark, dass es beinahe ein Gebet wurde. Aber unsere Götter waren offenbar böse auf mich. Die Wolken rissen auf und ließen die Sonne durch. Der Wald dampfte; auf den Blättern funkelten die Tropfen wie Edelsteine. Drüben am Gasthaus wurde es laut. Ich hörte die Türen des Mobils zuschlagen, die Maschine begann mit ihrem Getöse, aber dann wurde sie abgestellt. Die Männer öffneten eine weitere Tür – wahrscheinlich hinten –, waren eine Weile still, dann brüllte der Grinsemann: „Sie ist weg!"

Der andere jammerte: „Wir müssen sie finden. Mahmud rechnet fest damit, dass wir das Mädchen mitbringen. Er hat schon alles vorbereitet!"

„Sie kann nicht weit gekommen sein", sagte ein Dritter, dessen Stimme ich nicht kannte. „Ich hole meinen Hund, der hilft euch suchen."

Nach einer Weile hörte ich lautes Gebell. Ich hoffte, dass der Regen meinen Körpergeruch weggewaschen hatte. Die Stimmen und das Hundegebell entfernten sich; sie dachten wohl, ich wäre zurückgelaufen. Ich blieb ganz still in meiner Astgabel sitzen und zog noch einige Blätter an mich heran, damit man mich nicht sehen konnte.

Es wurde still im Wald und die Angst fiel von mir ab. Wenn auch meine Götter nicht auf mich Acht gegeben hatten, so hatte ich trotzdem Glück gehabt. Vielleicht war Davids Gott dafür verantwortlich. Zur Sicherheit flüsterte ich: „Davids Gott, wenn es dich gibt und wenn du mich hörst, dann sage ich dir Danke. Etwas Hilfe auf dem Heimweg könnte ich auch gebrauchen." Nach einer Weile fügte ich noch hinzu: „Und wenn es für dich nicht zu viel Mühe ist, dann könntest du David vielleicht umstimmen. Ich möchte so gern in seiner Nähe sein. Auch wenn er mich nicht liebt. Wenn ich ihn nur sehen und seine Stimme hören kann!"

Für einen Gott, wie ich ihn mir vorstellte, war das eine leichte Übung. Ein solcher Gott durfte den Menschen natürlich nicht zwingen. Eine erzwungene Liebe will ich nicht. Deshalb war mir klar, dass ich mehr nicht bitten konnte als das: in Davids Nähe bleiben. Und auch das war schon viel verlangt.

Die Stimmen wurden lauter. „Wir wollen noch ein Stück in der anderen Richtung suchen", sagte der, den ich nicht kannte. „Vielleicht hat sie es dort probiert."

„Aber das wäre dumm. Da würden wir sie doch finden, wenn wir weiterfahren", schimpfte der Grinsemann.

„Vielleicht hat sie sich getäuscht und wusste nicht genau, wo sie hinwollte", erklärte der dritte Mann. „Ich bleibe hier. Meine Füße sind nass, die Schuhe sind verdorben und das alles wegen eines Eingeborenenmädchens", jammerte der Zweite.

„Ist sie eine Badui?", erkundigte sich der Dritte.

„Ja, aber sie lebt in der Stadt."

„Wenn sie schon länger in der Stadt lebt, dann könnt ihr sie vielleicht finden, aber sonst . . . Badui sind unheimlich geschickt und flink. Im Wald sind sie uns zehnfach überlegen."

Er ging mir auf die Nerven.

„Sie kann doch nicht einfach verschwunden sein!", rief der Grinsemann.

„Vielleicht ist ein anderes Auto vorübergekommen und hat sie mitgenommen."

„Aber nein! Das hätten wir gehört!"

„Oder sie versteckt sich, bis der nächste Wagen kommt und fährt dann mit."

Ich merkte mir diese Worte.

„Wir fahren zurück und warten an der Brücke. Dann halten wir alle Autos an und finden das Mädchen. Sie ist leicht zu erkennen, sie trägt einen roten Sarong."

Wieder die Türen des Mobils, dann brüllte die Maschine los. Der Fremde mit dem Hund suchte noch eine Weile und kam ganz in meine Nähe. Nach oben schaute er nicht . . .

&

Nun gab es keinen Grund mehr, in die falsche Richtung weiterzuklettern. Die Männer waren zurückgefahren wie erwartet. Als ich so weit geklettert war, dass das Gasthaus nicht mehr zu sehen war, probierte ich es mit den Bäumen am Straßenrand. Von hier oben konnte ich schon lange vorher sehen, wenn jemand kam und hatte im Notfall immer noch die Möglichkeit, wieder zwischen den Baumkronen zu verschwinden.

Nach einer Weile näherte sich ein Mobil. Ich ließ mich vom Stamm rutschen, lief auf die Straße und winkte. Der Wagen hielt an, ein Mann und eine Frau saßen darin. Der Mann sah fremdartig aus, hatte eine helle Haut, seine Frau war etwas dunkler, aber unverschleiert. *Wenigstens ist es nicht dieser Mahmud*, dachte ich erleichtert.

„Bitte nehmt mich zurück in die Stadt“, bettelte ich. „Zwei Männer haben mich aus meinem Haus weggeschleppt. Sie wollten mich mit Gewalt mit einem fremden Mann verheiraten. Aber ich fürchte mich vor ihm. Außerdem liebe ich einen anderen.“ Die Worte kamen ganz leicht, obwohl ich sie mir vorher nicht zurecht gelegt hatte.

„Steig ein. Wir helfen dir!“, sagte die Frau.

„Aber die Männer werden nach mir suchen!“, rief ich. „Sie zwingen die Autos zum Anhalten.“

Der Mann lächelte und sagte in Davids Sprache: „Mit denen werden wir schon fertig.“ Ich hielt den Atem an. „Du sprichst wie – wie der Mann, den ich liebe“, stotterte ich. „ Er – er heißt David. Kennst du ihn vielleicht? Er ist ein Doktor.“

Die Frau drehte sich zu mir um und schaute mich erstaunt an. „Natürlich kennen wir David. Wir werden ihn morgen treffen, denn wir bringen ihn nach Jakarta zum Flughafen.“

Ich wusste nicht, was ein „Flughafen“ ist, wagte aber nicht, danach zu fragen.

„Und wie hast *du* David kennen gelernt?“, wollte die Frau wissen.

Da erzählte ich ihr die ganze Geschichte. Oft fehlten mir die deutschen Worte, dann versuchte ich es auf Indonesisch und nahm die Hände zur Hilfe.

„Und jetzt bin ich den bösen Männern entkommen, aber wenn ich bei meiner Schwester bleibe, dann werden sie mich wieder fangen und zu Mahmud bringen. Sie hat mich ja an diese Männer verkauft“, schloss ich.

Die Frau schniefte in ein weißes Tuch und wischte sich schnell über die Augen. Der Mann betrachtete mich nachdenklich im Spiegel. „Du sagst, dein Vater hat dich mit David verheiratet?“

„Ja, nach unserem Brauch. Aber David sagt, das gilt in seinem Land nicht. Er kann mich auch nicht mitnehmen, weil ich keine Papiere habe.“

„Und würdest du gern – mit ihm gehen?“

„Lieber als alles andere!“, seufzte ich.

Der Mann lächelte. „Und warum möchtest du bei David bleiben?"

„Er hat so viel für mich getan! Er hat mein Leben gerettet, jetzt gehöre ich ihm. Ich kann nicht weiterleben, wenn er nicht in meiner Nähe ist. Ich habe meinen Göttern geschworen, mein Leben lang für David zu sorgen. Und er hat es meinem Vater auch versprochen . . ."

Eine Zeit lang sagte keiner etwas.

Dann drehte sich die Frau zu mir um und fragte: „Hat dich David auf seine Schlafmatte genommen?"

Ich schüttelte den Kopf und sagte ihr die traurige Wahrheit. Aber seltsam, sie schien beinahe erleichtert und sagte: „Alles andere hätte mich auch gewundert!"

Der Mann lächelte wieder. Dann wollte er wissen, wie ich heiße.

„Jati", sagte er, „du bist *Jati?* . . . hartes Holz . . ."

Er kaute auf seiner Lippe herum. Dann sagte er: „Ich glaube, ich kann dir helfen. Ich kenne den deutschen Konsul in Jakarta. Er wird dir die nötigen Papiere beschaffen. Dann kannst du mit David nach Deutschland reisen. Und was du dort machst, bleibt dir überlassen. Du bist ein freier Mensch."

Ich hatte nicht alles verstanden, aber ich spürte, dass er es gut mit mir meinte. Dann hielt er an. „Bis zur Stadt ist es nicht mehr weit. Die Männer werden wahrscheinlich an der Brücke stehen. Dort wird die Straße eng, ich kann nicht ausweichen. Wir müssen überlegen, wie wir dich an den Männern vorbeilotsen."

Der Wald war an dieser Stelle noch dicht. Ich schaute zu den Wipfeln hinauf. „Ich werde über die Bäume gehen", sagte ich. „Und dann irgendwo den Fluss überqueren und zur Straße zurückkommen."

Die Frau schüttelte den Kopf. „Das ist viel zu gefährlich! Wenn sie dich sehen und einfangen, können wir nichts mehr für dich tun. Nein, du bleibst hier. Wir beschützen dich."

Der Mann runzelte die Stirn. „Vielleicht sind die Männer bewaffnet . . ."

Die Frau riss die Augen auf. „Sie können doch nicht einfach auf uns schießen!"

„Vielleicht doch", murmelte der Mann. „Steig hier aus, Jati, und versteck dich im Wald. Ich versuche es mit einer List." Die Frau übersetzte mir das Wort „List"; wir Badui haben dafür keinen Begriff, aber wir wissen, was das bedeutet: man lügt nicht und trotzdem verschweigt man dem anderen die Wahrheit.

„Ich werde mich so nahe an die Brücke heranschleichen, wie es geht", sagte ich.

Der Mann nickte und wartete, bis ich zwischen den Bäumen verschwunden war. Dann fuhr er weiter. Ich kletterte auf eine Akazie und schwang mich an den Lianen hinüber zum nächsten Baum und immer weiter, immer weiter. Ich wurde nass, denn die Blätter waren vom Regen durchtränkt. Manchmal rutschte mir die Liane durch die Hände, bis ich wieder Halt gefunden hatte. Meine Arme wurden müde, der Kopf begann zu schmerzen von der Anspannung, aber ich dachte immerzu an das, was mir drohte: Mahmud, wahrscheinlich ein fetter, glatzköpfiger Mann, der mit den Frauen in seinem Harem herumspielte, als wären es zahme Katzen.

&

Dann waren nur noch zwei Baumreihen zwischen mir und dem Fluss. Weiterklettern wäre gefährlich gewesen; die Männer hätten die Bewegung der Baumkronen wahrgenommen. Aber das Dickicht am Waldboden reichte bis kurz vor die Brücke, darin konnte man sich bequem verstecken.

Quer vor der Brücke stand das schwarze Mobil und versperrte die Durchfahrt. Die beiden schlimmen Männer standen davor und sprachen mit meinem „Retter". Er antwortete in gebrochenem Indonesisch: „Also, ihr suchen Mädchen mit Sarong, was rot ist."

Der Grinsemann sprach leise auf ihn ein. Dann wieder mein Retter: „Jaja, Mädchen stehen vorhin auf Straße und winken. Wir sehen Mädchen."

„Wo? Und wann?"

„Vielleicht vor einer Stunde."

„Dreißig, vierzig Kilometer von hier?" wollte der Grinsemann wissen.

„Wahrscheinlich."

In diesem Augenblick kam von der anderen Seite ein Mobil über die Brücke und hupte laut.

„Macht Platz, was bildet ihr euch eigentlich ein!", schimpfte der Fahrer. „Ihr könnt doch hier nicht halten!"

Der Grinsemann stieg in das Mobil und fuhr es aus dem Weg. Inzwischen erklärte der zweite Verfolger dem Fahrer: „Auf der Strecke kommt dir ein Mädchen in einem roten Sarong entgegen. Sie ist uns davongelaufen. Wir müssen sie unbedingt wieder finden."

„Warum?"

„Sie – sie hat den Verstand verloren. Und sie besitzt eine Waffe. Sie ist gefährlich."

„Ich habe keine Angst vor einem Mädchen", sagte der Fahrer verächtlich.

„Du darfst das Mädchen auf keinen Fall bei dir zusteigen lassen", warnte der Grinsemann, der inzwischen dazugekommen war. „Sie könnte dich töten."

Der Fahrer lachte laut. „Darauf bin ich neugierig!" Seine Maschine heulte auf und er fuhr weiter.

„Los! Hinterher!", befahl der Grinsemann. „Sonst schnappt er sie weg."

Die Wagentüren klappten, das zweite Mobil jagte hinterher. Erst als das Getöse der beiden Wagen nur noch leise zu hören war, wagte ich mich aus meinem Versteck.

Meine „Retter" saßen in ihrem Mobil und unterhielten sich. Ich klopfte an die Scheibe. „Jati! Du bist schon da!", lachte die Frau. „Und alles ist gut gegangen."

„Hast du gehört, was die Männer über dich gesagt haben?", wollte der Mann wissen.

„Ja. Ich bin gefährlich und töte alle und trage eine Waffe."

„Und? Stimmt das?"

Ich zog Kiris alten Kris aus dem Sarong, betrachtete die zerbrochene Klinge und den Knauf mit dem Adlerkopf. „Damit habe ich die Schnüre durchgeschnitten, mit denen mich die Männer gefesselt haben“, erklärte ich.

Und die Frau sagte: „Badui töten nicht!“

„Woher weißt du das?“, erkundigte ich mich. Sie gehörte nicht zu meinem Volk, das merkte ich an der Art, wie ihr Sarong geknotet war. Nur wenige wissen etwas über die Badui.

Da sagte sie: „David hat uns von deinem Volk erzählt. Auch von dir, Jati.“

Ich wurde rot.

„Und er hat uns genau dasselbe erzählt wie du. Ich glaube, es ist kein Zufall, dass wir dich hier gefunden haben. Komm, steig ein, bevor diese Kerle wieder zurückkommen. Wir bringen dich zu David. Er wird sich freuen.“

Wenn das wahr wäre! Dafür würde ich meinen rechten Arm opfern!

Die Zuflucht

Das Mobil hielt vor dem Haus, in dem David bisher gewohnt hatte. Wieder öffnete die freundliche Frau die Tür und begrüßte uns. Aber David war nicht da.

„Der Doktor ist außer sich“, erzählte die Frau, die mir am Vormittag die Tür geöffnet hatte. „Er wollte dich besuchen, aber deine Schwester sagte, du wärst fortgegangen und hättest einen Moslem geheiratet. Er konnte sich gar nicht beruhigen. Er rannte im Zimmer auf und ab und rief immer wieder: „Das hätte ich nie von ihr gedacht. Wie konnte sie nur?“

„Wo ist er jetzt?“

„Er wollte sich noch von einem Freund verabschieden. Heute Abend kommt er wieder her und holt seine Sachen. Wir feiern ein Abschiedsfest. Und morgen fährt er zu Ihnen, Doktor Meier, damit sie ihn nach Jakarta bringen können.“ Endlich wusste ich, wie mein Retter hieß.

Doktor Meier sagte: „Niemand darf erfahren, dass Jati hier ist. Sonst kommen diese Gangster und holen sie mit Gewalt.“

Ich wusste nicht, was ein Gangster war, aber so, wie er das sagte, war es sicher etwas Schlimmes.

„Kennen deine Verwandten dieses Haus?“, fragte er.

Ich nickte. „Mein Onkel Kiri war hier. Er weiß auch, dass ich in diesem Haus wohnen darf. Und wenn er es weiß, dann kriegt es meine Schwester Bagus auch raus. Und dann . . .“

Ich fühlte mich wie ein Ochse, den man an einen Baum gebunden hat. Er meint vielleicht, er könne sich frei bewegen, aber in Wirklichkeit dreht er sich nur im Kreis. Am Ende ist und bleibt er gefangen.

Doktor Meiers Frau schlug vor: „Dann bringen wir Jati doch einfach in unsere Wohnung. Dort können wir sie bis zur Abreise verstecken.“

Der Doktor sagte: „Gut. Und kein Wort zu David! Es soll eine Überraschung sein!“

Ich holte mein Bündel mit meinen Sarongs und dem restlichen Familienschatz und stieg wieder in den Wagen. Als wir an Kiris Haus vorüberfuhren, stand Bagus vor der Tür und plauderte mit einer Nachbarin. Sie machte große Gesten und ein zufriedenes Gesicht.

Ich stellte mir vor, wie sich ihr Gesichtsausdruck verändern würden, wenn sie vergeblich nach meinen wertvollen Sarongs suchen würde und nach dem Familienschatz. Und was würde sie sagen, wenn ihr klar würde, dass ihr die Männer falsches Geld für mich gezahlt hatten? Ein sehr vergnüglicher Gedanke . . .

Vielleicht war es keine besonders edle Freude, die ich empfand, aber das Gefühl war viel, viel besser als die Angst, die ich an diesem langen Tag ausgestanden hatte.

&

Die Wohnung meiner Retter war fremdartig eingerichtet. In der Eingangshalle hingen Bambusgestelle, an denen man die Kleider aufhängen konnte. Auch ein Regalfach für Hüte war da. Die Frau öffnete eine Tür zu einer schmalen Kammer und zeigte auf ein glänzend weißes niedriges Becken. Ich dachte, wenn sie darin ihre Essschalen spülen und ihr Obst abwaschen, dann müssen sie vor dem Becken niederknien – ziemlich unbequem. Aber ich hatte mich getäuscht: das Becken war für ganz andere Zwecke bestimmt, sozusagen für das Gegenteil. Die Kammer roch nach frischen Zitronen.

„Das ist eine Toilette“, erklärte Doktor Meiers Frau. „Hier gehst du hinein, wenn du musst. Dann kannst du dich mit Papier von dieser Rolle säubern und dann an dieser Kette ziehen.“

Es rauschte laut, ein Wasserfall kam ins Becken gerauscht und spülte das Stückchen Papier herunter in ein rundes Loch.

Dann zeigte sie mir das „Wohnzimmer“. Ich war froh, die deutschen Namen zu lernen. Da standen große Throne herum, die sie als „Sessel“ bezeichnete und eine „Couch“.

„Ist das dasselbe wie eine Ottomane?“, wollte ich wissen.

„So ungefähr“, lachte sie. „Warum willst du das wissen?“

„Bagus hat behauptet, wenn ich diesen Mahmud heirate, dann werde ich den ganzen Tag auf einer Ottomane herumliegen und Bücher lesen.“

Sie lachte noch lauter. „Würde dir das gefallen?“

„Vielleicht ohne Mahmud . . .“, überlegte ich.

„Jati, du machst mir Spaß! Wenn du das Haus gesehen hast, kannst du dich eine Weile auf die Couch legen und etwas lesen. Welche Sprache kannst du lesen?“

„Indonesisch und etwas in Davids Sprache. Er hat es mir beigebracht.“

&

Sie führte mich in die „Küche“. Ihr Herd war weiß und kalt.

„Ich koche mit Gas“, erklärte sie und zeigte auf ein Rohr, das nach draußen führte. „Die Gasflasche steht vor dem Haus. Weißt du, was Gas ist?“

Ich wusste es nicht, aber ich konnte mir vorstellen, dass es so etwas Ähnliches war wie der Stoff, der das Feuer im brennenden Berg schürte. Sie drehte an einem Knauf und zündete ein Streichholz an, hielt es an das kleine Röhrchen, aus dem das Gas entströmte. Es fauchte leise, dann sah ich eine blaue Flamme. Sie drehte wieder am Knauf und die Flamme wurde größer.

„Das – das ist Zauberei!“, stotterte ich. „Du kannst das Feuer klein und groß machen.“

Sie lächelte. „Das ist keine Zauberei. Es ist ein Naturgesetz. Wenn viel Gas kommt, dann wird die Flamme groß. Wenn wenig Gas herauskommt, bleibt sie klein. Das ist ganz natürlich.“

„Ja. Das verstehe ich. Wie beim Wasser. Wenn du die Schraube weit aufdrehst, kommt ein dicker Strahl.“

Ich durfte das gleich ausprobieren.

In der Ecke stand ein hohes weißes Möbelstück mit einem glänzenden Griff.

„Mach auf!" drängte sie. Ich zog an dem Griff. Kalte Luft schlug mir entgegen.

„Du hast die Kälte eingefangen!", staunte ich.

„Das ist ein Kühlschrank. Er funktioniert auch mit Gas."

„Wie kann dasselbe Gas einmal heiß machen und einmal kalt?"

Sie fuhr sich mit der Hand durch die Haare und lachte. „Genau verstehe ich es auch nicht. Da musst du meinen Mann fragen. Aber jetzt komm weiter."

Sie zog an einigen Griffen. Aus den Möbelstücken rutschten Regalfächer heraus, die vorne mit einem Brett verschlossen waren. In den Fächern lagen Werkzeuge.

„Das ist Besteck, das man zum Essen verwendet. Messer, Gabel, Löffel, Teelöffel . . ."

Gehorsam sprach ich alles nach.

„Und es liegt in Schubladen. Eine Lade zum Schieben, verstehst du?"

Sie zeigte mir Regalfächer mit flachen Essgefäßen und durchsichtigen Bechern. „Teller und Gläser", sagte sie. „Und das ist eine Schüssel."

Nach einer Weile schwirrte mir der Kopf. *Töpfe und Pfannen, Kochlöffel, Schöpflöffel, Eimer und Lappen* – wahrscheinlich würde ich alles verwechseln. Sie merkte, dass ich müde wurde.

„Komm mit nach oben, dann zeige ich dir die Schlafräume."

Die hohen Gestelle kannte ich schon, aber darauf lagen wunderbar weiche und dicke Decken. „Das ist eine Matratze, ein Kissen, eine Zudecke." Sie öffnete die Türen eines zimmerhohen Möbels. „Mein Kleiderschrank."

Da hingen Sarongs und Sampurs neben Hosen und Kleidern, wie sie die Fremden trugen, daneben lag weißes Zeug aus einem zarten Material, das wie Seide glänzte. Sie warf mir einen kurzen Blick zu.

„Du bist etwa so groß wie ich. Ich gebe dir ein paar Sachen, damit du dich schon mal daran gewöhnst. In Deutschland kleidet man sich anders als hier."

Sie wühlte im Schrank herum und warf verschiedene Stücke auf das Bett. Ich hatte keine Ahnung, was ich damit anfangen sollte. Als sie einen Arm voll gesammelt hatte, führte sie mich in einen anderen Raum. Darin stand ein großes Wasserbecken, weiß und sauber. Sie drehte an einem Knauf, aus dem Wasser strömte, und hielt die Hand darunter.

„Leider ist das Wasser kalt. Aber ich werde in der Küche etwas Wasser heißmachen für dein Bad. Das mischen wir dann in der Wanne."

„Wanne", wiederholte ich. „Aber das ist nicht nötig. Ich bin gewöhnt, in kaltem Wasser zu baden", sagte ich. „Der Fluss, der an unserem Dorf vorüberführt, hat auch kaltes Wasser."

„Du kannst es wohl kaum erwarten, bis du ins Wasser darfst", lächelte die Frau.

„Ich durfte schon lange nicht mehr baden", gestand ich. „Meine Schwester sagt, Wasser kostet viel Geld. Zu Hause habe ich jeden Tag gebadet."

„Hier ist Seife und ein Reinigungsmittel für dein Haar."

„Das brauche ich nicht. Ich möchte das Wasser nicht stärker verunreinigen als nötig."

„Wie du willst." Sie reichte mir ein großes Tuch zu, das sich weich wie ein Fell anschmiegte. „Das ist ein Frotteehandtuch. Darin kannst du dich abtrocknen, wenn du fertig bist. Und dann ziehst du diese Wäsche an – das ist für oben, für unten . . ."

Ich musterte die weißen Tuchstücke misstrauisch. „Muss ich das?"

„Versuch es einfach, damit du weißt, wie man das trägt. Nachher kannst du ja wieder einen Sarong anziehen."

&

Als ich allein war, ließ ich mich in die Wanne gleiten. Das Wasser fühlte sich anders an als im Fluss – es war klar, aber auch hart. Ich schrubbte die Haut, bis sie glühte, und spülte die Haare immer wieder.

Ein köstliches Gefühl, frisch und sauber zu sein! Ich wünschte nur, ich könnte die hässlichen Erinnerungen der letzten Wochen genauso leicht aus meinem Kopf herauswaschen und die Traurigkeit, die mich jedes Mal befiel, wenn ich an Mutter und Vater dachte . . . Aber damit würde ich wohl weiterleben müssen.

Dann trocknete ich mich im herrlich weichen Tuch ab und versuchte mich zu erinnern, wie man diese kleinen Stoffteile am Körper befestigen musste. Es sah komisch aus und ich fühlte mich eingeengt.

„Darf ich reinkommen?", fragte die Frau. Sie warf mir einen Blick zu und lachte dann laut heraus. „Das – das sieht aber köstlich aus!"

„Habe ich etwas falsch gemacht?"

„Du hast die Stücke verwechselt und verdreht. Das muss schrecklich unbequem sein!" Sie band ihren Sarong ab und ließ mich schauen, wie sie die Unterwäsche trug. Aber das gefiel mir nicht.

„Ich möchte mich lieber so kleiden, wie ich es gewohnt bin", sagte ich leise. „Wenn das geht . . ."

„Aber natürlich! Trotzdem werde ich dir einige Stücke einpacken. Vielleicht willst du dich in Deutschland anders kleiden."

Ich glaubte nicht, dass ich das jemals wollte. Aber vielleicht bestand David darauf? Vielleicht schämte er sich, eine Frau aus der Fremde zu haben?

„Ich danke dir sehr", sagte ich höflich und verneigte mich, wie man es einer hoch geachteten Person gegenüber tut.

„Hast du Hunger?"

Ich hatte etwas Durst und sie gab mir einen köstlichen Tee, der aus den Schalen von Papayas gebrüht wird. Danach durfte ich in ein Bett klettern. Sie deckte eine Wildseiden-Decke über mich und strich mir übers Haar.

„Schlaf gut, liebe Jati. Ruh dich gut aus. Wenn du wieder aufwachst, wird alles gut sein. Mein Mann ist in die nächste große Stadt gefahren zum Telefonieren."

„Was ist das?"

„Wir zeigen es dir in Jakarta. Hier gibt es so etwas nicht. Mein Mann wird mit dem Konsul sprechen, damit du deine Reisepapiere bekommst."

Ich fasste nach meinem Bündel. „Reisen kostet Geld, nicht wahr? Wir Badui besitzen so etwas nicht, aber ich habe einige Edelsteine mitgenommen. Vielleicht sind sie so viel wert, dass man dafür eine Fahrkarte kaufen kann?" Die Knoten hatten sich festgezogen und ich musste lange daran zerren, bis sie sich lösten und ich das Umschlagtuch öffnen konnte.

Doktor Meiers Frau beugte sich über die Steine und sagte lange nichts. Dann richtete sie sich wieder auf.

„Jati, diese Steine sind wunderschön und sehr wertvoll. Du kannst sie in Jakarta verkaufen."

„Ich habe auch noch einen Opal, der ist so groß wie eine Mandarine", sagte ich. „Mein Cousin Ayam bringt ihn mit, wenn er aus dem Dorf zurückkommt."

Sie strich mir über die Stirn. „Gut, gut. Jetzt musst du dich erst einmal ausruhen. Das war heute zu viel Aufregung für dich. Schlaf ein bisschen, das wird dir gut tun."

Ich legte mich in die weichen Polster und weinte noch ein bisschen, weil ich an Vater und Mutter dachte und an Bagus und ihre bösen Pläne. Irgendwann musste ich dann doch eingeschlafen sein . . .

Albtraum

Ich träumte von einer Ratsversammlung. Mein Vater saß auf seinem Häuptlingsthron und ich stand vor ihm.

„Jati!", sagte er streng. „Ich klage dich an, weil du das Haus von Fremden betreten hast."

„Diese Fremden sind gut, Vater. Sie würden dir auch gefallen. Obwohl sie mich nicht kennen, behandeln sie mich freundlich, als wäre ich ihre Tochter."

„Unsere Götter erlauben nicht, dass wir uns mit Fremden abgeben!"

„Vater, du weißt selbst, dass mir ein fremder Doktor das Leben gerettet hat. Und du weißt auch, dass dieser Fremde viel Gutes für uns getan hat. Er war immer ehrlich und hat jedem geholfen, ohne auf seinen eigenen Vorteil zu achten."

„David ist in seinem Herzen ein Badui", sagte Vater. „Deshalb habe ich dich mit ihm verheiratet. Aber was ist mit diesem anderen Doktor, der Meier heißt?"

„Es sind Davids Freunde."

„Aber es sind Fremde und du vertraust ihnen!" beharrte mein Vater. Ich hatte ihn nie so unerbittlich erlebt.

„Ich habe inzwischen viele Menschen getroffen, die gut sind, obwohl sie nicht zu unserem Stamm gehören. Und ich weiß auch, dass es Badui gibt, die Böses tun."

„Asam, der Zauberpriester! Er sei verflucht!", sagte Vater.

„Ja, und meine Schwester Bagus."

Seine Züge wurden plötzlich finster. Er zog die Brauen zusammen und sprang auf. „Wage es nicht, über deine Schwester schlecht zu reden. Wenn ihr euch streitet, dann ist das allein deine Schuld."

„Aber Vater, sie hat meine Sarongs weggenommen. Und sie behandelt mich schlecht. Ich muss den ganzen Tag für sie arbeiten und bekomme wenig zu essen."

„Bagus weiß, was sie tut", sagte Vater. „Ich bin froh, dass sie sich um dich kümmert."

„Aber sie hat mich an einen fremden Mann verkauft, einen Moslem!“

„Unsinn! So etwas würde Bagus nie tun! Schau sie doch an!“

Und in diesem Augenblick tänzelte Bagus herein. Sie trug einen Sarong aus himmelblauer Seide und hatte eine weiße Orchidee in ihr Haar gesteckt. Sie lächelte ihr berühmtes Bagus-Lächeln, mit dem sie sich schon immer die Menschen unterworfen hat.

„Gehorche ihr!“, donnerte mein Vater. „Sie ist deine ältere Schwester!“

Bagus drehte sich zu mir und ihr Lächeln erlosch. Ihr Gesicht wurde hart und alt und bekam Furchen, sodass sie Asam ähnlicher sah als sich selbst. Auch die Stimme war die des Zauberpriesters.

„Du hast an den Göttern gezweifelt!“, schrie sie. „Dafür wirst du bestraft. Du musst den alten Mahmud heiraten und ihm die Fußsohlen küssen.“ Sie packte mich an der Schulter und drehte mich um.

Vor mir stand ein unglaublich dicker, kleiner Mann, der keine Haare hatte, dafür aber so große Ohren, dass er wahrscheinlich nie einen Hut tragen konnte. Sein Gesicht war von Warzen übersät und auf jeder Warze wuchs ein Büschel Haare. Seine Hände waren schwarz von Altersflecken und seine Fingernägel lang wie Vogelklauen. Er kicherte und winkte mich zu sich. Aber ich wollte nicht näher kommen. Stattdessen wich ich zurück, Schritt für Schritt, wobei ich ihn nicht aus den Augen ließ.

Das Dorf versank im Nebel, auch Bagus war nicht mehr zu sehen, nur noch der Alte, der mit seinem spitzen Zeigefinger winkte und dabei kicherte. Hinter mir hörte ich ein Brausen, aber ich wagte nicht, den Blick von dem Alten zu wenden und ging rückwärts, ohne zu wissen, wohin.

Ich trat ins Leere und konnte mich gerade noch an einer Wurzel festhalten. Vorsichtig sah ich hinab. Unter mir klaffte ein Abgrund, aus der Tiefe drangen Nebelschwaden.

„Ist das der brennende Berg?“, rief ich. Meine Stimme hallte, als würde sie von vielen Felsen zurückgeworfen.

„Ja“, rief mein Vater von weit her. „Aber das Feuer ist kalt. Du wirst nicht verbrennen, sondern erfrieren.“

Bagus lachte hässlich und dann tauchte der Kopf des Alten auf und drohte mir mit dem Zeigefinger und meckerte: „Das kommt davon, das kommt davon.“ Er bückte sich und grub mit seinen langen Fingernägeln die Erde auf, die die Baumwurzel hielt. Sie lockerte sich und gab nach.

Ich stürzte in die Tiefe . . .

&

Mit einem Schrei erwachte ich und musste erst darüber nachdenken, was ich da tat – am Boden in einem fremden Zimmer neben einem hohen Bett. Draußen war es dunkel, wahrscheinlich hatte ich lang geschlafen. Ich knüpfte meinen Sarong neu, dann öffnete ich die Tür und lauschte in das Treppenhaus. Von unten drangen Stimmen herauf. Ich erkannte Kiri und lief eilig die Treppe hinunter.

„Da bist du ja, mein Kleines!“, sagte er. „Bagus hat mir erzählt, du wärst weggelaufen und ich sollte dich wieder nach Hause bringen.“

„Nein, Kiri. Ich bin nicht weggelaufen. Bagus hat zwei Männer geholt, die wollten mich mitnehmen und mit einem fremden Mann verheiraten. Sie hat dafür von den Männern Geld bekommen.“

„Was redest du denn da! So einen Unsinn habe ich noch nie gehört! Bagus ist deine Schwester, sie würde dir nie etwas Böses tun!“

Wieder einmal wunderte ich mich darüber, wie Bagus die Menschen in ihrer Umgebung täuschen konnte, sogar den Mann, der mit ihr auf einer Matte schlief. Dabei hatte Kiri früher als der klügste Mann im Dorf gegolten.

Die Frau des Doktors sagte: „Ich glaube, dass Jati die Wahrheit spricht. Wir haben die Männer gesehen, die nach ihr gesucht haben. Die sind zu allem fähig!“

„Aber dann hätte mir Bagus davon erzählt. Sie tut nichts, ohne mich vorher zu fragen!", behauptete Kiri. Auf einmal tat er mir Leid. Wahrscheinlich liebte er Bagus wirklich und hatte doch nie in ihr Herz geschaut.

„Ist Ayam schon zurückgekommen?", fragte ich.

„Nein, aber er hat mir durch Jusef etwas für dich gegeben. Es ist ein Beutel mit Orangen. Ich habe ihn zu Hause gelassen."

„Bitte, Kiri, würdest du mir den Beutel holen? Es ist sehr wichtig!"

„Aber du kannst doch selbst mit mir kommen. Ich werde darauf achten, dass dir nichts geschieht. Du wirst sehen, dass die Männer nicht mehr auftauchen. Wenn es sie überhaupt gegeben hat, was ich mir nicht vorstellen kann, dann werden sie nicht wagen, dir etwas anzutun, solange ich dabei bin."

„Ja, aber du gehst morgen früh wieder zur Arbeit. Und wenn die Männer dann kommen, bin ich ohne Schutz."

Kiri schlug sich mit der Faust in die Hand und zog die Lippe ein. Er blickte von der Frau des Doktors zu mir und schüttelte immer wieder den Kopf. Da hörten wir ein Geräusch an der Tür. Der Doktor kam herein.

„Das ist mein Onkel Kiri", sagte ich. „Er glaubt nicht, dass die beiden Männer hinter mir her waren."

Der Doktor betrachtete Kiri ernst, dann sagte er: „Jati spricht die Wahrheit. Sie ist eine gute Badui."

„Das sind wir alle!", fuhr Kiri auf, aber er vermied meinen Blick.

Der Doktor sagte: „Ich habe diese Männer gesehen. Ich glaube, sie gehören zu einer Bande. Man sollte sie nicht unterschätzen. Deshalb werden wir Jati mit nach Jakarta nehmen. Wenn sie hier bleibt, wird man sie wieder fangen."

Kiri wandte sich zu mir. „Und du willst wirklich fort von hier?"

Ich zuckte die Achseln. „Mir bleibt keine Wahl. Die Eltern sind tot, ich wurde aus dem Dorf verbannt. Bei euch kann ich auch nicht bleiben."

„Aber wenn Bagus verspricht, dass sie dich nie mehr –"

„Ich kenne meine Schwester. Von außen ist sie saftig und süß wie eine reife Mango, aber der Kern ist hart und er hat scharfe Kanten."

Kiri kaute auf seiner Unterlippe, dann seufzte er. „Wie du willst. Ich werde dich vermissen. Und nicht nur ich – auch Ikan und Malam und Ayam. Du fehlst uns schon jetzt."

Plötzlich sah ich ihn nur noch verschwommen. Ich musste dreimal zwinkern, bis die Tränen abgelaufen waren und ich wieder klar denken konnte. „Ihr werdet mir auch fehlen, Kiri. Bitte grüß Bagus von mir. Und könntest du mir noch den Beutel mit den – Orangen holen?"

„Aber Jati, dein Onkel ist müde von der Arbeit. Willst du ihn wirklich den weiten Weg hin- und herschicken nur wegen einem Beutel Orangen? Sieh her, wir haben so viele. Du kannst einige von uns haben."

„Kiri, ich brauche *diesen* Beutel mit *diesen* Orangen. Bitte nimm ihn gleich an dich, bevor meine Schwester ihn sieht."

Er nickte. „Das letzte Stück Heimat. Ich verstehe dich. Morgen fahre ich eine Stunde früher los, dann kann ich dir den Beutel bringen, bevor ich zur Arbeit fahre."

Als er gegangen war, saßen wir miteinander am Esstisch. Die Frau des Doktors hatte Reis mit Bohnen und Zwiebeln gekocht und das schmeckte mir so gut wie ein Festmahl. Ab und zu dachte ich an meine „Orangen" und hoffte inbrünstig, dass Bagus ein anderes Ziel für ihre Neugier gefunden hatte und nicht etwa in diesem Beutel herumkramte.

Doktor Meier setzte sich an ein Möbel, das er „Schreibtisch" nannte und kritzelte viele Papiere voll. Immer wieder stellte er mir Fragen, die ich nicht beantworten konnte: „Wann bist du geboren? Wo? Wie heißen deine Eltern? Wann haben sie geheiratet? Wo? Wie heißen deine Geschwister? Wann wurden sie geboren?"

Weil ich so wenig über mich wusste, fuhr er sich mit beiden Händen in die Haare und rief: „Jati! Du musst uns helfen! Ohne Papiere bist du niemand!"

Seine Frau trat neben mich und legte mir den Arm um die Schultern. „Überleg mal. An wie viele Regenzeiten kannst du dich erinnern? Welche Früchte waren gerade reif?“

Aber das half uns auch nicht weiter, weil in unseren Gärten das ganze Jahr über Früchte reifen. Wir ernten drei- oder viermal, bevor die nächste Regenzeit kommt. Schließlich schrieb Doktor Meier irgendwas auf seine Papierbögen, von dem er dachte, das könnte stimmen.

Er las es mir vor und ich nickte feierlich. Bald würde ich jemand sein.

„Mach dir keine Sorgen, Jati, du bist hier in Sicherheit und du wirst sehen, morgen früh ist alles gut“, sagte die Frau des Doktors.

Aber sie irrte sich.

Angst

Kiri kam am nächsten Morgen, wie er es versprochen hatte. Er musste aber sofort weiterfahren, damit er nicht zu spät zur Arbeit kam. Sobald er fort war, legte ich den Beutel mit den Orangen auf den Esstisch und schüttete ihn aus. Tatsächlich, ganz unten kam etwas Hartes zum Vorschein. Ayam hatte alle Orangen mit Bananenblättern umwickelt und den Opal in eine ausgepresste Orange gesteckt, sodass man ihn nicht auf den ersten Blick sehen konnte. Ich seufzte vor Erleichterung, dass er meiner Schwester nicht in die Hände gefallen war.

„Sumeiken!" Die Frau des Doktors hatte mir ihren Namen verraten und ich durfte sie damit rufen, als wäre sie meine ältere Schwester. „Hier ist mein Opal!"

Sie kam sofort gelaufen und sagte: „Oh . . . So etwas Schönes habe ich noch nie gesehen." Wir setzten uns und betrachteten den großen Stein von allen Seiten. Auf einmal klopfte es an der Tür. Sumeiken zeigte mit dem Kopf zur Tür, die ins Treppenhaus führte und drückte mir den Stein in die Hand.

„Geh nach oben", flüsterte sie. „Niemand soll dich hier sehen."

Ich lief die Treppe hinauf und suchte ein Versteck. Von unten hörte ich laute Männerstimmen und eine davon kannte ich: sie gehörte dem Mann, der so abscheulich grinste – sie hatten mich gefunden! Die Angst überfiel mich wie der Mittagsregen und hielt meine Hände und Füße fest, sodass ich nicht einen Schritt weiterkam.

Wahrscheinlich ist es am besten, wenn ich runtergehe, dachte ich. *Denen kann man nicht entkommen. Sie sind zu schlau.*

Aber dann fiel mir David ein, der mein Herz besaß. Endlich hatte ich eine echte Chance, mit ihm nach Deutschland zu fahren und immer in seiner Nähe zu sein. Sollte ich das kampflos wegwerfen? Nein!

Ich schlich mich in das Zimmer, in dem Sumeiken mit ihrem Mann schlief. Es hatte eine Glastür, die auf einen Vorbau führte. Von diesem Vorbau aus konnte man über eine steile Treppe nach unten in den Garten gehen. Und die hintere Gartenpforte führte auf die Straße. Die Glastür ließ sich ganz leise öffnen. Ich zog meinen Sarong über eine raue Stelle am Geländer, sodass ein paar Fäden daran hängen blieben. Wer nach Spuren suchte, musste denken, ich wäre hier vorübergelaufen. War das eigentlich eine Lüge? Nein, eher eine List.

Dann lief ich in das Nebenzimmer und betrachtete den hohen Schrank. Oben hatte man einen kunstvoll geschnitzten Aufbau angebracht, und dahinter lagen einige Stoffbündel und Schachteln. Ich sprang vom Bett aus hoch und konnte mich an den Schnitzereien hinaufziehen. Dann schob ich die Stoffbündel so zurecht, dass ich dahinterkriechen konnte.

Kaum hatte ich mich flach hingelegt, als auch schon die Tür aufgestoßen wurde. Schwere Schritte kamen herein, gerade auf den Schrank zu.

Herz, klopf leise, dein Bumm-Bumm-Bumm ist im ganzen Haus zu hören!

Knarrend öffnete sich die Tür unter mir, jemand wühlte in den Kleidern herum. Seide raschelte, dann wurde die Tür wieder zugeschoben. Die Schritte durchquerten den Raum, Möbel wurden herumgerückt. Er ließ die Tür offen, als er hinausging, so konnte ich hören, was in den anderen Räumen geschah. Dann ein Ruf: „Sie ist über den Balkon abgehauen!"

„Woher weißt du das?" Grinsemann. Ich sah ihn in Gedanken vor mir und schauderte.

„Hier im Geländer sind ein paar Fäden von ihrem Fetzen."

„Siehst du sie irgendwo?"

„Nein, sie muss im Garten sein. Im Gebüsch oder hinter den Bäumen. Hier im Haus ist sie nicht. Wir haben alles durchsucht."

„Also schaut im Garten nach. Und haltet die Alte in Schach. Wir brauchen sie als Geisel."

Keine Ahnung, was eine Geisel war, sicher nichts Angenehmes.

Der Mann grunzte. „Wir haben sie an den Stuhl gefesselt und geknebelt. Sie wollte uns nicht sagen, wo diese kleine Hure hingelaufen ist."

„Ihr müsst immer übertreiben!", schimpfte Grinsemann. „Seid bloß vorsichtig mit ihr. Ihr Mann ist mit dem deutschen Konsul befreundet. Wenn der Ärger macht, dann geht es uns schlecht. Nehmt ihr den Knebel ab und gebt ihr etwas zu trinken."

„Aber dann schreit sie uns die Nachbarn zusammen."

„Die nicht", sagte Grinsemann. „Das ist keine Frau, die rumjammert. Man kann vernünftig mit ihr reden."

„Nicht so eine Ziege wie diese Bagus", sagte der andere. „Die hat immer noch nicht gemerkt, dass ihr mit falschem Geld bezahlt habt. Wie habt ihr überhaupt rausgefunden, dass die Meiers das Mädchen haben?"

„Eben von dieser Bagus. Die hat gestern gesehen, wie die kleine Hure in einem schwarzen Mobil vorbeigefahren ist. Dann hat sie ihren Mann ausgequetscht. Der Trottel hat nichts gespannt. Er wollte heute wieder zu der Kleinen fahren und ihr was bringen. Wir brauchten uns nur an seine Fersen zu heften. Er hat nichts gemerkt."

„Und wie habt ihr die Bagus zum Quatschen gebracht?

„Wir mussten etwas nachhelfen." Ich hörte an der Stimme, dass Grinsemann wieder grinste. „Ich bot ihr nochmal das Gleiche wie gestern, da konnte sie nicht Nein sagen."

„Das Gleiche . . ."

„Genau. Natürlich wieder Blüten. Falschgeld für eine falsche Schwester." Jetzt lachten beide.

„Geschieht ihr Recht", meinte der andere Mann. „Meine Frau würde so etwas nie tun."

„Kunststück! Die hat ja auch keine Schwester!" Wieder lachten sie und gingen hinaus.

&

Ich weiß nicht, wie lange ich auf diesem Schrank geblieben bin. Noch einmal kam einer der Männer herein und kletterte auf einen kleinen Schemel, tastete die Stoffballen ab, unter denen ich lag. Ich biss in meine Hand und hielt den Atem an.

Himmelsgott, hilf mir! Nur noch dieses eine Mal!, flehte ich.

Als die tastende Hand beinahe mein Haar erreicht hatte, fluchte der Mann und rutschte ab. Der Schemel hatte unter seinem Gewicht nachgegeben und war zerbrochen. Die schweren Schuhe polterten nach draußen.

„Ich hab dir doch gesagt, Chef, hier ist niemand!“, meuterte der Mann. „Beinah hätt ich mir das Genick gebrochen, ich habe keine Lust mehr.“

„Aber draußen haben wir das Mädchen auch nicht gefunden“, rief ein anderer. „Sie kann sich doch nicht weggezaubert haben!“

„So eine Wildkatze! Wenn sie das bei Mahmud probiert, springt er im Viereck und wir müssen es ausbaden“, brummte Grinsemann. „Vielleicht ist es am besten, wenn wir verduften. Mit dem Doktor ist nicht zu spaßen. Sicher hetzt er uns die Polizei auf den Hals, wenn er nach Hause kommt und merkt, dass wir seine Frau ein bisschen ausgefragt haben.“

Ich dachte an meinen Traum vom brennenden Berg, in dem man erfrieren konnte. Welche Qualen hatten sie Sumeiken zugefügt? Am liebsten wäre ich vom Schrank heruntergesprungen und zu ihr gelaufen, aber dann hätte sie umsonst gelitten. Deshalb biss ich auf meine Knöchel und zwang mich, ganz still in meinem Versteck abzuwarten.

Die Männer polterten die Treppe hinunter. Ihre Stimmen wurden leise, dann hörte ich, wie die Eingangstür ins Schloss fiel, aber ich wagte mich immer noch nicht herunter.

Nach einer Weile rief Sumeiken auf Deutsch: „Jati, wenn du da irgendwo bist, dann bleib in deinem Versteck!“

Eine Männerstimme murmelte irgendetwas. Darauf Sumeiken auf Indonesisch: „Jati, wenn du dich im Haus versteckt hast, dann komm heraus.“ Es klang überhaupt nicht einladend und ich begriff, dass sie gezwungen wurde, so etwas zu sagen. Wieder auf Deutsch: „Ein Mann ist immer noch da!" Von unten lautes Klatschen. Sumeiken auf Indonesisch: „Warum schlägst du mich? Du hast mir doch befohlen, nach Jati zu rufen."

Die Männerstimme: „Aber nicht in einer Sprache, die ich nicht verstehe!"

„Jati versteht sie."

„Das ist es ja! Woher soll ich wissen, was du gesagt hast?"

„Tja . . ."

Wieder hörte ich lautes Klatschen.

„Hör auf, mich zu schlagen. Wenn mein Mann nach Hause kommt, wird er dich bestrafen. Es ist sehr gefährlich, Diplomaten zu belästigen", warnte Sumeiken.

„Ich weiß nicht, was Diplomaten sind", grunzte der Mann. „Am liebsten würde ich dich abmurksen."

„Dann könntest du den Rest deines Lebens im Kerker verbringen. Die Gefängnisse sind wirklich gemütlich, es wird dir gefallen. Fauliges Stroh am Boden und Ratten, die dir nachts die Zehen anknabbern."

„Halt den Mund!", brüllte er, aber es schwang auch eine Spur von Angst in seiner Stimme.

„Wahrscheinlich musst du sowieso dorthin", sagte Sumeiken. „Mein Mann wird gleich kommen und er ist heute nicht allein. Er bringt noch einen anderen Doktor mit. Du kennst ja die fremden Doktoren mit ihrer Medizin."

„Können sie – zaubern?"

Sumeiken zog die Nase hoch. „*Du* würdest es wahrscheinlich Zauberei nennen. Sie können dein Bild auf Papier bannen und dann tun sie damit, was ihnen einfällt."

„Davon habe ich schon gehört . . . Und was machen sie dann mit meinem Bild? Werden sie meine Seele in den brennenden Berg werfen?"

Stille.

„Frau, sag doch! Oder werden sie meine Seele in einen Stein bannen?"

Sumeiken sagte ruhig: „Du kannst selbst entscheiden, was

mit deiner Seele geschieht. Wenn du immer andere Menschen verletzt, dann wirst du auch ein schlimmes Ende haben. Aber wenn du dich änderst und deine Mitmenschen von jetzt an gut behandelst, dann findest du Glück und Freude. Hast du das begriffen?"

Der Mann murmelte etwas.

„Kannst du lesen?"

„Etwas . . ."

„Binde mich los, dann gebe ich dir ein Buch. Darin findest du den Weg zum Frieden. Wenn du den Gott des Himmels gefunden hast, dann wird es deiner Seele gut gehen. Und auch deinem Körper. Und deiner Familie."

Also glaubt Sumeiken auch an Davids Gott.

„Meine Kinder . . . ich habe sie schon seit Regenzeiten nicht gesehen. . ."

„Und deine Frau?"

„Sie ist tot. Sie starb bei der Geburt unserer kleinen Tochter. Sie konnte das Kind nicht zur Welt bringen."

So wie damals die Frau des Töpfers. Wie gut, dass David helfen konnte.

Sumeiken sagte sanft: „Das tut mir sehr Leid. Kann ich etwas für dich tun?"

„Vielleicht hilft mir dein Buch. Bitte gib es mir."

„Gern." Eine Schublade wurde aufgezogen. Die Stimmen entfernten sich, dann klappte die Eingangstür.

Etwas später ein leichter Schritt auf der Treppe. „Jati? Sie sind wirklich weg. Wo bist du?"

Endlich konnte ich es wagen, den Kopf zu heben. „Hier bin ich."

Sumeiken lachte. „Da oben hast du dich versteckt! Sehr gut! Darauf wäre ich nie gekommen."

„Sumeiken, was haben sie mit dir gemacht? Du blutest!"

Sie ging hinüber zu einem Wandspiegel. „Ach, das . . . Ein bisschen Nasenbluten."

„Du hast dich für mich schlagen lassen. Warum?"

Sie zuckte die Achseln. „Sie wollten mich zwingen. Ich

lasse mich nicht gern zwingen. Ich bin froh, dass ich frei bin."

„Aber wenn du mich verraten hättest, dann müsstest du jetzt keine Schmerzen ertragen."

„Was sollte ich ihnen denn verraten?", lächelte sie. „Ich wusste doch nicht, wo du warst. Wirklich nicht."

Und als sie sah, dass ich herunterklettern wollte: „Weißt du was, bleib noch ein bisschen auf dem Schrank. Zur Sicherheit. Bis mein Mann wieder da ist. Und David. Wir wollen ihn überraschen."

O ja.

Das Wiedersehen

Die Stimmen weckten mich: Doktor Meier und David waren gekommen. Sumeiken klapperte unten mit Tellern und Besteck herum und erzählte von der Entführung und meiner Flucht durch den Wald.

David rief: „Sie haben sie doch nicht etwa gefangen? Mein kleines Mädchen!“

Sumeiken sagte: „Keine Sorge, sie haben sie diesmal nicht erwischt. Aber wie lange kann das noch gut gehen?“

Und Doktor Meier sagte: „Das sind gefährliche Leute. Man darf sie nicht unterschätzen. Es wird Zeit, dass wir Jati hier wegbringen.“

„Aber wie und wohin?“, fragte David. Seine Stimme klang aufgeregt. *Er macht sich Sorgen um mich!* Plötzlich kribbelte es in meinem Bauch, als hätte ich Ameisen verschluckt.

Die anderen schwiegen. Ich hörte Schritte, als würde einer im unteren Zimmer auf und ab marschieren. Wenn David aufgeregt war, dann konnte er nicht still sitzen – er musste herumlaufen. Wahrscheinlich hatte er wieder die Hände auf dem Rücken verschränkt und das Kinn vorgeschoben, als müsste er sich gegen den Wind stemmen . . . o David!

Nach einer Weile sagte er: „Wenn ich könnte, würde ich sie mitnehmen.“

„Nach Deutschland?“, wollte Sumeiken wissen.

„Ja. In Jakarta würde sie unter die Räder kommen. Dort kenne ich niemanden, dem ich sie anvertrauen könnte. In Frankfurt habe ich viele Bekannte, dort könnte ich sie leicht unterbringen – als Haushaltshilfe oder Kindermädchen.“

Sumeiken seufzte. „David, ich glaube, du hast vergessen, mit wem du es zu tun hast. Jati ist die Tochter eines Häuptlings. Ich kenne die Geschichte unseres Landes gut. In Europa wäre sie eine Komtesse oder Baronesse oder sogar eine Prinzessin. Die Badui sind ein stolzes Volk. Sie leben heute bewusst auf einer niedrigen Stufe, aber sie haben eine große Vergangenheit. Du kannst Jati nicht als eine Hausangestellte arbeiten lassen. Sie würde dabei zu Grunde gehen."

„Aber ich habe doch gesehen, wie fleißig und sauber sie arbeitet!"

„Das hat sie für dich getan, das ist etwas anderes. Du weißt ja, dass sie . . . sehr an dir hängt."

David murmelte etwas, was ich nicht verstehen konnte.

„Also gut", sagte Doktor Meier. „Darüber könnt ihr euch einigen, wenn ihr in Deutschland seid. Du bist für das Mädchen verantwortlich und ich weiß, dass du die Situation nicht zu deinem Vorteil ausnutzen wirst."

„Ich verspreche euch, dass ich sie beschützen werde, als wäre sie meine kleine Schwester!", rief David.

Mein Herz setzte einen Schlag aus. Also würde er mich mitnehmen. Ich durfte bei ihm bleiben! Was ich mir ersehnt hatte, das alles würde nun endlich wahr werden. Und doch schmeckte mir diese Nachricht wie die Frucht vom Nadelstrauch – sobald du sie in den Mund gesteckt hast, spürst du kleine, spitze Stacheln auf der Zunge. Sicher wollte ich lieber bei David sein als irgendwo sonst auf der Welt, aber als seine kleine Schwester?

Doktor Meier fragte: „Warum hast du den Tisch für vier Personen gedeckt, Sumeiken? Bekommen wir Besuch?"

Sumeiken rief und ich begriff, dass sie mich damit rufen wollte: „Jawohl, wir bekommen Besuch. Ganz lieben Besuch. Eine Überraschung."

„Aha . . .", murmelte David. „Kenn ich die Überraschung?"

Mit einem Satz war ich vom Schrank gesprungen und in das Zimmer gelaufen, in dem noch mein Bündel lag. Ich zog den Sampur heraus, den ich von meiner Großmutter geerbt habe. Der Stoff war etwas verknautscht, aber das Batikmuster würde davon ablenken. Ich schüttelte die Seide aus und wickelte sie sorgfältig, knüpfte den schönsten Festtagsknoten, den ich konnte. Im Badezimmer fand ich eine Bürste und fuhr mir hastig durchs Haar, ohne einen Blick in den großen Spiegel zu werfen. Ich wagte es nicht.

&

Sie saßen schon am Tisch, als ich die Treppe herunterschlich. David kehrte mir den Rücken zu und bemerkte mich nicht. Doktor Meier zog die Augenbrauen hoch und lächelte, Sumeiken zwinkerte mir mit dem rechten Auge zu und winkte. Nun drehte sich auch David um.

„Jati!“, schrie er und sprang auf, dass sein Stuhl umfiel. Er breitete die Arme aus und ich warf mich hinein. Er hielt mich lange und ich spürte, wie mein Herz an seiner Brust ruhig wurde und die Angst von mir abfiel wie ein mürber Sarong, dessen Knoten sich gelöst hat. Er strich mir übers Haar.

„Du hast ja Schreckliches durchgemacht. Und ich bin daran Schuld! Ich hätte dich nicht zu deiner Schwester bringen sollen!“

„Du hast es nicht gewusst. Niemand konnte das voraussehen“, sagte ich.

Er trat einen Schritt zurück. „Du siehst anders aus – irgendwie – erwachsen . . .“

Wieder zwinkerte Sumeiken. *Ich muss das auch einmal üben. Es sieht toll aus.*

Doktor Meier stand auf und ging zu seinem Schreibtisch herüber. „Ich habe gute Nachrichten für euch. Das deutsche Konsulat hat Jati Reisepapiere ausgestellt und einen Pass. Sie kann mit dir mitfliegen, David, wenn du willst.“

„Ja, natürlich will ich das, nur . . .“ , er zog die Unterlippe ein und rieb sich die Stirn.

„Nur was?“

„Es ist mir peinlich, aber ich habe kein Geld mehr. Meine Ersparnisse sind bis zum letzten Pfennig ausgegeben.“

„Was sind ‚Ersparnisse‘? Ist das so was wie ein Schatz, den man hinter der Hütte vergräbt oder an einem geheimen Platz aufbewahrt?“

„So ähnlich, Jati. Ich konnte die Edelsteine verkaufen, die ich in deinem Dorf bekommen habe. Aber das reicht nur für meine Rückfahrt, verstehst du?“

Diesmal zwinkerte ich Sumeiken zu und ich glaube, es klappte schon ganz gut. Man kann alles lernen, wenn man will.

„Warte einen Augenblick, ich hole etwas . . .“

Den kleinen Beutel mit dem Familienschatz hatte ich unter die Wäschestücke gelegt, die mir Sumeiken geschenkt hatte. Die bösen Männer hatten ihn zum Glück übersehen, als sie den Schrank durchwühlten. Aber wo war der Opal geblieben? Wo hatte ich ihn in der Angst und Eile hingetan? Noch einmal der Sprung auf den Schrank – die Stoffballen zur Seite geräumt, alles gründlich abgetastet.

„Jati, wo bleibst du? Wir wollen mit dem Essen beginnen!“, rief David.

Hier oben war es heiß. Der Zwischenraum zur Decke erlaubte nicht, dass ich mich hinsetzte, ich musste im Liegen arbeiten. Schließlich warf ich die Stoffe herunter. Beim letzten Ballen hörte ich etwas Hartes auf den Boden aufschlagen. Erst als der Stoff zur Hälfte abgewickelt war, kam mein Opal zum Vorschein. Ich klemmte ihn in einer Faltentasche fest und brachte den Beutel herunter.

Keiner sagte etwas, als ich die kostbaren Steine auf den Tisch legte, einen nach dem anderen. Zum Schluss zog ich den Opal heraus. Da stieß der Doktor die Luft aus und sagte: „Fantastisch! Einfach umwerfend!“

Sumeiken sagte: „Das ist der Familienschatz einer Prinzessin. Begreifst du nun, David?“

Er nickte und holte tief Luft. „Jati, ich will nicht, dass du deinen Familienschatz opferst. Diese Steine gehören dir.“

„Ich brauche sie nicht mehr, wenn ich mit dir gehe“, sagte ich. „Erinnerst du dich an das Fest in unserem Dorf? Damals hat dir meine Mutter einen Blumenkranz um den Hals gelegt und meinen Kopf darunter gesteckt. Weißt du immer noch nicht, was das bedeutet?“

David seufzte. „Jati, das hast du mir schon oft erklärt. Ich bin nach eurem Brauch mit dir verheiratet. Aber unsere Bräuche sind anders. Meine Welt ist anders. Du wirst mich verstehen, wenn du eine Weile in Frankfurt gelebt hast."

„Aber jetzt leben wir noch in meiner Welt", sagte ich. „Und nach dem Brauch der Badui gehört alles, was ich bin und was ich habe – dir. Ich habe mich an dich verschenkt. Und auch den Familienschatz. Davon kannst du die Fahrkarte kaufen. Vielleicht bleibt sogar noch etwas übrig."

Doktor Meier räusperte sich. „Ich kenne einen Händler in Jakarta, der ehrliche Preise macht. Wir werden ihn aufsuchen. Übrigens habe ich den Flug für Jati bereits gebucht und bezahlt."

„Aber von welchem Geld?!?"

„Ich hatte noch ein paar *Ersparnisse*", lächelte er.

„Das – das kann ich nicht – nicht annehmen! Du und deine Frau, ihr habt schon so viel für mich getan!", rief ich. „Dabei bin ich eine Fremde für euch! Warum tut ihr das?"

„Weil wir dich lieb haben", sagte Sumeiken, und der Doktor nickte dazu.

David nahm meine Hand. „Du brauchst dir keine Sorgen zu machen. Wir werden die Steine morgen schätzen lassen."

„Ich möchte euch dieses Geld ersetzen", beharrte ich.

„Also gut, wir werden uns morgen einigen. Jetzt wollen wir erst einmal essen. Der Reis ist schon beinahe kalt", sagte Sumeiken.

Sumeiken hatte inzwischen Reis und Bohnen auf den Tisch gestellt. Schon wieder?

Dabei dachte ich, sie wären reich, weil sie ein Mobil fahren und in diesem schönen Haus leben. Aber sie essen wie arme Leute, schoss es mir durch den Kopf. *Sogar die Mattenflechterin Kecil mit dem krummen Rücken aß mehr Früchte und Gemüse und hatte Abwechslung auf ihrer Essmatte. Ich werde dafür sorgen, dass sie mehr als ihre Ersparnisse zurückerhalten. Sie haben mir ein neues Leben geschenkt. Dafür sollen sie auch alles haben, was ich besitze.*

&

Nach dem Essen redeten die beiden Männer über ihre Arbeit. Mir fielen darüber die Augen zu. Ich spürte noch, wie mich jemand die Treppe hinauftrug und auf das weiche Bett niederlegte. Dann fiel ich in einen tiefen, traumlosen Schlaf.

Abreise

Am nächsten Morgen weckte uns Sumeiken schon vor Sonnenaufgang. Sie hatte mir einen Beutel mit Tragegriff geschenkt, den man oben mit einer geheimnisvollen Metallschiene verschließen kann. Das geht so: zwei eiserne Wege, die kleine Zähne tragen, werden nebeneinander gelegt. Dann fasst man ein Zipfelchen an, das auf einem eisernen Wagen befestigt ist, und zieht kräftig daran. Der kleine Wagen fügt die Zähne der beiden Schienen aneinander, bis sie sich festgebissen haben. Zum Öffnen muss man den Wagen wieder zurückführen. Zuerst dachte ich an Zauberei, aber Sumeiken hat mir erklärt, dass es in Davids Welt vieles gibt, was ich noch nicht kenne. Das alles hätten sich Menschen ausgedacht, um das Leben leichter und schöner zu machen, meinte sie.

Manches davon gefällt mir sehr gut: die Wanne, bei der das Wasser aus der Wand kommt, der Gasherd, die eisernen Zähne . . . Allerdings weiß ich noch nicht, ob ich das Mobil gut finde. Ohne Mobil hätten mich die bösen Männer nicht so einfach wegschleppen können. Aber ohne Mobil wäre David nie zu Jusefs Hütte gekommen. Es gefällt mir, dass man mit dem Mobil so schnell von einem Ort zum anderen reisen kann. Aber es gefällt mir nicht, dass die Maschine dabei einen solchen Lärm veranstaltet, als wäre sie ein Tier, das getreten wird, und dass sie hinten einen stinkenden Qualm ausstößt, der noch lange zwischen den Bäumen hängt, wenn das Mobil schon längst außer Sicht ist.

In unserem Dorf war das Leben leichter – was richtig und was falsch war, das bestimmten die Götter oder die Menschen, die sich als ihre Boten sahen. Man brauchte nicht lange darüber nachzudenken. In Kiris Stadt im Gebiet der äußeren Badui musste man viel mehr überlegen. Wie würde es erst in Jakarta sein?

Wir fuhren viele Stunden lang durch den Wald. Sumeiken

saß neben mir auf dem hinteren Sitz und erzählte mir viel über die Welt, in der David lebte. Aber ich hörte nicht richtig zu, weil ich daran denken musste, was in den letzten Monaten alles geschehen war.

Dann mündete die schmale Straße in eine breite, auf der viele verschiedene Mobile fuhren, kleine und sehr große, und auch Motorräder sah ich und dachte an Kiri. Einige Wimpernschläge lang tat er mir leid, aber dann erinnerte ich mich an Malam und ihre Tränen – seine Strafe hieß Bagus.

&

Die Häuser wurden höher, ihre Wände wuchsen an der Straße empor wie kahle Felswände im Bergland. Jetzt konnte das Mobil nur noch langsam fahren. Unzählige Menschen drängten sich durch die Gassen und an den Straßenrändern. Zwischen den Marktständen standen und gingen „Fünf-Fuß-Händler", die ihre Ware mit sich herumtrugen. Eine Frau, die den Namen „Melati" auf ihren Sarong gestickt hatte, bot „Jamu" an. Das sind Heilmittel, die sie aus Pflanzen braut. Als unser Mobil halten musste, fragte ich sie, woraus sie ihre Medizin macht. „Aus Holz, aus Rinde, aus Blüten und Blättern", erklärte sie. „Möchtest du ein Jamu probieren?" Sie griff über den Kopf in den Korb, den sie auf dem Rücken trug und zog eine Flasche heraus. Die Flüssigkeit schillerte grünlich-braun und roch gallebitter.

„Nein, vielen Dank", sagte ich und zeigte auf Doktor Meier und David: „Das sind meine Doktoren." Sie war nicht beleidigt, verzog den zahnlosen Kiefer zu einem Lächeln und winkte uns nach.

Aus einer Seitenstraße kam ein Sepeda, auf dem ein großer Topf befestigt war. „Pling-pling-pling", machte der Löffel, mit dem der Händler auf einen Teller schlug. Er verkaufte heiße Nudelsuppe. Mir lief das Wasser im Mund zusammen, aber Herr Meier schüttelte den Kopf. „Wir bekommen bald zu essen, und zwar aus sauberen Tellern in einem sauberen Lokal."

Sumeiken wies mich darauf hin, dass der Händler die gebrauchten Suppenschalen und die Löffel mit einem Lappen auswischte und an seiner Schürze abtrocknete. Ich erinnerte mich an Davids Mikroskop und die vielen kleinen Tierchen . . . da verging mir der Appetit auf diese Nudelsuppe . . .

Bald darauf mussten wir wieder anhalten. Sumeiken zeigte auf einen eisernen Stamm, der statt Ästen drei verschiedene Laternen trug. Solange die rote Laterne brannte, mussten die Mobile auf unserer Straßenseite anhalten. Dafür durften die Leute über die Straße gehen. Dann flackerte ein gelbes Licht auf. Beide Laternen gingen aus und eine grüne leuchtete. Da konnten wir weiterfahren.

„So einen Laternenbaum hätte ich auch gern“, sagte ich zu David. „Dann wüsste ich immer genau, ob ich stehen bleiben muss oder ob der Weg für mich frei ist.“

Er drehte mir den Kopf zu und lächelte. „Jeder von uns hat so einen Laternenbaum in seinem Innern“, sagte er. „Wenn wir ganz still sind und in uns hineinhorchen, wissen wir ganz gut, was wir tun sollen.“

„Und wer zündet die Laternen an und wer löscht sie aus?“, wollte ich wissen.

„Das macht der Gott des Himmels. Er möchte nicht, dass jemand überfahren wird. Jeder soll zu seinem Recht kommen.“

&

Inzwischen war die Straße so breit geworden, dass in jeder Richtung fünf Mobile nebeneinanderher fahren konnten. Von draußen kam so viel Gestank herein, dass man kaum atmen konnte. Wir mussten mit einem kleinen Drehrad die Fenster nach oben kurbeln, sonst wären wir erstickt.

Endlich bogen wir in eine Straße ein, die weniger voll gestopft war. Die Häuser wurden flacher, einige hatten sogar kleine Gärten. Dann hielt das Mobil vor einem hellen, freundlichen Gebäude.

David stieg aus und öffnete mir die Tür. „Komm, Jati“,

sagte er, und seine Freundlichkeit wärmte mich wie die Vormittagssonne. Doktor Meier kam mit Sumeiken hinterher. Sie trugen Davids Koffer und meine Tasche. Zuerst wollte ich das nicht zulassen, aber sie lachten und sagten:

„Prinzessin Jati, wir sind deine Diener." Wahrscheinlich war das ein Spiel bei den Fremden.

Eine rundliche Frau öffnete die Tür und führte uns eine hohe Treppe hinauf. Oben stand ein Mann, den Doktor Meier mit „Herr Konsul" anredete. Wir setzten uns um einen großen Tisch, der Konsul klatschte in die Hände und drei Männer kamen herein und brachten große Schüsseln mit Essen.

Dieser Konsul musste ein berühmter Häuptling der Deutschen sein, weil die anderen seinen Befehlen gehorchten.

Manche Speisen kannte ich noch nicht, aber David zeigte mir, wie man das Besteck benutzen muss, und es ging ganz gut. Nur einmal vergaß ich mich und fuhr mit der bloßen Hand in die Reisschüssel. Da trat mir Sumeiken ganz leicht auf den Fuß und räusperte sich und da fiel es mir wieder ein: die große Schaufel ist zum Ausschöpfen. Die beiden Männer unterhielten sich weiter, als hätten sie nichts bemerkt, aber Davids Mundwinkel zuckten ein wenig.

Nach dem Essen legte der Herr Konsul verschiedene Bilder vor mich auf den Tisch. Er sagte: „Jati, ich habe eine große Bitte. Doktor Meier erzählte mir von deinem Abenteuer mit den Gangstern."

Wahrscheinlich merkte er an meiner gerunzelten Stirn, dass ich nicht verstand, was er meinte. Da sprach er Indonesisch mit mir:

„Ich habe erfahren, was die bösen Männer mit dir vorhatten. Vielleicht sind einige dabei, die in Jakarta wohnen und von der Polizei gesucht werden."

„Polizei?"

Er überlegte kurz, dann erklärte er mir, was das ist: „Das sind Männer wie die Wächter in deinem Dorf. Sie geben Acht, dass niemand Böses tut. Wenn jemand gegen ein Gesetz verstößt, dann fangen sie ihn und bringen ihn in ein Gebäude, aus dem er so lange nicht herauskommt, bis er seine böse Tat bereut und abgebüßt hat.“

Mir gefiel die Vorstellung, dass böse Männer eingesperrt wurden, damit sie kein Unheil mehr anrichten konnten. Hatte nicht Sumeiken von einem Gefängnis erzählt? Verfaultes Stroh am Boden und Ratten . . .

Er blätterte die Fotos vor mir auf. Nachdem ich einen ganzen Packen durchgesehen hatte, fiel mir ein Gesicht auf: „Diesen kenne ich. Es ist der Mann, der immer so abscheulich grinst. Er hat meine Schwester Bagus mit falschem Geld bezahlt. Er wollte mich an Mahmud verkaufen.“

Der Häuptling pfiff durch die Zähne. „Er arbeitet für den Dukun[1] Sudirman.“

„Für einen Zauberer?“, staunte Doktor Meier.

„Ja. Er ist hier in Jakarta sehr bekannt. Er behauptet, dass er schwer beschädigte Autos ohne menschliches Zutun reparieren kann.“

„Das ist doch nicht Ihr Ernst!“, sagte David.

„Aber ja! Wenn jemand seinen Mercedes, seinen Porsche oder Jaguar zu Schrott gefahren hat, dann bittet er Sudirman um Hilfe. Natürlich lässt sich der Dukun dafür gut bezahlen. Dann muss man seine Blechkiste unter einen bestimmten heiligen Baum stellen und einen halben Fingernagel oder ein Büschel Haare dazu legen, damit der Dukun die magische Verbindung zwischen Auto und Besitzer wieder herstellen kann.“

„Und dann?“

„Am nächsten Morgen steht das gute Stück wieder ohne Beulen und Schrammen da.“

„Sagen die Leute . . .“

„Nein, das ist keine Legende. Ich habe es selbst ausprobiert. Ich wollte diesem Sudirman auf die Schliche kommen und stellte meinen völlig zerbeulten BMW unter den heiligen

---

[1] Gaukler oder Wahrsager, Zauberdoktor

Baum. Am nächsten Morgen konnte ich ihn unversehrt wieder abholen."

„Denselben Wagen?", fragte David. Er geht den Dingen immer auf den Grund.

„Nein, natürlich nicht. Aber auf den ersten Blick sah er genauso aus. Wir konnten das gestohlene Auto zurückverfolgen und haben einen Teil der Bande geschnappt. Sie hatten eine Aufstellung über alle teuren Autos, die in Jakarta gefahren werden. Wussten genau, wo die Besitzer wohnten und wo welches Auto zu haben war. Tja, das war das Ende der Zauberei . . ."[1]

„Wie willst du den Mann finden, der so ekelhaft grinst?", fragte ich.

„Ich verständige die Polizei, damit sie das Haus von Doktor Meier bewacht", sagte der Konsul.

„Leider habe ich gestern nicht daran gedacht, auf die Fußspuren zu achten", sagte ich beschämt.

Der Konsul lachte. „Ich habe beinahe vergessen, dass du eine Badui bist! Du kannst also Spuren lesen und wieder erkennen."

„Das hat mir mein Vater beigebracht."

„Wahrscheinlich wirst du dieses Können in Deutschland nicht sehr oft verwenden können", sagte er. „Überleg es dir gut. Willst du wirklich mit David gehen?"

„Ja, ich will! Und ich kann auch für meine Reise bezahlen. Ich habe den Familienschatz mitgebracht."

Der kleine Eisenwagen trennte die Zähne meiner Reisetasche und ich zog die Steine hervor, als Letztes den großen Opal.

„Ich sammle Edelsteine", schwärmte der Konsul. „Und der Opal ist ein Vermögen wert. David, Sie haben eine reiche Frau."

„Nicht Frau, Herr Konsul, eher eine kleine Schwester", wehrte er ab.

---

[1] berichtet von Jürgen Dauth, Journalist aus Singapur, in GEO special 2, 95, S. 41

Der Konsul schaute von ihm zu mir und wieder zurück, dann zuckte er die Achseln. „Wie Sie meinen. Ich werde diese Steine für Sie verkaufen." Er zog ein flaches Buch aus seiner Brusttasche und einen Stift, den er hinten drückte. Auf einmal konnte er vorne damit schreiben. Er kritzelte geheimnisvolle Zeichen auf einen Zettel. „Hier. Dieser Scheck sollte reichen. Wenn ich mehr Geld herausschlagen kann, schicke ich es Ihnen."

„Nein. Doktor Meier und Sumeiken sollen das Geld bekommen. Sie haben mir so geholfen!", rief ich.

Wieder sah mich der Konsul seltsam an, dann lächelte er. „Weißt du was, kleine Jati? Du bist mindestens so wertvoll wie diese Steine alle zusammen."

Ich verstand nicht, was er meinte. Er beschrieb noch einen zweiten Zettel und gab ihn Doktor Meier. Der wollte ihn zuerst nicht annehmen, aber ich drängte ihn dazu. „Vielleicht kannst du damit noch einmal ein Mädchen retten." Da gab er nach.

Wieder klatschte der Konsul in die Hände. Diesmal brachte der Diener kein Essen, sondern ein großes rotes Buch. Der Konsul sagte: „Also gut. Dann wollen wir mal."

Er holte einen Papierbeutel aus dem roten Buch hervor und reichte ihn David. „Da drin ist alles, was Sie brauchen, Doktor. Ich wünsche Ihnen einen angenehmen Flug."

Flug?

„David, was bedeutet ‚Flug'?", wollte ich wissen.

„Es bedeutet, dass wir in eine eiserne Flugmaschine einsteigen und uns in die Luft erheben."

„Wir *fliegen*? Wie der Vogel Garuda?" Wie oft hatte ich davon geträumt, hatte mir ausgemalt, dass ich die Arme ausbreiten und hinauf in die Wolken tauchen würde. Und jetzt sollte das wahr werden?!

&

Es wurde wahr! Doktor Meier und Sumeiken brachten uns an den Ort, von dem die silbernen Vögel abfliegen. Es sind natürlich keine lebendigen Vögel; sie sind von Menschen gebaut, aber auf ihrem Bauch steht „Garuda".

Nachdem wir an vielen Wächtern vorübergegangen waren, die sich das kleine Buch durchlasen, das David „Pass" nennt, nachdem sie uns ernst in die Augen geguckt und geprüft hatten, ob wir wirklich die Leute waren, die in dem Pass beschrieben waren, nachdem sie David und mich abgetastet hatten und meinen zerbrochenen Kris gefunden hatten und daraufhin meuterten: „Den darf sie aber nicht mit ins Flugzeug nehmen!" und David versicherte: „Das ist keine Waffe, das ist ein Andenken an die Heimat!", nachdem wir lange in einer Halle mit vielen Thronen gewartet hatten und an einer Wächterin vorübergegangen waren, der wir unsere Zettel zeigen mussten, nach all diesen Riten durften wir endlich hinaus auf den Hof. Dort standen viele silberne Vögel. Ein großes Mobil kam und fuhr uns zu unserem Garuda. Über eine schmale eiserne Treppe kletterten wir zu einem Loch im Bauch des Garuda. Die Leute vor uns spazierten einfach hinein und verschwanden. Es sah aber nicht gefährlich aus und die Wächterin am Eingang des Loches winkte mir freundlich zu.

Im Bauch des Garuda waren viele Sessel aufgestellt, und zwar hintereinander, sodass man die Leute nicht anschauen konnte, die vor einem saßen. Ich wollte mich sofort hinsetzen, aber David führte mich weiter in die Mitte, weil dort ein Sessel stand, der die gleiche Nummer trug wie mein Reisezettel. Ich begriff eigentlich nicht, warum ich nicht auf dem ersten Sessel bleiben konnte – er sah kein bisschen anders aus. Die Welt der Fremden birgt lauter Rätsel.

Dann zeigte mir David, wie ich mich mit den breiten Seilen fesseln musste. Zuerst war ich froh, dass ich meinen Kris eingesteckt hatte – für alle Fälle. Aber dann begriff ich, dass ich diese Seile gar nicht durchzuschneiden brauchte, wenn ich frei herumlaufen wollte. Sie öffnen sich, wenn man auf eine eiserne Schnalle drückt. Die Fremden sind schlau – so müssen sie nicht ständig neue Seile anschaffen, weil sie mit dem Kris durchgesäbelt wurden.

Inzwischen waren die anderen Sessel auch besetzt. „Das sind ja mehr Menschen als in unserem Dorf", flüsterte ich David zu. „Kennst du sie alle? Wohnen sie in deiner Stadt – Frankfurt?"

„Ich kenne keinen davon", gestand er. „Und ich weiß auch nicht, wo diese Menschen wohnen."

„Warum fragst du sie nicht danach?"

„Das – das wäre unhöflich."

„Seltsam. Bei uns ist es unhöflich, wenn man *nicht* fragt . . ."

Der Silbervogel begann zu brummen. In seinen Füßen ruckte es, dann rannte er los. David erklärte mir, dass der Garuda auf Rädern läuft wie ein Mobil. Der Lärm wurde immer schlimmer und plötzlich wurde ich nach hinten in den Sessel gedrückt. Ich wollte schreien und mich wehren gegen diese unsichtbare Faust, die mich zusammenpresste, immer fester, immer drohender – aber ich konnte mich nicht rühren. Als es so schlimm wurde, dass ich meinte, gleich sterben zu müssen, nahm David meine Hand und sagte: „Hab keine Angst, gleich wird es besser."

Und er hatte Recht. Der Druck in meinen Ohren ließ nach, ich konnte wieder frei atmen und mich bewegen.

„Schau mal aus dem Fenster", sagte David. In der Wand neben meinem Sessel war ein halbrundes Fenster angebracht und mit Glas verschlossen. Ich sah hinaus. Die großen Häuser der Stadt waren plötzlich klein geworden, in den verstopften Straßen wimmelten Ameisen, winzige Mobile standen hintereinander aufgereiht, als wären es Perlen an einer Schnur.

Dann wurde der Boden schief, ich griff nach Davids Hand und rief: „Die Erde bebt! Die Welt geht unter!", aber er lachte nur.

Und dann kamen die Wolken näher und näher, so nahe, wie ich sie nie gesehen hatte, selbst auf dem Wipfel meines Lieblingsbaumes nicht. „Da sind sie! Meine Wolken! Ich habe mich so nach ihnen gesehnt!"

David drückte mir die Hand.

Der Silbervogel ruckte und bebte, während wir in die weiße Masse eintauchten. Nebelschwaden hüllten uns ein, als wären wir dem brennenden Berg zu nahe gekommen. Wo man auch hinsah war grauer Nebel. Der Vogel bebte und zitterte und schrie um Hilfe. Aber dann konnte er endlich durchbrechen und flog hinauf in den hellen Sonnenschein.

Ich sah hinab auf die zärtliche weiße Decke, die sich unter dem Vogel ausbreitete wie die Decke in Sumeikens Bett. „Lass mich aussteigen, ich möchte auf diesen Wolken gehen. Ich möchte eine Hütte darauf bauen! Ich möchte sie umarmen!"

David strich mir übers Haar und seufzte. „Jati, sie sehen so fest aus, diese Wolken. Aber sie tragen dich nicht. Sie sind nichts als Wasser, das eine andere Form angenommen hat. Wasserdampf wie beim Kochen. Nebel, verstehst du?"

Auf einmal sah ich alles nur durch einen Schleier. Zornig wischte ich die Tränen weg. „Ich habe mich so danach gesehnt, den Wolken nahe zu kommen. Ich dachte, dass der Himmelsgott darin wohnt. Ich möchte ihn endlich sehen. Ich möchte ihn fühlen."

„Das wirst du auch, Jati. Aber in den Wolken findest du ihn nicht."

„Wo denn dann?", schluchzte ich, maßlos enttäuscht.

David tätschelte mir die Hand und sagte leise: „Hab' Geduld. Warte ein bisschen."

&

Eine Wächterin in einem bunten Sarong kam zu unseren Sesseln und fingerte an einer Schnalle herum. Plötzlich klappte vor mir ein kleiner Tisch herunter. Wieder etwas, was ich nicht begriff. Eine zweite Wächterin brachte ein Tablett mit Nasi Goreng und eine Schale mit frischen Mangos. David bekam auch so ein Tablett, so konnten wir uns beide satt essen. Danach holte die Wächterin die Tabletts wieder ab und ließ den kleinen Tisch verschwinden. Es ging so schnell, dass ich gar nicht beobachten konnte, wie sie das gemacht hatte.

Ich sah noch einmal hinaus. Die Wolken waren aufgerissen. Durch die Löcher schimmerte Wasser herauf, eine endlose Fläche. War dies das Meer, von dem David erzählt hatte? Hier und dort erkannte ich grüne Punkte im Wasser, manche größer, manche kleiner, als hätte ein Riese seine Edelsteine über das Meer gestreut. Schräg vor uns kippte eine Blutorange ins Meer.

„Sieh nur, die Sonne", sagte David.

„Ist sie heiß, die Sonne?"

„Ja, sie ist sehr heiß. Man könnte sagen, die Sonne ist ein brennender Ball."

„Aber warum zischt es nicht, wenn sie ins Wasser fällt? Wenn ein Feuer erlischt, dann raucht und dampft es."

„Die Sonne stürzt nicht ins Meer. Das sieht nur so aus. Sie rutscht daran vorbei. Du musst dir vorstellen, dass unsere Erde wie eine Kugel aussieht." Er holte aus einem Netz ein großes Blatt Papier. Darauf waren verschiedene Bilder. „Hier sind wir, schau . . . das ist Java, dort sind wir weggeflogen. Jetzt sind wir ungefähr . . . da."

Ob die Erde wirklich rund war wie ein Ball, das interessierte mich auf einmal nicht mehr. Die Augen fielen mir immer wieder zu, obwohl ich sie so gerne offen halten wollte. David merkte es und holte aus einem Regal über seinem Kopf eine Decke und ein Kissen.

„So, kleine Jati. Jetzt ruh dich aus. Wir haben noch eine lange Reise vor uns." Er stopfte mir das Kissen in den Nacken und breitete die Decke über meine Knie. Von den trügerischen Wolken war nichts mehr zu sehen. Jetzt war der Himmel klar von einem Rand zum anderen. Ich schloss die Augen.

Vielleicht finde ich morgen den Himmelsgott. Vielleicht wartet er schon auf mich, irgendwo da draußen. Vielleicht hat er mein Gebet gehört und schenkt mir Davids Herz, dachte ich noch, ehe ich einschlief.

2. Teil

Weit hinterm Himmelsrand

In Frankfurt

„Deine Nase verrät dir, was im Herzen der Menschen ist", sagte mein Vater oft und glaube ihm das, denn er war klug und obendrein ein Häuptling der Badui, die immer die Wahrheit sagen. Außerdem habe ich es selbst ausprobiert. Meine Tante Malam zum Beispiel duftete nach Sesamkuchen und Honig; oft saß ich auf ihrer Essmatte und teilte ihre Mahlzeit. Als Kiri, ihr Mann, noch bei uns im Dorf wohnte, roch er nach modrigen Bäumen und Zweigen, die vom Monsunregen triefen. Bagus, meine schöne Schwester, roch aufreizend nach Ananas, ein Duft, der den Männern im Dorf das Blut durch die Adern jagte, bis sich Kiri im klebrigen Saft ihrer Leidenschaft verfangen hatte und beide aus dem Dorf gejagt wurden. In ihrer Stadtwohnung roch es muffig, nach lange nicht gelüfteten Räumen und Unzufriedenheit. Daran konnte auch mein Cousin Ayam mit seiner ewig guten Laune nichts ändern . . . Ja, und der Zauberpriester Asam stank schon von weitem nach Hinterhältigkeit und Gier; er schwitzte heftig, wenn er log, und ich kann es mir bis heute nicht erklären, wie mein Volk einen solchen Kerl jahrelang als Boten der Götter akzeptieren konnte.

David, der neben mir im Bauch des Silbervogels sitzt, strömt einen frischen Morgengeruch aus. Schon als ich ihn zum ersten Mal sah, erinnerte er mich an frisches Quellwasser, an Sonne und Wärme. Es muss wohl auch dieser gute Geruch gewesen sein, der meinen Vater bewog, die strengen Regeln der Badui zu brechen und die Hilfe eines „fremden Teufels" anzunehmen.

Ich liebe Davids Duft, der mir noch heute das Bild unserer ersten Begegnung ins Herz zaubert, dort vor der Hütte des Grenzwächters Jusef. Wahrscheinlich habe ich schon damals meine Seele an David verloren. Doch er behandelt mich wie eine kleine Schwester und ich habe kein Recht, mehr zu fordern. Deshalb muss ich meine Gefühle bezwingen. Ich vergrabe sie in meinem Innern, so wie ich früher manche Schätze im Boden unter meiner Pfahlhütte vergrub, da unten, wo nur ab und zu ein Huhn herumpickte, war meine Liebe sicher bewahrt. Denn hätte ich sie frei gelassen, wäre sie emporgestiegen, weit über den Wipfel des Eukalyptusbaumes hinaus, auf dem ich früher so gerne saß, weil man von hier aus den brennenden Berg sehen konnte und den Himmelsrand. Meine Sehnsucht wäre weit hinaufgeflogen wie der Vogel Garuda, der die Wolken durchstieß, weil er die Sonne küssen wollte.

Doch das muss mein Geheimnis bleiben, das nur einer mit mir teilt: Davids Gott, der so groß sein soll, dass er Himmel und Erde schuf und sich auch wieder klein macht und Anteil nimmt an einem Badui-Mädchen aus Java. Ich habe noch nie etwas für diesen Gott getan und trotzdem behauptet David, dass er mich mit Namen kennt und sogar lieb hat! Vielleicht kann er mir helfen, damit ich im Herzen des Mannes, dem ich ewige Treue versprochen habe, wenigstens eine kleine Schlafhütte bekomme.

David spricht immer mit großer Achtung von seinem Gott, und wenn er betet, dann strahlen seine Augen, als würde dahinter die Sonne scheinen. Sie sind sonderbar, diese Augen, blau wie die Quelle hinter unserem Dorf. Wenn Davids Gott wirklich so ist, wie ich ihn mir vorstelle, dann wird ihm mein Herzweh nicht gleichgültig sein – er muss mir einfach helfen!

Also brauche ich mich nicht vor dieser großen, fremden Welt zu fürchten, in die mich der silberne Vogel Garuda gebracht hat. David wird mich beschützen und sein starker Gott passt hoffentlich auch noch auf mich auf.

Warum sind mir dann aber die Knie so weich, als der Silbervogel auf einem großen Platz landet? Warum muss David mich stützen und aus dem Bauch des Vogels schieben bis hinaus auf die hohe Treppe ins nackte Sonnenlicht? Warum schmerzt meine Lunge vom scharfen Dunst, der mir hier entgegenschlägt? Was ist in den Herzen der Menschen, die hier zu Hause sind? Am liebsten würde ich mir die Nase zuhalten.

Nach einer Weile merke ich, woher der widerliche Gestank kommt: in die Silbervögel wird Jauche hineingefüllt. Wahrscheinlich ist diese Brühe ähnlich wie das Zeug, mit denen die Fremden ihre rennenden Eisenkästen füttern, bis sie vor Entsetzen davonlaufen. Jaja, ich weiß, David hat es mir schon zweimal erklärt: Die Eisenkästen flüchten nicht vor dem Feuer, das man in ihrem Leib angezündet hat. Sie brauchen es sogar, damit sich ihre Beine bewegen. Ich habe ja selbst schon ein paar Mal in so einem Mobil gesessen und war froh, dass es mich von den bösen Männern wegbrachte, die mich in Mahmuds Harem schleppen wollten. Und doch wird mich dieser scharfe Geruch immer an meine Flucht erinnern und an das Böse, zu dem manche Menschen fähig sind, zum Beispiel Bagus. Ich bin froh, dass ich sie nie mehr sehen muss!

Inzwischen sind wir unten an der Treppe angekommen. David führt mich zu einem großen Kasten-Mobil, das hier in Deutschland Bus genannt wird, und hilft mir hinein. Wir fahren ein Stück, dann hält der Bus und lässt uns wieder hinaus. Wir gehen durch eine Tür, die sich vor uns öffnet, ohne dass ich einen Diener sehe. In dem großen Raum stehen viele Menschen und warten. Sie haben sich um breite, flachgedrückte Schlangen herumgruppiert und schauen immerzu auf ein Loch in der Wand. Vielleicht wird ein Priester erscheinen und sie zum Gebet rufen? Das könnte ich verstehen, denn wir sind alle froh, dass sich der Silbervogel nicht in den Wolken verirrt hat. Ich habe auch schon dem Himmelsgott gedankt, ganz leise für mich.

Plötzlich beginnt der graue Kreis zu summen. „David! Die graue Schlange kriecht!", rufe ich.

Die Leute neben mir schauen mich an, als hätte ich etwas Unanständiges gesagt. David sagt: „Sie kommt aus Java und hat noch nie ein Fließband gesehen." Da nicken die Leute und schauen weg. Aber wenn sie denken, dass ich es nicht merke, glotzen sie wieder zu mir herüber. Wahrscheinlich hat man ihnen nicht beigebracht, wie unhöflich das ist.

Hinter dem Loch in der Wand rumpelt es. Auf einmal purzeln Koffer und Taschen heraus und werden von der grauen, kriechenden Schlange im Kreis herumgetragen. Ab und zu stürzt jemand vor, stößt die anderen Leute beiseite und greift blitzschnell nach einem Koffer, reißt ihn hoch und läuft damit weg. Aber keiner stört sich daran. Diesen Ritus begreife ich nicht. Ist es ihr Gottesdienst, Beute zu machen?

Nun erkenne ich meine Reisetasche, die mir Sumeiken geschenkt hat. Sie ist noch weit weg und mein Herz klopft einen Wirbel, weil ich befürchte, dass irgendjemand diese Tasche packt und damit wegläuft. Aber keiner streckt die Hand danach aus. Erst als sie beinahe an mir vorübergeglitten ist, tritt David einen Schritt vor und nimmt sie an sich. Dahinter kommt sein brauner Koffer, den er mit der anderen Hand packt. Er winkt mir mit dem Kopf zu und geht auf eine Tür zu. Dahinter steht ein Tisch mit zwei Männern. David legt seinen Koffer auf den Tisch und öffnet ihn. Die Männer schauen hinein und nicken. Meine Tasche wollen sie gar nicht sehen und ich bin froh, denn ich mag es nicht, wenn Fremde in meiner Wäsche herumwühlen!

Wieder teilt sich die Wand vor uns. Wir sind in eine riesengroße Halle gekommen. Dort wimmeln die Leute durcheinander. Eine Stimme aus der Wand ruft irgendetwas. An einer Tafel hoch oben blinken Lichter, ab und zu klappert es, dann fallen Zahlen und Buchstaben herunter. Aber irgendetwas hält sie doch noch an der Tafel fest – sie erreichen den Boden nicht.

Dann kommen wir zu einer Treppe, die nach unten läuft. Es geht ziemlich schnell. Ich beobachte die anderen Leute, die einfach drauftreten und sich in die Tiefe tragen lassen, aber es macht mir Angst. Was geschieht, wenn ich unten nicht schnell genug absteige? Wird mich die Treppe dann unter die Erde ziehen? Ich greife nach Davids Arm und schaue ihn bittend an.

„Ja“, sagt er, „du hast Recht. Du könntest mit einem Zipfel des Sarongs in die Rolltreppe gezogen werden. Komm, ich zeig dir etwas anderes.“ Er geht mit mir zu einer Wand, an der kleine Lampen blinken. Er drückt einen Knopf, es surrt, dann teilt sich plötzlich die Wand und lässt uns in ein kleines Zimmer eintreten. Es hat keine Fenster und keinen zweiten Ausgang, aber David nimmt meinen Arm und sagt: „Komm schon!“

Als wir drinnen sind, schiebt sich die Tür wieder zu, wie von Geisterhänden bewegt, und plötzlich setzt sich das ganze Zimmer in Bewegung. David beugt sich zu mir herunter und flüstert: „Das nennt man Lift. Der Kasten wird an Seilen hinaufgezogen oder hinuntergelassen, verstehst du?“

Mir wird schwindelig und mein Magen rutscht mir hoch bis in den Hals, aber da gibt es schon einen Ruck und das Zimmer beibt stehen. Die glänzenden Türen schwingen auf und David geht voran. Aber ich bin nicht schnell genug. Kaum ist David draußen, rutschen die Türen wieder zusammen.

„David, hilf mir! Ich will nicht allein in diesem Kasten eingesperrt bleiben!“ Er bückt sich blitzschnell und steckt seine Hand durch den schmalen Spalt, der noch zwischen den Türhälften offen geblieben ist. Da springen sie wieder auf.

„Wie hast du das gemacht?“, keuche ich. Er zeigt mir eine Lampe, die in beiden Türen brennt.

„Solange der Lichtschein unterbrochen ist, bleibt die Tür offen. Erst wenn nichts mehr den Lichtschein stört, kommen beide Türen wieder zusammen. Verstehst du das?“

Ja und nein. Ich muss lange darüber nachdenken. Vielleicht sind wir auch solche Türhälften, David und ich? Dann will ich herausfinden, wer den Lichtschein unterbricht, der von mir zu ihm herüberleuchtet. Sonst finde ich nie sein Herz.

Zu Hause?

Inzwischen sitze ich in einem kleinen Zimmer unter dem Dach. Das Haus, in dem David wohnt, ist so hoch, dass man den Kopf in den Nacken legen muss, wenn man von unten das obere Ende sehen will. Wir sind über viele Treppen hinaufgeklettert, bis sich meine Knie anfühlten wie überreife Avocados. Ich müsste dringend mal wieder das Klettern üben, sonst kann ich eines Tages den oberen Weg nicht mehr benutzen, wenn es nötig sein sollte. Aber die Bäume in Davids Stadt sind ohnehin ganz anders – sie stehen zu weit auseinander und sind nicht biegsam genug für Ausflüge von Wipfel zu Wipfel. Immerhin ist das Dachfenster im Zimmer groß, ich habe es schon ausprobiert. Man kann leicht aufs Dach gelangen und dort hat ein kluger Mensch einen Weg aus eisernen Stufen gebaut, über den man auf das nächste Hausdach klettern kann, und von da an wieder aufs übernächste und so weiter. Mein Zimmer hat also einen zweiten Ausgang. Anders könnte ich es wahrscheinlich auch nicht ertragen.

David hatte mich als Erstes hier hinauf geführt. Viele Türen lagen nebeneinander – woher wusste David, welche die richtige war? Vielleicht sollte ich mir einen roten Punkt auf die Tür malen, damit ich keine falsche öffne.

Das Zimmer ist so lang, dass ich fünf Schritte bis zum Dachfenster gehen kann und vier Schritte in die andere Richtung. An der Wand steht ein weißes Eisengestell, darauf liegen Polster und Decken. David zeigte mir, wie man diese Decken bekleidet und wählte einen blauen Stoff mit kleinen Blumen, der mir gut gefiel.

„Hier ist Platz für deine Sachen", sagte David und zeigte auf einen schmalen Schrank, der mein Bündel verschluckte wie eine Vorspeise, die den Hunger eher weckt, als ihn zu stillen.

&

David wohnt genau unter mir. Er hat drei Räume für sich – einen großen mit einer gemauerten Feuerstelle und einem ledernen Ruhebett mit hoher Rückenlehne. Ich nenne es heimlich „Ottomane", obwohl ich wahrscheinlich niemals darauf liegen und Bücher lesen werde wie eine feine Dame aus Mahmuds Harem. Auch ein breiter schwarzer Kasten steht in seinem Zimmer. David hat eine Klappe geöffnet und mit den Fingern auf längliche weiße Plättchen gedrückt, da begann der Kasten eine Musik, die mir die Tränen in die Augen trieb!

Aber das ist nicht der einzige Wunderkasten. In der Ecke stand eine kleine Schachtel mit Knöpfen daran. Als David daran drehte, hörte ich Stimmen – ein Mann, eine Frau antwortete. Er drehte weiter und ich hörte eine Flöte klagen, dann Trommeln und viele andere Instrumente, die ich noch nicht kenne.

David besitzt auch einen Bilderkasten, in dem lebendige Menschen herumspringen. Es ist mir rätselhaft, wie sie alle in dieser kleinen Kiste Platz finden und wie sie dort atmen und essen – aber David wird mir alles erklären.

Neben dem Wohnzimmer liegt ein anderer Raum mit einem großen Tisch und vielen Büchern, die in Holzregalen an der Wand aufgereiht sind. „Hier arbeite ich", hat mir David erklärt.

Dann ist da noch ein kleiner, fensterloser Raum, in dem eine Regenmaschine an der Wand angebracht ist. Man steigt in einen viereckigen Trog und dreht an einer glänzenden Schraube, die David „Hahn" nennt, obwohl sie überhaupt keine Ähnlichkeit mit einem hat – ich möchte wissen, was sich die Fremden denken, wenn sie ihre Dinge benennen! Wenn man an dem Hahn mit dem roten Punkt dreht, dann kommt sogar heißer Regen von oben herabgerieselt.

Das Waschbecken kannte ich schon aus Sumeikens Haus, auch das niedrige Becken für das, was der Körper der Natur zurückgibt als Dank für die Nahrung. Ich habe keine Ahnung, wie lange es dauert, bis meine Haufen wieder zur Erde zurückgebracht werden. Das Wasser spült sie in ein dunkles Loch. Wahrscheinlich ist es ein weiter Rückweg . . . Aber ich kann die Fremden auch verstehen: die Straßen in dieser Stadt sind mit Steinen zugemauert, wie sollte man da etwas vergraben?

Der große Spiegel in der kleinen Kammer gefällt mir. Darin sehe ich anders aus als in der zerbeulten Bronzescheibe, die mir Bagus hinterlassen hatte, als sie mit Kiri das Dorf verließ. Früher dachte ich, mein rechtes Auge sei viel kleiner als das linke, und der Mund wäre schief, aber jetzt weiß ich – es lag am Spiegel.

Die Küche sieht ähnlich aus wie bei Sumeiken. Die Messer und Löffel wohnen in Fächern, die man herausziehen kann. Weiße Teller und Schalen mit Griffen stehen in Glaskästen, die oben in der Wand befestigt sind. Ich werde einen Holzklotz brauchen, damit ich diese hohen Kästen erreichen kann. Als ich David darauf aufmerksam mache, holt er eine Kiste, dreht sie um und lässt mich zur Probe draufsteigen.

Die Feuerstelle besteht aus einer schwarzen Glasscheibe. Wenn man an einem Knopf dreht, erwacht das Feuer, aber seine Flammen sind gezähmt wie die Glut, die noch im Holzscheit glimmt. Solange sie noch rötlich schimmert, ist sie heiß genug, um die Fingerspitze in eine einzige Brandblase zu verwandeln.

David zeigt mir einen hohen Glaskrug, in dem ein sichelförmiges Messer angebracht ist. Er drückt auf einen Knopf, und das Messer beginnt einen wilden Tanz. Dabei kreischt es unaufhörlich.

„Das geht alles elektrisch", erklärt David, aber dieses „elektrisch" macht mir Angst. Ich weiß nicht, woher diese Kraft kommt, die das kleine Messer in dem Krug herumwirbeln lässt. Ob dieses „elektrisch" auf mich hört, wenn ich höflich darum bitte, das Messer anzuhalten oder mit dem entsetzlichen Gekreisch aufzuhören? Wahrscheinlich würde diese Kraft keinen Unterschied machen zwischen einer Zwiebel und meinem Zeigefinger . . . Dieses Ding mag ich nicht.

Das dritte Zimmer gefällt mir am besten. Ein Schrank steht darin, ein kleiner Tisch und ein breites Gestell mit weichen Polstern, wie es die Fremden zum Schlafen benutzen. Als ich mich draufplumpsen ließ, wippte es auf und nieder.

Ich rief: „David, das ist viel schöner als unsere flachen Matten! Man kann bestimmt viel besser darin – wie sagt man das auf Deutsch?"

Davids Gesicht war plötzlich rot übergossen. Er biss sich auf die Lippen und drehte sich weg. Armer David – er ist so klug und kennt doch die Liebe nicht? Dabei hat er schon öfters einem Baby den Weg in die Welt erleichtert. Aber vielleicht hat ihm noch niemand erklärt, wie sie entstehen! Kein Wunder, dass er so scheu ist und mich immer nur berührt, als wäre ich ein gläserner Kelch, der zerbrechen könnte, wenn man ihn ungeschickt anfasst. Dabei würde ich mich so gern von ihm drücken lassen! Wenn er meine Hand streift, zuckt es mir immer wie ein kleiner Blitz durch die Adern, aber sein Blut bleibt ruhig, als wäre es ein Teich, bei dem man immer bis auf den Grund schauen kann, still und unbewohnt.

David verließ das Schlafzimmer ziemlich schnell und ich überlegte mir, ob ich es vielleicht auch mal mit Ananas-Saft versuche oder ob ich mir diesen Hüftschwung angewöhne, mit dem Bagus alle Blicke hinter sich herzog, als wären die Augen der Männer an Schnüren festgebunden.

Da plötzlich entdeckte ich neben Davids Schlafgestell ein Foto. Eine junge Frau war darauf abgebildet. Sie hatte goldfarbenes Haar, das ihr bis zum Kinn reichte, und so ebenmäßige Züge, als hätte man ihre Nase und ihre Stirn aus feinstem Porzellan gefertigt. Ihre Lippen waren voll und wie mit einem satten Pinselstrich geschwungen. Sie trug ein Grübchen am Kinn und ihre Augenbrauen waren elegant wie die Schwingen einer Seeschwalbe. Genauso könnte ich mir die Liebesgöttin vorstellen, der ich damals meinen Opal geopfert hatte, weil ich dachte, sie könnte mir helfen, Davids Herz zu gewinnen.

Das hier war auch eine Art Liebesgöttin. Wer immer sie sein mochte – sie konnte die Herzen der Männer lenken. Das sah man schon an ihren Augen – selbstsicher, verführerisch, aber mit einer Spur Eisen darin und sehr klug. Als ich das Bild eine Weile betrachtete, kam es mir vor, als würden mich ihre Augen durchforschen und fragen: „Was willst du hier?"

Ich kletterte vom Bettgestell herab und wich in die äußerste Zimmerecke zurück. David musste mich von der Tür her beobachtet haben, jedenfalls sagte er: „Sie heißt Irene."

In seinem Gesicht war nichts zu lesen und ich spürte, dass er mir heute nichts mehr über diese rätselhafte Frau erzählen würde. Auf einmal überfiel mich die Müdigkeit wie ein nasses Fell und ich wollte nur noch schlafen, schlafen.

David brachte mich nach oben und jetzt liege ich schon seit einer langen Zeit, die die Fremden „Stunde" nennen, weil dann ein Arm auf einer runden Scheibe in einem Glaskästchen einmal im Kreis herumgewandert und seinen kleinen Bruder ein Stück mitgerissen hat, nun liege ich also seit einer Stunde auf meinem Bett im Dachzimmer und frage mich, warum ich trotz meiner Erschöpfung nicht schlafen kann.

Durch das schräge Fenster über mir sehe ich, wie der Mond vor den Wolken flüchtet, die ihn immer wieder mit ihren grauen Schwaden überziehen, bis ihm die Flucht gelingt, aber nicht für lange. Schließlich türmt sich eine Wolke vor ihm auf, gewaltig wie ein hungriges Tigerweibchen. Sie reißt ihr Maul auf und verschlingt ihn, ehe er sich von ihr lösen kann, und da wird mir der Hals eng vor Furcht.

Wer ist *Irene*?

Irene

Mein Vater hat einmal gesagt, ein Badui müsse mindestens einen richtigen Feind besitzen, sonst wäre etwas mit ihm nicht in Ordnung. Aber dass ich schon am zweiten Tag in Davids Land meinem Feind begegne, hätte ich nicht gedacht . . .

Die Sonne stand hoch, als ich erwachte. Ich lief in die Kammer, die am Ende des langen Flures liegt. Hier gibt es nur ein niedriges Becken zum Draufsetzen und ein Waschbecken mit einem Spiegel, in dem ich wieder genauso seltsam aussehe wie zu Hause im Dorf – nein, noch schlimmer: die Nase ist krumm. Dunkle Flecken überziehen das Glas und in der Mitte hat es einen Sprung.

Immerhin kann man sich Wasser ins Gesicht spritzen und die Haare bürsten, damit man seinem Herrn halbwegs ordentlich unter die Augen tritt. Ich band mir den blauen Sarong um, dessen Muster zu Davids Hochzeits-Sarong passt. Es kann ja nichts schaden, wenn er sich ein bisschen erinnert . . .

Dann lief ich die Treppe hinunter, klopfte eine Weile, aber hinter seiner Tür blieb alles still. Endlich bemerkte ich einen runden Knopf, der „Ding-Dong" machte, als ich ihn drückte. Ich hörte nackte Füße herantappen, dann öffnete David, zerzaust und Schlaf in den Augen.

„Du bist schon wach . . .", gähnte er und musste sich am Türrahmen stützen. Ich schlüpfte an ihm vorbei in die Küche und öffnete den Schrank, in dem er die Kälte gefangen hält. Ein helles Licht brannte darin und ich fand Eier und Milch, Öl und eine rote Paste, die nach Waldbeeren roch und sehr süß schmeckte. Ich wunderte mich über diesen vollen Kälteschrank, denn wer hatte ihn gefüllt?

David war länger als eine Regenzeit fortgewesen und er wohnte ohne Eltern, ohne Verwandte ganz allein in dieser Wohnung, als hätte er ein schlimmes Fieber oder Mundgeruch. Aber David hat mir erklärt, dass das hier in Frankfurt nichts Besonderes wäre – viele leben allein und kennen nicht mal die Menschen, die neben ihnen wohnen. Manchmal liegt einer viele Tage krank im Bett und keiner bringt ihm Essen und Trinken, weil niemand davon weiß. In unserem Dorf hätte es das nicht gegeben, höchstens in einem Stamm, wo sich so ein Nichtsnutz wie Asam zum Häuptling aufschwingt, der nur an sich selber denkt.

David, der nicht nur an sich selber denkt, sagte: „Du kannst duschen und ich backe inzwischen die Pfannkuchen."

Er führte mich zur Regenmaschine und ich ließ mich lange, lange nassregnen, bis meine Hände schrumpelig waren, als gehörten sie einer uralten Frau. Dann zeigte mir David eine kleine Windmaschine, mit der ich die Haare trocknen konnte. Herrlich, so sauber und frisch zu sein!

Ich sang vor mich hin, während ich Teller und Schalen und Messer und Löffel auf dem Tisch verteilte. Bananenblätter waren nirgends zu finden, deshalb häufte ich die geschnittenen Früchte auf Glasschalen und streute gehackte Nüsse darüber, wie ich es von zu Hause gewöhnt bin. David stand noch unter seinem Regenschauer, als ich das „Ding-Dong" der Türglocke hörte. Ich lief zur Tür und öffnete.

Draußen stand die Liebesgöttin, die ich auf dem Foto in Davids Schlafzimmer gesehen hatte. Sie war noch viel schöner als auf dem Bild, denn jetzt sah ich auch ihre Gestalt, groß und schlank, mit langen, graziösen Beinen. Sie starrte mich an, als wäre ich der Geist ihrer Urgroßmutter, dann wandte sie sich um und lief die Treppe hinunter. Ihre Schuhe klackerten auf den Stufen, weil sie hinten hölzerne Stifte hatte. Während ich noch darüber nachdachte, wie man mit solchen Dingern gehen kann, noch dazu schnell und abwärts, fiel mir ein, wer sie war, und ich sagte halblaut: „Irene."

Hätte ich doch den Mund gehalten! Denn sie blieb stehen, drehte sich um und kam wieder zurück, langsam, Stufe für Stufe, als müsste sie einen hohen Berg erklimmen. Ich nahm an, dass ihre unbequemen Schuhe dabei störten, und wollte ihr gerade vorschlagen, die Schuhe einfach auszuziehen, da stand sie schon vor mir und fragte: „Woher kennen Sie mich?“ Ihre Augen forschten in mir und sie glich mehr denn je einer Göttin.

Auf einmal hatte ich einen dicken Klumpen im Hals. „Ich – ich habe ein Bild gesehen.“

„Hat David von mir erzählt?“, fragte sie, und ihre Stimme klang, als hätte man sie zwischen zwei Bambusstangen eingeklemmt.

„Er hat nur gesagt: Das ist Irene“, gab ich zu. Ich wich unter ihrem Blick zurück. Nun ließ sie ihre Augen an mir herunterwandern, von den Haarsträhnen, die an den Spitzen noch feucht waren, weil ich die Windmaschine nicht so lange bemühen wollte, bis zu meinen nackten, braunen Füßen.

„Und wer bist *du?*“, fragte sie. Die Drohung war nicht zu überhören.

„Ich bin Jati“, sagte ich leichthin und versuchte ein Lächeln. Es misslang, wie ich an Irenes Augen erkennen konnte – sie blieben hart und streng.

„Und was machst du *hier*?“ Diesmal schwang Eisen auch in ihrer Stimme.

„Ich bereite das Essen.“

„So“, schnappte sie, „und wo ist David?“

„Er singt im Regen.“

Sie sah mich an, als hätte ich ihr erzählt, dass Leoparden in Vogelnestern ausgebrütet werden, und ging an mir vorbei in die Wohnung. Mit der Schulter stieß sie die Tür zu Davids Schlafzimmer auf. Seine Decken und Kissen lagen in einem wirren Knäuel auf dem Bett. Sie warf mir einen harten Blick zu. Wahrscheinlich wollte sie mich tadeln, weil ich noch keine Ordnung gemacht hatte. Ich huschte an ihr vorüber und schüttelte die Polster auf, zog die Decke glatt. Da presste sie die Lippen fest aufeinander und marschierte an mir vorbei ins Wohnzimmer. Ihre Schuhe machten Lärm und die Holzdielen bebten unter ihrem Zorn.

Ich floh in die Küche und zog eilig Schubladen auf, holte ein Messer, einen Löffel heraus, kletterte auf eine Kiste und nahm mit zitternden Händen einen Teller und einen dritten Trinkbecher aus dem Glaskasten. Vielleicht konnte man diese Liebesgöttin mit Blumen versöhnen? Wenn ich nur wüsste, wo hier Blumen wachsen! Auf den Bäumen hatte ich keine gesehen, aber vielleicht hinter dem Haus?

Ich spähte durchs Fenster. Nein, da waren nirgendwo Blumen zu sehen, auch nicht eine. Ich spähte durch den Türspalt. Irene lief im Wohnzimmer auf und ab und glich mehr denn je einem hungrigen Tiger. Meine Nackenhaare stellten sich auf, aber ich sprach die Frau trotzdem an, denn dadurch konnte ich ihrem Angriff vielleicht zuvorkommen.

„Bitte", sagte ich und verneigte mich vor ihr, als wäre sie mindestens die Nichte eines Häuptlings, wenn nicht sogar seine Schwester, „ich suche noch einen dritten Thron."

„Du suchst *was*?" Wieder sah sie mich so seltsam an.

„Zum Sitzen in der Küche", erklärte ich.

Die Falten auf der Stirn glätteten sich ein wenig.

„Wir sind gestern Abend hierher gekommen, als es dunkel war, und ich kann mich nicht mehr erinnern, welche Möbel da sind", sagte ich.

Sie nickte und ihr Blick wurde weicher. „Komm, ich zeig dir's", sagte sie und ging mit kurzen, nervösen Schritten ins dritte Zimmer. „Hier findest du den dritten ‚Thron'", sagte sie in einem Ton, der mich an Bagus erinnerte. „Bei uns heißt das Stuhl."

„Danke sehr." Ich ging an ihr vorüber, holte den Thron und trug ihn in die Küche. Sie sah mit verschränkten Armen zu, aber wenigstens hinderte sie mich nicht.

David trat aus der Regenkammer; er hatte sie noch nicht bemerkt. Er trug ein Handtuch um die Hüften, als wäre es ein Sarong. Die Sonne, die durch die offene Schlafzimmertür fiel, übergoss ihn mit Glanz. Mein Herz tat einen Sprung und ich musste die Augen schließen, damit mir die Sehnsucht nicht heraushüpfte wie der kleine goldfarbene Frosch, der eines Tages aus der Quelle gesprungen war. Als ich wieder normal atmen konnte, sagte ich leise: „Irene ist da . . ."

Er runzelte die Stirn. „Was? . . . Hier?"

Ich nickte und deutete auf die Wohnzimmertür. Mit drei langen Schritten war er an der Tür und riss sie auf. Ich konnte ihr Gesicht nicht sehen, weil es im Schatten lag, aber seines erzählte mir mehr, als ich wissen wollte.

„Irene!!!"

Sie blieb, wo sie war, und sagte hölzern: „Guten Tag."

Er streckte die Arme nach ihr aus. Aber sie schüttelte den Kopf: „Du bist nass und halb nackt."

David wich einen kleinen Schritt zurück. „Entschuldige. Ich habe nicht nachgedacht . . . ich komme gerade aus der Dusche."

„Ach ja?"

„Wir sind gestern ziemlich spät angekommen, da wollten wir –"

„*Wir!!!* . . ." fauchte sie.

„Ja", sagte David einfach. „Übrigens, das ist Jati. Sie kommt aus Java."

Ich verneigte mich halb, als wäre sie eine angeheiratete Tante meines Vaters, und wünschte sehnlichst, es wäre so . . .

Irene zuckte mit keiner Wimper. „Dieses – dieses Mädchen habe ich schon gesehen. Sie hat mir die Tür aufgemacht. Meinst du nicht, dass du mir eine Erklärung schuldest?"

„Ja, äh . . .", machte David. „Aber es ist nicht so, wie du denkst."

„Ich denke nicht, ich *sehe!*" Ihre Stimme schnitt wie das Gras auf der Waldlichtung. „Und ich habe schon zu viel gesehen!"

David schüttelte den Kopf. „Du verstehst das falsch, Irene", sagte er sanft. „Jati ist eine Häuptlingstochter vom Volk der Badui. Ich war viele Monate lang ihr Gast."

„Und da musstest du sie mitnehmen?! Diese – diese Wilde?" Irenes Augenbrauen berührten beinahe den Haaransatz. Ich werde das auch mal vor dem Spiegel ausprobieren, weil es wunderbar hochmütig aussieht. Aber bei mir wird es nicht klappen, meine Stirn ist zu hoch.

„Ja“, sagte David. „Als ihr Vater starb, habe ich ihm versprochen, dass ich für Jati sorge. Sie konnte nicht in ihrer Heimat bleiben. Sie wurde – wurde verfolgt.“

„Von der Polizei? Von der Regierung? Wer will so einem kleinen Ding etwas antun?“ Sie musterte mich von oben herab.

Ich nahm die Schultern zurück und stellte mich gerade. Es stimmt, ich bin einen Kopf kleiner als sie, aber ein ‚kleines Ding‘?

„Das ist eine lange Geschichte“, seufzte David. „Ich erzähle sie dir demnächst. Jetzt hab ich jedenfalls erst mal Hunger.“

Aber Irene ließ sich nicht ablenken. „Und was willst du mit ihr anfangen?“

Ich knirschte mit den Zähnen, weil es mich ärgerte, dass sie in meiner Gegenwart über mich sprach, als wäre ich ein Krug oder eine Matte.

David warf mir einen Blick zu und öffnete den Mund, als wollte er etwas sagen, dann zuckte er die Achseln. „Jedenfalls freue ich mich, dass du gekommen bist, Irene. Woher wusstest du –“

„Du hattest es ja nicht nötig, mir deine Ankunftszeit mitzuteilen“, sagte Irene, und wieder stach ihre Stimme zu wie die Knochennadel, mit der Malam Lederstücke zusammennäht. „Aber auf deine Mutter ist Verlass. Sie hat mir auch den Schlüssel gegeben, damit ich einkaufen konnte. Eigentlich wollte ich das Frühstück machen, aber das ist ja bereits erledigt von deiner – deiner –“

„Frau!“, ergänzte ich liebenswürdig. Wenn es mir nicht gelang, sie jetzt und hier zu vertreiben, dann würde sie große Probleme machen; um das vorherzuwissen, brauchte man kein Orakel.

Irene stieß einen spitzen Schrei aus und fuhr herum.

„Ja“, sagte ich langsam und deutlich. „Ich bin seine Frau. Wir haben in Indonesien geheiratet. Vor ungefähr sechs Monden.“

„Dann bin ich hier wohl überflüssig!“ Ihre Stimme war schrill geworden. David machte ein verblüfftes Gesicht und bekam keinen Ton heraus und ich wollte Irene nicht widersprechen. Sie klackerte mit ihren spitzen Stiftschuhen durchs Zimmer, stieß David beiseite und stürmte ohne ein weiteres Wort an ihm vorüber und hinaus. Die Tür donnerte hinter ihr ins Schloss.

Für so ein Benehmen hätte mein Vater sogar Bagus hart bestraft; mich hätte er wahrscheinlich zwei Wochen in meine Schlafhütte gesperrt, wenn ich ihn oder einen anderen respektierten Mann derart verächtlich behandelt hätte. Aber David schien gar nicht zornig zu sein, eher verwundert. Er stand da, als wäre er vom Mittagsregenguss überrascht worden. Weil ich ihn aus seiner Starre lösen wollte, ging ich in die Küche und holte den dritten Stuhl, den wir ja nun nicht mehr brauchten. Er fühlte sich auf einmal doppelt so leicht an wie vorhin und ich sang leise vor mich hin, als ich ihn zurückbrachte.

David stand immer noch im Flur und ließ den Kopf hängen.

„Was ist denn?“, wollte ich wissen. „Bist du traurig, weil sie weggegangen ist?“

„Du hättest ihr nicht von dieser – dieser Hochzeit erzählen dürfen.“

„Aber warum nicht? Es ist doch wahr?“

„Ach Jati . . . das verstehst du nicht . . . Ich kann dir keinen Vorwurf machen und trotzdem . . .“

Er ging langsam, mit gebeugten Schultern in sein Schlafzimmer. Als er die Tür hinter sich zuzog, wurde es dunkel im Flur. Ich floh in die Küche. Der Fruchtsalat war keine Augenweide mehr. Meine Tränen fielen auf die Pfannkuchen, die kalt und ledrig geworden waren.

Noch mehr Besuch

Am Nachmittag klingelte es wieder. Diesmal ließ ich David öffnen und hielt die Luft an, als er zur Tür ging. Aber es war nicht Irene.

„Mama!“ rief er, und seine Stimme klang herzlich. „Ich habe dich vermisst!“

Immerhin – zu Irene hatte er so etwas nicht gesagt . . .

Als sich die Schritte näherten, wusste ich, dass die nächste Prüfung gekommen war und rückte mir den Sarong zurecht, fuhr mit allen zehn Fingern durchs Haar.

„Ich habe dir von Jati geschrieben, Mama. Sie ist in der Küche.“

Ehe ich noch richtig Angst haben konnte, sprang die Tür auf und ich erlebte eine große Überraschung: Davids Mutter war kein bisschen größer als ich, wenn auch beinahe doppelt so breit. Sie hatte fröhliche Augen und eine kleine, lustige Nase. Sie kam herein und nahm mich ohne Umstände in die Arme und drückte mich. Ihr Busen war weich und voll und sie duftete köstlich nach Vanille.

„Du gefällst mir, Jati!“, lachte sie. „David, ich muss deinen Geschmack bewundern. Das ist doch was anderes als diese Ziege, die dich nur –“

„Mutter!“, sagte er scharf. „Irene ist meine Braut!“

Dieses Wort kannte ich noch nicht, aber ich nahm an, dass es etwas Unangenehmes zu bedeuten hatte, zumindest für mich.

„Braut! Wenn ich das schon höre!“, sagte sie ungerührt. „Sie hat dich sausen lassen. Du warst ihr nicht elegant genug. Sie wollte lieber mit diesem Schnösel ausgehen, der einmal die Ladenkette seines Vaters erben soll. Und als er genug an ihr herumgelutscht hatte, da kam sie auf einmal wieder zu dir zurückgetrippelt.“ Mit einer ungeduldigen Armbewegung schleuderte sie eine Haarsträhne aus dem Gesicht. Sie hatte rote Wangen bekommen und ihre Augen funkelten. „Nein,

David, diese Irene ist nichts für dich. An deiner Stelle würde ich es mir dreimal überlegen, ob ich einem solchen arroganten Weibsstück noch länger nachlaufe."

Ich wusste auch nicht, was ein „arrogantes Weibsstück" war, aber der Ausdruck gefiel mir und ich beschloss, ihn bei Gelegenheit einmal selbst zu verwenden. Er schien mir gut auf Irene zu passen, Liebesgöttin oder nicht.

„Irene war heute schon hier", sagte David und warf mir einen düsteren Blick zu.

„Dachte ich mir's doch!", knurrte Davids Mutter. „Sie wollte unbedingt deinen Schlüssel haben und alles für deine Heimkehr vorbereiten."

„Das war sehr aufmerksam von ihr, findest du nicht?", meinte David.

„Ja . . .", brummelte die Mutter. „Wahrscheinlich will sie sich wieder bei dir einschmeicheln."

„Ach, Mama! Warum musst du alles so negativ sehen? Irene hat einen Fehler gemacht, aber sie hat ihn bereut. Sie ist zu mir zurückgekehrt. Ich will ihr eine zweite Chance geben. Immerhin habe ich sie damals – sehr geliebt."

„Ich habe nie verstanden, was du überhaupt an ihr gefunden hast, außer dass sie wie ein Model aussieht. Sie ist eine Schönheit, da kann man nichts sagen. Aber genügt dir das? Eine Frau als Vorführstück?"

„Mutter, das ist meine Entscheidung", sagte David zwischen den Zähnen hindurch.

„Ja, leider", sagte die Mutter. „Aber lassen wir das erst mal. Kommt doch heute Abend zum Essen", sagte sie. „Vater stirbt schon vor Neugier. Er will unbedingt dein neues Mädchen kennen lernen."

„Mutter, Jati ist nicht –"

Sie ließ ihn nicht ausreden. „Kommt um sieben! Wir freuen uns!"

„Gut. Wir kommen um sieben", sagte David und bemühte sich um ein Lächeln, als er seine Mutter zum Abschied küsste, aber ich spürte, dass er verstimmt war.

Kurz bevor wir gingen, sagte David: „Jati, möchtest du vielleicht etwas anderes anziehen?“

„Warum? Gefällt dir mein Sarong nicht? Ich habe ihn selbst gefärbt.“ Ich strich liebevoll über das Batikmuster, den Vogel Garuda, der durch die Wolken stieß, weil er die Sonne küssen wollte. Er hatte mir Glück gebracht.

David schlug die Augen nieder und schwieg, und als er zum Sprechen ansetzte, klang seine Stimme wie eine Ziegensehne, die man zu lange gedehnt hat.

„Deine Kleidung passt in dein Land, Jati. Aber hier zieht man sich anders an. Sumeiken hat dir doch ein Kleid mitgegeben, nicht wahr? Willst du es nicht probieren? Vielleicht fühlst du dich darin wohler.“

„Aber ich *fühle* mich in meinem Sarong wohl!“, protestierte ich. „Er ist ein Stück Zuhause für mich. Gerade du müsstest das doch verstehen.“

David zog die Schultern hoch. „Wieso?“

„Als du in meinem Land zu Gast warst, hast du dich so gekleidet, wie du es gewöhnt warst. Du hast nie deine langen Beinkleider ausgezogen, niemals einen Sarong getragen, so wie mein Volk. Und das hat auch keinen gestört. Wir haben dich so gemocht, wie du warst. Eben David.“

Er sah mich lange an, dann nickte er. „Du hast Recht, Jati. Verzeih mir.“ Er strich mir mit der Hand übers Haar und ließ sie einen Wimpernschlag lang auf meiner Schulter liegen. „Ich mag dich auch so, wie du bist. Bleib du selbst, Jati, bleib immer du selbst!“

Die Stelle an meiner Schulter, auf der seine Hand gelegen hatte, strömte immer noch Wärme aus, als wir aus dem Haus traten ...

David hatte mir eine seiner Jacken um die Schultern gelegt und ich war dankbar, weil der Wind in meine Hände und Wangen biss und an meinen Haaren zerrte. Wir mussten ein Stück weit gehen, dann führte mich David über eine Treppe in eine unterirdische Höhle. Dort standen viele Leute und warteten. Zuerst dachte ich, sie stünden am Ufer eines

Flusses, aber dann sah ich, dass das Flussbett ausgetrocknet war. Stattdessen lagen mehrere Eisenstangen darin, paarweise angeordnet. Sie tauchten aus einem dunklen Loch auf, das man in den Felsboden gehauen hatte und verschwanden am hinteren Ende der Höhle in einem anderen. Plötzlich begann es in einem dieser Löcher laut zu brüllen, dann glühten zwei Raubtieraugen im Dunkeln. Es war aber kein Ungeheuer, das aus dem Loch herausfuhr, sondern ein lang gezogener Bus mit vielen Türen. Sie sprangen auf und wir drängten uns hinein und fanden einen Stehplatz neben einer Frau, die einen indischen Sari trug und einen roten Punkt auf der Stirn hatte. Ich verneigte mich ein wenig vor ihr, weil ich vermutete, dass sie in ihrem Land einen hohen Rang einnahm. Sie erwiderte meine Verbeugung und lächelte, als sie meinen Sarong sah.

„Siehst du", flüsterte ich David zu, „sie kleidet sich auch wie in ihrer Heimat."

Er drückte meine Hand und sagte: „Ich wollte nur verhindern, dass du angestarrt wirst."

Und dann fiel es mir auf: Die Leute hatten einen weiten Kreis um uns freigelassen, obwohl sie sich überall drängten und schubsten, und sie guckten mich von oben bis unten an. Wie unhöflich! Aber nach einer Weile sahen sie in eine andere Richtung.

„Jetzt weiß ich, was du meinst", sagte ich zu David. Der Bus fuhr mit einem Ruck an, sodass ich gegen David flog. Er hielt mich eine Weile fest, bis ich mein Gleichgewicht wieder gefunden hatte. Dabei zog er ein gleichmütiges Gesicht, aber ich hatte gespürt, dass sein Herz schneller, härter pochte, während er mich hielt. Während der eiserne Bus durch die engen Eingeweide der Stadt jagte, betete ich still zu Davids Gott.

„Ich weiß nicht, ob du mich hören kannst, während ich hier unter der Erde bin, aber wenn du so bist, wie ich es mir vorstelle, dann macht das keinen Unterschied. Großer Himmelsgott, schon bald werde ich Davids Eltern treffen und mir ist bange, denn da gibt es noch eine andere Frau. Du weißt von ihr, sie heißt Irene. Sie hält Davids Herz gefangen. Zeig mir, wie ich diesen Zauber lösen kann, damit er frei entscheiden kann. Ich will ihn ja nicht an mich fesseln, obwohl ich so eng mit ihm verbunden bin wie die Liane mit dem Baum, der sie nährt. Aber ich will auch nicht, dass er unglücklich wird mit einer Frau, die harte Hände hat und eine Stimme wie Glas. Kannst du das verhüten? Kannst du ihn davor schützen? Ich werde alles für dich tun, was du willst, vorausgesetzt, es ist nicht zu schwer für mich."

&

Der Bus hielt an und wir kletterten hinaus, fuhren auf der schnellen Treppe hinauf (diesmal hatte ich keine Angst, weil David mich an der Hand hielt) und landeten wieder auf einem Platz, an dem viele Mobile hin- und herflitzten. Wir kamen an einem Haus vorüber, das vorne ganz mit Glasscheiben verkleidet war. Dahinter standen in Kübeln und Eimern, in Schalen und schlanken Flaschen Blumen, Blumen, Blumen.

„Hier sind sie!", schrie ich. „Und so viele Sorten!" Ich drückte mein Gesicht an die Scheibe, als könnte ich den Blumen dadurch näher kommen.

David lächelte und winkte mir. „Komm, wir gehen hinein. Du kannst einen Strauß für meine Mutter auswählen."

Ich suchte eine Weile, dann fand ich die herrlichen Orchideen, die ich manchmal für Mutter gepflückt hatte. „Davon eine Hand voll", sagte ich zu der freundlichen Dame, die mir half, den Strauß zu binden. Ich wählte noch einige andere, die es in meiner Heimat nicht gibt und ließ mir noch ein paar grüne Zweige dazu binden. Ich verneigte mich zum Dank bei der freundlichen Dame und wollte gehen, aber David musste noch etwas erledigen. Ich sah, wie er seine Geldtasche aus der Jacke zog und zusammenzuckte, als die Dame etwas zu ihm sagte. Er suchte eine ganze Weile, dann hatte er die nötigen Scheine beieinander und legte sie der Dame in die Hand.

„Es tut mir Leid", sagte ich, als David wieder neben mir stand. „Ich wusste nicht, dass man die Blumen in deinem Land bezahlen muss. Sonst hätte ich andere Blüten gewählt."

„Schon gut, Jati", sagte David, „meine Mutter wird sich freuen."

&

Und da hatte er Recht! Sie warf mir die Arme um den Hals und drückte mich und sagte immer wieder:

„Nein, so schöne Blumen! So schöne Blumen hatte ich nicht einmal zu meiner Hochzeit!"

David sagte: „Diese Blumen haben eine besondere Bedeutung für Jati. Sieh mal!" Er nahm meine Hand und hielt sie seiner Mutter unter die Augen.

„Siehst du diese schwarze Narbe? Jati wurde von einer giftigen Spinne gebissen, als sie solche Blüten für ihre Mutter pflückte. Sie wäre beinahe daran gestorben."

„Wenn du nicht gekommen wärst", sagte ich. „Du hast mich gerettet."

Die Mutter konnte sich immer noch nicht beruhigen. „Aber da habt ihr ja ein Vermögen ausgegeben! David! Das sieht dir gar nicht ähnlich. Du bist doch sonst immer so sparsam."

„Nicht immer", lächelte ich. „Als mich der böse Asam am Hals packte und mir die Kehle durchschneiden wollte, da hat David seinen ganzen Reichtum hergeben wollen, damit mir nichts geschieht."

„Das ist doch selbstverständlich", brummte David.

„Für mich nicht!", sagte ich.

„Das hört sich alles sehr spannend und abenteuerlich an!", rief seine Mutter. „Davon müsst ihr nachher noch mehr erzählen."

Eine Tür ging auf und ein großer Mann mit grauen Haaren kam in den Hausflur. Er hatte ein silbernes Glasgestell auf der Nase und einen kurzen Bart. Sein Gesicht sah aus, als wäre es aus noch härterem Holz geschnitzt als aus Jati, aber sein Mund war freundlich.

„David!“, sagte er und legte ihm die Hand auf die Schulter. Dann wandte er sich zu mir und sagte: „Und das ist sie.“

Ich verneigte mich vor ihm, als wäre er ein Oberhäuptling unseres Volkes, und als ich mich wieder aufrichtete, lächelte er. „Willkommen in unserem Haus.“

Neben mir ließ Davids Mutter hörbar die Luft ausströmen. „Du gefällst ihm!“, flüsterte sie mir ins Ohr und drückte meinen Arm.

Wenn ich nur wüsste, wie man den Weg zur Seele eines deutschen Mannes findet! Geht er über die Mutter oder über den Vater? Ich muss beides versuchen.

&

Davids Mutter zog mich in ihre Küche. „Du kannst mir helfen“, sagte sie. „Würdest du bitte die belegten Brote noch etwas dekorieren?“ Sie zeigte auf lange Gräser, die auf einem Brett lagen, auf kleine rote Bälle und allerhand hell-grünes Gemüsezeug, dessen Namen ich mir nicht merken konnte.

Ich nahm mir eine große Platte und baute aus den Brotscheiben zwei Berge. Davor pflanzte ich die Gräser in eine Ecke, als wäre es Riedgras an einer Quelle. Damit man das deutlich sah, formte ich einen Damm aus einer weißen cremigen Masse, die nach gesalzenem, gesäuertem Ei schmeckte, und füllte diesen Teich mit der Brühe aus einem Glas, in dem kleine, grüne Teile herumschwammen. Sie waren gekrümmt wie Cashewnüsse und rochen sauer und würzig. Von den roten Bällen schnitzte ich die Schale ab und schnitt sie zu kleinen Kieseln zurecht. Aus den roten Schalenresten baute ich einen Weg, der sich zwischen den beiden Brotbergen hindurchschlängelte. Ich fand noch eine stangenförmige grüne Frucht, halbierte sie und stellte sie als Turm auf. Dahinein schnitt ich eine Tür.

Ich überlegte gerade, ob ich noch kleine Männer aus Brotkrumen formen sollte, als David hereinkam. Er warf einen Blick auf die Platte und lief hinaus. „Vater! Komm schnell! Das musst du dir anschauen!“

„Was hat er denn?", wollte ich wissen.

Davids Mutter biss sich auf die Lippen und drehte das Gesicht weg.

„Habe ich etwas falsch gemacht?"

„Nein, nein!", versicherte sie. Ihre Schultern zuckten und sie sah aus, als müsste sie ein Niesen unterdrücken. „Du hast das sehr schön geschmückt."

David hielt einen kleinen Blitzkasten in der Hand und fotografierte die Platte.

Der Vater sagte: „So eine Dekoration habe ich noch nie gesehen. Erklärst du mir bitte, was das alles bedeutet?"

Er hatte als Einziger bemerkt, dass ich eine Geschichte dargestellt hatte. Ich erzählte ihm von dem Mädchen aus den Brotbergen, das die Quelle fand und einen Kiesel aus der Quelle herausholte, damit er ihr den richtigen Weg zeigte, und wie sie weiter ging, durch die enge Schlucht hindurchwanderte, bis sie zum grünen Turm kam, dessen Türe fest verschlossen war. Ich erzählte ihm von der Hoffnung des Mädchens, die richtigen Worte zu finden, die diese Tür öffnen würde, und von ihrer Enttäuschung, immer noch draußen zu stehen.

Davids Vater legte mir die Hand auf die Schulter und sagte leise: „Und wie heißen die richtigen Worte?"

An seinen Augen war zu erkennen, dass er verstanden hatte, was meine Geschichte sagen wollte. Ich flüsterte: „Das weiß ich nicht."

Er drückte meine Schulter und sagte sanft: „Du wirst es herausfinden, kleine Jati. Du wirst es, weil du dich nicht fürchtest. Und weil du niemals aufgibst."

Und das war das Schönste, was jemals ein Mensch zu mir gesagt hat. Ich fühlte mich gleich ein bisschen größer und stärker. Und als ich Davids Blick einfing, las ich darin einen neuen Respekt und auch eine Scheu, als sähe er mich zum ersten Mal.

&

Der Tisch im Esszimmer war so ähnlich gedeckt wie damals bei Sumeiken. Ich erkannte die Esswerkzeuge wieder, die Gläser, die Salatschüssel. Aus den Augenwinkeln schielte ich immer zu David hinüber, der neben mir saß, und ahmte jede seiner Gesten nach. Der Vater lächelte hin und wieder, die Mutter erzählte die ganze Zeit von Cousinen und Cousins, die inzwischen nicht mehr oder schon wieder verheiratet waren. Dreimal versuchte sie, das Thema auf Irene zu bringen. Dreimal gelang es David, sie wieder abzulenken.

Als der Abend vorüber war, hatte ich einen schweren Bauch und wusste, dass Davids Vater auch Arzt war, noch dazu ein berühmter Forscher (wie gut, dass ich mich vor ihm so tief verneigt hatte!) und dass seine Mutter schrecklich gerne Erdbeeren aß und seine Großmama ihre 80. Regenzeit gefeiert hatte. Ich wusste, dass David keine weiteren Geschwister hatte, weil seine Mutter keine Kinder mehr bekommen konnte, obwohl sie Kinder sehr liebte und sich schon auf Enkel freute. Bei diesen Worten blinzelte sie mir zu. Ich hatte vieles über die Pflege von grünen Pflanzen erfahren, die in einem Topf im Zimmer wachsen, und ich lernte drei Methoden kennen, wie man Grießklößchensuppe machen kann. Aber über Irene hatte ich nichts, aber auch gar nichts Neues herausgefunden. Und ich hatte auch noch nicht entdeckt, wie ich den Weg zu Davids Herzen finden könnte. Mir schien, dass er seine Mutter sehr liebte und an ihr hing. Aber einen Bereich seines Lebens hielt er von ihr fern: Irene.

Vielleicht hatte der Vater den Schlüssel zu dieser Tür? Dabei sah er nicht aus wie einer, der sich Eingang verschafft, wenn er nicht ausdrücklich zum Hereinkommen aufgefordert wurde. Nein, der Vater würde mir nicht helfen, selbst wenn er meiner Meinung gewesen wäre. Und die Mutter konnte es nicht.

Ich folgte mit den Augen dem Weg durch die Brotberge hindurch. Jetzt waren sie licht und flach geworden. In diesem Augenblick fiel der grüne Turm von der Platte, weil ihm die Brote keinen Halt mehr boten. Davids Vater nahm ihn ohne

Umstände in die Hand und schnitt das obere Stockwerk ab. Den Reststumpf mit der Tür stellte er wieder hin und zwinkerte mir zu. Ja, das war natürlich eine Lösung – vielleicht kam man von oben in den Turm. Aber dazu musste jemand von außen eingreifen und die Spitze abschneiden. Was hatte das zu bedeuten?

Ich dachte auf dem ganzen Heimweg darüber nach und auch noch, als ich in meinem kalten, harten Bettgestell lag und über mir im Fenster die Wolken dahinjagen sah.

Alltag

Meine Tage sind ausgefüllt, weil es so viel Neues zu lernen und zu begreifen gibt! David hat seine Stelle im Krankenhaus wieder bekommen und muss meist schon sehr früh zur Arbeit gehen. Weil hier in Deutschland auf den Sonnenaufgang kein Verlass ist und nirgendwo Hähne krähen, hat mir David einen runden Apparat geschenkt, auf dem zwei Arme im Kreis herumlaufen. Das Ding tickt leise vor sich hin und zu einer bestimmten Zeit, die ich mir sogar aussuchen kann, beginnt es ein lautes Scheppern und Klingeln. Beim ersten Mal dachte ich, das Dach stürzt ein, aber es war nur der Zeitmesser. Inzwischen weiß ich auch, wie man ihn zum Schweigen bringt – man muss einmal kräftig oben drauf schlagen.

Dann schaue ich als Erstes aus dem Fenster und begrüße den Himmelsgott. Er hat sich mir noch nicht gezeigt, aber ich glaube einfach, dass er trotzdem da ist und meine Gebete hört. Er hat mir schon einige Male geholfen, obwohl ich noch nie etwas für ihn getan habe. Nicht einmal ein Opfer habe ich ihm gebracht. Trotzdem hat er mich erhört. Das rechne ich ihm hoch an.

Dann schleiche ich leise nach unten in Davids Wohnung. Ich möchte nämlich den anderen Mitbewohnern nicht begegnen. Das sind ungehobelte junge Männer, die keine Manieren haben. Sie grüßen mich nicht, sie stellen sich nicht mit Namen vor, und sie haben mich auch noch nie in ihr Zimmer eingeladen. Dafür hinterlassen sie in der kleinen Kammer, die wir gemeinsam nutzen, Pfützen auf dem Boden und bürsten das niedrige Becken niemals sauber. Ich will mit ihnen nichts zu tun haben!

Dann klopfe ich leise an Davids Schlafzimmertür, damit er aufwacht. Während er sich nassregnen lässt, bereite ich das Frühstück vor – etwas Obst, Brot, manchmal Getreideflocken, die David mit vergorener und dickgewordener Rindermilch anrührt. Inzwischen habe ich mich auch mit dem

Wirbelmesser angefreundet. David hat mir erklärt, dass wir über die elektrischen Apparate regieren, indem wir den Knopf drücken. Wir können sie ein- oder ausschalten, wie wir es wollen. Niemals dürfen sie uns ihren Willen aufzwingen.

Das gilt auch für den Kasten im Wohnzimmer, der die vielen Bilder zeigt. Inzwischen weiß ich, dass die Menschen nicht in der Kiste wohnen; das Gerät spielt uns nur etwas vor, was nicht unbedingt Wirklichkeit ist, so wie unsere Träume und Fantasien auch nicht immer wahr sind.

Anfangs habe ich mich stundenlang vor diesen Kasten gesetzt und zugeschaut, weil ich alles über Davids Land lernen wollte. Ich wollte herausfinden, was die Menschen in Deutschland beschäftigt, worüber sie nachdenken, was ihnen wichtig ist. Nach einiger Zeit habe ich aber gemerkt, dass der Kasten lügt. Ich habe hier in Frankfurt noch keinen Menschen getroffen, der mit einer Pistole herumläuft oder auf andere Menschen schießt. Wenn ich dem Kasten glauben sollte, dann wird an jeder Ecke wild herumgeballert. Ich sah auch noch keinen, der über das Mobil eines anderen geklettert wäre oder sein Mobil freiwillig gegen eine Wand gelenkt hätte.

Auch die Frauen in Frankfurt sind ganz anders als die Spielerinnen in den Filmen. Wenn ich sie beim Einkaufen beobachte, dann überlegen sie, was sie mittags kochen sollen, oder sie schauen, wo sie einen Blumenkohl finden, der noch weißer und dicker ist. Sie denken nicht immerzu an Männer und wie sie einen in ihr Bett locken könnten! Seit ich weiß, dass mir der schwarze Kasten die Unwahrheit sagt, schalte ich ihn nicht mehr ein.

David schaut auch nur sehr selten die Bilder an; manchmal betrachtet er eine Sendung, die sich „Nachrichten“ nennt, aber ich kann mich nur wundern, wofür sich die Menschen hier interessieren. Sie weiden sich am Unglück anderer, sie beschäftigen sich mit Überschwemmungen und Erdbeben und Schlägereien. Doch dass im Grüneburgpark die Entenmama neun braun-gelbe Küken ausgebrütet hat und dass die

Katze der Nachbarin drei Junge geworfen hat, das hört man nicht in den Nachrichten. Vom neuen Leben will keiner etwas wissen, nur der Tod fasziniert sie.

Und das Essen. Für viele scheint es das Wichtigste in ihrem Leben zu sein, was sie essen oder nicht essen. Dabei genießen sie ihre Mahlzeiten gar nicht richtig. Ich sehe immer wieder Leute, die auf der Straße Nahrung in sich hineinstopfen oder im Stehen eine Mahlzeit hinunterwürgen, immer in Eile, immer gierig, als könnte ihnen einer den Bissen vom Mund wegrauben. Nein, das ist nichts für mich! Deshalb frühstücken wir immer ganz in Ruhe, David und ich. Er sagt nicht viel, er lächelt mich hin und wieder an und dankt mir, dann zieht er sich in das Wohnzimmer zurück und liest eine Weile in dem Buch seines Gottes. In dieser Zeit bleibe ich ganz still in der Küche sitzen und denke über David nach. Ich versuche, seine Gedanken zu verfolgen, aber es ist so schwer, weil er nicht viel von sich erzählt.

Dann ist David bereit zur Arbeit, ich bringe ihn zur Tür und sage: „Auf Wiedersehen, David."

Und er antwortet: „Auf Wiedersehen, Jati." Es ist jedes Mal ein Versprechen, das wir uns gegenseitig geben. Ich bin so froh, dass er an jedem Abend wiederkommt.

Ich schaue ihm vom Fenster aus noch eine Weile nach, bis er um die Ecke biegt. Dort nimmt er die Treppe in die unterirdische Höhle und steigt in die Bahn, die sich auf den Eisenschienen unter den Straßen hindurchschlängelt. Sie bringt ihn direkt vor das Krankenhaus, in dem er seinen Dienst tut. Wenn ich mich eines Tages besser auskenne, werde ich David einmal in seinem Krankenhaus besuchen.

Wenn David nicht mehr zu sehen ist, gehe ich in die Regenkammer und genieße das warme Wasser. Zu Hause trage ich immer noch meinen Sarong, aber wenn ich fortgehe, ziehe ich öfter mal etwas anderes an. David hat mir ein blaues Beinkleid besorgt, das er „Tschiehns" nennt; es ist ziemlich eng, vor allem beim Sitzen. Aber die jungen Leute tragen alle solche Hosen und darüber einen kurzen Kittel, der „Tischört" heißt, oder eine Tunika mit langen Ärmeln namens „Swettschört“. Ich habe mich daran gewöhnt; man kann diese Kleidung auch in einer Maschine waschen, die sie mit viel Wasser im Kreis herumwirbelt. Meine Sarongs wasche ich aber immer noch mit der Hand. Ich habe Angst, dass ihnen schwindelig wird, wenn sie so schnell herumsausen müssen. Außerdem könnte die Farbe aus dem Stoff getrieben werden.

Wenn ich frisch angezogen bin, wasche ich das Geschirr und räume die Küche auf. Dann lese ich eine Weile – nein, nicht auf der Ottomane, sondern in der Küche am Tisch. Da kann ich mich besser konzentrieren. David hat mir ein indonesisches Wörterbuch besorgt und ein deutsches Grammatikbuch und ein kleines Heft, in dem ich mir neue Worte notiere und einpräge. Wenn meine Augen müde geworden sind und mein Kopf zu rauchen beginnt, gehe ich einkaufen.

Beim ersten Mal habe ich mich verirrt und brauchte viele Stunden, bis ich unser Haus wieder gefunden hatte. Die Häuser sehen alle so ähnlich aus! Aber man kann sie doch an den Fenstern unterscheiden. Bei manchen Fenstern stehen stachelige Kakteen auf dem Fensterbrett oder halb vertrocknete Blumenstöcke, denen man nicht ansieht, dass sie irgendwann einmal Blüten getragen haben, und zottelige, grau-weiße Vorhänge sperren jeden Blick ins Zimmer aus. Andere Fenster stehen weit offen und ihre Vorhänge flattern einen Willkommensgruß hinaus.

Solch ein Fenster gibt es gerade unter Davids Wohnung. Ich hoffe, dass ich die Bewohner eines Tages kennen lerne. Es müssen nette Menschen sein. Der Geruch, der ihrer Wohnungstür entströmt, gefällt mir. Es riecht da nach frischen Gemüsesorten, manchmal auch würzig nach Zwiebeln und Pfefferschoten, niemals aber nach altem Kohl und angebrannter Rindermilch wie bei den Leuten im ersten Stockwerk.

Wenn ich eingekauft habe, schiebe ich die Kassetten mit dem Sprachkurs in die Musikmaschine ein und höre mir eine Stunde lang verschiedene Sätze und Erklärungen an. Ich muss ja auch die richtige Aussprache üben. Zum Glück habe ich durch David schon viel von seiner Sprache gelernt; er wundert sich jedes Mal, wie schnell ich lerne, aber es macht mir Freude, denn für mich ist es ein Weg zu seiner Seele. Ich will ihn noch viel besser verstehen und begreifen, was er denkt.

Wenn es draußen dämmerig wird und der schwarze Vogel auf unserem Dach sein Abendlied singt, bereite ich die Zutaten für das Abendessen vor. Dazu schalte ich das Musikkästchen ein und suche mir etwas Fröhliches. Das gefällt mir gut an Deutschland – man kann sich ganz unterschiedliche Musik ins Zimmer holen und muss sich dafür nicht bemühen, braucht auch nichts extra zu zahlen.

Am Nachmittag ruft meistens Davids Mutter an und wir plaudern eine Weile. Sie erzählt mir von der Forschungsarbeit, die Davids Vater gerade macht – es hat mit Bakterien zu tun, aber ich habe nicht verstanden, ob es nützliche oder schädliche Bakterien sind und ob er sie züchtet oder vernichtet. Manchmal bitte ich sie, mir aus Davids Kindertagen zu erzählen. Ich muss noch vieles über ihn erfahren. Vielleicht verstehe ich dann auch, warum er in sich verkapselt ist wie die Samen der Mohnblüte und warum er nur selten über das spricht, was ihn bewegt. Bis jetzt habe ich noch keine Antwort bekommen, außer, dass er schon immer so war.

Wenn David abends nach Hause kommt, ist er müde von der Arbeit. Er schaufelt schweigend das Essen in sich hinein und schaut durch mich hindurch, als wäre ich aus Glas. Anfangs hat mich das sehr gekränkt und ich habe darüber Tränen vergossen, aber inzwischen weiß ich, dass er diese ruhige Zeit braucht, damit seine Seele wieder in den Kopf zurückfindet. Danach setzt er sich eine Weile an die lange Holzkiste mit den länglichen Tasten. Er spielt darauf nachdenkliche und traurige Melodien, aber nach einer halben Stunde werden sie fröhlicher und dann gehe ich ins Wohnzimmer und setze mich still in die Ecke der Couch.

Wenn er zu Ende gespielt hat, sind seine Augen auch wieder bei mir. Gewöhnlich fragt er: „Na, was hast du heute so gemacht?“, und ich erzähle ihm kurz, was ich erlebt habe. Ich beobachte ihn dabei ganz genau und breche sofort ab, wenn er gähnt oder in eine andere Richtung schaut.

Dann frage ich ihn: „Und wie war dein Tag?“

Meistens erzählt er nicht viel, sondern schüttelt den Kopf und sagt: „Lassen wir das. Er ist vorbei, Gott sei Dank.“

Das kann ich nicht begreifen. Hat Gott etwas damit zu tun, ob ein Tag vorübergeht oder nicht? Kann es passieren, dass einmal ein Tag überhaupt nicht vorübergeht, dass die Zeit angehalten wird und man das, was man gerade tut, immer weiter tun muss, bis in alle Ewigkeit?

Ich hätte nichts dagegen, wenn die Zeit während einer solchen Abendstunde angehalten würde, in der wir gemütlich am Wohnzimmertisch sitzen und David einiges aus einem Buch erklärt oder ein schönes Musikstück genießt. Ich höre ihm so gerne zu! Seine Augen sind klug und gütig und seine Hände streichen sanft über den Bezug der Couch, als wäre sie ein Lebewesen, das mit Sorgfalt behandelt werden muss. Manchmal ärgert es mich, wie liebevoll er mit den Dingen umgeht, weil er mich auch nicht anders berührt wie eine Glasschale oder ein Silbermesser.

Aber ich habe keinen Grund zur Klage, denn genau das war es doch, worum ich den Himmelsgott gebeten hatte: ich wollte in Davids Nähe sein, ihn bedienen, ihn versorgen, für ihn da sein. Warum kann ich mich damit nicht zufrieden geben? Woher kommt der Schmerz in meiner Brust, der mich oft stundenlang wach liegen lässt?

Das Festessen

Heute früh sagte David zu mir: „Jati, heute Abend kommt Besuch. Wärst du so nett und würdest meinen Lieblingsreis kochen? Er schmeckt traumhaft gut, so wie du ihn machst."

Ich wurde rot vor Freude. „Für wie viele Personen soll ich kochen? Und möchtest du einen Fruchtsalat als Nachspeise haben? Oder eine Zitronencreme? Welchen Salat wünschst du als Beilage?"

„Ich vertraue deinem guten Geschmack, Jati. Koche für vier Personen, oder für sechseinhalb, falls den Gästen dein Essen so gut schmeckt, wie ich befürchte."

„Ich kann auch etwas anderes kochen. Gebratene Engerlinge mit einem Krokant aus gerösteten Ameisen. Dann kommen deine Gäste nie wieder!"

Er lachte laut, als er die Treppe hinunterstürmte.

Wenn ich gewusst hätte, was mir der Abend bringen sollte, dann hätte ich meinen Scherz in die Tat umgesetzt und eine handvoll Spinnen unters Ragout gemischt – vor meiner Zimmertür unterm Dach gibt es eine ganze Menge davon und sie lassen sich leicht fangen . . .

Aber ich wusste es nicht und stürzte mich mit Eifer in die Aufgabe, ein Festessen zu zaubern. Ich ging zeitig auf den Markt und schleppte frische Gemüse und Salate nach Hause. Mischte die Marinaden und beizte das Geflügel, zerschnitt die Karotten für die kalte Suppe in haarfeine Streifen, hackte die Zwiebel, bis man die Stücke kaum mehr mit dem Auge wahrnehmen konnte. Wusch den Reis dreimal kalt und warf ihn in die heiße Pfanne, röstete ihn mit der Zwiebel an und löschte das Ganze mit kochender Brühe ab. Keine Ahnung, wie viele Stunden das alles dauerte – es dämmerte schon, als alles fertig war. Dann war es höchste Zeit, mich herzurichten. Ich holte meinen Sampur aus dem Dachzimmer, mein schönstes Kleid. Nachdem die Haare gewaschen und getrocknet waren, steckte ich sie mit einem Perlmuttkamm hoch. Eine

Silberkette mit einem winzigen Smaragd hängte ich mir um den Hals, weil sie so gut zum grünen Farnfiligran des Kleides passte.

Dann deckte ich den Tisch, wie es in Davids Land Sitte ist, und holte den fehlenden Stuhl aus meiner Dachkammer. Noch eine Duftkerze auf den Tisch, eine leise, freundliche Melodie aus dem Musikkasten, die auf einer glänzenden runden Platte eingeschrieben war – und dann war alles bereit, die Gäste konnten kommen.

David war der Erste. Er rannte in die Regenkammer und hatte sich gerade frisch angezogen, als die Türglocke ihr Ding-Dong von sich gab. Ich hörte zwei Menschen die Treppe hinaufkommen. Eine Männerstimme sagte etwas, aber es kam keine Antwort, nur ein hartes Klack-klack von Schuhen, die ich bereits kennen gelernt hatte. Da bedauerte ich zum ersten Mal, dass ich die Spinnen über meiner Tür am Leben gelassen hatte.

&

Irene erinnerte mich an eine Schlange, als sie ihre Schultern aus dem Tierfell schälte. Ihr Haar leuchtete noch heller als beim letzten Mal; es wirkte wie mit Silber übergossen und ließ den Nacken frei. Dafür fiel es ihr ins Gesicht und verdeckte ihre Augen, wenn sie den Kopf neigte. Ich sah die Bewunderung in Davids Augen. Als er ihre Hand nahm und zum Mund führte, verließ mich der Mut . . .

Ihr Begleiter war um einen Kopf kleiner als sie und ziemlich rund. Sein Gesicht wirkte weich wie Butter, die zu lange in der Sonne gestanden hat. Vor allem der Mund sah aus, als gehörte er zu einer Frau. Obwohl er einen Kugelbauch vor sich herschob, bewegte er sich elegant und seine Hände dufteten, als hätte er den ganzen Tag Blumen in Vasen eingeordnet.

David begrüßte auch ihn und führte die Gäste ins Wohnzimmer, während ich die Suppe aus der Küche holte.

Ich hörte, wie Irene sagte: „Du hast für vier Leute gedeckt? Wir sind doch nur drei."

„Wieso?“, fragte David. „Willst du heute nichts essen?“

Manchmal sagt er genau das Richtige.

„Ach, Jati ist immer noch hier?“, fragte Irene, als sie mich aus der Küche kommen sah. Ich hielt die Schüssel mit der kalten Suppe in beiden Händen und zwang meinen Blick hinunter auf meine Füße und kämpfte die Versuchung nieder, ihr die Suppe in den Halsausschnitt zu gießen. Meine gute Erziehung siegte. Leider.

Der junge Mann neben Irene stand auf und streckte mir die Hand entgegen. „Ich bin Herrmann“, sagte er. „Irenes kleiner Bruder.“

Seine Hand war feucht und weich, aber er lächelte, und so neigte ich kurz den Kopf und sagte: „Ich bin Jati.“

„Ja, ich habe schon viel von dir gehört“, sagte er.

Hm . . . Was würde Irene wohl über mich erzählen? Sie sah an mir vorbei, als wäre ich gar nicht da, und verwickelte David in ein Gespräch über irgendwelche Aktien, was immer das war.

Herrmann, der eigentlich besser Herrfrau heißen sollte, machte halblaute Bemerkungen zum Essen und wollte wissen, wie die einzelnen Gerichte hießen und woraus sie bestanden. Er aß kräftig, und ich sah, dass es ihm schmeckte. Auch David genoss das Festessen. Nur Irene stocherte in ihrem Teller herum und ließ ihn jedes Mal halb voll stehen, sodass ich ihr ständig neues Geschirr holen musste. Natürlich konnte sie nicht selber aufstehen und sich einen frischen Teller holen!

Nach dem Essen räumte ich den Tisch ab. David half mir dabei, während sich die Gäste ins Wohnzimmer verzogen. Normalerweise hätte ich David auch weggeschickt, aber ich wollte ihn wenigstens diese wenigen Minuten für mich haben, nachdem ich mir mit dem Kochen so viel Mühe gegeben hatte. Er lobte alle Speisen und bedankte sich noch einmal extra bei mir.

Ich ließ gerade das Spülwasser ein, da rief Irene: „Wo bleibst du denn, David?“

Ich ging zur Wohnzimmertür und sagte: „Wir spülen gerade das Geschirr, aber vielleicht möchtest du mir ja dabei helfen?"

Herrmann ließ seine Schultern nach vorne sacken und verbarg das Gesicht in den Händen. Er zuckte so seltsam, als hätte er einen Weinkrampf. Irene war blass geworden und presste die Lippen zusammen. Sie murmelte „Unverschämtheit!"

Dieses Wort kannte ich noch nicht, aber ich sagte höflich: „Danke, gleichfalls." Das hatte ich gestern in einem Zeitungsartikel gelesen. Ich dachte, damit kann man nichts verkehrt machen.

David kam aus der Küche und sagte: „Jati, wir machen den Abwasch später. Setzen wir uns."

Für mich war nur noch ein kleines Stückchen von der Couch frei. Ich hätte mich dicht neben Herrmann hinquetschen müssen, aber das war mir unangenehm, auch wenn seine Hände nach Blumen rochen. Also hockte ich mich auf den Teppich, was mir sowieso bequemer ist als das ewige Sitzen auf diesen harten, hohen Stühlen.

„David, ich möchte etwas mit dir besprechen", sagte Irene, und ihre Stimme hatte schon wieder Eisenklang. „Es betrifft dieses Mädchen hier."

David zog die Unterlippe ein und sagte: „Ach so? Und was ist mit Jati?"

„Sie kann unmöglich hier bei dir bleiben!", behauptete Irene.

„Tatsächlich? Und warum kann sie das nicht?"

„Merkst du das nicht, wie die Leute reden? Dieser Zustand ist unhaltbar!", zischte sie.

„Zu mir hat noch keiner was gesagt", murmelte David. „Die Nachbarn kümmern sich nicht um mein Privatleben. Und was diesen Zustand betrifft – ich habe nichts daran auszusetzen. Jati versorgt den Haushalt, sie lernt nebenher ganz gut Deutsch und ich glaube, sie fühlt sich ganz wohl, nicht wahr, Jati? Wir leben wie Bruder und Schwester."

Ich drehte mein Gesicht in den Schatten, damit Irene nicht darin lesen konnte – so gut gefiel mir das Bruder-Schwester-Spiel auch wieder nicht . . .

„Und das findest du in Ordnung so?“ Irenes Stimme war plötzlich um einiges höher geworden.

Herrmann stand auf und meinte: „Entschuldigt mich kurz, ich geh eine rauchen.“

Ich folgte ihm, blieb aber hinter der Tür stehen und schaute durch den Spalt. Immerhin ging es hier um mein Leben! Da musste ich einfach mithören.

„Was stört dich denn an Jati?“, fragte David. Er kratzte sich am Hinterkopf und sah verlegen aus. So hatte ich ihn noch nie erlebt.

„Dass sie hier mit dir zusammenlebt! Das stört mich!“, fauchte Irene.

„Aber du hast kein Recht –“, begann David.

Sie fiel ihm ins Wort: „O ja. Ich habe das Recht. Ich bin immerhin deine Braut.“

„Aber du hast mich damals verlassen und –“

„Hältst du mir das immer noch vor? Nach dieser langen Zeit?“

„Nun ja . . . du weißt ja, dass ich nach Indonesien gegangen bin, um mir klar zu werden über uns beide. Es hat mich damals sehr getroffen, dass du dich ohne Vorwarnung von mir getrennt hast. Das kann man nicht so einfach wegstecken, Irene.“

Sie neigte den Kopf, sodass ihr das Haar ins Gesicht fiel. „Ich habe es verdient, dass du mich hart behandelst. Ich habe einen großen Fehler gemacht, aber ich schwöre dir, ich habe diesen Fehler schwer gebüßt.“ Sie schluchzte drei, vier Mal auf. „Du ahnst ja nicht, wie dieser widerliche Kerl mich behandelt hat . . . David . . . ich habe so gelitten . . .“

Wer einmal längere Zeit mit einer Bagus zusammengelebt hat, der weiß, worunter diese Frauen leiden: ein Pickel am Kinn, ein abgebrochener Fingernagel, eine Haarsträhne, die nicht so liegt, wie sie sollte. Natürlich leiden sie auch, wenn sie mit eigensinnigen Leuten umgeben sind, die ihnen nicht jeden Wunsch von den Augen ablesen. Wahrscheinlich war dieser „widerliche Kerl" ganz vernünftig.

Aber David hatte wohl seinen Verstand ausgeschaltet und hörte auf sein Herz. Er legte ihr den Arm um die Schulter und sagte weich: „Aber das ist alles vorüber. Sch . . . sch, es ist alles wieder gut."

„Verzeihst du mir?" Das kam so zart, so unschuldig, dass ich sie bewundern musste.

„Natürlich. Reden wir nicht mehr davon."

Sie seufzte erleichtert und gurrte – und bestimmt hatte sie das lange geübt: „Ach, David, ich liebe dich." Und einen Wimpernschlag später: „Am liebsten würde ich dich gleich morgen heiraten."

„Hm, also, ich denke, wir sollten noch –"

Sie ließ ihn nicht ausreden, sondern warf sich in seine Arme und verschloss seinen Mund mit einem Kuss. Ich ging in die Küche; mir war übel, aber nicht vom Essen.

&

Es klopfte leise an der Wohnungstür, Herrmann war es. Er roch nach Rauch und sah mich missmutig an. „Na, haben sie schon ein Urteil über dich gefällt?" Er zeigte mit dem Kopf zum Wohnzimmer.

„Ich habe nur noch gehört, dass deine Schwester so bald wie möglich heiraten will."

„Und was hat David darauf geantwortet?"

„Nichts – er konnte nichts sagen", gestand ich.

Er lachte, aber es klang nicht fröhlich. „Tja. So ist das mit meiner Schwester. Sie hat ihre Pläne und wehe, jemand kommt ihr in die Quere."

„Meinst du damit – mich?"

„Zum Beispiel. Sie wird dafür sorgen, dass du hier wegkommst. Da kannst du Gift drauf nehmen!"

„Gift???"

„Das sagt man nur so . . . Du darfst nicht alles wörtlich nehmen."

Er schlenderte in die Küche und fischte sich mit den Fingern noch einen Brocken Geflügel aus der Schüssel. „Hmm . . . du kochst fantastisch“, sagte er, und wischte sich die Finger an einem Küchenhandtuch ab. „Das werde ich in Zukunft ja regelmäßig genießen können.“

„Was meinst du damit?“ Mir wurde plötzlich kalt.

„Hast du es noch nicht kapiert? Du kommst zu uns. Als Hausmädchen. Bettenmachen, Staubwischen, Treppewischen, Kochen und so weiter.“

In meinem Kopf begann es zu dröhnen. Nein. Das war nicht möglich. Ich riss die Wohnzimmertür auf. Die beiden fuhren auseinander. Davids Gesicht war mit Lippenstift verschmiert und er schaute so verwirrt, als hätte man ihn gerade aus einem Traum geweckt.

Irene stand auf und zog ihren kurzen Rock über die Knie. „Du hast wohl noch nie etwas von Anklopfen gehört?“, säuselte sie, aber ihre Augen blickten hart.

Ich sank auf die Knie und suchte Davids Augen. „Das darfst du nicht zulassen!“, flehte ich. „Ich will nicht ihre Sklavin sein. Niemals! Niemals!“

„Aber was redest du da, Kind!“, sagte sie und rüttelte mich an der Schulter. „Wir leben doch nicht im Mittelalter. Komm, setz dich auf diesen Stuhl und hör mir zu.“

„David, ist es wahr? Willst du, dass ich weggehe?“

Er bewegte die Lippen, aber es war Irene, die für ihn sprach.

„Ja, er will es, weil er eingesehen hat, dass du hier nicht bleiben kannst. David hat jetzt alle Hände voll zu tun, wenn wir unsere Hochzeit vorbereiten. Da kann er sich nicht auch noch um dich kümmern. Und du wärst meiner Mutter eine große Hilfe. Sie kann dir auch vieles beibringen, was man in einem zivilisierten Haushalt können muss. Du bist ja in einigem noch etwas – ungeschickt.“

Wäre David nicht im Zimmer gewesen, dann hätte ich ihr ins Gesicht gespuckt. So hat man mich noch nie beleidigt.

David sah an mir vorbei und schwieg.

„Du hast meinem Vater dein Wort gegeben", flüsterte ich.

„Ja. Ich weiß. Deshalb sorge ich auch für dich. Du bist bei Irene gut untergebracht."

Irene muss ihn verhext haben. Sie hat ihm den Verstand aus dem Kopf geküsst. Da gibt es keine Hoffnung mehr. Ich stand auf, denn ich würde mich nicht noch einmal vor ihm demütigen. Er hatte mir seine Hilfe versagt – ich würde ihn nie, nie wieder um etwas bitten.

Als ich hinausging, hörte ich im Flur ein leises Lachen. „Hab ich dir's nicht gesagt? Sie kriegt immer ihren Willen!"

Ich warf die Türe hinter mir zu und stürmte hinauf in mein Zimmer, verriegelte die Tür und weinte.

Später kamen Schritte, es klopfte, David rief nach mir: „Jati, mach auf, ich will mit dir reden."

Aber mit Verrätern spricht man nicht.

Im Feindesland

Nach diesem Vorfall sperrte ich mich drei Tage lang in meinem Zimmer ein. Ich ging nur dann nach unten, wenn ich sicher war, dass David das Haus verlassen hatte. Dann holte ich mir etwas zu essen, machte mich frisch und las die Zeitung. Ich achtete darauf, keine Spuren zu hinterlassen. Am vierten Tag war nichts mehr zu essen da. Ich kaufte ein wenig Brot und Obst für mich. David sollte ruhig hungern, damit er sich schon einmal daran gewöhnte, wie es ohne mich sein würde.

Am vierten Tag überraschte er mich im Treppenhaus. Er war früher vom Dienst nach Hause gekommen.

„Bitte, Jati, komm herein. Ich möchte dir etwas erklären", sagte er, und seine Sanftheit rührte mich. Er hielt eine lange Rede über die Vorteile, die ich hätte, wenn ich in Irenes Elternhaus ausgebildet würde; ich könnte dann jederzeit auch in einem anderen Haushalt Arbeit finden, denn arbeiten müsste ich, damit ich etwas zu essen hätte. Ich könnte nicht länger bei ihm bleiben, weil Irene eifersüchtig wäre – warum, das verstehe er nicht, aber er respektiere ihre Wünsche, und ich solle doch nicht so empfindlich sein, bei Hofmüllers werde es mir sicher gefallen, sie wären schließlich nette Menschen und so großzügig, denn es wäre nicht selbstverständlich, dass Leute so eine wie mich einfach aufnähmen.

So eine wie mich – ich spürte den Schlag am ganzen Körper und plötzlich sah ich mich mit seinen Augen: eine Wilde ohne Manieren, die halb nackt herumläuft, am liebsten auf Bäume klettert und die man seinen Freunden nicht vorstellen kann, ohne sich zu schämen. Ich war ihm eine Last.

Deshalb widersprach ich nicht, als er mit mir hinaufging und mir beim Einpacken zusah. Deshalb sträubte ich mich nicht, als er ein Mobil anrief mit dem Namen „Taxi" und mir beim Einsteigen half. Deshalb schaute ich mich nicht mehr nach ihm um – ich hätte es nicht ertragen, in seinem Gesicht zu lesen, dass es ihm nun leichter war ohne mich. Ich verkroch mich in mir selbst und sah nicht links, nicht rechts, die ganze lange Fahrt hindurch.

&

Das Taxi fuhr durch ein eisernes Tor und hielt vor einem gelbweißen Haus. So stellte ich mir ein Königsschloss vor – es hatte zwei kleine Türme und lag in einem Park. Vor dem Haus wuchsen gelbe und weiße Rosen. Der Taxifahrer öffnete meine Tür und ließ mich aussteigen. Dann streckte er mir die Hand entgegen und ich schüttelte sie, wie es bei den Deutschen üblich ist. Er wirkte etwas enttäuscht, vielleicht hatte er eine Verneigung erwartet, weil ich einen Sarong trug?

Er sagte: „Das macht vierundzwanzig achtzig."

„Oh, Verzeihung, ich habe gar kein Geld bei mir", sagte ich. David hatte nicht daran gedacht, mir Fahrgeld mitzugeben.

„Na gut", brummte er, „hol ich mir's eben von denen." Er stapfte die Treppe hinauf zur Haustür und klingelte. Alles blieb still. Wir warteten eine Weile, er oben, ich unten, dann sagte er:

„Gehn wir hinten rum, da muss der Dienstboteneingang sein."

An der Hintertür war keine Klingel befestigt. Der Fahrer klopfte kräftig und rüttelte an der Klinke. Immer wieder rief er :„Hallo? Ist da jemand?" Ein Hund bellte und das Bellen kam immer näher und verstummte erst, als ich ruhig auf ihn einredete.

Endlich Schritte, eine energische Frauenstimme: „Wer ist da?"

„Taxifahrer. Ich habe Ihnen ein ausländisches Mädchen hergebracht und kriege 30 Mark."

Er zwinkerte mir zu.

„Ach, das neue Mädchen!" Die Tür ging auf. Ein dünner, gelbbrauner Hund sprang an mir hoch und stützte sich mit den Vorderpfoten auf meine Schultern. Er blies mir seinen stinkenden Atem unter die Nase. Dann fuhr er mir mit der

Zunge übers Gesicht und jappte dreimal. Ich war froh, als er endlich von mir abließ.

Vor mir stand Irenes Mutter, kein Zweifel: groß und hager, blassblondes Haar, schmale Lippen unter einer spitzen Nase und ein Brett, wo man die Brust erwartet hätte. Sie gab dem Taxifahrer einige Geldscheine, worauf er sich davonmachte. Mir streckte sie eine knochige Hand entgegen, an der die Adern weit herausstanden. An jedem Finger funkelte ein Ring. Ich drückte die Hand sehr vorsichtig, um nichts zu beschädigen, dann griff ich nach meinem Bündel, weil ich mich irgendwo festhalten musste. Meine Knie wurden weich.

Sie musterte mich von oben bis unten, wie die Gummizapfer bei uns zu Hause die Gummibäume betrachten, wenn sie überlegen, wo sie den Zapfen für die Milch hineintreiben. Dann kräuselte sie die Nase und wandte sich ab.

„Komm mit, ich zeige dir dein Zimmer", sagte sie über die Schulter, während sie den dunklen Flur entlanglief. Der Hund drängte sich an meine Beine und schnüffelte an meinem Bündel herum. Als ich ihn wegschob, knurrte er beleidigt.

„So, hier sind wir schon!", sagte Frau Hofmüller, und stieß eine Tür auf. Sie machte eine Handbewegung, als wollte sie mich in eine Häuptlingshütte einladen. Es war aber nur eine kleine Kammer. Das Fenster war winzig und vergittert und alles roch so wie bei uns in der Regenzeit, wenn die Kleider nicht mehr trocknen, weil alles im Wald vor Nässe trieft.

Sie knipste das Licht an. Es warf seinen trüben Schein über einen Tisch, der so niedrig war, dass man den Stuhl nicht darunter schieben konnte. An der Wand türmte sich ein breiter Schrank aus dunklem Holz, gegenüber stand ein schmales Bett. Die Decken darauf waren flach wie ein Handtuch und das Kopfpolster sah ziemlich klumpig aus, als wäre es lange nicht durchgeschüttelt worden.

„Nun?"

„Es – es ist etwas kühl hier unten", sagte ich vorsichtig. „Und dunkel. Daran muss ich mich erst – gewöhnen."

Sie fabrizierte ein halbes Lächeln. „Ach ja. Ich vergaß. Du kommst ja aus dem Urwald."

„Ich habe auch eine Zeit lang in der Stadt gelebt, aber ich kenne nur helle Räume, die warm sind und trocken", sagte ich tapfer.

„Vielleicht hast du Recht. Das Zimmer ist wirklich kalt und –", sie schnüffelte –, „und etwas muffig. Aber keine Angst, das wird schon gemütlich. Wir stellen dir einen Heizofen ins Zimmer", sagte sie. „Du wirst dich schnell hier eingewöhnen, glaub mir. Versuch dich ein bisschen an unser Leben anzupassen. Deshalb wäre es mir auch lieber, wenn du nicht mehr in diesem komischen Lappen herumläufst. Ich habe dir ein Kleid in den Schrank gehängt und eine weiße Schürze. Das Haar steckst du hoch und die Haube wird darüber befestigt. Ich zeig dir nachher, wie das geht. Ja, und die Schuhe . . . mit diesen Sandalen kannst du nichts anfangen. Ich lasse dir heute Nachmittag neue Schuhe bringen. So, und jetzt komm!"

Sie führte mich im Haus herum, bis mir schwindelig war. Niemals würde ich mir die vielen Räume merken können! Überall große, helle Schlafzimmer mit eingebauten Regenkammern. Sie nannte sie „Nasszellen". Die Klosetts haben sogar zwei niedrige Becken. In dem einen kann man sich unten herum sauberwaschen – das ist eine gute Erfindung. Es gibt auch einen großen Raum, der bis oben mit Bücherregalen gefüllt ist.

„Kannst du lesen?", fragte sie, und als ich nickte, meinte sie gnädig: „Wenn du freie Zeit hast, darfst du dir gerne mal ein Buch ausleihen. Aber du musst es wieder an seinen Platz zurückstellen, hörst du? Und natürlich musst du sorgfältig mit den Büchern umgehen!"

Beinahe hätte ich gemurmelt: „Ich weiß schon, nicht so wie bei uns im Urwald." Aber ich konnte mich beherrschen. Es war sinnlos, sie gegen mich aufzubringen.

Oben unter dem Dach standen zwei Zimmer leer. Hier hingen lustige Tücher an den Fenstern und die Wände waren mit buntem Papier verklebt. „Das waren die Kinderzimmer“, erklärte sie. Beinahe hätte ich sie gebeten, ob ich nicht hier oben wohnen dürfte, aber dann fiel mir rechtzeitig ein, dass sie Irenes Mutter war. Ich würde mich nicht so weit erniedrigen, meine Feinde um einen Gefallen zu bitten.

In der Küche werkelte eine rundliche Frau herum. Sie hatte graue Locken und ein junges Gesicht. „Ich bin Mathilde“, sagte sie und reichte mir eine weiche Grübchenhand. „Aber jeder sagt Molli zu mir. Ich bin froh, dass du da bist. Kann deine Hilfe gut gebrauchen. Ist viel Arbeit hier!“

Sie erklärte mir, was ich zu tun hatte. Ihre Freundlichkeit und ihr Lächeln taten mir gut. Endlich verschwand Irenes Mutter und ich konnte wieder frei atmen.

&

Zum Abend wurde ein großes Essen gekocht mit verschiedenen Gerichten. Molli gab mir ein Kochbuch und ließ mich die Suppe selbstständig kochen. Das machte so viel Spaß, dass ich beinahe vergessen hätte, wo ich mich befand – bei Feinden! Als sie kurz aus der Küche gegangen war, spuckte ich dreimal in die Suppe und begleitete meinen Auswurf mit allen bösen Wünschen, die mir einfielen. Asam wäre stolz auf mich gewesen!

Beim Essen sollte ich zum ersten Mal „servieren“. Molli stand in der Tür und zeigte mir mit Gesten, was ich machen musste, und Frau Hofmüller dirigierte mich mit Worten. Zuerst ging alles gut. Ich schenkte die Suppe ein, sammelte danach die leeren Teller und stellte sie weg. Dann reichte mir Molli die Platte mit dem Rinderfleisch. Frau Hofmüller musste zuerst davon bekommen, dann hielt ich Irene die Platte hin, die durch mich hindurchsah, als wäre ich nur ein Nebel. Herrmann brauchte lange, bis er sich für ein Stück entschieden hatte, er tauschte es immer wieder um, denn er wollte ein besonders zartes und großes haben.

Dann war ich bei Irenes Vater angelangt. Er ist ein dicker Mann, der keine Haare auf dem Kopf hat, dafür aber eine haselnussgroße braune Warze. Seine Nase ist rot, als würde ihn seine Frau jeden Tag kräftig hineinkneifen, und das traue ich ihr sogar zu. Seine Augen sind klug und flink und huschen herum wie Mäuse in einer Vorratshütte.

Zuerst dachte ich: *Endlich jemand, der kein Feind ist*! Er lachte mich an und redete, als wäre ich ein normaler Mensch und keine Dienstmagd. Ich hielt ihm die Platte mit den Fleischstücken hin und wollte ihm gerade eines auf den Teller legen, als er mich in die Hinterseite zwickte. Vor Schreck fiel mir das Fleisch aus der Hand und landete auf seinem linken Hosenbein. Die Soße tropfte hinterher.

Er lachte laut und schaufelte sich das alles mit den Händen von der Hose auf den Teller. Dann nahm er seine Stoffserviette, tunkte sie in ein Wasserglas und hielt mir das nasse Tuch hin.

„So, Mädchen, jetzt musst du die Schweinerei auch wegputzen." Ich sollte mich vor ihn hinknien und seinen Oberschenkel reiben, aber ich schüttelte den Kopf.

„Nein. Ein Mann darf nur von seiner Ehefrau berührt werden", sagte ich fest. Er lachte noch lauter und diesmal stimmte auch Herrmann in sein Gelächter ein.

„Habt ihr das gehört? Habt ihr das gehört?", prustete der Alte, und Herrmann kicherte albern: „Ist die komisch!". Ich beschloss, ihn nicht zu mögen.

Frau Hofmüller war aufgestanden und nahm mir die Serviette aus der Hand. Ihr Mund war nur noch ein Strich. „Das Mädchen hat Recht. Es gehört sich nicht, dass sie dich anfasst."

Sie rubbelte an ihm herum, bis er „Au!" und „Oh!" schrie und ihre Hände wegstieß.

Als ich wieder in die Küche zurückkam, schüttelte Molli den Kopf. „Du armes Ding", sagte sie. „Jetzt hast du sie alle gegen dich! Du wirst es schwer haben!"

Und diese Vorhersage ging leider in Erfüllung.

Alleingelassen

Seit ich bei Hofmüllers wohne, kann ich David verstehen, wenn er sagt: „Gott sei Dank, dass der Tag vorüber ist!“ An jedem Abend bin ich froh, dass ich den Tag überlebt habe. David ruft täglich an und fragt, wie es mir geht, aber ich komme nie dazu, mehr als zwei Worte mit ihm zu reden. Rein zufällig ist dann immer Irene in der Nähe und übernimmt das Gespräch. Manchmal höre ich, wie sie am Telefon gurrt und schnurrt und mit einer süßlichen Stimme behauptet, es ginge mir vorzüglich, und jawohl, ich hätte mich prächtig eingelebt und wäre ihrer Mutter eine großartige Hilfe und natürlich würde es nur bei ihnen so gut gefallen, dass ich nie mehr fortwollte. Wahrscheinlich glaubt sie das selber.

Und David merkt nicht, wie sie wirklich ist. Wahrscheinlich hat sie einen Zauber über ihn geworfen, sodass er nur ihre Schönheit sieht und davon geblendet ist. Ich frage mich oft, wie ein so kluger Mann wie David auf eine solche Schlange hereinfallen kann. Oder findet er in ihr einen verborgenen Schatz, den Leute wie ich nicht sehen können? So muss es wohl sein . . .

Obwohl ich ihm böse bin, tut er mir Leid, weil er mir vorkommt wie ein Vogel, der sich im Netz verfangen hat. Ab und zu kommt er hierher und besucht Irene. Dann sitzt er im Sessel, als hätte man ihn darin festgeschraubt. Er bewegt sich steif und hölzern, so gar nicht er selbst. Ich bringe es kaum über mich, ihn anzusehen, weil er mir fremd geworden ist. Außerdem steht Irene immer irgendwo in der Nähe und bewacht ihren David mit Raubvogelaugen. Ihr entgeht nichts, kein Blick, kein Zucken in meinem Gesicht.

Frau Hofmüller flattert um David herum, als wäre sie ein Schmetterling und er ein Jasminstrauch. Manchmal denke ich, sie ist noch mehr in ihn verliebt als Irene. Wenn er da ist, dann tut sie doppelt so vornehm wie sonst. Kommt die Rede auf mich, was selten passiert, dann behauptet sie, es ginge mir ja soooo gut bei ihr. Und ich widerspreche nicht. Wozu auch?

Molli hat mir eine zweite Decke besorgt und eine Flasche aus Gummi, die fülle ich abends mit heißem Wasser und das alles, zusammen mit dem kleinen Heizofen, der warme Luft herumpustet, macht mein Zimmer gemütlich. Es ist auch viel heller geworden, weil Molli eine andere Glühbirne in die Lampe geschraubt hat. Außerdem gab sie mir eine Seite aus einer Zeitschrift. Darauf ist ein Stück Urwald abgebildet. Das habe ich mir an die Wand geheftet, so können meine Augen darin spazieren gehen und meine Seele trösten.

Frau Hofmüller ist sehr streng, ich kann ihr niemals etwas Recht machen, aber nach außen hin behauptet sie, ich würde schnell lernen und sie würde mich schon zurechtschleifen, das hätte sie bisher bei jedem Dienstmädchen geschafft. Ich habe übrigens meine heimliche Suppenspuckerei aufgegeben; es hilft ja doch nicht. Wenn sich Irene an ihrer eigenen Bosheit nicht vergiftet, wie sollte ihr dann mein bisschen Spucke schaden?

Herr Hofmüller versuchte es noch ein paar Mal mit dem Tätscheln, aber nachdem ich jedes Mal aufgeschrien und protestiert habe, lässt er mich jetzt in Ruhe. Er meint es eigentlich nicht böse; er denkt nur, die Menschen in seiner Umgebung gehören ihm, weil er viel Geld hat und eine große Fabrik besitzt. Und bei seiner Frau hat er ja nicht viel zu tätscheln, da würde er sich Splitter reißen.

Irene arbeitet mit in der Fabrik, aber nicht mit den Händen, sondern mit dem Kopf. Sie sitzt in einem Büro und bestimmt, was gemacht werden soll. Ich habe herausgefunden, dass sie die Fabrik später alleine führen soll, und ich bin sicher, sie wird es großartig machen, denn sie denkt sehr schnell und findet immer gleich die Lösung für ein Problem. Obwohl ich sie nicht ausstehen kann, muss ich zugeben, dass sie die klügste Frau ist, die ich in meinem ganzen Leben getroffen habe. Ob es das ist, was David so an ihr fasziniert – abgesehen von ihrer Schönheit?

Ihr Bruder Herrmann hat in der Familie nichts zu sagen. Der Vater schaut an ihm vorbei und redet, als wäre er gar nicht da. Herrmann leidet darunter, aber er tut so, als mache ihm das alles nichts aus. Er spricht spöttisch über seine Eltern, obwohl er die Mutter fürchtet. Auch von Irene hält er nicht viel, was ich verstehen kann. Trotzdem tut er meist, was sie anordnet.

Wenn Irene da ist, dann muss ich viele Botengänge für sie erledigen. Das hat auch sein Gutes: Ich komme endlich einmal aus dem Haus und treffe andere Menschen. Die Schuhe, die mir Frau Hofmüller gekauft hat, sind zu klein und drücken furchtbar, aber ich fand in einem Geschäft ein Paar Schuhe, die ganz billig waren, weil sie außer mir keiner kaufen wollte. Herr Hofmüller hatte mir ein bedrucktes Papier zugesteckt, das zwanzig Mark wert ist, davon konnte ich die Schuhe bezahlen. Jetzt habe ich endlich keine Schmerzen mehr beim Gehen. Draußen muss ich auch nicht in dem schwarzen Kleid herumlaufen – mit der kleinen Schürze und dem lächerlichen Häubchen.

Dann trage ich meine blauen engen Hosen und ein Hemd oder einen Pullover und fühle mich wie eine „Deutsche". David hat schon Recht gehabt, als er meinte, ich sollte mich ein bisschen an seine Landsleute anpassen. Wenn man nirgendwo dazugehört, dann ist man völlig heimatlos.

&

Letzte Woche hat mir Herrmann ein altes Fahrrad gebracht, das im Schuppen herumstand. Er zeigte mir sogar, wie man darauf fährt. Als ich es probierte, fiel ich der Länge nach hin und er hielt sich den Bauch vor Lachen. Seither übe ich immer hinten im Park, wo mich keiner sieht. Es klappt schon ganz gut. Molli hat mir einige Regeln erklärt, die man beachten muss, damit man auf der Straße nicht von Automobilen verletzt wird. Habe ich jemals behauptet, wir Badui lebten eingeklemmt in vielen Regeln und Gesetzen? Das ist gar nichts gegen die Deutschen! Hier gibt es für alles und jedes ein Gesetz und Frau Hofmüller achtet darauf, dass ihre Regeln nicht übertreten werden.

„Steh gerade! Mach nicht so große Schritte! Kau gründlich! Nein, zum Essen trinkt man nicht! Das verdünnt den Magensaft. Was, du isst etwas zwischendurch? Du ruinierst deine Verdauung! Warst du heute schon auf der Toilette? Und? Wie war dein Stuhlgang?"

Diese Sprüche hört man den ganzen Tag und sie belästigt damit nicht nur Irene und Herrmann und uns „Haussklaven", sondern auch ihren Mann. Sie sagt ihm sogar, wie man richtig atmen muss. Ich habe mich über seine Geduld gewundert, bis ich ihn einmal im Esszimmer ertappte, als er gerade ein Geheimfach in einem Regal aufschob und eine viereckige Flasche mit einer bernsteingelben Flüssigkeit herausholte.

Er verschluckte sich, als er mich sah, aber dann lachte er. „Bloß nix meiner Frau verraten, aber ich brauch das. Es ist mein Seelentröster. Willst du auch mal?"

Er hielt mir die Flasche hin und ich schnupperte daran. Die Flüssigkeit roch nach dem Zeug, mit dem David vor einer Operation die Schnittstelle eingerieben hatte, um Bakterien abzutöten.

Wahrscheinlich musste Herr Hofmüller damit sein Inneres reinigen, damit sich keine Giftstoffe bei ihm festsetzen konnten. Jedenfalls bekam er nach dem Trinken rote Wangen und summte vergnügt vor sich hin. Aber ich wollte lieber nicht davon trinken, obwohl ich schon lange nicht mehr vergnügt gewesen bin.

Ach, David, warum hast du mich verraten?

Immer auf Trab

Manchmal arbeite ich im Garten. Hinter dem Haus wachsen Rosen. Sie duften und bezaubern mich jedes Mal mit ihrer Anmut. Morgens liegen die Tautropfen auf den Blütenblättern und wenn die Sonne hinter den Bäumen heraufsteigt, dann glitzern sie wie Edelsteine. Ich grabe meine Finger in die weiche, fruchtbare Erde und spüre, wie sie langsam warm wird. Das Unkraut zupfe ich am liebsten mit der Hand heraus. Sie bezahlen zwar einen Gärtner für diese Arbeiten, aber der ist alt und krumm und kann sich nicht mehr bücken. Er mäht den Rasen mit einer Maschine, die laut herumheult.

Einmal ist er damit dem Hund über die Pfote gefahren, da hat der Hund noch viel lauter geheult. Wir mussten ihn zum Tierarzt fahren und das Auto war so mit Blut verschmiert, dass sie es am liebsten verkauft hätten, weil sie meinten, es ginge nicht mehr sauberzuputzen. Aber dafür haben sie ja mich . . .

Der Hund hinkte eine Woche lang mit einem dicken Verband herum und wollte den ganzen Tag von mir gestreichelt werden, dabei kann ich ihn genauso wenig leiden wie den Rest der Hofmüller-Familie. Er stinkt nämlich und er weiß nicht, wann er stört. Trotzdem spüre ich, dass er mich gern hat, und eigentlich sollte ich darüber froh sein. Abgesehen von Molli ist er der Einzige, dem etwas an mir liegt.

&

Alle sieben Tage wird dieses Haus auf den Kopf gestellt. Ich muss alle Zimmer saugen, die Teppiche aus dem Fenster ausschütteln – letzte Woche ist mir einer heruntergefallen; er war so schwer, dass er mir aus den Händen rutschte. Das gab ein Theater! Der Teppich blieb zwischen den Rosenstöcken hängen, aber Frau Hofmüller sorgte sich nicht um die schönen Blumen, die dabei abgeknickt wurden, sondern um das verblichene, fadenscheinige Stück Wollstoff.

„Es ist ein echter Perser, Jati! Damit muss man vorsichtig umgehen! Aber du denkst beim Arbeiten dauernd an andere Dinge, deshalb passieren dir solche dummen Sachen!“

Immerhin traut sie mir zu, dass ich denken kann . . .

Dann muss ich auf allen Möbeln Staub wischen, obwohl er sich eine Minute später wieder dort hinsetzt; muss das Holz mit einem besonderen Öl einreiben und polieren, bis ich mein Gesicht darin erkenne, muss jedes Tröpfchen und Fleckchen von den Fenstern abwischen; muss die Marmortreppe mit brühheißer Seifenlauge wischen und die endlos langen Korridore, die weiß gefliest sind.

Dabei erwarten sie nicht einmal Besuch. Nein, das Haus wird sauber gemacht, weil wir am nächsten Tag alle zusammen *fortgehen*. Zu einer großen Halle mit einem Turm daneben. Frau Hofmüller nennt es „Kirche“. Was dieser Ort mit dem Saubermachen zu tun hat, konnte mir noch niemand erklären. Jedenfalls bin ich am Abend nach dem Putzen kreuzlahm und kann mich kaum noch bewegen.

Am Tag darauf muss ich extra früh aufstehen und das Frühstück bereiten, denn Molli hat am Sonntag immer frei und darf sich ausruhen. Wenn ich in der Küche fertig bin und alles im Esszimmer bereitsteht, bringt Frau Hofmüller ein schwarzes Samtkleid mit weißem Kragen in mein Zimmer und besteht darauf, dass ich es anziehe. Es zwickt am Hals, und ich kann die Arme kaum bewegen, weil sonst der Stoff einreißt. Und was mich noch mehr ärgert: ich brauche ihre Hilfe beim Anziehen, weil man das Kleid hinten mit einem Reißverschluss zumachen muss. Meistens klemmt sie beim Zuziehen ein paar Haare mit ein. Aber ich lasse mich nicht dazu herab, zu klagen oder zu jammern. Lieber beiße ich mir die Zunge ab!

Beim Servieren muss ich vorsichtig sein, sonst könnte das Kleid schmutzig werden! Was dann passiert, male ich mir lieber nicht aus. Am Sonntag früh darf ich eigentlich am Tisch mitessen und nicht wie sonst immer in der Küche, aber dieses gnädige Angebot nutze ich nicht. Mit Menschen, die ich nicht mag, sitze ich nur ungern am Tisch. Außerdem muss ich ohnehin alle anderen bedienen, also bleibe ich stehen.

Um halb zehn springt Frau Hofmüller auf: „So. Schluss jetzt. Beeilt euch, damit wir nicht zu spät kommen!"

Sie erwartet, dass auf dieses Signal hin jeder sein Brötchen und die Kaffeetasse abstellt und sofort aufbricht. Herr Hofmüller hält mir dann jedes Mal seine Tasse hin und sagt: „Noch mal auffüllen!" Herrmann nimmt sich seelenruhig ein drittes Ei, obwohl er schon zwei verdrückt hat und dazu fünf Schinkenbrötchen. Irene schlängelt sich aus dem Sessel hoch, murmelt: „Ich muss noch meine Haare machen", und stakst aus dem Zimmer.

Frau Hofmüller stimmt ein Gejammer an, dass sich alle gegen sie verbündet hätten, ich solle gefälligst den Tisch abräumen, damit wir endlich fertig würden („wir", sagt sie, als ob sie jemals einen Finger krumm gelegt hätte!). Aber das Abräumen ist nicht so einfach, denn Herrmann braucht die Butter noch, und ja, auch die Marmelade und den Honig, denn er kann sich nicht so schnell entscheiden, womit er sein nächstes Brötchen einschmieren möchte. Herr Hofmüller schlürft den heißen Kaffee, verbrennt sich die Zunge, schimpft: „Immer diese Hektik!" und „Lass mich wenigstens am Sonntag mal in Frieden!" Er duldet nicht, dass ich die Zuckerdose oder den Sahnegießer entferne, nur Irenes gebrauchtes Geschirr darf ich wegräumen. Der Hund rennt mir jedes Mal vor die Füße und wenn keiner hinsieht, trete ich ihn ein wenig, dann kneift er den Schwanz ein und jault. Aber er gibt trotzdem keine Ruhe.

Es ist jede Woche dasselbe: Frau Hofmüller nörgelt und schimpft, bis Herr Hofmüller brüllt: „Zum Donnerwetter noch mal. Ich bleib zu Haus!", wütend aus dem Esszimmer stapft und die Tür hinter sich zudonnert. Herrmann zwinkert mir zu und isst noch ein weiteres Brötchen, um seine Mutter zu ärgern, was ihm wie immer gelingt. Irene schwebt in einem taubenblauen oder cremefarbenen Kostüm die Treppe hinunter, elegant wie eine Königin, wirft ihr goldfarbenes Haar in den Nacken und schlägt ungeduldig mit den Autohandschuhen in ihre rechte Hand. „Wo bleibt ihr denn? Wo bleibt ihr denn?" Frau Hofmüller trippelt hinter mir her, während ich hastig das Geschirr in die Küche trage, und ruft: „Mach schnell. Beeil dich. Es ist schon spät!"

Als ich das zum ersten Mal erlebte, dachte ich noch, ich könnte etwas verbessern: „Darf ich das Geschirr später wegräumen, dann können wir sofort aufbrechen." Sie sah mich an, als hätte ich geplant, den Heiligen Berg der Badui in die Luft zu sprengen.

„Aber Jati! Wir können doch das Esszimmer nicht so unordentlich hinterlassen! Wie sieht denn das aus? Das macht man vielleicht im Dschungel so, aber nicht bei uns." Seither gebe ich mir Mühe, auch den letzten Krümel vom Tisch zu fegen und trotzdem nicht allzu lange zu brauchen. Bis dahin ist das Samtkleid unter den Armen schon nassgeschwitzt und das hasse ich, denn dieser Geruch erinnert mich daran, dass ich eine Sklavin bin und tun muss, was andere mir befehlen.

Wenn ich dann ins Auto steige – als Allerletzte, denn jeder hatte noch mindestens einen Sonderauftrag – dann sehen mich alle bitterböse an, sogar der Hund, und Frau Hofmüller sagt mit verkniffenem Mund: „Deinetwegen kommen wir wieder zu spät." Worauf Irene jedes Mal antwortet: „Warum lassen wir sie dann nicht hier?"

Und Frau Hofmüller sagt dann: „Das Kind muss in die Kirche."

&

Während wir die Kirche betreten, verwandelt sich Frau Hofmüller schlagartig in ein Wunder an Herzensgüte. Ihr Mund, jetzt nicht mehr verkniffen, lächelt huldvoll, sobald sie das Portal durchschreitet. Sie knickst beim Eintreten und berührt mit der rechten Hand ihre Stirn, ihre Brust und ihre Schultern. Manchmal taucht sie den Finger in ein Wasserbecken und tupft mir damit auf die Stirn. Freundlich grüßt sie nach links und rechts, während wir den langen Gang bis nach vorne durchgehen. Dort hat sie ihren festen Platz. Einmal saß eine fremde Familie in dieser Bank, da klopfte sie den Leuten auf die Schulter und lächelte, dass man ihre vergoldeten Backenzähne sah. Sie flüsterte eine Weile mit ihnen und zeigte nach hinten, bis sie die Plätze räumten und mit hochroten Köpfen die Kirche verließen.

Wenn Frau Hofmüller ihre Bankreihe erreicht hat, dann wartet sie, bis Irene, Herrmann und ich herangekommen sind. Sie möchte sicher sein, dass sie uns im Auge behält. Dann lässt sie uns hinein und kniet auf die kleine Holzleiste an der Vorderbank. Sie legt die Hände zusammen, bewegt die Lippen und schaut unentwegt nach vorne zu einem vergoldeten Tisch, über dem ein Kreuz hängt. Daran ist die Skulptur eines beinahe nackten Mannes befestigt, der in einer fürchterlich verdrehten Haltung dorthängt. Die Hände und Füße sind ihm festgenagelt worden und er sieht aus, als litte er grässliche Schmerzen. Zu dieser Figur beten die Leute in dieser Kirche, zu einem leblosen, ohnmächtigen und gefolterten Gott, der sich halb nackt zur Schau stellen lässt, ohne sich gegen diese Entwürdigung zu wehren.

Ja, ich weiß, wen diese Figur darstellen soll. David hat mir die Geschichte vom Sohn Gottes erzählt, der als Mensch auf die Welt kam, weil er seine Geschöpfe besser verstehen wollte und weil er sie aus der Hand seines Feindes retten wollte. Ich habe damals geweint, als ich begriff, dass Gottes Sohn all das auf sich genommen hat, damit wir einmal im Paradiesgarten leben dürfen. Es ist gut, dass man sich immer an diese Tat erinnert, aber damit hört die Geschichte ja nicht auf. Der Sohn Gottes blieb nicht tot im Grab, er stand auf und kehrte zurück in den Himmel. Und dort wartet er auf den Tag, an dem er als König des Weltalls auf die Erde kommt und alle seine Freunde zu sich holt.

Ich sagte David, dass ich gerne mitkommen möchte und diesen Gott ganz aus der Nähe sehen will. Und er meinte: „Das wirst du auch, Jati. Vertrau ihm und sprich mit ihm, als wäre er dein liebevoller Vater.“

Und das tue ich, obwohl ich gestehen muss, dass ich ein bisschen enttäuscht von ihm bin. Wäre ich an seiner Stelle, dann würde ich nicht dulden, dass ein Mensch einen anderen als Sklaven missbraucht. Trotzdem will ich ihm nicht kündigen, wer weiß, wofür das alles gut ist? Er hat mir schon ein paar Mal geholfen, vielleicht tut er's wieder.

Aber ich verstehe nicht, warum die Leute zu dieser Statue beten, zu einem Stück Holz mit toten Augen. In der Ecke steht noch eine andere Statue, eine große Frau im blauen Kleid, die ein Kind auf dem Arm hält. Frau Hofmüller erklärte mir, das sei Maria mit dem Jesuskind. Viele Kerzen brennen vor der Figur und manche Leute knien sich davor hin und beten sie an. Dazu lasse ich mich aber nicht zwingen. Ich knie nicht in dieser Kirche, denn ich will nichts anbeten, was von Menschen gemacht wurde. Da sind mir unsere Badui-Götter noch lieber, von denen man nicht genau weiß, was sie treiben. Wenigstens haben sie ihren eigenen Willen und sind nicht nur geschnitzte Figuren!

&

Der Priester kommt mit zwei kleinen Jungen herein und nun beginnt ein Ritus, bei dem Weihrauch verbrannt wird und bei einem Glockenklingeln der Sohn Gottes angeblich aus dem Himmel geholt und in einen runden Keks hineingezaubert wird – so jedenfalls hat es mir Frau Hofmüller erklärt. Ich wundere mich, dass die Leute in Deutschland an so etwas glauben. Wie kann sich ein Gott, der König im Universum ist, plötzlich in ein Stück Keks verwandeln und von den Leuten aufessen lassen? Nur weil der Priester es so anordnet?

Als ich diesen Gottesdienst zum ersten Mal erlebt hatte, ging ich nach vorn zum Priester und fragte ihn danach. Er wurde verlegen und meinte: „Das verstehst du nicht, kleines Heidenmädchen."

Da hat er Recht. Einen solchen Gott möchte ich auch gar nicht kennen, wenn er so ist, wie Frau Hofmüller ihn darstellt: dass er die Menschen nur dann lieb hat, wenn man sie als Babys mit heiligem Wasser besprengt hat, dass er fordert, die geheimen Gedanken einem Priester zu beichten und die unsinnige Strafe abzuleisten, die dieser Mensch einem auferlegt. Wie soll ich einen Gott ehren, der zu solchen Methoden greift, die niemandem weiterhelfen? Der es duldet, dass seine Anhänger vor geschnitzten Bildern knien und sie anbeten, obwohl er das in seinem Buch ausdrücklich verboten hat? So ein Gott wäre auch nicht besser als unsere Badui-Götter.

Während der Priester in einer fremden Sprache einen Singsang beginnt und die Leute dazu murmeln, schaue ich zu den bunten Glasfenstern hinauf, die das warme Sonnenlicht aussperren, und sage leise: „Davids Gott, nicht wahr, du bist größer? Du musst viel größer sein, damit ich dich anbeten kann."

&

Sobald wir die Kirche verlassen haben, verblasst die Magie, die dieser Ort auf Frau Hofmüller ausübt. Sie beginnt schon auf der Heimfahrt zu nörgeln und hat eine Menge Aufträge für mich. Aber zuerst darf ich mich aus dem elenden Samtkleid schälen, damit sie es wieder an sich nehmen kann.

„Puh, Jati, du bist ja ganz verschwitzt, geh dich sofort duschen!", keift sie dann. Und das tue ich ausgiebig; es ist das Beste an diesem langen, mühsamen Tag.

Nachdem ich gekocht und das Mittagessen serviert habe, zieht sich die Familie zum Schläfchen zurück, und ich bereite den Kuchen vor und decke die Kaffeetafel. Manchmal finde ich einige Minuten, um die müden Füße hochzulegen, dann öffne ich die Fensterflügel und höre den Vögeln zu, die im Park singen und den Schöpfer ehren. Ich würde so gern in Gottes Buch lesen, aber dazu bleibt mir keine Zeit an diesem Tag, den sie „heilig" nennen. Was daran anders ist als sonst, habe ich noch nicht herausgefunden – mir bringt der Sonntag mehr Arbeit.

Nach dem Kaffee wird der Bilderkasten eingeschaltet. Manchmal kommt auch Besuch, dann spielt Frau Hofmüller wieder die liebevolle Wohltäterin und erzählt allen, ob sie es hören wollen oder nicht, wie viel sie für mich tut und wie schwer sie es mit mir hat. Und die Gäste sind gerührt und schütteln den Kopf und sagen: „Dass es so was heute noch gibt! Ein solches Mädchen aus dem Urwald! Ohne Ausbildung, ohne Papiere! Und Sie nehmen sie bei sich auf!"

Wahrscheinlich erwarten alle, dass ich ihr vor Dankbarkeit die Füße küsse.

&

Aber nicht jeder lässt sich von Hofmüllers Theater blenden. David war neulich mit seinen Eltern zum Abendbrot gekommen. Als sie allein im Esszimmer saßen, hörte ich Davids Mutter sagen: „Habt ihr es nicht bemerkt? Jati leidet. Ganz dünn und blass ist das Mädel. Und die dunklen Augenringe. Sie lassen sie viel zu schwer arbeiten, diese Ausbeuter und Leuteschinder!"

„Na, na, was sind denn das für Töne?", brummte Davids Vater, aber David bekam ein nachdenkliches Gesicht. „Meinst du wirklich? Das ist mir gar nicht aufgefallen."

„Ja, weil du bis über beide Ohren in Irene verschossen bist und nicht merkst, wie sie wirklich ist! Du bist blind für alles andere!", rief Davids Mutter. „Wach auf, Junge. Komm zurück auf die Erde!"

Ich dachte, das wäre ein guter Moment, den Brotkorb ins Esszimmer zu tragen. David winkte mich zu sich.

„Komm her, Jati. Lass dich anschauen!" Er betrachtete mich, als sähe er mich zum ersten Mal. Dann fragte er leise: „Was ist los? . . . Du siehst nicht gesund aus. Hast du – Heimweh?"

Ich konnte nicht reden. Plötzlich saß mir das Weinen in der Kehle wie ein dicker Kloß.

Nun schien er ernsthaft besorgt. „Werd mir bloß nicht krank. Bekommst du denn auch genug zu essen?"

Seine Stimme legte sich wie ein Rosenblatt auf meinen Schmerz und die Sehnsucht erwachte, die ich so lange hinuntergewürgt hatte. Sie wuchs und stieg in mir hoch und verdrängte den Groll, den ich die ganze Zeit am Leben hielt mit bitterbösen Gedanken über David, um ihn nicht mehr lieben zu müssen. Aber meine Liebe wollte und wollte nicht sterben.

Hatte er meine Gedanken gelesen? Er stand auf, nahm mein Gesicht in beide Hände und sah die Tränen, die ich nicht zurückhalten konnte.

„Mutter, du hast Recht. Das hier ist nichts für Jati. Wir müssen etwas anderes finden."

Sie nickte. „So schnell wie möglich!"

Als ich hinaushuschte, um mir ein Taschentuch zu holen, sah ich Irene an der Türe stehen, und ihr Blick war – unverdünnte Drohung.

&

David kam mir in die Küche nach und lehnte sich mit dem Rücken an die geschlossene Tür, damit wir nicht gestört wurden. Molli hatte sich bei seinem Anblick in die Speisekammer verzogen, aber ich wusste, dass sie große Ohren machte.

„Ich muss mich bei dir entschuldigen. Ich hatte keine Ahnung, dass sie dich hier so schlecht behandeln. Sonst hätte ich dich nie hierhergebracht." Er seufzte.

„Kann ich nicht wieder bei dir wohnen?", fragte ich leise, obwohl ich mir doch vorgenommen hatte, ihn nie wieder um etwas zu bitten. Seine Augen strahlten einen kurzem Augenblick auf, dann zog ein Schatten darüber.

„Ich fürchte, das wird nicht gehen. Du kennst Irene", sagte er gepresst.

O ja, ich kannte Irene, wahrscheinlich besser als er!

„Sie ist – eifersüchtig. Ich möchte nur wissen, warum", sagte er.

Ich wusste es, aber das musste er für sich selber herausfinden.

„Morgen früh fahre ich auf eine Ärztetagung. Sie dauert drei Tage. Wenn ich zurück bin, weiß ich sicher schon mehr. Kannst du so lange noch aushalten?“

Ich biss mir auf die Lippen. „Es – es wird schon gehen“, flüsterte ich. Er sollte meine Angst nicht spüren.

„Tapfere kleine Jati“, sagte er und nahm mich in den Arm. In diesem Moment, so kurz wie ein Wimpernschlag, so lang wie eine kleine Ewigkeit, fühlte ich mich den Wolken nah wie nie zuvor, denn ich spürte einen Frieden und ein Glück, von dem ich bisher nur geahnt hatte, das es sie gäbe.

Das Komplott

Am Tag nach diesem Besuch staubte ich in der Bibliothek die hinteren Regale ab. Da ging die Tür auf. Irene und Herrmann kamen herein und setzten sich in die Leseecke. Sie konnten mich nicht sehen und ich blieb ganz still in meiner Nische stehen.

„So geht es nicht weiter!“, zischte Irene. „Wie er sie gestern wieder angeschaut hat! Sie hat ihn bezirzt. Sonst müsste er doch merken, wie sie ihn um den Finger wickelt.“

„Jati? Den David? Verwechselt du da nicht was?“, murmelte Herrmann.

„Jedenfalls habe ich ihre Tricks jetzt endgültig satt. David guckt mich jedes Mal misstrauisch an, wenn er mit ihr gesprochen hat. Ich sage dir, sie vergiftet seine Gedanken! Das muss ein Ende haben.“

„Und wie stellst du dir das vor? Willst du sie etwa umlegen und in den Brunnen werfen?“, gluckste er.

„Blödsinn! Nein, David muss endlich einsehen, dass ihn dieses kleine Biest aus dem Urwald einfach ausnutzt. Sie spielt mit seiner Gutmütigkeit. Mit seinem Pflichtbewusstsein. Aber ich werde ihm die Augen öffnen. Das bin ich ihm schuldig. Und du wirst mir dabei helfen.“

„Wieso ich? Ich hab mit Weibern nichts am Hut, schon gar nicht mit solchen. Womöglich hat sie einen Dolch unterm Kopfkissen.“

„Red keinen Quatsch! Pass auf. Wenn es dir gelingt, Jati den Kopf zu verdrehen, dann hast du gleich zwei Probleme mit einem Schlag gelöst. Du befreist David endgültig von dieser Wilden, denn er ist sich sicher zu gut für so eine kleine Hure, wenn sie erst mal eine ist.“

„Hm . . . bis jetzt ist sie noch keine, so viel ich weiß. Und ich hab keine Lust, einem Mädchen nachzusteigen. Mir reicht es vollauf, dass ich dich und Mutter ertragen muss. Noch ein Weibsbild mehr am Hals? Nein danke.“

„Ich weiß deine Hochachtung zu schätzen“, sagte sie beißend. „Aber du vergisst das zweite Problem.“

„Lös deine Probleme gefälligst selber, ich hab keins.“

„O doch. Du hast ein Problem und ich kenne sogar seinen Namen: Maurice.“

„. . .“

„Ja, jetzt fällt dir nichts mehr ein.“

Herrmann zog die Nase hoch. „Keine Ahnung. Ich weiß nicht, wovon du redest.“

„Und ob du das weißt. Denkst du, ich bin taub? Glaubst du, ich merke nicht, wie du diesen schwindsüchtigen Lustknaben nachts in dein Zimmer holst und im Morgengrauen wieder fortschickst? Und ich kann dir versichern, Mutter ist auch nicht blind. Sie hat dieses Bürschlein schon mehr als einmal im Haus herumtappen gesehen. Sie weiß Bescheid.“

Er stöhnte. „Sie wird mich doch nicht an Vater –“

„Nein. Noch hat sie ihm nicht verraten, dass sein Sohn eine Tunte ist.“

Ich hatte keine Ahnung, was eine Tunte war, aber das Wort schien mir auf Herrmann gut zu passen – so weich und klebrig wie gut aufgegangener Hefeteig.

„Und wird Mutter –“

„Hör zu!“ Plötzlich hatte Irenes Stimme wieder diese Stahleinlage, bei der sich meine Nackenhaare aufstellen. „Du weißt, wie Vater darüber denkt. Bisher weiß er noch nichts – er ahnt nur. Wenn du verhindern willst, dass er dich enterbt, dann musst du ihm den Beweis dafür liefern, dass du ein ganzer Mann bist. Er wird dich nicht mehr verachten. Er wird sogar stolz auf dich sein, wenn du mit einem Abenteuer prahlen kannst.“

„Meinst du wirklich?“, zweifelte er. „Aber – aber vielleicht muss ich das Mädchen – dann – heiraten!“

„Sei nicht blöd! Davor kann man sich schützen. Außerdem wär es auch nicht das Schlimmste. Sie kann froh sein, dass sie überhaupt einen Mann kriegt, nachdem du’s mit ihr getrieben hast. Da wird sie schon keine Ansprüche stellen. Und was du machst, wenn du verheiratet bist, das interessiert keinen mehr."

Herrmann seufzte abgrundtief. „O Mann, ich weiß nicht . . . ob ich das schaffe? Wie stellst du dir das Ganze vor? Muss ich abends vor ihrem Zimmerfenster singen? Oder ihr verliebte Blicke zuwerfen? Sowas kann ich nicht."

„Stell dich nicht so an! Du musst einfach denken, sie wäre Maurice!" Irene beugte sich vor und flüsterte ihm etwas ins Ohr und ich wagte nicht zu atmen.

&

Nach dem Abendbrot erzählte ich Molli von dieser Verschwörung. Ich schämte mich dafür, aber es schien mir trotzdem klüger, einen Zeugen zu haben.

Molli kratzte sich gründlich am Kopf, bis sich ihre grauen Locken aufstellten wie eine Krone, und brummte: „Na, denen werden wir die Suppe aber gründlich versalzen!"

Wir warteten noch, bis es im Haus ganz still geworden war. Dann drehte ich die Glühbirne in der Flurlampe locker. Molli kam im Nachthemd herein und kletterte in mein Bett. „Au, ist das hart bei dir!", jammerte sie. „In so einem Bett könnte ich keine Stunde schlafen."

Manchmal ist es doch praktisch, wenn man gewohnt war, auf einer Bastmatte zu schlafen, dachte ich. Ich schlüpfte in meine Jeans, zog ein dunkles Hemd darüber und verkroch mich im Schrank. Durch einen schmalen Spalt kam genügend Luft herein. Und dann begann das Warten . . .

Leise tickte die Weckuhr und der Kopf wurde mir schwer. Ich befahl meinen Gedanken, jeden einzelnen Tag des letzten Monats an mir vorüberspazieren zu lassen. Aber sie gehorchten nicht. Immer wieder wanderten sie zu David und immer wieder spürte ich Schmetterlinge in meiner Brust. Ich hatte nicht einmal Angst vor dem, was jetzt gleich auf mich zukommen würde, weil ich eine geheimnisvolle Zuversicht spürte – ich wusste, alles würde gut werden.

Irgendwann musste ich doch eingeschlummert sein. Ich

schreckte hoch, weil meine Zimmertür knarrte. Durch den Spalt im Schrank sah ich einen Schatten hereinschleichen, klein und rundlich. Der Schatten schnaufte, als er sich neben Molli aufs Bett wuchtete.

Dann stimmte er eine zuckersüße Rede an: „Ganz still, mein Kätzchen! Keine Angst, das bin nur ich, der Herrmann. . . . Ich finde dich sooo süß. Magst du mich auch ein bisschen? . . . Komm, hab keine Angst, ich will dir doch nicht wehtun. Nur ein bisschen streicheln, das magst du doch? Sei lieb zu mir, mein zartes Blümchen."

Ich musste mir auf den Knöchel beißen, damit ich nicht laut herausplatzte. Zartes Blümchen! Molli wog doppelt so viel wie Herrmann und hatte von der schweren Hausarbeit kräftige Muskeln. Die sollte er gleich zu spüren bekommen.

Es gab ein kurzes Gerangel im Bett und ich sprang aus dem Schrank und hielt ihm Kiris Messer an den Hals: „Still! Sonst bist du tot!"

Er wimmerte trotzdem wie ein neugeborenes Zicklein, deshalb riss ich ihm einen Socken vom Fuß, steckte ihm den als Knebel in den Mund und band ihn mit seinem Seidenschal fest. Inzwischen hatte ihm Molli die Arme auf den Rücken gedreht. Wir fesselten seine Hände mit einer blütenweißen Damast-Serviette.

Molli flüsterte: „Muss alles Stil haben, ist ein vornehmes Haus."

Um die Füße wurde ein Stück Wäscheleine geknotet, dann hoben wir ihn in den Schrank.

Er machte: „Hmpf – hmpf!" und Molli drohte: „Burschi, wenn du Krach schlägst, dann kriegst du eins auf die Glocke. Aber kräftig. Und jetzt halt still. Es dauert nicht lang!"

Wir huschten aus dem Zimmer und versteckten uns in der Ecke neben dem riesengroßen, wurmzerfressenen Schrank, der draußen im Flur neben meiner Türe steht.

Es dauerte keine Minute, da hörten wir Schritte auf der Treppe. „Was sagst du da, Irene? Herrmann und diese – diese Wilde? Das kann ich nicht glauben."

„Doch, Mutter, komm und sieh es dir an. Wahrscheinlich ist es nicht das erste Mal . . . “

Obwohl ich schon öfter erlebt hatte, wie Irene die Wahrheit verdrehte, bis sie ihrer Wunschvorstellung angepasst war, lief es mir doch wieder eiskalt den Rücken hinunter.

Frau Hofmüller seufzte. „Skandalös! Obwohl – andererseits . . . es beruhigt mich auch ein wenig. Ich hatte schon befürchtet . . .“

„Keine Sorge, Mutter. Heute kannst du die beiden auf frischer Tat erwischen. Ich habe sogar den Fotoapparat mitgebracht, damit Vater auch seine Freude hat.“

Frau Hofmüller knipste am Lichtschalter, doch der Flur blieb dunkel. Sie zerbiss ein unanständiges Wort zwischen den Zähnen, das sie bei hellem Tageslicht wahrscheinlich nicht einmal gekannt hätte.

„Psst!“, flüsterte Irene. „Wir müssen leise sein. Komm weiter. Hier lang.“

Mit einigen raschen Schritten stand Frau Hofmüller an meiner Zimmertür und riss sie auf, Irene mit dem Fotoapparat gleich auf den Fersen. Sie ging hinein, dann protestierte sie: „Aber – aber das Zimmer ist ja leer!“

„Das gibt's nicht!“, zischelte Irene. „Ich weiß aber genau, dass er heute Abend zu ihr gehen wollte.“

„Da, schau, das Bett ist zwar zerwühlt, aber keine Spur von den beiden.“

In diesem Augenblick rumpelte es im Schrank.

Frau Hofmüller schrie: „Da ist jemand im Schrank. Schnell, mach Licht . . . mach den Schrank auf . . . meine Güte! . . . Herrmann, was ist denn mit dir passiert? Mein armer Junge!“

Irene sagte es heftiger: „Du Blödmann. Du hast es vermasselt. Wieder mal typisch!“

Wir schlichen in Mollis Zimmer und ließen die Tür einen Spalt offen. Niemand rief nach uns, niemand fragte, wo ich geblieben war. Wahrscheinlich hatten alle drei ein schlechtes Gewissen.

Sie brauchten fünf Minuten, bis sie Herrmann losgebunden hatten, denn Mollis Knoten halten gut. Dann trugen und zerrten sie den armen Jungen hinauf in sein Zimmer. Im Flur hörten wir ihn jammern: „Beinahe hätte sie mich erstochen, diese Wilde! Sie hatte einen riesigen Dolch unterm Kissen!"

Als sie fort waren, holte ich meine Decke und schlief den Rest der Nacht auf dem Boden in Mollis Zimmer. Das war genauso hart wie in meinem Bett, aber wenigstens hatte ich Ruhe.

Die Gerichtsverhandlung

Früh am nächsten Morgen packte ich mein Bündel. Molli half mir die Sachen zusammenzulegen. Plötzlich trat ich mit dem Zeh auf etwas Hartes. Ich bückte mich und schaute unter den Schrank.

„Schau mal her, Molli. Wie kommt denn das hierher?"

„Ui", machte Molli, „das gehört dem gnädigen Frollein. Ihr Lieblingsarmband. Das hat sie von David zur Verlobung bekommen. Seit er wieder mit ihr geht, trägt sie es immer, Tag und Nacht."

„Aber wieso liegt es jetzt hier unter meinem Schrank? Will sie es mir schenken?"

Molli seufzte. „Ach, Mädel, bist du naiv. Sie hat es gestern verloren, als sie ihren Bruder rausholte. Und wenn sie es hier findet, wird sie behaupten, du hättest es *gestohlen!*"

„Aber das ist doch gar nicht wahr!"

„Das weiß ich, Schätzchen. Du bist eine ehrliche Haut. Aber niemand wird dir glauben, denk an meine Worte. Höchstens der alte Herr, aber die Irene redet ihn glatt an die Wand."

„Und – was mach ich jetzt?"

„Ich weiß auch nicht . . . Lass es einfach da liegen. Und bleib ganz ruhig, ja?"

Als alle beim Frühstück saßen, ging ich mit meinem Bündel ins Esszimmer und sagte: „Ich möchte fortgehen, Frau Hofmüller. Ich fühle mich in Ihrem Haus nicht sicher."

„Aber, aber, meine Liebe", zwitscherte sie, als wäre Sonntag und sie säße in der Kirche. „Wer wird denn so nachtragend sein? Ein kleiner Scherz, nichts weiter. Nicht wahr, Herrmann, mein lieber Junge? Entschuldige dich und alles ist wieder in Ordnung."

Ich widersprach. „Für mich ist nichts in Ordnung. Ich bleibe nicht länger."

Herr Hofmüller legte seine Serviette beiseite. „Was ist los?

Ist was passiert?“ Und als sich alle Augen auf Herrmann richteten: „Warum sagt mir keiner was? Hast du was angestellt? Herrmann? Hey! Ich rede mit dir!“

Der Junge wurde blass und wand sich auf seinem Stuhl, als hätte er Durchfall und wüsste nicht, wo er sein Loch graben sollte. Irene sprang für ihn ein. „Herrmann hatte heute Nacht ein kleines – kleines Abenteuer mit Jati und das ist ihr jetzt peinlich. Obwohl ich nicht einsehe, warum sie sich dermaßen aufspielt, schließlich hat sie mit David auch –“

Ihr Vater fiel ihr ins Wort. „Ist das wahr, Herrmann? Du hast tatsächlich – Junge, Junge, du gehst aber ganz schön ran, was?“ Er schmunzelte. „Aber so etwas gehört sich nicht – mit Dienstboten! Du weißt, dass wir allerhand Ärger bekommen, wenn das bekannt wird. „Wir müssen Jati natürlich eine Abfindung zahlen für den entstandenen Schaden. Sind 400 Mark in Ordnung? Oder 500?“

Herrmann knurrte etwas Unverständliches und warf mir einen Hilfe suchenden Blick zu. Auf einmal tat er mir Leid. Für ihn stand viel auf dem Spiel – das Erbe, die Achtung seines Vaters – obwohl ich nie begreifen werde, wieso man in diesem Land für etwas gelobt wird, was unrecht ist und was in unserem Volk streng bestraft würde. Herr Hofmüller wartete noch auf meine Antwort.

Ich holte tief Luft und sagte: „Ich möchte kein Geld. Herrmann hat mir keinen Schaden zugefügt.“

„Keinen Schaden?“ Herr Hofmüller kratzte sich am Kopf. „Also hat er dich gar nicht – nicht überrumpelt?“

„Nein, Herr Hofmüller. Ich wusste, dass er zu mir kommen würde.“

Irene zog die Augenbrauen hoch und warf Herrmann einen fragenden Blick zu. Der zuckte nur die Achseln. Doch Herr Hofmüller hatte immer noch nicht begriffen und sagte mit bebender Stimme: „Sehr anständig, meine Kleine. Siehst du, Irene, es gibt doch noch Ausländer mit Herz. Für sie ist Liebe noch etwas Heiliges.“

Herrmann verschluckte sich an seinem Kaffee und

kleckerte aufs Tischtuch. Er wich meinem Blick aus und wirkte so elend, dass ich beinahe laut herausgelacht hätte.

„Und trotz dieser Liebe zu meinem Sohn möchtest du unser Haus verlassen?“, fragte Herr Hofmüller salbungsvoll.

Irene schraubte sich aus ihrem Stuhl und kam näher. „Sprechen wir lieber nicht davon, wer wen liebt oder nicht. Ich möchte etwas anderes klären, bevor sie geht. Ich will sicher sein, dass sie nur mitnimmt, was ihr gehört“, sagte sie kalt.

„Was soll das heißen?“, fuhr Herr Hofmüller auf.

„Es soll auch unter Ausländern unehrliche Dienstboten geben . . .“

Er grunzte: „Ich kenne die Menschen, Irene. Mir macht man nichts vor. Das Mädchen ist in Ordnung.“

„So? Das werden wir ja sehen . . . Ich will ihr nichts unterstellen. Aber seit gestern vermisse ich mein Armband, du weißt schon, das mit den Brillanten, das mir David zur Verlobung geschenkt hat.“

„Aber Jati stiehlt doch nicht . . .“, setzte Herr Hofmüller an.

Irene warf ihm einen Blick zu, der ihn in seinen Sessel zurückwarf. Dann riss sie mir das Bündel aus der Hand und löste die Knoten. Sie zerrte alles heraus und warf es auf den Boden, durchwühlte Wäsche und Kleidung, sie schüttelte den Sarong aus, fand den zerbrochenen Kris und pfiff dabei, als hätte sie Kronjuwelen entdeckt, die man seit Jahrhunderten verschollen glaubte.

Herrmanns Löffel klirrte in der Tasse, weil seine Hände plötzlich zitterten. Frau Hofmüller zog die Augenbrauen hoch.

Irene suchte weiter. Sie fuhr mit der Hand in die Hosentaschen meiner Jeans, grub ihre Finger in meine Schuhe und mit jeder Minute wurde sie Bagus ähnlicher, aber nicht an Schönheit – an nackter Wut! Ich genoss es, wie sie auf ihrer Lippe herumkaute und so hektisch mit ihren Händen in meinen Sachen herumfuhr, bis ihr ein Nagel abbrach.

„Und? Was hast du gefunden?“, fragte Herr Hofmüller.

„Dann hat sie es am Körper!“, schrie sie. „Durchsucht sie!“

„Soll ich vielleicht mal –“, begann Herrmann, und machte ein lüsternes Gesicht, wahrscheinlich wollte er damit seinen Vater beeindrucken, aber Frau Hofmüller hob abwehrend die Hände. „Du lässt die Finger von ihr!“ Sie sagte es beinahe zärtlich.

&

In diesem Augenblick kam Molli mit der Kaffeekanne herein. „Aber, aber, was ist denn? So viel Aufregung am frühen Morgen? Dabei scheint die Sonne und die Amsel singt auf dem Dach!“

Molli besitzt die besondere Gabe, die Leute wieder friedlich zu stimmen, wenn sie gegeneinander aufgebracht sind. Sogar der Hund hört mit dem Herumjaulen auf, sobald sie ihn streichelt. Sie füllte eine Kaffeetasse nach der anderen und lächelte gemütlich.

„Wir haben auch Grund zur Aufregung!“, fauchte Irene. „Mein Armband ist weg!“

„Ach ja, gnädiges Fräulein, es ist mir auch schon aufgefallen, dass Sie es heute nicht tragen. Vielleicht haben Sie es nach dem Duschen im Bad liegen lassen? Oder in Ihre Jackentasche gesteckt?“

„Auf keinen Fall! Ich stecke das Armband nie in die Jacke!“

„Wirklich nicht? Manchmal ist man in Gedanken, das kommt vor“, sagte Molli. „Bei so viel Stress!“, und sie zwinkerte Irene zu.

Nun ist Irene keine Frau, die sich von einer Köchin zuzwinkern lässt. Sie wurde noch viel wütender, und als Herr Hofmüller meinte: „Na, hör mal, das kann jedem passieren. Schau doch mal nach!“, da explodierte sie.

„Verflixt nochmal! Hörst du nicht, was ich sage? Ich stecke das Armband nie in meine Jacke, merk dir das! Ich weiß doch wohl, was ich tue und was nicht!“

Herr Hofmüller zog den Kopf ein und hob die Serviette vor den Mund, als müsste er sich vor Ansteckung schützen.

Inzwischen war Herrmann zu Irenes Jacke geschlurft und hatte seine Hand in die Tasche gesteckt. Er grinste über das ganze Gesicht, als er sie mit dem Armband wieder herauszog. „Und was ist das, bitteschön?“

Irene wurde blass und tastete nach einem Halt. „Unglaublich! Das muss Jati reingesteckt haben.“

Herr Hofmüller wurde ärgerlich. „Entschuldige mal, jetzt gehst du zu weit. Wir sitzen seit einer halben Stunde hier beim Frühstück und die ganze Zeit über hängt deine Jacke friedlich über deiner Stuhllehne. Jati kam vor ein paar Minuten ins Zimmer und war die ganze Zeit über mindestens vier Meter von deiner Jacke entfernt. Wie soll sie das Armband in deine Jacke gesteckt haben? Durch Zauberei, hm? Denk doch mal logisch!“

„Ich denke logisch!“, fauchte Irene. „Das Armband war weg und plötzlich ist es wieder da. Keine Ahnung, wie sie es angestellt hat.“

„Puh, bist du hartnäckig“, stöhnte Herr Hofmüller. „Jati, sag mir, hast du Irenes Armband weggenommen und dann wieder in ihre Jackentasche gesteckt?“

Diese Frage konnte ich mit gutem Gewissen verneinen.

„Und warum ist Irene dann so sicher, dass du das Armband bei dir hattest?“

„Sie *möchte* es glauben“, sagte ich leise. Ich verriet ihm nicht, dass Irene das Armband in meinem Zimmer verloren hatte. Und schon gar nicht, dass Molli es an sich genommen und in Irenes Jackentasche gesteckt hatte, weil sie es gut mit mir meinte. Aber das hatte nichts genützt.

Er zuckte die Achseln. „Also dann . . . kann ich verstehen, wenn du fortgehen möchtest. Aber es tut mir Leid. Ich werde dich vermissen.“

Frau Hofmüller runzelte die Stirn. „Was soll das nun wieder heißen?“, fragte sie scharf.

Molli verdrehte die Augen und Irene hatte die vollen, blütengleichen Lippen zu einer schmalen, harten Linie zusammengekniffen.

Ich verknotete mein Bündel und nahm es auf den Arm. „Also dann – leben Sie wohl“, sagte ich und ging zur Tür.

„Augenblick mal, wo willst du überhaupt hin?“, wollte Irene wissen.

„Ich komme schon zurecht“, sagte ich.

„Zu David kannst du nicht, der ist noch zwei Tage verreist“, warnte sie, und plötzlich sah ich an dem nervösen Zucken ihrer Augen, dass sie Angst hatte.

Irene – und Angst?

Vielleicht war sie gar keine allmächtige Göttin, die alle in ihren Bann schlug und mit ihrer Klugheit Ränke schmiedete, denen so herzensgute Männer wie David hilflos ausgeliefert waren? Vielleicht war sie einfach eine Frau, die mit allen Mitteln um den Mann kämpfte, den sie besitzen wollte. Und wieso war ich so sicher, dass David von all dem keine Ahnung hatte? Vielleicht wusste er ja schon längst . . . Auf einmal wurde mir seltsam leicht.

„Ja. Ich weiß, dass David nicht zu Hause ist.“

„Trotzdem willst du gehen – einfach so ins Blaue?“

Ich nickte und spürte das warme Metall des Hausschlüssels an meiner Brust, den ich immer bei mir trug, auch nachts. Er war das letzte Band, das mich mit David verknüpfte.

&

Herr Hofmüller kam mir nach, als ich schon an der Türe stand, und drückte mir 50 Mark in die Hand. Er sah auf seine Schuhe und räusperte sich dreimal, bevor er wieder ins Esszimmer zurückschlurfte.

Molli bestellte mir ein Taxi, der Hund schlappte mir noch ein paar Mal seine Zunge ins Gesicht, dann kam der Wagen.

„Vergiss mich nicht“, flüsterte Molli und drückte mich an ihren wallenden Busen. Mein Gesicht versank beinahe darin. Nein, ich würde sie nie vergessen!

Als ich schon im Taxi saß, kam Herrmann angelaufen. „Warte, ich muss dir noch was sagen!“, keuchte er. Er steckte den Kopf durch die heruntergedrehte Fensterscheibe ins Wageninnere und sagte: „Ich fand es prima, dass du mich nicht verraten hast. Bist ein guter Kumpel! Wenn ich was für Mädchen übrig hätte – dann wärst du die erste Wahl. Ehrlich!“

„Vielen Dank . . .“

„Und nimm dich in Acht vor Irene. Die gibt nicht so schnell auf.“

„Das hab ich gemerkt. Danke für den Rat.“

„Okay, das wär's dann“, sagte er und richtete sich auf. Er hob die Hand und sah dem Wagen nach. Der Arme, er musste bleiben, ich durfte fort . . .

Asyl

Davids Wohnung roch leer und ein bisschen nach Irene. Ich riss erst einmal alle Fenster und Türen auf, damit der Geruch verfliegen konnte. Die Zimmer waren aufgeräumt, David hatte sein Bett gemacht und die Decke exakt glatt gezogen. Sonst war alles wie immer – nur das Bild von Irene fehlte, das sonst auf seinem Nachttisch stand.

Zuerst dachte ich, er hätte es auf die Reise mitgenommen, aber als ich später mit dem Besen unter dem Bett herumfegte, fand ich es ganz hinten an der Wand. Das Glas war zerbrochen – es musste wohl heruntergefallen sein. Nachdem die Scherben im Mülleimer verstaut waren, hatte das Foto keinen Halt mehr und flatterte zu Boden. Ich kämpfte kurz gegen die Versuchung an, das Foto in tausend Schnipsel zu zerpflücken und in die Toilette zu werfen, ließ es aber bleiben – das Papier war unschuldig und Irene würde von dieser Tat leider nichts merken. Also schob ich das Foto mit dem Besen wieder ganz hinten an die Wand und den leeren Rahmen hinterher – das war ein guter Platz.

Als Nächstes rief ich bei Davids Eltern an. Seine Mutter würde mir ganz bestimmt weiterhelfen. Vielleicht konnte ich in den nächsten Tagen bei ihr unterkommen – wenn der Vater nichts dagegen hatte. Ich erinnerte mich an seine wissenden Augen, seine ruhige, besonnene Art.

Wo war nur das kleine schwarze Merkbuch, in dem David die wichtigen Telefonnummern notiert hatte? Nicht aufzufinden! Dann erinnerte ich mich an das dicke Telefonbuch. Ich fand fünfzehn Namen, die genauso lauteten wie Davids Familienname. Zum Glück gab es nur einen davon, der einen Doktortitel trug. Als ich die Nummer wählte, zitterten mir die Hände.

„Tuuuut . . . Tuuuut“, machte es. Ich ließ es eine Weile klingeln, dann schaltete sich eine künstliche Stimme ein und erklärte, dass der Doktor und seine Frau in dieser Woche nicht zu erreichen wären. Mir wurde schwach. Ich hatte so fest darauf gebaut, bei Davids Eltern eine Zuflucht zu finden, dass ich es kaum glauben konnte.

Der Kühlschrank war beinahe leer und mein Magen auch, denn ich hatte nicht gefrühstückt. Mit dem Rest der 50 Mark von Herrn Hofmüller besorgte ich mir ein paar Früchte und etwas Brot. Als ich zurückkam, stand die Wohnungstür einen Spalt offen, obwohl ich sicher wusste, dass ich sie vorher geschlossen hatte. Ich schlich in den dunklen Flur zur Wohnzimmertür und hörte – Irenes Stimme.

„Nein, David, ich lass mir das nicht länger gefallen ... Ich sage dir doch, sie hat es mit Herrmann – ja doch, wir haben ihn erwischt – in ihrem Zimmer ... und sie hat ihn sogar mit dem Dolch bedroht ... Was? Wieso mit dem Dolch – Nein, nein, du kennst doch meinen Bruder. Völlig harmlos ... überhaupt kein gewalttätiger Typ. Aber sie – wie eine Furie ... er war völlig fertig, sag ich dir! ... Ja. ... Und außerdem hat sie mich bestohlen ... Ja, da besteht kein Zweifel ... Nein, im Augenblick weiß ich nicht, wo sie ist, aber sie war hier ... .Mit dem Schlüssel. Wie konntest du ihr einen Schlüssel lassen? ... Jati und ehrlich?“ Sie lachte künstlich. „Nein, ich kann nicht länger warten. Es ist zu riskant. Wer weiß, was sie sonst noch alles anstellt. Das Mädchen ist unberechenbar, direkt gefährlich! Ich hab die Polizei schon verständigt. ... Ja ... Nein ... Wenn Strafantrag gestellt wurde, dann wird sie ausgewiesen ... Abschiebehaft und so weiter ... Man kennt das ja ...“

Mehr brauchte ich nicht zu hören. Ich schlich leise aus der Wohnung und lief hinauf ins Dachzimmer. Das Kleiderbündel lag noch auf dem Bett. Ich steckte mir den Pass in die Hosentasche und formte aus dem Kleiderbündel einen Rucksack, als ich Irene auf der Treppe hörte.

Ihre Stimme war in diesem Augenblick so hart, dass ich sie aus tausend anderen herausgehört hätte, so wie der Tukan über den Gesang der Vögel hinwegschrillt. „Nein, das Mädchen ist im Augenblick nicht da, aber ich denke, sie wird bald wiederkommen. Wo sollte sie denn sonst hin?“

Eine Männerstimme sagte: „Also gut. Wir werden das Haus observieren. Ich sage grad eben mal meinem Kollegen Bescheid, dann komme ich rauf."

Ich wusste nicht, was „observieren" hieß, aber es hatte wohl nicht viel mit Essen herumreichen zu tun. Polizisten waren so etwas Ähnliches wie Wächter. Sie würden jetzt die Haustür bewachen, weil sie mich fangen wollten, und in Davids Wohnung konnte ich auch nicht mehr rein. Also musste ich mir einen anderen Weg suchen.

Ich verschloss die Zimmertür und öffnete das Dachfenster. Es war breit genug. Zum Glück war der eiserne Weg auf der Hofseite des Hauses angebracht. Ich hoffte, dass die beiden Wächter nicht gerade raufguckten, als ich auf die Stufen kletterte. Dann kroch ich auf allen Vieren über das Dach. Die Metallgitter der Stufen schnitten mir ins Knie, aber ich biss die Zähne zusammen. Einmal verfing ich mich mit dem Schuh und rutschte ab. Ich konnte mich gerade noch fangen, aber das Herz klopfte bis in die Zähne. Endlich war ich am anderen Ende des Daches angelangt und sprang hinüber auf das nächste. Dort fand ich ein offenes Dachfenster. Ich hörte leise Musik, ein Mann hustete, dann das Knarren einer Tür. Das Zimmer war jetzt leer. Ich glitt durchs Fenster und landete auf dem Schreibtisch, sprang von dort aus auf den Boden. In diesem Augenblick ging die Tür auf, ein Mann hielt eine Teekanne in der Hand und merkte nicht, dass ihm der Tee auf die Füße tropfte, weil er die Kanne schräg hielt. Die Kinnlade war ihm auf die Brust gesunken.

Ich sagte: „Entschuldigung, ich bin auf der Flucht, bitte nicht verraten!", und sauste an ihm vorüber, die Treppe hinunter. Unten musste ich eine Weile hinter der halb offenen Türe warten, bis eine Gruppe von Leuten die Straße entlang kam. Da konnte ich raushuschen und in der Gruppe untertauchen bis zur nächsten Ecke.

&

Am anderen Ende des großen Platzes stand eine Kirche. Von einigen Sendungen im Bilderkasten wusste ich, dass Ausländer in manchen Kirchen Zuflucht finden, wenn sie aus dem Land abgeschoben werden sollen. Ich lief hinüber und probierte die Klinke, aber das Portal war fest verschlossen. Auch die Türen an der Hinterseite waren verriegelt.

Ich fragte einen älteren Mann, der nur noch ein Bein hatte und deshalb nicht so schnell an mir vorüberrannte wie alle anderen: „Verzeihung, wissen Sie, wo der Priester wohnt?“

Der Mann schüttelte den Kopf. „Aber ich weiß, wo das Pfarramt ist, Frollein. Gleich dort drüben“, und er zeigte auf ein grünes Haus.

Das Pfarramt hatte an diesem Tag keine Sprechstunde. Ich musste eine andere Kirche finden. An der Ecke stand eine Telefonzelle. Im Telefonbuch fand ich eine ganze Liste von Kirchen. Ich notierte mir die ersten fünf Adressen, orientierte mich auf dem Stadtplan der U-Bahn-Unterführung und zog los zur ersten Gemeinde, die dort angegeben war.

Nachdem ich ein Stück durch einen Park gelaufen war und eine lebhafte Straße überquert hatte, stand ich vor einem weißen Haus mit lustigen, winzigen Balkonen. Eine breite Treppe führte zu den Eingangstüren. Ich klingelte beim „Büro“, ein Summer tönte, sodass ich die Tür aufdrücken konnte.

Im Flur kam mir eine junge Frau entgegen. „Was kann ich für Sie tun?“

Ich holte tief Luft und sagte: „Ich brauche – Asyl!“

„Oh!“, machte sie. „Hm . . . das ist . . . da muss ich . . . Kommen Sie erst einmal rein.“

Sie führte mich in einen großen Raum und zeigte mir einen Stuhl. Dann ging sie hinaus und kam mit einem Glas Wasser wieder. „Sie sehen blass aus“, fand sie. „Möchten Sie vielleicht etwas essen?“

Aus einer Schublade zog sie einen Apfel und ein belegtes Brot und reichte sie mir. Mir kamen die Tränen, weil sie ihr

Essen mit mir teilen wollte, aber ich war zu aufgeregt, um etwas zu essen, und sagte ihr das.

Sie lächelte und auf einmal fiel der Druck von meinen Schultern wie ein Mantel, der vom Monsunregen schwer geworden ist. Hier waren Menschen, die mir weiterhelfen würden, das spürte ich.

Nach einer kurzen Wartezeit wurde ich ins Nebenzimmer gerufen. Dort saß ein Mann im sandfarbenen Rollkragenpullover hinter einem riesengroßen Schreibtisch und blätterte in einem Stapel Papier. Er stand auf, als ich hereinkam, und reichte mir eine warme, feste Hand.

„Ich bin Pastor Fischer", sagte er. „Wie kann ich Ihnen helfen?"

Ich erzählte meine Geschichte und er hörte zu, ohne mich ein einziges Mal zu unterbrechen.

Dann seufzte er. „Liebes Fräulein Jati, das ist eine vertrackte Situation. Ich glaube Ihnen ja, aber die Polizei wird eher dieser – dieser Irene glauben. Wenn sie tatsächlich Strafanzeige stellt, dann werden Sie große Probleme bekommen. Vielleicht werden Sie verhaftet und ins Gefängnis gesteckt ... "

„Ratten und verfaultes Stroh ...", murmelte ich düster.

Er lachte. „So schlimm wird es nicht werden, aber ein Spaß ist das Gefängnis auf keinen Fall. Meist werden Ausländer, denen man Straftaten anhängt, sofort abgeschoben. Das heißt, Sie werden in Handschellen ins Flugzeug gebracht und müssen die Fahrt über auch gefesselt bleiben. Ich weiß nicht, ob Ihnen das zusagen wird ..."

Meine Unterlippe schmeckte plötzlich nach Blut.

„Haben Sie etwas Bargeld?"

„Ja. Genau 7 Mark 80."

Er schüttelte den Kopf. „Aber Sie haben doch einige Monate lang bei diesem Fabrikanten Hofmüller gearbeitet. Was haben Sie mit Ihrem Lohn gemacht?"

„Lohn? Herr Hofmüller gab mir einmal 20 Mark und jetzt zum Abschied noch mal 50 Mark, aber davon musste ich das Taxi bezahlen und ..."

„Das ist unglaublich . . ." Er stand auf und klingelte nach seiner Sekretärin. „Susanne, bitte such mir die Nummer von Hofmüllers Fabrik heraus und stell gleich die Verbindung her. Aber direkt mit dem Chef. Lass dich nicht abwimmeln. Sag einfach, es hängt ein Menschenleben davon ab."

Es gefiel mir, dass er sie anredete, als wäre sie seine Schwester und nicht wie eine Untergebene. Dann ging er zum Fenster und sah hinaus, als müsste er sich dort die Antworten holen. Ich dachte schon, er hätte mich vergessen, aber dann kam er wieder an den Schreibtisch zurück und setzte sich auf die Tischkante.

„Sie sind mit einem Touristenvisum eingereist", sagte er und zeigte auf den Stempel in meinem Pass. „Sie hätten damit nur höchstens 90 Tage in Deutschland bleiben dürfen, verstehen Sie? Inzwischen sind Sie schon fast 9 Monate im Land und haben außerdem ohne Erlaubnis gearbeitet."

Ich schüttelte den Kopf. „Das stimmt nicht. Die Familie Hofmüller hat mir das Arbeiten nicht nur erlaubt, sie haben mich sogar dazu aufgefordert. Auch wenn ich todmüde war, musste ich noch putzen und aufräumen."

Er lächelte, dann wurde er wieder ernst. „Nein, das habe ich nicht gemeint. Man braucht eine Erlaubnis von der Regierung, verstehen Sie? Und man muss einen Teil des Lohnes an die Regierung zurückgeben. Das heißt bei uns Steuer. Wer das nicht tut, arbeitet illegal oder schwarz. Selbst wenn die Strafanzeige wegen Diebstahl aus Mangel an Beweisen zurückgezogen würde, genügt dieser Tatbestand, um Sie aus dem Land zu weisen." Er seufzte und kratzte sich am Kinn. „Und wenn Sie erst einmal ausgewiesen sind, dann dürfen Sie nie wieder einreisen, verstehen Sie? Da kann Ihnen niemand helfen, auch kein David."

Ich nickte. „In mein Dorf im Gebiet der Badui darf normalerweise auch kein Fremder eindringen. Es ist streng verboten. Dabei finde ich diese Regel ziemlich dumm. Wenn David nicht in unser Dorf gekommen wäre, dann hätte ich sterben müssen. Wir haben von David und seinen Freunden nur Gutes erlebt."

„Mir gefällt diese Regel auch nicht, aber Sie müssen bedenken, wie klein Deutschland ist. Aus der ganzen Welt kommen Menschen hierher und wollen hier bleiben und arbeiten. Manchmal reicht der Platz nicht für alle, die hier geboren sind, verstehen Sie? Wir haben bald nicht mehr genügend Häuser und nicht genug Arbeit für die eigenen Leute. Deshalb werden Ausländer nicht so gern gesehen."

„Eigentlich wundere ich mich über Leute, die freiwillig in ein Land kommen, in dem die Sonne so selten scheint. Ich wäre nie hierher gekommen, wenn mich Vater nicht an David verschenkt hätte."

Pastor Fischer knetete seine Stirn mit den Händen. „Ach ja, David. Das ist noch ein anderes Problem. Sie haben erzählt, dass er sich mit dieser Irene verlobt hatte, bevor er Sie kannte. Ich nehme an, er liebt Irene. Er hat ihr die Treue versprochen, verstehen Sie? Möchten Sie, dass er sein Wort bricht?"

Ich schüttelte den Kopf. „Nein. Das wäre nicht richtig. Wahrscheinlich hat er damals in unserem Dorf wirklich nicht begriffen, dass Vater uns verheiratet hat. Es war für ihn nur ein Ritus, ein Spiel. Aber für mich –" der Klumpen in meiner Kehle wuchs – „für mich war es ernst."

Der Pastor räusperte sich. „Sie lieben diesen Mann?"

„Ja. Ich liebe ihn mit meiner ganzen Seele. Und ich werde nie einen anderen Mann lieben können, weil er mein Herz besitzt und weil ich dem Himmelsgott versprochen habe, dass ich alles tue, was er will, wenn ich in Davids Nähe leben darf. Deshalb kann ich nicht einfach von ihm weggehen, begreifen Sie das?"

„Ja. Ich glaube, ein bisschen . . . Aber hier bleiben können Sie auch nicht."

„Kann ich nicht – um Kirchenasyl bitten?"

„Das Kirchenasyl gilt nur für Menschen, die in ihrer Heimat aus politischen Gründen verfolgt werden und vom Tod bedroht sind, wenn sie zurückkehren. Trifft das auf Sie zu, Fräulein Jati?"

„Nein . . . Die Leute von Sudirmann haben mich bedroht, aber die sitzen inzwischen im Gefängnis . . . Kann ich nicht wenigstens ein oder zwei Tage in der Kirche bleiben, bis David von der Ärztetagung zurückgekehrt ist? Er hat versprochen, dass er mir einen anderen Platz sucht."

„Er wird sich sicher darum bemühen, aber Sie müssen bedenken, dass er sich damit strafbar macht. Wenn das herauskommt, dann gerät er in große Schwierigkeiten. Sie haben nun mal keine Arbeitserlaubnis und man kann Ihr Touristenvisum auch nicht einfach in ein anderes umwandeln. Es gibt da ein Visum, mit dem Sie länger in Deutschland bleiben können, zum Beispiel, wenn Sie hier eine Ausbildung machen. Aber das müssen Sie in Indonesien beantragen. Von hier aus geht das nicht."

„Also muss ich wieder zurück?"

„Ich fürchte ja. David kann nichts für Sie tun, Jati. Und es ist Unrecht, wenn Sie sich zwischen die Brautleute drängen. Wie würden Sie empfinden, wenn sich eine andere Frau zwischen Sie und Ihren Mann stellen würde?"

„Aber das tut Irene doch!"

Er stöhnte. „Jati! Denken Sie doch einmal nach! Irene war zuerst da!"

„Aber Irene liebt ihn nicht!"

„Woher wissen Sie das? Können Sie ihr ins Herz schauen?"

„Ich kenne sie! Sie hat ihn schon einmal verlassen wegen eines anderen Mannes und ich weiß, sie wird es wieder tun, weil sie ein Herz hat wie eine schmale Schlucht, finster und verwinkelt, wo kein Sonnenstrahl den Boden berührt!" Es schüttelte mich beim Gedanken an Irene.

„Dabei heißt Irene Friedensbringerin", sagte der Pastor.

„Dieser Name passt zu ihr genauso wenig wie ein Sampur zu einem Wildschwein."

„Ein – Sampur? Was ist das?"

„Ein Festgewand . . . Aber David durchschaut sie nicht."

„Da können wir nicht helfen. Wenn David diese Frau liebt, dann müssen Sie ihn gehen lassen."

„Auch wenn er mit ihr unglücklich wird?“

„Auch dann, kleine Jati. Gott lässt uns frei wählen und frei entscheiden.“

„Der Himmelsgott? Der alles geschaffen hat und alles kann, weil er so groß und so stark ist? Kann er David nicht helfen, damit er richtig urteilen kann?“

Der Pastor stützte das Kinn in die Hand und überlegte eine Weile, dann sagte er und seine Stimme klang auf einmal uralt: „Ich weiß nicht, Jati, ob Gott das tut. In dieser Welt geht so vieles durcheinander. In vielen Ländern herrscht Krieg und Hunger, wir hören täglich neue Unglücksmeldungen von Erdbeben und Überschwemmungen. Wenn Gott nicht eingreift und Tausende sterben lässt, wird er seine Gründe haben. Aber ob er sich da noch um eine Liebesgeschichte kümmern möchte?“

Als er das sagte, wurde mir innen ganz kalt.

„Nein, bitte verstehen Sie mich nicht falsch. Gott weiß alles. Er kennt Ihren Kummer. Keine Träne auf dieser Welt wird geweint, die Gott nicht vorher gezählt hätte. Und eines Tages wird es keine Tränen mehr geben, Jati, keine Trauer und kein Leid. Wenn Gottes Sohn zurückkehrt und die Herrschaft über unseren Planeten übernimmt, dann beginnt ein neues Leben.“

„Davon hat mir David erzählt“, sagte ich. „Jesus holt seine Braut von der Erde und feiert Hochzeit.“

„Und hat er Ihnen auch erzählt, wer diese Braut sein wird?“ Er neigte sich vor und seine Augen begannen zu funkeln.

„Ich weiß nicht genau . . .“ , flüsterte ich, weil mir feierlich ums Herz wurde, als ich seine plötzliche Freude spürte.

Er sprang auf und streckte die Arme zum Himmel, als könnte er ihn greifen. „Jesus holt alle, die ihn lieb gewonnen haben. Menschen, die zu ihm gehören wollen. Die ihm ihr Leben anvertraut haben“, sagte er und seine Stimme war stark und froh. „Wer so eng mit Jesus befreundet ist, der möchte jeden Tag mit ihm leben. Er beschäftigt sich mit der Bibel und lernt daraus, bis er so ähnlich denkt wie Gott.“

„Ja, davon habe ich auch schon gelesen“, sagte ich. „Im Buch Gottes, in einem Abschnitt, der ‚Johannes‘ heißt.“

„Und haben Sie dort auch herausgefunden, wie sich das Leben dieser Menschen verändert?“, wollte er wissen.

„Ich glaube, sie hören auf Gott und tun, was er will.“

„Genau“, lächelte er. „Und das zeigt sich natürlich auch in ihrem Wesen. Solche Menschen sind liebevoll und gütig und wollen anderen immer nur helfen.“

„Ja“, sagte ich. „Und so möchte ich auch gerne sein. Nur gelingt es mir oft nicht, alle Menschen zu lieben. Manche sind einfach unausstehlich. Irene zum Beispiel. Ich habe von Anfang an gemerkt, dass sie nur an sich selber denkt und andere benutzt, damit sie ihre Ziele erreicht. Wie soll man einen solchen Menschen gern haben?“

„Ihr Freund David kann es . . .“

„Weil er blind ist!“, stieß ich hervor.

Pastor Fischer wiegte den Kopf hin und her. „Vielleicht ist das so – vielleicht hat er aber auch etwas Gutes in Irene entdeckt.“

„Etwas Gutes – in Irene???“

„Warum nicht? Sie ist auch ein Geschöpf Gottes. Und sie hat bestimmt auch gute Eigenschaften. Denken Sie doch einmal über Irene nach. Was ist sie für ein Mensch – ganz nüchtern gesehen?“

Ich kaute auf meinem Zeigefingerknöchel, aber der gab mir keine Antwort.

„Schließen Sie die Augen, Jati. Stellen Sie sich vor, hier steht Irene. Was sehen Sie?“

„Ich sehe eine Frau, die so schön ist, dass mir die Tränen in die Augen schießen“, gab ich zu. „Ihr Haar ist hell wie gesponnenes Gold, ihre Nase und ihre Stirn sind klar und ebenmäßig. Sie – sie hat ein Grübchen im Kinn und ihre Augenbrauen sind zierlich wie Schwalbenflügel. Ihr Mund ist geformt wie eine Orchideenblüte und sie trägt den Kopf wie eine Königin. Sie ist nur wenig kleiner als David und ihre Beine sind lang und schlank und sie kleidet sich so elegant, dass sogar die Rosenstöcke im Vorgarten neidisch werden ..." Ich musste ein Schluchzen unterdrücken, weil mir plötzlich klar wurde, wie wenig ich zu bieten hatte, wie klein und dunkel und ungebildet ich war.

„Und außerdem ist Irene sehr klug und tüchtig. Sie hilft ihrem Vater im Geschäft und sie hat immer wieder neue Ideen ... manchmal ganz schlimme ...", fügte ich düster hinzu.

Pastor Fischer lächelte. „Ja, wenn diese Ideen gegen Sie gerichtet sind. Aber vielleicht verfolgt Irene damit einen Plan, vielleicht möchte Sie nichts anderes als David gewinnen, verstehen Sie? Vielleicht sehnt sie sich genauso nach ihm wie Sie, kleine Jati?"

Irene und Sehnsucht? Das konnte ich mir nun wieder nicht vorstellen. Der Pastor musste es mir angesehen haben, denn er wechselte das Thema. „Jati, denken Sie an Jesus Christus. Für ihn gab es keinen hoffnungslosen Fall. Er hat jedem Menschen eine Chance gegeben. Auch den unsympathischen und selbstsüchtigen. Vor ihm sind wir alle gleich. Und wir brauchen alle seine verzeihende Gnade, Irene und ich und auch Sie, Jati. Auch Sie."

Ja, er hatte Recht. Der große König des Universums hatte sich zu mir herabgeneigt und ein Stück seiner Liebe sichtbar gemacht.

„Eine ganze Ewigkeit voller Glück steht für Sie bereit. Möchten Sie Gottes Kind werden, indem Sie Jesus als Ihren Freund wählen? Als Ihren Herrn und König?"

„Ja, das will ich", sagte ich fest.

„Dann wird in Ihrem Leben alles gut werden. Auch ohne David. Sie werden eine Liebe kennen lernen, die noch größer ist als alles, was Sie bisher erlebt haben. Gott liebt Sie nämlich sehr, Jati, und er wird Sie mit seiner Liebe erfüllen, damit Sie anderen davon weitergeben können."

Auf einmal begriff ich, dass Davids Gott schon unendlich viel für mich getan hatte. Er hatte mich in die Freiheit geführt. Ich war kein unwissendes Badui-Mädchen mehr, das vor den Launen der Götter zittern muss und sich in enge Regeln einklemmen lässt. Ich hatte gelernt, selbst zu entscheiden und mein eigenes Leben zu planen.

Welches Recht hatte ich, noch mehr zu fordern? Und wie konnte ich von David verlangen, eine Frau aufzugeben, die er liebte und der er einmal die Treue versprochen hatte? David hatte sich große Mühe mit mir gegeben. Er hatte mich beschützt wie ein großer Bruder. Nun war es genug, ich musste lernen, auf eigenen Füßen zu stehen.

&

Das Telefon klingelte und der Pastor nahm den Hörer ans Ohr. „Ah, guten Tag, Herr Hofmüller . . . ja, es geht um eine dringende Angelegenheit. Dieses indonesische Mädchen ist gerade bei mir . . . ja, genau . . . nein, Ihre Tochter hat die Polizei verständigt und das könnte für das Mädchen böse Folgen haben . . . Sie glauben auch nicht an den Diebstahl? Sehr gut. . . . Keine Beweise, sagen Sie? Aber wieso . . . Ja, natürlich, Motiv Eifersucht, aber die Methode . . . Herr Hofmüller, ich habe einen Vorschlag. Es wäre besser, wenn Jati freiwillig nach Indonesien zurückkehren könnte, ohne Ausweisung, Sie wissen schon, was damit zusammenhängt – Vermerk im Computer und Polizeibegleitung. Wäre es Ihnen möglich, heute noch einen Flug für Sie zu buchen? . . . So schnell wie möglich, bevor die Fahndung nach Jati begonnen hat . . . Lassen Sie Ihre Beziehungen spielen, Sie machen das schon! . . . Wie? . . . Nein, aber ich habe erfahren, dass Jati für ihre Arbeit nicht bezahlt wurde. . . . Ich verstehe, sozusagen schwarz, aber trotzdem hätte sie doch . . . ja, das wäre eine gute Lösung. Also gut. Ja, ich werde das Mädchen persönlich zum Flughafen bringen und dafür sorgen, dass sie ungehindert abfliegen kann . . . Gut . . . Ich verlasse mich auf Sie. Vielen Dank, Herr Hofmüller."

Er legte auf und sagte: „Hören Sie, ich habe etwas für Sie ausgehandelt. Herr Hofmüller bezahlt Ihren Rückflug nach Indonesien. Ich werde mich darum kümmern, dass Sie keine

Probleme mit Ihrem Pass bekommen. Sie konnten das alles nicht wissen . . . Ich werde noch einige Telefonate führen, dann bringe ich Sie zum Flughafen." Er rief nach der Sekretärin. „Susanne, bist du so lieb und besorgst dieser jungen Dame etwas zu essen?"

„Ich nehme sie mit hinauf in meine Wohnung und koche ihr eine Suppe", schlug die Sekretärin vor.

„Vielen Dank, das ist sehr lieb, aber ich kann im Augenblick nichts essen. Ich – ich bringe keinen Bissen runter." Ich ließ mich im Vorzimmer auf einen Stuhl sinken und schloss die Augen. Auf einmal war ich müde, als hätte ich einen langen Marsch hinter mir. Die Entscheidung war richtig, das fühlte ich, trotzdem tat es weh, dieses Land zu verlassen, in dem David lebte . . . Aber vielleicht war es besser so, für ihn und für Irene. Ich wollte seinem Glück – wenn es denn eins war – nicht im Wege stehn. Und doch würde mir keiner die Erinnerung an David rauben und diesen einen kostbaren Augenblick in seinen Armen, als ich seinem Herzen nahe war.

&

Was dann geschah, lief wie ein rascher Film an mir vorüber. Das Hin und Her am Flughafen, lange Verhandlungen, bei denen ich immer wieder sagte: „Es tut mir Leid, das habe ich nicht gewusst. Niemand hat mir davon erzählt."

Nach einiger Zeit Achselzucken: „Na gut, wollen wir nicht so sein . . .", die Ausreisegenehmigung, Herr Hofmüller, der selbst gekommen war und mir zum Abschied einen dicken Umschlag mit Dollars in die Hand drückte und brummte: „Nimm es uns nicht übel. Die Irene hat eben ihren eigenen Kopf." Dann Pastor Fischer, der mir eine Bibel gab, die viel einfacher zu verstehen ist als meine, weil der Text in einfaches Deutsch übertragen ist.

Bevor er ging, sagte ich: „Gott kümmert sich trotzdem um mich, obwohl er an so viel Wichtiges denken muss. Er hat Sie beauftragt, Herr Fischer! Sie haben mir geholfen, obwohl ich eine Fremde für Sie bin und noch nie etwas für Sie getan habe. Sie waren sein Bote."

Da wischte er sich ganz schnell mit der Hand über die Augen und murmelte: „Gott hält seine Hand über dir, Jati." Es gefiel mir, dass er „du" zu mir sagte, als wären wir schon lange miteinander bekannt. Ich verneigte mich vor ihm mit großem Respekt, denn er ist es wert – er macht seinem Gott Ehre.

Rückkehr

Während der vielen Stunden im Flugzeug las ich in meiner neuen Bibel oder schaute hinaus und träumte. Wie lange war es her, als ich neben David saß und zum ersten Mal durch die Wolken stieß, hinauf zur Sonne? Mir kam es vor wie ein halbes Leben.

Ab und zu fragte eine freundliche Dame nach meinen Wünschen und brachte mir Essen und Trinken. Der Platz neben mir blieb frei und ich war dankbar, dass ich nicht über Erdnuss-Schalen und Kokosnüsse reden musste, sondern in Ruhe nachdenken konnte – über David, über Irene und über mich. Wahrscheinlich musste ich lernen, David loszulassen, damit er frei wählen konnte zwischen der klugen, schönen Göttin mit dem harten Herzen und einem Badui-Mädchen, das nichts zu bieten hatte als Liebe.

In Jakarta schlug mir die schwüle Luft entgegen und erinnerte an Früchte und Blumen, die ich lange vermisst hatte. Ich lief mit meinem Bündel in die Toilette, zog die Jeans und das T-Shirt aus und schlüpfte in den blauen Batik-Sarong. Es dauerte lange, bis der Knoten richtig saß, denn ich war außer Übung. Dann zählte ich die Dollars, die mir Herr Hofmüller geschenkt hatte. Es waren viele! Ich versteckte sie in einer flachen Innentasche des Sarongs, dann ging ich zu einer Telefonzelle. Dort suchte ich die Nummer des Deutschen Konsulats heraus und wählte. Der Sekretär erinnerte sich sofort an mich und gab mir die Telefonnummer von Doktor Meier. Das Telefon klingelte fünfmal und ich betete still: „Himmelsgott, lass sie bitte, bitte zu Hause sein!“

Da meldete sich Sumeiken, völlig außer Atem. Wahrscheinlich war sie im oberen Stockwerk gewesen oder im Garten.

„Wer ist da? Jati? Du bist wieder da?“ Bevor ich etwas erklären konnte, rief sie: „Du kommst natürlich zu uns! Wenn mein Mann heute Abend nach Hause kommt, dann steigen wir gleich ins Auto und holen dich ab. Wo finden wir dich?“

„Vielleicht fahre ich mit dem Taxi zum deutschen Konsulat“, überlegte ich.

„Ja, tu das. Dort bist du gut aufgehoben. Jati, ich freu mich so!“

Und ich freute mich auch.

&

Im Konsulat durfte ich mich in eine schattige Ecke im Garten setzen und Zeitung lesen. Nach einer Weile kam der Konsul vorüber und fragte, wie es mir in Deutschland gefallen hätte.

„Es ist meistens kalt und es regnet viel“, sagte ich. „Und außerdem wollen sie dort nicht so viele Ausländer haben, obwohl wir fleißig arbeiten und nicht einmal Lohn fordern. Sie rennen den ganzen Tag in den Straßen herum, sodass man denken könnte, sie hätten kein Zuhause. Dabei sind die Häuser groß und fest gebaut und lassen sich gut heizen, noch dazu ohne Rauch und offenes Feuer. Aber die Menschen in Deutschland können nicht lange an einem Ort bleiben. Irgendetwas treibt sie an. Ich habe noch nicht herausgefunden, was es ist. Und in den Geschäften gibt es viel mehr zu kaufen, als man haben möchte, und wenn man nicht aufpasst, dann will man plötzlich alles haben. Eigentlich könnte man in Deutschland viel sicherer leben als hier, weil es nicht so viele gefährliche Tiere gibt und weil man in den Krankenhäusern gut gepflegt wird. Aber dafür rasen überall Autos herum und die reichen Leute müssen Acht geben, dass sie nicht von Räubern überfallen werden und dass niemand ihr Geld stiehlt. Ich glaube, die Menschen in Deutschland haben vor vielen Dingen Angst, weil sie zu viel über die Gefahr nachdenken. Und sie sind oft schlecht gelaunt, weil sie nicht genug Luft zum Atmen haben und immer in dumpfen Zimmern herumhocken, statt in die Sonne zu gehen, wenn sie schon mal scheint.“

Er lachte laut. „Das ist also dein Eindruck von meiner Heimat“, rief er. „Köstlich, kleine Jati, einfach köstlich! Und was kann ich jetzt für dich tun?“

„Ich warte hier auf Doktor Meier. Dort kann ich erst einmal wohnen und überlegen, wo ich dann hingehe."

„Und dein Kavalier? Wie geht es diesem Wunderdoktor?"

Eine große Hand presste mir das Herz zusammen. Aber ich zwang mich, über David zu sprechen, als wäre er mir gleichgültig. „Er ist gerade auf einer Ärztetagung. Ich glaube, es geht ihm gut."

„Damals dachte ich, es hätte zwischen dir und ihm eine Romanze gegeben . . ."

„So würde ich es nicht nennen", sagte ich kühl. „Er hatte in Deutschland eine Verlobte."

„Ach ja", seufzte der Konsul. „Wie das Leben so spielt . . . Aber jetzt muss ich gehen, mein nächster Termin . . . war schön, mit dir zu plaudern, Jati. Alles Gute!"

Ich stand auf und neigte den Kopf ein wenig, denn er ist schließlich ein berühmter Mann, der über viele andere bestimmen darf.

&

Sumeiken hatte sich überhaupt nicht verändert. Sie nahm mich in die Arme und drückte mich fest.

„Ich habe so oft an dich gedacht, Jati! Wie ging es dir in Deutschland? Warum bist du zurückgekommen? Ist etwas schief gegangen zwischen dir und David?"

„So lass das Mädchen doch erst mal zur Ruhe kommen", mahnte Doktor Meier. „Sie kann doch nicht alle Fragen gleichzeitig beantworten. Vielleicht möchtest du auch gar nicht darüber sprechen, Jati?"

Aber ich *wollte* darüber sprechen. Über Deutschland, über Hofmüllers, über die fremden Sitten und Gebräuche. Nur über eins nicht – über David. Es tat einfach zu weh!

&

Ich schlief in dieser Nacht wie ein Baby, das sich bei der Mutter satt getrunken hat. Erst gegen Abend des nächsten Tages wachte ich auf. Sumeiken brachte mir Früchte und Brot ans

Bett, dann plauderten wir eine Weile und danach schlief ich noch ein bisschen weiter und träumte wirres Zeug von Gefängnissen mit Ratten und fauligem Stroh, von einem riesengroßen Hund, der mich durch den ganzen Park hetzte, von einem endlos langen Dach, das ich auf rutschigen, wackligen Drahtgitterstufen überqueren musste, bis ich stürzte und fiel, fiel, fiel.

Ich erwachte nassgeschwitzt und völlig durcheinander. Erst unter der Dusche konnte ich mich wieder beruhigen. Den Rest der Nacht döste ich nur noch, und als Sumeiken am Morgen nach mir sah, sprang ich aus dem Bett und fühlte mich wieder rundum lebendig.

„Möchtest du heute deine Verwandten besuchen?“, fragte Sumeiken nach dem Frühstück, als wir zusammen die Küche in Ordnung brachten.

„Ja, gerne, aber ich weiß nicht, ob sie zu Hause sind. Vielleicht ist Kiri auf der Arbeit und Ayam . . .“

Sumeiken sagte: „Heute wird nicht gearbeitet und es ist auch keine Schule. Ich fahre dich nachher hin.“

„Du fährst?“

Sumeiken lachte. „Ja. Ich habe in der Zwischenzeit Autofahren gelernt. Es macht Spaß und wenn du magst, dann kannst du es auch lernen.“

„Ich möchte alles lernen!“

Ich kaufte einen Korb Orangen und drei Ananas auf dem Markt, dann fuhren wir zu Kiris Haus. Als ich an die Tür klopfte, schlug mir das Herz vor Aufregung bis in den Hals. Wie sollte ich Bagus entgegentreten, nach allem, was sie mir angetan hatte?

Aber es war nicht Bagus, die in der Türe stand, sondern Kiri.

„Jati!“, rief er. „Du bist wieder da! Komm herein und auch deine Freundin, die Doktorsfrau, ist uns willkommen.“

Das Haus wirkte völlig verändert – es duftete nach Obst und frischen Blumen. Die Dielen waren mit bunt geflochtenen Matten bedeckt, in den Ecken standen Körbe mit kunstvollen Blumengestecken. Aus der Küche roch es verführerisch nach Sesamkuchen.

„Ja, da staunst du!“, lachte Kiri. „Malam ist zu mir gekommen. Wir sind wieder eine Familie!“

Er drückte Ayam an sich, der nicht mehr aussah wie ein gerupftes Huhn, sondern ordentlich Muskeln angesetzt hatte.

„Aber – ich verstehe nicht . . .“, stotterte ich.

„Ach, das ist eine traurige Geschichte. Nachdem du weg warst, sind die Männer wiedergekommen, die dich damals gekauft haben. Die Nachbarin hat mir erzählt, dass sie eine Weile palavert haben. Bagus hat ihr zugerufen: ‚Ich fahre meine Schwester besuchen!‘ Dann ist sie mit ihnen ins Mobil gestiegen. Sie sind losgefahren, und seither haben wir nie wieder von Bagus gehört. Ich habe damals sofort die Polizei verständigt, aber sie blieb verschwunden.“

„Vielleicht ist sie in Mahmuds Harem gelandet und liegt den ganzen Tag auf der Ottomane und hetzt die anderen Frauen herum“, sagte ich leise.

Er zuckte die Achseln. „Sie war hier nicht zufrieden. Ich habe ihr kein Glück gebracht.“ Er presste die Lippen zusammen, dann schüttelte er den Kopf. „Es war ein Fehler . . . Das alles war ein riesengroßer Fehler.“

„Und dann hast du Malam geholt?“

„Ich bin ins Dorf zurückgekehrt und habe Malam und die Ältesten um Verzeihung gebeten. Ich wollte eigentlich dort bleiben. Aber der Zauberpriester Asam gab keine Ruhe. Er hetzte die anderen Dorfbewohner gegen mich auf. Und du kennst den Töpfer, der ist zwar ein freundlicher Mensch, aber auf Dauer kann er sich nicht gegen Asam behaupten.“

Kiri entblößte seine herrlichen Zähne und streckte die Arme, mit denen er in die höchsten Urwaldbäume hinaufgeklettert war. „Es fiel mir schwer, zum zweiten Mal fortzugehen, denn jetzt wusste ich, was mich in der Stadt erwartet . . . Aber es ist nicht so übel. Ikan hat sich auch gut an das neue Leben gewöhnt. Die Schule macht ihm Spaß.“

„Und Malam?“

„Anfangs hat sie oft geweint. Sie vermisste den Wald. Aber dann habe ich ihr am Stadtrand ein Stück Land gekauft. Da pflanzt sie Gemüse und viele Blumen an. Die Blumen verkauft sie dann. Es macht ihr Spaß, eigenes Geld zu haben." Er lachte. „Ja, es ist alles anders geworden. Aber nicht schlechter. Nein, das kann man nicht sagen."

Ich zog den Kris aus dem Sarong. „Sieh mal, dein Kris. Er hat mir gute Dienste geleistet. Willst du ihn zurückhaben?"

„Ja", sagte er und fuhr mit dem Finger über das Muster, das die Säure in das Sternmetall geätzt hatte. „Er passt zu meinem Leben – abgebrochen, ein bisschen beschädigt, aber immer noch schön."

„Sollen wir Malam im Garten besuchen?", schlug Sumeiken vor. „Wir könnten sie mit dem Auto abholen."

„Das lohnt nicht mehr. Sie wird bald heimkommen. Ikan begleitet sie. Die beiden fahren immer mit dem Sepeda."

„Dann kochen wir inzwischen das Mittagessen und überraschen Malam."

„Gute Idee, Jati! Malam wird von der Arbeit müde sein. Wenn wir alle zusammen arbeiten, geht es schneller."

Ich kannte meinen Onkel Kiri nicht wieder! Früher hätte er sich eher die Hand abhacken lassen, als seiner Frau im Haus zu helfen! Und jetzt holte er bereitwillig Gemüse aus der kühlen Kammer und schrubbte es unter dem Wasserstrahl ab, füllte den Reistopf mit Wasser und nahm das Hühnchen aus, das Malam schon am Morgen bereitgestellt hatte. Ayam hockte die ganze Zeit in der Tür und fragte mir ein Loch in jedes Ohr . . .

Dann hörten wir die Tür und versteckten uns in einer Ecke, weil wir Malam überraschen wollten. Eine verschleierte Frau kam herein und rief: „Hier duftet es schon so gut! Sag bloß, du hast gekocht, Kiri?"

Er nahm sie in die Arme und hob den Gesichtsschleier, damit er sie küssen konnte. Es kribbelte mir im Bauch, als ich die beiden so zärtlich miteinander sah, denn ich dachte an David . . .

Wir kamen aus unserem Versteck und Malam schrie auf vor Freude. Sie hielt mich lange an sich gedrückt. Auch Sumeiken wurde umarmt.

Danach nahm Malam ihr Tuch ab. Sie spürte, dass Sumeiken freundlich war und tiefer schaute als auf die Narben und ein zerklüftetes Gesicht. Sie lächelte oft zu ihr herüber und wir alle genossen das Essen sehr. Danach erzählte Ikan den neusten Tratsch – zum Beispiel die Geschichte von der jungen Ziege.

Die Ziege des Töpfers hatte ein Zicklein geworfen und Asam forderte das Tier für sich. Er wollte es angeblich dem Geist der Quelle opfern, sobald es von der Mutter entwöhnt wäre. Der Töpfer hatte aber keine Lust, seine junge Ziege herzugeben, ohne etwas dafür zu bekommen. Deshalb brachte er sie zum Grenzwächter Jusef, der ihm als Tausch eine neue Säge dafür gab. Einige Tage später erschien Asam im Dorf und wollte die junge Ziege abholen.

„Die Ziege ist nicht mehr da", sagte der Töpfer.

„Wieso nicht? Wo ist sie hingekommen?"

„Ich habe sie Jusef gegeben", gestand der Töpfer.

„Was fällt dir ein?", brauste Asam auf. „Wie kommst du dazu, das Eigentum unseres Gottes einfach wegzugeben? Noch dazu an einen Fremden, einen Moslem? Der Geist der Quelle wird dich bestrafen, denn er hat gerade nach dieser Ziege verlangt!"

„Ich glaube nicht, dass ich dafür bestraft werde, denn der Geist der Quelle hat mir befohlen, so zu handeln. Das müsstest du eigentlich wissen . . . du sprichst doch immer mit den Göttern, oder nicht?"

„Hm . . . also, in der letzten Zeit hatte ich wenig Zeit . . . Du musst mir sofort erzählen, was geschehen ist!", befahl Asam.

„Tja . . . das war so: In der letzten Vollmondnacht hatte ich einen seltsamen Traum. Ich hörte ein geheimnisvolles Rauschen an der Quelle und lief hinüber, weil ich als Bürgermeister wissen muss, was im Dorf vorgeht. Als ich zehn Schritte von der Quelle entfernt war, sah ich einen grünlichen Nebel aufsteigen, der sich zu einer Wolke verdichtete. Die Wolke wuchs und wuchs zu einem hohen Turm, der bis hinauf in die Wolken ragte. Das Rauschen wurde zu einem mächtigen Getöse und ich begann zu zittern und fiel zu Boden. Aus den Wolken sprach eine gewaltige Stimme: ‚Bring deine Ziege morgen zu Jusef!‘ Also gehorchte ich, denn ich kann mich dem Geist der Quelle doch nicht widersetzen."

Asam stöhnte: „Woher wusstest du, dass es wirklich der Geist der Quelle war? Hast du ihn gesehen?"

„Aber woher denn! Ich lag doch mit dem Gesicht am Boden. Ich bin ein einfacher Mann und kann nicht wagen, einen solchen mächtigen Geist anzuschauen."

„Und wenn es nun jemand anders war? Ein Betrüger?"

„Nein, das ist nicht möglich. Wie kann ein Betrüger eine Wolke schaffen, die bis zum Himmel reicht?"

„Vielleicht war es ein Zauberer . . .", überlegte Asam.

„Woher hätte er denn wissen sollen, dass der Geist der Quelle gerade diese Ziege haben will? Können Zauberer Gespräche mithören, die die Priester mit ihren Göttern führen?"

„Das können sie nicht!", entschied Asam.

„Aber es könnte ja – hm . . . vielleicht ein anderer Geist gewesen sein?"

„Ein anderer Geist in unserer Quelle? Du meinst, die Götter nehmen sich gegenseitig ihre Wohnplätze und ihre Opfertiere weg? Dann müsste er ja mächtiger sein als unser Geist."

Das musste Asam zugeben.

„Wenn unser Dorfgeist nicht einmal seine Ziege verteidigen kann, wie kann er dann unser Dorf beschützen? Da bin ich aber froh, dass ich meine Ziege gleich dem stärkeren Gott gegeben habe!", triumphierte der Töpfer.

Asam ärgerte sich sehr und das ganze Dorf lachte über ihn. Seit diesem Tag wagt er sich nur selten in die Nähe . . .

&

Erst als es dunkel wurde, nahmen wir Abschied.

Malam sagte: „Du kannst auch bei uns wohnen, Jati. Wir haben genügend Platz. Ayam und Ikan können oben unter dem Dach schlafen."

Ich dachte an die staubige Kammer, an die Ritzen zwischen den Holzbrettern, durch die Wind durchpfiff, an die dumpfe Hitze bei Tag, wenn die Sonne auf dem Wellblech brütete. Das wollte ich meinen Cousins nicht zumuten und so sagte ich Nein, obwohl sie mich zum Bleiben drängten.

„Nein, vielen Dank, Malam. Ich kann erst einmal bei Sumeiken wohnen. Später suche ich mir eine eigene Wohnung."

„Was willst du jetzt mit deinem Leben anfangen?", wollte Kiri wissen.

„Ich möchte so viel lernen wie möglich. Vielleicht kann ich eine Ausbildung im Krankenhaus machen."

„Oder eine Dolmetscherschule besuchen", meinte Sumeiken. „Ich habe noch nie einen Menschen getroffen, der so schnell und so gut Deutsch gelernt hat wie du. Du bist ein Sprachgenie, weißt du das?"

Am nächsten Tag besuchten wir verschiedene Institute und fanden eine Schule, die Dolmetscher ausbildet. Sie wollten mich sofort nehmen, als sie hörten, dass ich die Badui-Sprache beherrsche. Herr Hofmüller hatte mir so viele Dollars gegeben, dass ich mein Schulgeld sofort bezahlen konnte. Es reichte sogar noch für eine Schuluniform und für ein Lesebuch.

„Wenn du mir im Haus ein bisschen hilfst, kannst du kostenlos bei uns wohnen und essen", schlug Sumeiken vor. „Ich bin froh, wenn ich nicht so oft allein sein muss, denn mein Mann ist oft verreist. Dann habe ich endlich eine Schwester!"

Für jemanden, der Bagus nicht kannte, musste eine Schwester etwas Wunderbares sein . . .

Sumeiken war sehr gut zu mir. Sie gab mir alles, was ich brauchte, borgte sogar ihr Sepeda aus, damit ich den weiten

Weg zur Schule nicht laufen musste. Und so vergingen die ersten Wochen in meiner Heimat und ich dachte immer seltener an Deutschland, überhaupt nicht mehr an Irene und nur noch jede dritte Minute an David.

Dann kam sein Brief.

Davids Brief

„Liebe Jati", schrieb er. *„Ich war überaus betroffen, als ich nach meiner Rückkehr erfuhr, dass du nach Indonesien zurückgereist bist – ohne dich von mir zu verabschieden. Das hat mir wehgetan. Aber ich kann dich auch ein Stück weit verstehen. Was Herrmann dir angetan hat, ist schwer zu verkraften. Vielleicht warst du mir auch böse, weil ich dich in diese Situation gebracht hatte. Dabei hätte ich ihm am liebsten den Hals rumgedreht! Aber Irene hat ihn verteidigt und gemeint, Hermann wäre nicht allein Schuld an diesem Vorfall – sie stotterte irgendwas, aus dem ich nicht klug wurde. Solltest du ihm etwa schöne Augen gemacht haben? Das kann ich mir gar nicht vorstellen. Außerdem hättest du ihn mit dem Dolch bedroht und beinahe erstochen . . .*

Wir kamen regelrecht ins Streiten, weil ich auch nicht glauben konnte, dass du Irenes Brilliantarmband gestohlen hättest. Früher war Stehlen und Lügen für dich tabu. Das habe ich Irene auch gesagt, aber da hättest du sie erleben sollen! Sie hat herumgeschrien und geweint und sagte, wenn ich so wenig Vertrauen zu ihr hätte, dass ich dir mehr glaube als ihr, dann sollten wir die Verlobung lösen.

Zuerst war ich erschrocken und wollte mich bei ihr entschuldigen und mich sofort mit ihr versöhnen wie immer, wenn wir uns streiten. Aber dann stieß ich auf einige Widersprüche in ihrer Erzählung, die mich stutzig machten. Daraufhin besuchte ich Herrn Hofmüller in der Firma und fragte ihn aus. Dann sprach ich mit Irenes Bruder Herrmann. Als Letztes habe ich mich mit der Köchin unterhalten. Und stell dir vor – jeder erzählte mir etwas ganz anderes! Am Ende war ich ganz konfus.

Jetzt frage ich dich, Jati: Wie war es wirklich? Kann es sein, dass ich mich so sehr in Irene getäuscht habe? Vielleicht stimmt es gar nicht, dass du Herrmann verführt hast, weil du in diese reiche Familie einheiraten wolltest, wie Frau Hofmüller behauptet hat? Und vielleicht bist du auch nicht aus Angst vor der Polizei davongelaufen, weil du dich wegen des Armbands schuldig fühltest? Vielleicht hattest du ja ganz andere Gründe für deine Rückkehr nach Indonesien?

Bitte schreib mir bald, denn ich möchte die Wahrheit herausfinden. Ich muss wissen, ob Irene die Wahrheit sagt. Wie kann ich eine Frau heiraten, die anderen Böses wünscht? Und die unaufrichtig ist und nur ihre eigenen Ziele verfolgt?"

&

Ja, das frage ich mich auch, David. Wie kannst du nur?

Ich habe seinen Brief dreimal durchgelesen und mein Herz erforscht. Am liebsten hätte ich sofort zurückgeschrieben und ihm die reine Wahrheit gesagt – über die ach so vornehmen Hofmüllers, über Herrmann, über Irene und über meine Seele, die immer noch ihm gehört.

Aber dann fiel mir ein, was mein Vater oft gesagt hatte: „Die Wahrheit braucht keinen Verteidiger. Sie ist so, wie sie nun einmal ist, und wer sie aufrichtig sucht, der findet sie auch."

Ich erinnere mich an die grüne Stangenfrucht, in die ich damals eine Tür hineingeschnitzt habe und doch keinen Zugang fand. Erst als die Spitze abgeschnitten war, erst als jemand von außen und von oben eingriff, war der Weg offen.

Nein, David soll nicht von fremden Stimmen beeinflusst werden, nicht von verschiedenen Meinungen hin- und hergeworfen sein. Er muss auf das hören, was ihm sein Herz verrät – über sich selbst und über Irene. Und ich bin sicher, dass der große Gott des Himmels ihm dabei helfen wird.

&

Das Lernen macht mir Spaß. Inzwischen kann ich schon ganz gut Englisch sprechen und schreiben. In der letzten Zeit bekomme ich immer wieder Übersetzungsaufträge vom deutschen und vom amerikanischen Konsulat. Ein Regierungsbeamter, der sich um die Badui-Stämme kümmert, nimmt mich alle sechs Wochen auf seine Inspektionstour mit. Manchmal begleitet uns Kiri oder er schickt Ayam mit, der ein tüchtiger Waldläufer geworden ist.

Außerdem reisen wir mit einem jungen Entwicklungshelfer aus Amerika. Er heißt Samuel und ist von Beruf Krankenpfleger. Er zeigt den Badui, wie man einfache Wunden behandelt und wie man sich sauber hält und gesunde Nahrung zubereitet.

Samuel ist nicht viel größer als ich und um einiges breiter und hat weizengelbes Haar und seine Nase ist ständig rot und pellt sich ab, weil er die Sonne nicht gut verträgt. Er ist aber auch zu eitel, einen Strohhut zu tragen. Er sagt immer: „Es reicht schon, wenn ich Jatis Rucksack schleppen muss." Dabei würde ich meine Sachen auch selbst transportieren, aber das erlaubt er nicht. Er nennt mich „Lady" und besteht darauf, dass mich jeder wie eine Prinzessin behandelt. Das finde ich sehr nett.

&

Manchmal erzählen wir den Dorfbewohnern auch vom Himmelsgott. Sie sind überrascht, wenn sie erfahren, dass er jeden Badui kennt und für jeden von uns einen hohen Preis bezahlt hat. Einige wollen dann mehr über den Schöpfergott erfahren und verlieren die Angst vor den Zauberpriestern und den „Göttern", die doch nur von Menschen ausgedacht wurden.

Ich staune immer wieder, wie gut Samuel erklären kann. Er findet genau die richtigen Worte, wenn er von Jesus spricht. Seine Zuhörer verstehen meistens sehr gut, was er meint, und wenn nicht, dann kann ich ihnen auf die Sprünge helfen. Samuel nimmt seinen Glauben ernst.

Dabei kann man mit ihm auch lustig sein. Er macht gerne andere Leute nach und das gelingt ihm so gut, dass wir uns die Bäuche halten vor Lachen.

Samuel ist ein guter Kamerad. Ich mag ihn, weil er jedem hilft, der Hilfe braucht. Manchmal lädt er mich zum Essen ein oder hilft mir bei einer schwierigen Übersetzung. Seit einiger Zeit nimmt er mich auch in seine Kirche mit. Die ist mit der Kirche in Deutschland nicht zu vergleichen. Sie haben kein geschmücktes Steinhaus für ihre Gottesdienste, sondern eine einfache Wohnhütte. Dort sitzen wir auf Matten und Polstern am Boden. Zuerst liest der Leiter einige Verse aus der Bibel vor. Dann stehen wir auf und verneigen uns vor dem großen König des Universums. Wir singen ihm einige Danklieder und bringen ihm unsere Bitten vor. Anfangs wagte ich nicht, vor den anderen laut zu beten, aber für sie ist es ganz natürlich, als würden sie mit ihrem Vater sprechen. Jetzt habe ich auch keine Hemmungen mehr.

Danach setzen wir uns in kleinen Gruppen zusammen und sprechen über ein Kapitel aus der Bibel, das wir während der Woche durchgelesen haben. Jeder sagt, wie er die Verse verstanden hat oder stellt Fragen. Wenn etwas unklar bleibt, hilft uns der Leiter. Dann überlegen wir, wie wir diese Bibelstelle am besten auf unser Leben übertragen könnten. Manchmal kommt ein Gast aus einer anderen Gemeinde und erzählt, wie Gott ihnen in der vergangenen Woche wieder geholfen hat. Oder ein Pastor predigt über ein bestimmtes Thema. Oder wir beten für Bekannte, die in Not sind, und planen schon mal, wie wir ihnen helfen könnten.

Oft sind Badui dabei, die noch kein Indonesisch verstehen. Dann übersetze ich ihnen alles und bin froh, dass ich endlich auch einmal etwas für Gott tun kann.

&

Ich habe schon viel über Gott gelernt. Vor einigen Wochen fragte ich den Pastor, was ich machen müsste, damit ich wirklich Gottes Kind bin. Er studierte mit mir die Bibel, bis ich die Gute Nachricht von Jesus verstanden hatte. Dann wurde ich in einem großen Wasserbecken untergetaucht. Jetzt gehöre ich richtig dazu!

Ich freue mich immer schon die ganze Woche auf den Tag, an dem wir alle miteinander Gottesdienst feiern. Da geht keiner zur Arbeit, da wird nicht geputzt und kein großartiges

Menü gekocht, da haben alle Zeit, auch die Dienstmädchen und Köche.

Samuel hat es mir so erklärt: „Weil Gott die Menschen liebt, verordnet er ihnen einen Ruhetag. Er weiß, dass wir uns nie so richtig frei nehmen würden, wenn er es nicht befohlen hätte. Deshalb hat er sich einen Tag reserviert, an dem alle seine Kinder Gemeinschaft haben und miteinander Gottesdienst feiern können."

Ich habe Sumeiken davon erzählt, und seither plant sie die Arbeit anders ein, damit sich nicht alles zum Wochenende staut. Und sie hilft auch tüchtig mit, es bleibt nicht nur meine Pflicht, dass das Haus am Ruhetag sauber ist. Endlich verstehe ich auch, warum wir vorher putzen: Alles soll schön geschmückt und feierlich sein, wenn wir Jesus am Geburtstag der Schöpfung in unser Haus einladen. Und wir können diese Zeit noch viel besser genießen, wenn da kein Staub und Dreck herumliegt.

&

Ich bin im letzten Jahr eine ganz andere Jati geworden. Ich habe der Trauer um all das, was war, Lebewohl gesagt. Manchmal steigen Erinnerungen auf – an unser Dorf, an Vater und Mutter, an Bagus und Kiri, aber sie lassen sich nach einer Weile wieder wegschieben. Ich erlaube mir nicht, an David zu denken, weil sonst in mir das Nagen und Bohren beginnt, das mich hinterher leer und sehnsüchtig zurücklässt. Ich spreche oft mit dem Himmelsgott und bekomme immer wieder Antworten auf meine Fragen, wenn ich nämlich in seinem Buch lese oder mit anderen darüber rede.

Ich glaube fast, ich bin glücklich.

Gestern hat Samuel mich gefragt, ob ich ihn heiraten will. Ich muss ihn ziemlich verblüfft angeschaut haben, denn er wurde verlegen und nahm seine Hand wieder weg, die er auf meinen Arm gelegt hatte.

Er kann manchmal ein bisschen forsch sein und dann will er über mich bestimmen, als wüsste er als einziger Mensch auf dieser Erde, was für mich gut ist. Früher einmal hat mich das nicht gestört, aber inzwischen habe ich immer wieder erlebt, dass andere nicht richtig beurteilen können, was ich wirklich brauche. Ich muss selbst entscheiden und für meine Entscheidungen geradestehen. Da kann ich ziemlich holzköpfig sein und dann zanken wir uns.

Andererseits mag ich mich nicht von ihm trennen, denn ich genieße die Zeit mit ihm, sein lautes Lachen, das jeden mitreisst, der es hört; ich genieße seinen Humor und die Bewunderung, die ihm in die Augen steigt, wenn er mich ansieht. Es ist schön, geliebt zu werden.

Dabei weiß ich nicht einmal, ob ich seine Liebe erwidern kann, denn es ist ihm bisher noch nicht gelungen, Davids Bild aus meiner Seele zu löschen.

Von David kam seit seinem Brief, den ich damals nicht beantwortet habe, überhaupt kein Lebenszeichen mehr. Vielleicht kommt nie wieder eins.

Ich habe Samuel um Bedenkzeit gebeten. Er hat dreimal hart geschluckt und dann gesagt: „Also gut. Ich will dich nicht drängen. Dann warte ich eben."

Und ich warte auch und weiß nicht einmal, worauf.

Der Vogel Garuda

Heute Abend bin ich spät dran. Wir arbeiten gerade an einem neuen Projekt: Wir wollen die Apostelgeschichte in die Badui-Sprache übersetzen. Die ersten vier Bücher des Neuen Testamentes sind schon fertig. Und gerade heute war das Kapitel vom Schiffbruch an der Reihe und ich konnte mich fast nicht losreißen, weil mir die Geschichten von Paulus so nahe gehen.

Draußen ist es schon beinahe dunkel, als ich mein Fahrrad aufschließe. Irgendein Spaßvogel hat mir die Reifen durchstochen. Ich überlege, ob ich das Rad hier stehen lasse oder schiebe . . . so oder so brauche ich eine gute Stunde für den Heimweg. Dabei knurrt mein Magen wie ein hungriger Leopard!

Ich bin gerade eine halbe Stunde unterwegs, da fällt der Regen über mich her, den wir mittags so schmerzlich vermisst haben. Wir müssen nämlich den Schulgarten mit der Gießkanne bewässern, wenn es tagsüber nicht regnet, sonst wird der Rasen braun. Bisher konnte mir noch keiner erklären, warum man auf diesem trockenen Sandboden unbedingt einen Rasen züchten muss, aber der Rektor pflegt ihn besser als seinen eigenen Bart und schneidet die Ränder mit einem rasiermesserscharfen, gebogenen Kris. Wahrscheinlich würde er es nicht überleben, wenn dieses „kostbare Stück europäischer Kultur“ zu Grunde ginge.

Und ich habe mir heute einen Muskelkater geholt, weil ich die schwere Eisenkanne sechzehnmal füllen musste – und alles umsonst, denn jetzt schütten sich die Wolken aus und mir kommt es vor, als hätten sie drei Wochen lang ihr Wasser angespart.

Hin und wieder zischt ein Automobil an mir vorbei und bespritzt mich auch noch von unten. Wahrscheinlich sehe ich aus wie Nachbars Katze, die neulich in die Regentonne gefallen und nicht mehr herausgekommen ist. Ich bin so nass, dass

Sumeiken Schnittlauch und Kresse auf mir säen könnte! Zur Ablenkung spiele ich das Spiel: „Drei Wünsche hast du frei."

Hoffentlich ist Sumeiken da! Hoffentlich hat sie mir noch etwas zum Abendessen übrig gelassen! Hoffentlich kommt heute Abend kein Besuch, damit ich gleich in die Badewanne hüpfen kann.

Immerhin, die Lampe über der Haustür brennt. Der erste Wunsch ist schon erfüllt.

„Sumeiken! Würdest du mir bitte ein Handtuch zuwerfen? Ich bin quietschnass und möchte dir den Hausflur nicht volltropfen!", rufe ich, als ich die Tür aufstoße.

Sumeiken steht im Flur und lacht über das ganze Gesicht. Sie hält kein Tuch in der Hand und macht auch keine Anstalten, eins zu holen.

„Was ist denn so komisch an mir?", knurre ich und schlüpfe aus den Sandalen. „Der Mittagsregen hat sich verspätet und ich bin von oben bis unten durchgeweicht, und außerdem hängt mir der Magen schon an den Knien, dabei bin ich müde wie ein Schlafbär, denn ich musste den weiten Weg zu Fuß gehen. Und du? Du stehst da und lachst, anstatt mir zu helfen, oder mich wenigstens ein bisschen zu bedauern!" Mit Sumeiken kann man so reden, sie hat viel Humor, und außerdem ist sie meine beste Freundin.

„Vielleicht kann *ich* dich ein bisschen bedauern", sagt eine Stimme im Wohnzimmer. Mir werden die Knie weich, denn diese Stimme klingt mir nach all den langen Monaten noch immer im Ohr, als hätte ich sie erst gestern gehört.

Tatsächlich: David steht in der Tür und streckt die Arme nach mir aus.

„Aber ich bin ganz nass", kann ich nur noch murmeln, da hat er mich schon an sich gezogen. Ich verstecke mein Gesicht in seiner Halsbeuge und klammere mich an ihm fest, denn meine Beine fühlen sich an wie Butter in der Reispfanne.

Nach einer Weile löst er sich ein Stück, gerade so weit, dass er mir in die Augen schauen kann. „Ich habe mich von

Irene getrennt. Sie hat ihre Qualitäten, ganz sicher. Sie weiß immer sofort, was sie will, ganz anders als ich . . . Aber sie braucht eine andere Art von Mann. Ich kann sie einfach nicht akzeptieren, so wie sie ist."

Wer kann das schon . . .

David spricht weiter. „Und noch etwas anderes habe ich begriffen. Ich weiß jetzt, dass ich dich liebe. Das ist mir schon seit einiger Zeit klar geworden."

Eine Hand voll Ärger steigt in mir hoch. *Warum sagst du das erst jetzt? Warum hast du nie geschrieben? Warum hast du mich so lange warten lassen – so viele Monate, fast ein Jahr?*

Er senkt den Kopf und lässt mich los, als hätte er meine Gedanken gelesen. „Ich muss dich um Verzeihung bitten. Ich hätte es von Anfang an spüren müssen, Jati. Aber ich war blind. Ich war völlig durcheinander, weil ich mich Irene immer noch verpflichtet fühlte. Schließlich hatte ich ihr die Treue versprochen. Und nachdem ich mich von ihr getrennt hatte, wusste ich gar nichts mehr. Ich brauchte – Zeit. Viel Zeit zum Nachdenken."

„Und was ist dabei herausgekommen?", frage ich.

„Mir wurde bewusst, wie sehr ich dich vermisse. Jeden Tag mehr."

„Davon habe ich nichts gemerkt", sage ich, und meine Stimme klingt wie ein Stück Jati-Holz, das von vielen regenlosen Sommertagen ausgedörrt ist.

David kaut auf seiner Lippe herum, dann sagt er leise: „Am Ende habe ich es einfach nicht mehr ausgehalten. Ich musste kommen. Ich musste dich sehen." Er bricht ab, lässt die Arme sinken. „Aber ich fürchte, ich habe dich zu tief verletzt, Jati. Du – du hast wahrscheinlich nichts mehr für mich übrig . . . nach allem, was war . . ."

Sumeiken greift ein: „Jati, du musst erst mal warm und trocken werden. Geh dich umziehen, ja? David, wir decken inzwischen den Tisch. In einer Viertelstunde kommt Besuch."

&

Mir klappern immer noch die Zähne, als ich aus der Wanne steige. Ein Teil von mir will sich im Bett verkriechen, ein anderer Teil möchte zu David hinlaufen. Und was dann?

Wieder steigt der Zorn in mir hoch und ich schüre ihn, denn er ist das einzige Stück Wärme an diesem Abend, der so schön sein könnte, wenn – ja wenn ich nicht einen Kopf aus Jati-Holz hätte.

Du kommst einfach daher und behauptest, mich zu lieben!, werde ich sagen. *Und du erwartest, dass ich dir zu Füßen falle wie eine reife Papaya!*, werde ich sagen. Und wenn er fragt: „Hast du mich denn gar nicht vermisst?“, dann werde ich den Kopf zurückwerfen und antworten: *O ja, ich habe dich vermisst. Zuerst war es schrecklich für mich. Aber ich habe gelernt, ohne dich auszukommen. Und jetzt brauche ich dich nicht mehr. Ich lebe mein eigenes Leben!*, werde ich sagen.

&

Von unten dringt eine neue Stimme herauf: Samuel. Auch das noch. Er will sich heute meine Antwort abholen, das hatte ich total vergessen!

„Jati! Wo bleibst du denn?“, ruft Sumeiken. Ihre Stimme klingt auf einmal wie eine Glasglocke, die einen Sprung bekommen hat. Meine Hände zittern, als ich den Sarong verknote. Die Haarspange aus Perlmutt verfängt sich in den langen Haaren am Hinterkopf. Wütend reiße ich sie heraus und gleich ein paar Haarsträhnen mit. Und wenn schon!

Bevor ich die Treppe hinuntergehe, ein stummer Schrei: „Gott im Himmel, mach mich ruhig und hilf mir, dass ich richtig entscheide!“

Dann langsam, ganz langsam, als könnte ich damit die Zeit anhalten, taste ich mich die Stufen hinab. Samuel springt auf und streckt mir einen Strauß Orchideen entgegen. Er lächelt so breit, dass seine Mundwinkel beinahe die Ohren berühren, und er legt mir die Blumen in den Arm und wendet sich zu David hin und sagt – und dabei bebt seine Stimme vor schlecht unterdrücktem Stolz: „Dear German Doc, may I introduce you to Jati, my bride – as I hope."[1]

Bei dem Wort „Braut" zuckt David zusammen, als hätte ihn eine Maultierpeitsche am Hals getroffen. Seine Lippen werden blass und er schaut auf seine Hände. Mir wird der Hals eng. Wird er sich zurückziehen? Einfach aufgeben?

Sumeiken ruft zu Tisch und wir setzen uns – Samuel nimmt den Platz neben mir und David sitzt gerade gegenüber. Ich schlage die Augen nieder, weil ich spüre, dass mich die beiden Männer anschauen. Während Sumeiken den Reistopf herumreicht und Samuel die Abenteuer unserer letzten Badui-Tour zum Besten gibt, schiele ich immer wieder zu David hinüber. Seine Wangenmuskeln arbeiten, als hätte er ein hartes Brot zu kauen. Er wendet die Augen nicht von mir.

Dann lacht Sumeiken und Samuel stimmt in ihr Gelächter ein. Ich bleibe stumm, weil ich nicht richtig zugehört habe; das fällt ihm auf und er wendet sich zu mir.

„Jati, du isst ja gar nichts!", ruft er und schaufelt einen Berg Gemüse auf meinen Teller, schwappt eine Tasse voll Zwiebelsoße über den Reis. Ich mag Zwiebelsoße nicht besonders und plötzlich ärgert es mich, dass er mich nicht gefragt hat. Ich schiebe den Teller weg.

„Ich dachte, du wärst so hungrig?" Sumeiken zieht die Augenbrauen hoch.

„War ich auch . . ."

David hat meinen Blick gefangen. Seine Augen graben mich um und um, bis auf den Grund meiner Seele. Was findet er dort? Was will ich überhaupt?

Samuel hat von dem Sturm nichts bemerkt, der in mir tobt. Er plaudert und witzelt und schlägt sich immer wieder beim Lachen auf die Knie. Wir drei anderen sind noch mit dem Hauptgericht beschäftigt, doch Samuel futtert bereits die

---

[1] „Sehr geehrter Doktor aus Deutschland, darf ich Ihnen Jati vorstellen – meine Braut, wie ich hoffe!"

Mangocreme in sich hinein, die Sumeiken als Nachtisch bereitgestellt hat.

Er muss schrecklich nervös sein, der Arme!, denke ich, als er sich zum zweiten Mal verschluckt.

Als er seine Schale bis zum letzten Rest leergelöffelt hat, greift er nach meiner Hand und zieht sie an seine Lippen. „That was delicious. May I hope for quite another dessert ... honey?",[1] sagt er, und plötzlich fällt die Maske und er zeigt sein wahres Gesicht: erwartungsvoll und sehr verletzlich.

David legt sein Besteck zur Seite und krampft die rechte Hand um die Serviette. Dann steht er auf, schiebt das Kinn vor und kommt um den Tisch herum, bis er vor mir steht.

„Well", sagt er. „You call her – bride ... But some time ago, she herself claimed to be my *wife*."[2]

Samuel schluckt und greift sich an die Kehle. „Jati? Is it – true?",[3], flüstert er.

Ich entziehe ihm meine Hand und erkläre, dass mich mein Vater nach Badui-Brauch mit David verheiratet hat.

„But this is not a legal marriage!", protestiert Samuel und springt so heftig auf, dass sein Stuhl nach hinten kracht. „She was not allowed to decide for herself! Nobody ever asked her what she wanted!"[4]

„This moment she *is* asked!",[5] sagt David und dreht mich an den Schultern zu sich hin, sodass ich ihn anschauen muss. Seine Augen leuchten und mir ist, als wäre nach einer langen Nacht endlich die Sonne aufgegangen.

„Ich frage dich, Jati, Prinzessin der Badui, ob du meine Frau bleiben willst. Denn ich liebe dich und ich will mich vor

---

[1] „Das hat köstlich geschmeckt, darf ich noch auf einen anderen Nachtisch hoffen, meine Süße?"

[2] „Soso. Sie nennen Sie Ihre Braut. Doch vor einiger Zeit hat sie sich als meine Frau ausgegeben."

[3] „Jati? Ist das wahr?"

[4] „Aber das ist keine rechtsgültige Ehe! Sie durfte nicht selbst entscheiden. Keiner hat sie gefragt, was sie wirklich wollte!"

[5] „Aber jetzt wird sie gefragt!"

der ganzen Welt zu dir bekennen. Ich will dein Mann sein und dich beschützen und pflegen und ehren als meine rechtmäßige Ehefrau, so lange wir leben!"

Es ist still in der Stube, kaum hört man einen Atemzug und ich lasse seine Worte in mich einsinken und bedenke sie. Da blättert der Zorn von mir ab wie eine Lehmschicht, die am Lagerfeuer trocken und rissig geworden ist, und der Wind meiner befreiten Liebe bläst ihn fort mitsamt dem Groll, der sich so lange in mir angestaut hatte, mitsamt der Bitterkeit und dem bohrenden Schmerz. Ich nehme Abschied von diesen bösen Gefühlen, ich lasse sie ziehen und werde innen leicht und froh.

Auf einmal weiß ich, wie die richtige Antwort lautet. Ohne Davids Blick loszulassen, sage ich: „Samuel, I am sorry. Please forgive me. But this moment I have discovered that I still love David. It is him whom I belong to."[1]

Samuel stöhnt auf und rennt aus dem Zimmer, als wäre ein Leopardenweibchen hinter ihm her. Sumeiken läuft ihm nach und ich bin froh, dass sie ihn in seinem Herzweh nicht alleine lässt.

&

Und dann vergesse ich ihn und Sumeiken und alle Badui der Welt und sehe nur noch David.

„Stimmt es wirklich?", fragt er, und ich sage: „Ich hab dich lieb."

Da hebt er mich hoch und wirbelt mich im Kreis herum, drei-, viermal, bis sich das Zimmer um mich dreht, dann beugt er sich über mein Gesicht und plötzlich fühle ich mich wie der Vogel Garuda, der endlich, endlich die Wolken durchstoßen hat und die Sonne küssen darf, immer wieder – ich kann fliegen!

---

[1] „Samuel, es tut mir leid. Bitte verzeih mir. Aber ich habe soeben entdeckt, dass ich David noch immer liebe. Ich gehöre zu ihm."

Nachwort

Die Badui leben in Zentraljava, ca. 3 Autostunden südwestlich von Djakarta in den Kendeng-Bergen. Sie haben sich bewusst von der Aussenwelt isoliert und wehren sich gegen den Fortschritt. Sie leben in Dörfern mit höchstens 150 Einwohnern. Bei ihnen gibt es keine Petroleumlampe und kein Fahrzeug. Sie bauen ihre Hütten aus Bambus oder Ästen, verputzen sie mit Lehm und decken sie mit Palmenblättern oder Stroh. Einige Dörfer bestehen auch aus Pfahlhäusern.

Die Badui leben von Reis und Gemüse und Früchten, die Frauen züchten Hühner und flechten Körbe. Normalerweise arbeiten die Männer auf den Feldern, ab und zu jagen sie auch mal ein Stück Wild. Wenn es abends dunkel wird, geht alles zu Bett, weil es kein Licht gibt. Die Badui gehen grundsätzlich zu Fuß.

Bei den Badui werden die Naturkräfte angebetet. Ihre Religion zielt darauf ab, die Umwelt zu schützen. Deshalb verwenden sie auch keine Seife, wenn sie im Fluss baden. Sie haben strenge Gesetze, die das Miteinander regeln: Lüge, Diebstahl, Ehebruch werden streng bestraft. Der Kontakt mit der Außenwelt bleibt auf das Notwendigste beschränkt.

Wer eines der Gesetze bricht, wird aus dem Stamm ausgestoßen und gehört dann zu den „äußeren Badui". Das wird als Schande betrachtet. Die „äußeren Badui" leben in größeren Ortschaften und kleinen Städten zusammen. Sie pflegen etwas mehr Kontakt zur Außenwelt. Die Kinder gehen zur Schule und Schritt für Schritt werden westliche Sitten übernommen und Techniken genutzt. Immer mehr Badui benutzen Busse oder Taxis oder Motorräder.

&

Der Grenzwächter Jusef existiert wirklich. Normalerweise lässt er keine Fremden in das Badui-Gebiet. Eine Ausnahme bilden die Entwicklungshelfer der Advent-Mission. Er kennt diese jungen Leute und vertraut ihnen, weil sie seine Frau geheilt haben, die an einem schlimmen Fieber litt. Vor einiger Zeit durfte eine Gruppe dieser Helfer sogar in einem Badui-Dorf bleiben und beim Wiederaufbau helfen, da durch einen Waldbrand die Hütten und Vorratsscheunen vernichtet wurden. Durch diese persönlichen Kontakte öffnen sich immer mehr Badui für neue Gedanken. Wenn sie den Schöpfergott kennen lernen, kommen sie allmählich von ihren abergläubischen Ängsten los, die sie ständig einengen und knechten, und finden zu einem befreiten und glücklichen Leben.

&

Alle anderen Personen in dieser Erzählung sind frei erfunden. Trotzdem – oder gerade deshalb – sind Ähnlichkeiten mit Denk- und Verhaltensweisen lebender Zeitgenossen durchaus möglich.